飞翔在茨淮新河

Feixiang Zai Cihuai Xinhe

伯 乐◎著

时代出版传媒股份有限公司
安徽文艺出版社

图书在版编目（CIP）数据

飞翔在茨淮新河 / 伯乐著. -- 合肥：安徽文艺出版社，2025.8

ISBN 978-7-5396-7990-7

Ⅰ．①飞… Ⅱ．①伯… Ⅲ．①长篇小说－中国－当代 Ⅳ．①I247.5

中国国家版本馆 CIP 数据核字(2024)第 026522 号

出 版 人：姚 巍
责任编辑：张 磊　　　　　　　　装帧设计：徐 睿

出版发行：安徽文艺出版社　　www.awpub.com
地　　址：合肥市翡翠路 1118 号　邮政编码：230071
营 销 部：(0551)63533889
印　　制：合肥创新印务有限公司　(0551)64456946

开本：700×1000　1/16　印张：20.75　字数：340 千字
版次：2025 年 8 月第 1 版
印次：2025 年 8 月第 1 次印刷
定价：78.00 元

（如发现印装质量问题，影响阅读，请与出版社联系调换）

版权所有，侵权必究

目　　录

第 1 章　那一年那一天 / 001
第 2 章　那一天那个人 / 004
第 3 章　邂逅 / 009
第 4 章　回忆 / 013
第 5 章　原来是她 / 018
第 6 章　你太狭隘了 / 021
第 7 章　你都听见了 / 024
第 8 章　你疯了不成？/ 027
第 9 章　我是你的后盾 / 030
第 10 章　这城快空了 / 033
第 11 章　不读书了 / 036
第 12 章　我不嫌苦 / 039
第 13 章　陈年过往 / 042
第 14 章　那是个奇迹 / 045
第 15 章　我想承包一片地 / 048
第 16 章　新的商机 / 051
第 17 章　蔬菜大棚 / 054
第 18 章　让他去试试 / 057

第 19 章　初步建造 / 060

第 20 章　再遇 / 063

第 21 章　我带你去医院 / 067

第 22 章　我觉得你可以 / 070

第 23 章　有什么可心疼的？/ 073

第 24 章　我不是小孩子了 / 076

第 25 章　今年怕是个旱冬 / 079

第 26 章　横跨几十年的思念 / 082

第 27 章　爷爷是有私心的 / 085

第 28 章　泼妇骂街 / 088

第 29 章　我说的是事实 / 091

第 30 章　挑事儿 / 094

第 31 章　鲫鱼豆腐汤 / 097

第 32 章　你发什么疯？/ 100

第 33 章　下次我请你 / 103

第 34 章　我招待你 / 106

第 35 章　镇上来人 / 109

第 36 章　铁公鸡 / 112

第 37 章　支柱 / 116

第 38 章　她笑得如夏花绚烂 / 119

第 39 章　是他对象不？/ 122

第 40 章　是西瓜啊 / 125

第 41 章　茨林蔬果 / 128

第 42 章　鬼天气 / 131

第 43 章　一夜未眠 / 134

第 44 章　众人帮忙 / 137

第45章　酒过三巡 / 140

第46章　新年 / 143

第47章　收获 / 146

第48章　纪录片 / 149

第49章　自卑心理 / 153

第50章　这一天是迟早的 / 157

第51章　做客 / 160

第52章　程家 / 163

第53章　吃瓜啊吃瓜 / 166

第54章　动了心思 / 169

第55章　程氏剪纸 / 172

第56章　传统文化的希望 / 175

第57章　新项目 / 178

第58章　五香酱牛肉 / 181

第59章　禽流感暴发 / 184

第60章　农家乐 / 187

第61章　不速之客 / 190

第62章　前女友上门 / 193

第63章　好久不见 / 195

第64章　别太把自己当回事 / 198

第65章　你太过分了 / 201

第66章　我真的错了 / 203

第67章　你懂什么？ / 205

第68章　新的项目 / 208

第69章　水果番茄 / 211

第70章　打土豪 / 214

- 第 71 章 自信 / 217
- 第 72 章 她对你有意思 / 220
- 第 73 章 勇敢地追 / 223
- 第 74 章 我喜欢他 / 226
- 第 75 章 携手一生的人 / 229
- 第 76 章 本地工资太低 / 232
- 第 77 章 给你个惊喜 / 235
- 第 78 章 兄弟 / 238
- 第 79 章 必须有个结果 / 241
- 第 80 章 可悲可笑的自尊 / 244
- 第 81 章 梵梵 / 247
- 第 82 章 现在气消了吧？ / 250
- 第 83 章 软饭可以不吃 / 253
- 第 84 章 爷爷知道咱俩的事儿了？ / 256
- 第 85 章 家家户户的改变 / 259
- 第 86 章 李文龙 / 262
- 第 87 章 珍惜当下 / 265
- 第 88 章 功不可没 / 268
- 第 89 章 缺个媳妇 / 271
- 第 90 章 做梦都没想到 / 274
- 第 91 章 老李家的媳妇 / 277
- 第 92 章 五月的雨 / 280
- 第 93 章 铁公鸡就是偏心 / 283
- 第 94 章 动员 / 286
- 第 95 章 雨夜中的灯 / 289
- 第 96 章 能带的全部带走 / 292

第 97 章　都是顺昌人／295

第 98 章　实在太优秀了／298

第 99 章　女人心计／301

第 100 章　洗几个番茄／304

第 101 章　急性阑尾炎／307

第 102 章　你没有机会的／310

第 103 章　瞧你那点儿出息／313

第 104 章　中秋节／316

第 105 章　尘埃落定／319

第 106 章　风光正好（大结局）／322

第 1 章　那一年那一天

多年后,每当看到奔驰的绿皮列车,李承恩都会想到 2009 年的那一个午后。

如果人生用季节划分,这天之前,李承恩活在寒风刺骨的冬季,这天过后,暖洋洋的春风扑面而来,且一吹便是十多年。

只是当时的李承恩并未意识到这一点。

他无法预知未来,更不清楚自己的人生会出现什么变故、经受多少曲折。

那个时候的他,还是一名即将步入实习期的大四学生,跟很多同龄人一样,对感情的认知尚处在懵懂阶段。准确来说,他不过是个大男孩罢了。

2009 年 12 月 24 日。

津南已入冬,凌晨的风劈在脸上刺辣辣地疼。

李承恩顶着夜色走出津南大学,直奔火车站。

在开往沪南的直达列车上,李承恩又一次从怀里取出那部智能手机。这一路,他像抚摸宝贝一样一遍又一遍地摸着它,每一遍都有幸福的笑容漾在他的嘴角。

这是他花了足足 1999 元从网上抢到的、准备送给女友童盼盼的纪念他们恋爱一周年的礼物。

或许 1999 元对于一些人来说并不算什么,但对李承恩而言,却是一笔不折不扣的巨款。

他出生于经济并不发达的四线小城顺昌,家境也不富裕。为了童盼盼能用上这部最新款的国产智能手机,他暑假都没回家,一直在打工。

从凌晨到天明,从天明到午后,列车颠簸了十一个小时后,距离终点站越来越近了。李承恩迫不及待地离开了硬座席,站在车门旁,焦急地等待列车靠站。

这一刻,爱慕和思念把奔波的疲累扫了个精光。

这一刻,他似乎忘记了列车距离靠站还有整整半个小时,即便他腿都麻了,依旧舍不得离开车门。

他想要第一个冲出列车,冲出沪南站,飞奔到童盼盼的宿舍楼下。

沪南师范大学天西学院东门。

今天花店的生意格外红火,时不时就有男生手捧鲜花走出店门,更有不少打扮得花枝招展的女生依偎着男友,走出了校园。她们的脸上洋溢着喜悦,眸子里写满了甜蜜和憧憬。

李承恩正要拨打童盼盼的手机,按照设计好的剧本,给她一个从未体验过的惊喜。当看到眼前一个个手捧鲜花的女生满脸的幸福时,李承恩突然觉得少了点儿什么。

浪漫。

出生于顺昌茨淮新河北岸的李承恩,血液里流淌着农民的务实和淳朴,并不富裕的家境也塑造了他的消费观——买东西讲求实用叫勤俭,整那些花里胡哨的叫不正混、叫败家。

然而童盼盼却不同。

这个自幼在顺昌城长大的女孩,生活得很精致。她喜欢裙子,喜欢鲜花,对仪式感有着超乎寻常的追求。

李承恩记得有一次自己和童盼盼吵架,就是因为她想要花自己却没有给她买。

所以这次李承恩开窍了,喜欢一个人就要宠着她,在不违反原则的情况下做出一些让步,是对他们感情的尊重,也是对他们未来的尊重。

1999元的手机他都买了,再加束花也没什么大不了的,少吃几顿饭便是了。

他幻想一番童盼盼接到电话,看到自己捧着花站在宿舍楼下的样子,她该多惊讶、多开心!

李承恩低着头走进了花店。

花店老板娘三十来岁,看到李承恩红着脸进门,热情地打着招呼:"同学,是不是给女朋友送花?"

李承恩嗯了一声。

他不懂花语,索性指着一个男生手里的花束,有些扭捏地说:"麻烦老板,来一束那样的。"

老板娘觉得面前的男生有些可爱,便笑着点了点头:"好的,一百二十元。"

这么贵!李承恩心下一惊,看了看男生手里的花束,略有迟疑。

此刻老板娘注意到了李承恩的背包,愣了几秒,试探着问道:"这位同学,你不是天西学院的学生吧?"

李承恩摇了摇头,声音比刚才大了少许:"我在津南大学读书。"

"津南大学,那是名校啊!"老板娘又看了眼李承恩尽显疲惫的脸色,"从津南到沪南一千多公里,你大老远跑来,这份心意就够了。刚才那束花不实惠,我给你推荐一束,保准女朋友喜欢。送花送的是心,又不是钱。"

李承恩很是执拗地回道:"就刚才那束吧,麻烦您帮我把礼物包一下。"

说着,李承恩将手机递给了老板娘。

老板娘看着面前的手机,又看看李承恩略显寒酸的装扮,忍不住感慨:"你女朋友一定很漂亮,有你这样的男朋友,她肯定很幸福。"

津南大学是有着百年历史的名校。面前这个看起来经济条件不怎么好的津南大学高才生,不仅奔赴千里探望女友,还带来一部崭新的智能手机,这份情,真是一点水分都不掺!

李承恩被老板娘说得有些不好意思,脸更红了,很是局促地四下张望。

突然,他的目光定在一个方向,再也移不开了。

不远处出租车停靠点,一个女生身着粉红色薄款羽绒服,抱着火红的玫瑰,亲昵地挽着一个男生,俨然热恋中的情侣。

李承恩的心咯噔一下,原本晴朗的心境,刹那间被乌云重重地盖住。

他生怕看错,又揉揉眼睛,心凉了一半。

他掏出早已落伍的手机,颤抖地拨打了一个号码。

苹果手机经典铃声响起。

童盼盼很是骄傲地从挎包中拿出苹果手机,当看到来电号码时,明媚的脸色瞬间黯淡下来。她拧着眉头,眼神里带着些许懊恼。

"谁啊?"童盼盼身旁的男生皱着眉头随口问道。

童盼盼抬眼看着男生,声音带着几丝胆怯:"是他。"

第 2 章　那一天那个人

男生当即变了脸色。

他是土生土长的沪南人,喜的是吴侬软语,爱的是精致浪漫。

童盼盼的外形和气质完全符合他的审美,除了童盼盼下意识冒出的乡音。连女友的乡音都接受不了的男人,又如何能接受她那看起来完全不匹配的前一段感情?

童盼盼对此心知肚明。她挽住男生的手臂,水汪汪的眼里满是无奈,言语间透着怜悯和深深的担忧。

"他从高中就喜欢我,我突然提出分手,怕他一时半会儿接受不了,万一他脑子一热,做出什么傻事……"

男生打断童盼盼,脸上的愠色越发浓郁,语气冰冷地说道:"出身不好也就算了,如果连自知之明都没有,跳楼死了也不值得可怜。"

童盼盼咬着嘴唇,轻轻低下头,吐出的话语细若蚊蝇:"我不是怕他跳楼,是怕你受伤……"

男生心里咯噔一下。

顺昌位于华中平原,自古民风彪悍。改革开放以后,作为人口输出大市,顺昌前往沪南的务工人员极多。正所谓林子大了什么鸟都有,数量庞大的务工人员中免不了出现一些害群之马。正是因为他们,沪南某些民众为顺昌人贴上了行为野蛮、素质低下的标签。

男生硬着头皮,略显颤抖的声音中透着怨愤与鄙夷。

"这里是沪南,不是顺昌,他敢耍横动粗,公安会教他怎么做人的。"

说到这里,男生又看向童盼盼,表达自己的不满。

"你当年脑子里装了什么?这小子没家境没长相,唯一的优势就是披了一层津南大学的皮。在沪南,一块砖头丢下去,都能砸死三个名牌大学生。津南大学毕业生在这里算个屁……"

童盼盼眼看男生没完没了，赶紧晃晃他的手臂，嗲声嗲气地劝慰："哎呀，你别唠叨了，你又不是不知道我心软。再说，虽然我和他谈过，但连手都没让他碰过。反倒是你，什么便宜都占了……"

身旁的男生想到两人关系的进展，脸上的愠色变成了得意，肆无忌惮地摸了下童盼盼的翘臀。

"讨厌！"童盼盼娇嗔一声，轻捶了下男生，这才满脸笑意地按了接听键。

距她十五米远的地方，李承恩将这一幕尽收眼底，从手机听筒传来的声音让他身子都在颤抖。

"盼盼，你在哪呢？"李承恩的声音像灌了铅。

童盼盼吐了口气，话语一如先前那般平静，声音一如先前那般动听。

"我在去图书馆的路上，争取明年考研成功。嗯，你有什么事吗？"

李承恩紧紧握着手机，声音变得有些沙哑："没什么大事，就是觉得周末你还去图书馆学习，实在太用功了。"

童盼盼微微蹙了蹙眉头，不耐烦地回应："不用功也不行啊，要是明年考不上研究生，我爸妈非打死我不可。好了好了，我到图书馆门口了，挂了啊！"

李承恩推开花店的门，一步一步朝着站台边挂断电话的童盼盼走去。

他的步伐有些僵硬，还有些飘忽，整个人像生化危机里的僵尸，又像没了方向的孤魂。

终于，他走到了童盼盼身后，深吸一口气，沉声说道："你这样，后年也考不上。"

童盼盼慌忙转身，看着眼前身子都在哆嗦的李承恩，大脑一片空白。

空气在这一刻凝固了。

"他是谁？"李承恩指着比自己矮了一头的男生，心中还抱有最后一丝希望。

童盼盼本想说是同学，但考虑到现在跟男生的关系以及男生的态度，把到了嘴边的话咽了回去。

李承恩最后的希望像被戳破的泡沫，消散得无影无踪。他额头青筋鼓凸，竭力克制着骂人的冲动，从牙缝中挤出七个字："什么时候开始的？"

童盼盼生怕李承恩动手，拉着男生后退两步，可能是慌张，也可能是恐惧，声音都打着哆嗦。

"承恩,你可是津南大学的学生,想想冲动的后果。"

李承恩再也控制不住怒火,大声质问:"为什么要瞒着我?"

童盼盼见李承恩没有动手的迹象,紧绷的神经松了少许,理直气壮地回应:"因为我想留在沪南,不想回到顺昌那个穷地方。而你呢,在沪南奋斗十年也买不起房。我不想寄人篱下,不想背上沉重的房贷,降低生活质量,我有选择的权利,有追求幸福的自由!"

李承恩紧握的拳头渐渐松开,周身上下的气力仿佛被掏空了。

他出生于茨河铺,那是顺昌东北方一个落后的村庄。为了过得好一些,当地的年轻人只能外出打工,留下老人和孩童守着几亩薄田。

李承恩的父母是地地道道的农民,为了供他读书,早已掏空了家底。依照他们家的经济状况,别说在沪南买房,就算在顺昌买房都付不起首付。

要知道2009年沪南商品房的均价高达三万元每平米,让即便在沪南打拼多年的高薪白领,都望而却步。

所以,李承恩沉默了。

童盼盼鼓足勇气挽住了身旁的男生,不仅旗帜鲜明地表明了自己的立场,还刻意展示那部最新款的苹果手机。

这举动就像一把刀,深深地刺进李承恩的胸膛。那部苹果手机就是一记响亮的耳光,让李承恩的脸火辣生疼。

他的胸口好像被一块大石头压着,眼睛里布满了血丝。过了一会儿,李承恩再次打破了沉默,声音较刚才轻了少许。

"既然如此,为什么不摊开了说?为什么骗我?"

刚刚还叫嚣权利自由的童盼盼不敢直视李承恩的眼睛,脸涨得通红。

男生把童盼盼拦在身后,眸中的惊慌变成了不屑,眉宇间的紧张渐渐成了鄙夷。

"你现在质问盼盼,良心让狗吃了?她是可怜你才一直不说,你好歹也是受过高等教育的,怎么没有一点自知之明?"

"可怜我?"李承恩已经松开的拳头再次握紧,"你什么意思?"

男生朝后退了两步,强烈的优越感促使他的语气越发不客气:"我什么意思你心里不清楚?你从高中就对盼盼死缠烂打,不能如愿就不知廉耻地寻死觅活,盼盼没法子才勉强应下。李承恩啊李承恩,让大家评评理,这是喜欢吗?

不！这是道德绑架,是不要脸皮！盼盼念在同学一场,不想把事做绝,谁承想你还不依不饶,大老远跑来骚扰。我就纳闷了,你父母没教过你男人要有自尊,津南大学没教你什么叫自知之明吗？"

李承恩瞪大眼睛望着童盼盼,一字一句地问:"这是你告诉他的？"

童盼盼紧紧贴着男生,好像受到惊吓的鹌鹑,大气都不敢出。

男生赶紧拉着童盼盼又后退了几步,音量较之刚才高了好几个分贝:"有脸做还不许人说？李承恩,这里是沪南,不是顺昌,更不是茨河铺那个乡疙瘩,别在这里耍横！"

李承恩怔怔地站在那里,看童盼盼的目光就像看一个陌生人,愤怒和委屈像一座山,压得李承恩喘不过气来。

这个嗲声嗲气的女孩从高一便缠着李承恩,无所不用其极,最终感动了李承恩。为了童盼盼能考上大学,李承恩没少给予帮助,不然,童盼盼连三本都考不上。也正因为帮助童盼盼耗费了精力,李承恩才没有走进顶尖学府。

原来,李承恩一点都不后悔,现在……

只当自己过往的一切都喂了狗。

李承恩沉默了许久,紧握着拳头,牙关紧闭,忍着屈辱,转过身,不再看童盼盼一眼。

"保重,再也不见！"

话落,李承恩毅然转身,径直走向花店。

童盼盼心里某个地方往下一沉,冲即将远去的身影喊了一声:"李承恩！"

李承恩没有理会,取出一百二十元递给老板娘。

老板娘将店外的一幕收入眼中,看着面无表情的李承恩,柔声劝说:"小伙子,花既然用不到了,就别付钱了,这花很畅销,不愁卖。"

李承恩将那部包装好的智能手机装进背包,抱起那束鲜花,瓮声瓮气地回道:"都做好了,没有不付钱的道理。"

老板娘看了眼跟着男生上了出租车的童盼盼,生怕李承恩想不开,紧跟着又劝:"小伙子,天涯何处无芳草,那个女孩配不上你……"

未等老板娘把话说完,李承恩就出了花店。

男女之间的感情,没有太多配得上配不上之说,有的只是合不合得来。或许早一点看清现实就能早一点止损,只是这心情……

津南飘起了今冬的第一场雪。

李承恩回到校园的时候,天刚蒙蒙亮。他没直接回宿舍,一是这个时间点室友胡以为还在睡觉,二是他还没调整好情绪,也不知怎么跟满怀期待的胡以为解释。

他寻了个偏僻角落,把鲜花放在石凳上,坐了下来。

从津南到沪南,又从沪南回津南,他都没怎么吃东西,所以路上他买了面包和花生,还鬼使神差地买了瓶红星二锅头。

风夹杂着雪打在脸上,很冷。李承恩就着面包和花生喝着二锅头。原以为酒能给自己带来些许温暖,结果越喝越冷。也不知过了多久,酒劲开始上头,压抑的情绪就像蓄势待发的洪水,即将冲开大坝,一泻千里。

李承恩偷偷看了看四下,发现周遭无人,从沪南忍到津南的泪终于落了下来。在薄薄的积雪中,混杂着屈辱与无奈的泪落下便消融不见了。

没有撕心裂肺的哭声,只有肝肠寸断的苦楚。李承恩抱着脑袋,揪着头发,竭力让自己像条汉子。

这时,耳畔传来暖暖的话语:"哭出声,是不是心里会更好受一点?"

第 3 章　邂逅

李承恩以为出现了幻觉，待那暖暖的声音再次响起，他的身子微微一震，强烈的羞愧感随之袭来，比腊月的风还凛冽几分。

爷爷曾经说过，茨淮新河两岸的爷们儿，再苦不喊累，再疼不能哭，站着顶天立地，倒下轰然有声。细细想来，他不过是遭遇了背叛，受了些委屈，被残酷的现实打了一耳光，为此哭成这副模样，矫情。

李承恩搓搓脸，要维持男人的体面，可泪水依然不争气地流淌着。他只能抱着脑袋，下意识用顺昌方言打发这位素昧平生的好心人："谢谢，让我静一会儿。"

"你是顺昌人？"暖暖的话语中带了些惊喜。

浓浓的乡音温暖了李承恩冰冷的心。在津南读书期间，除了回家他没听过乡音，即便跟童盼盼相处的时候。

童盼盼一直认为顺昌方言太土，从高中就坚持说普通话。李承恩对此并不反感，甚至打心眼里支持，可内心深处，他还是觉得顺昌方言顺耳好听。

可能是因为同是在外的家乡人，也可能是因为女孩的声音太软太暖，李承恩放下无谓的羞愧感，抬眼看去，时间就此凝固。

纷纷扬扬的雪花中，一张清丽的面庞就此呈现。她身材娇小，扎着极为寻常的马尾辫，身着款式简单的白色羽绒服、白色的宽松牛仔裤，穿着白色的运动鞋，干净，漂亮！

女孩被他看得有些不好意思，双腮泛起两片红晕："我也是顺昌的。"

李承恩这才反应过来，从脸上挤出一个笑容，嘶哑着嗓音回应："我是茨河铺的。"

"茨河铺？我知道，爷爷身体好的时候，常常带我去你们那里钓鱼。"女孩眼前一亮，拍了拍身上的雪。

"到茨河铺钓鱼?"李承恩有些不解,"怎么跑那么远?"

"我爷爷在你们那里挖过河。爷爷说幸亏挖了那条河,没挖前,我爸还跟我爷爷讨过饭呢。"

"我爷爷、太爷也挖过,前前后后挖了十多年。"李承恩擦了擦石凳上的积雪。

那条河拉近了两人的距离,女孩很是自然地坐在石凳上,也打开了话匣子。

那条河就是茨淮新河。

没有这条河之前,淮河两岸小雨小灾,大雨大灾。"一定要把淮河修好"的号召发出后,顺昌周边县市动用民工两百多万人次,耗时十余载,终于迎来了茨淮新河的通航。

这条绵延一百多公里的人工河是新中国成立后开挖的最长的人工河,在分洪、防涝、灌溉、航运、城镇引水等方面发挥了巨大的作用,也让"走千走万,不如淮河两岸"再次变为现实。

遗憾的是,知道这条河的人不多。广为人知的反而是茨淮新河两岸的人很穷,乃至有段时间顺昌被"誉"为安徽的西伯利亚。

很多吃着茨淮河水长大的儿女,一旦具备在大城市生根发芽的能力,便很少回来。因为童盼盼对沪南的执念,所以李承恩埋在心里的想法不敢说,也不敢做。

童盼盼的音容笑貌又一次浮现在李承恩脑海。他又喝了口二锅头,看向身旁那束满是积雪的花,刚刚转好的心情再次变坏。

女孩的目光也落向那束花。"失恋了?"女孩轻声问道。

"你怎么知道的?"李承恩抬头问道。

"大清早一个人在这里喝闷酒,也只有失恋才能解释吧,毕竟英雄难过美人关啊!"女孩轻笑。

李承恩摇了摇头,他抬眼看着面前的女孩道:"不仅是失恋,更多的是自我怀疑。我给不了她想要的,也没资格阻止她追求更好的。你是顺昌人,自然知道我们那穷,她想要留在沪南,我能做的只有放手,祝她追求到自己想要的幸福。"他苦恼于自己没能力,不能给童盼盼想要的。

虽说童盼盼背叛了他,但是他又有什么资格去指责她呢?她只不过是想追求更好的生活罢了,是自己耽误她了。

"是啊,顺昌穷啊,发展前景太有限了。她不愿意留在顺昌,倒也没什么错。"女孩叹了口气,掏出手机,指着通话记录,脸上的暖意渐渐消失,"我发小昨晚跟我聊了很久,她远嫁到了江南,刚结婚婆家人就看不起她,嫌咱们这地方的人穷,有了孩子后老公又不疼,做了错事非打即骂。"女孩顿了顿,冲李承恩无奈地笑笑,接着说,"她给父母打电话,父母只劝和不劝离,毕竟江南的经济条件比咱们这边好,离了,算来算去吃亏。我挂掉电话,怎么都睡不着,就出了宿舍瞎逛,也就碰到了你。"

李承恩一阵沉默。

茨河铺也有赴外地打工的女孩,她们为了生存、为了自己向往的生活,选择嫁给当地人。父母拉家常时总说她们过得怎么怎么好,实际如何只有她们自己知道。婚姻有时很现实,没有对等的经济条件,家庭的和睦就要靠妥协退让和忍辱负重去换得。

女孩见李承恩不说话,轻轻抖了抖花束上的落雪,看向李承恩的目光意味深长。

"能考进津南大学的可都不是普通人,这里是全国知名学府,你以后的成就未必会比那些沪南人小。他们不过是出生在一个不错的城市,有着不错的家庭条件,可是,那又如何呢?"

女孩轻轻一笑,面容之上带着洒脱神色:"古语说,三十年河东,三十年河西,莫欺少年穷。你爷爷那辈当年能一锹一锹把茨淮新河挖出来,作为他的后人,骨子里流淌的血都是倔强的。如今你遇到的这点儿破事又算得了什么呢?"

此时,雪停了。

李承恩静静地看着坐在石凳上手捧花束的女孩,眸中满满的都是感激:"谢谢你。"

"千万别说谢,这两年,我在津南大学也没什么朋友,老乡更是没碰到过,今天你能跟我说这么多话,我也挺开心的。这番话不光是说给你听的,也是开导我自己的,"女孩把花束递给李承恩,甜甜一笑,"我一宿没睡,你精神也不好,刚刚你又喝了不少酒,回去休息吧,不管到了什么时候,身体才是第一位的。"

女孩的笑就像春天的风,让李承恩心头颇暖。他呆呆地看着女孩头上的落雪,又看了看她清秀干净的面庞,可能是酒精上了头,也可能是觉得女孩宽慰了自己那么久,实在过意不去,他便从背包取出那部包装好的智能手机,放在石凳上。

"花我看着糟心,这份礼物我拿着更烦。能在津南大学碰到老乡,说明咱俩有缘,这手机权当见面礼。"

女孩面露惊讶,赶紧把花束朝李承恩怀里推:"不行,我不能要……"

李承恩拎着背包,快速向后退了几步,看着脸色有些慌张的女孩,笑着解释:"老乡第一次见面,送个见面礼,有什么不可以的?再说礼物也不值钱,我拿着又闹心,你收下也算是帮了我的忙。"

他生怕女孩还要推辞,拎着背包快步朝宿舍跑去。

"哎,你别跑啊,我还不知道你的名字呢……"女孩追了几步,可能是路滑,也可能是她一宿没睡,一个趔趄差点滑倒。

她稳住了身子,把李承恩遗留在地上的面包、花生米和大半瓶二锅头收进塑料袋,丢到垃圾桶。看了看怀里的鲜花和石凳上的礼物,女孩叹了口气,小声嘀咕:"这算什么事啊!"

第 4 章　回忆

李承恩回到宿舍便呼呼大睡,醒来时已是傍晚。

他揉了揉太阳穴,走进卫生间洗漱,刚擦完脸,室友胡以为靠着门框,把李承恩上下打量一番,挤眉弄眼地问:"解脱了?"

李承恩皱了皱眉头,把毛巾朝毛巾杆上一甩:"什么解脱?净瞎说!"

胡以为撇了撇嘴,不再跟李承恩多说,把一盒烧烤朝桌子上一丢,开了瓶啤酒,朝桌上重重一放,脸上再没了玩世不恭。

"大家都是成年人,你这份礼物准备了整整三个月,沪南一行你们俩不说水到渠成,至少也得坦诚相见,结果你一身酒气回来,你说不是闹掰,鬼都不信!"

李承恩端起啤酒一饮而尽,只得将遭遇叙述了一遍。若还有其他室友,依李承恩的性子断然不会提,现在其他室友都去知名农业科技公司实习了,还有什么不能说的?

自从入学,他就和胡以为这个家境优越的同学对脾气,两人一起选修同一门课程,一起去图书馆复习,除了胡以为这学期开学就报了那个莫名其妙的剪纸班,他们俩几乎形影不离,比亲兄弟还亲。

"掰了好!"胡以为夹了块羊肉塞进嘴里,边吃边数落李承恩,"打眼一看童盼盼就不是省油的灯,配不上你,我不止一次暗示你跟她拜拜,你横竖不听,她都做到那份儿上了,你还忍?换成我,早就一耳光招呼到这贱人脸上……"

砰!

李承恩把酒杯重重地砸到桌子上,一张脸憋得通红:"不许这么说她!"

胡以为微微愣了下,想到李承恩这些年的付出,想到昨天童盼盼的残忍,一股邪火从心口涌上了头。他霍然而起,指着李承恩的鼻子,瞪着眼睛道:

"你有这脾气,怎么不在沪南耍?你怎么不揭穿童盼盼的屁话?那个沪南小子只要爹妈给他生了脑子,就知道童盼盼是什么货色……"

啪！

李承恩把杯子重重地摔在地上，酒水和玻璃碎片溅了一地。

胡以为愣愣地看着李承恩，嘴巴张张合合老半天，一句话都说不出来。

李承恩看看胡以为愤慨的面色，又低头瞧瞧脚下摔碎的杯子，陷入一阵沉默。

过了一会儿，李承恩把胡以为的酒杯斟满，嘶哑着低声说道："坐下，听我说。"

胡以为懒得理会李承恩，拿起扫帚要清扫玻璃碎片。

李承恩见状连忙去夺扫帚："我来。"

"滚！"胡以为推了把李承恩，一边打扫一边没好气地骂，"去照照镜子，人不像人鬼不像鬼的，为了一个渣女犯得着吗？你是津南大学准研究生，是咱们北方流血不流泪的汉子！"

李承恩重新找了个玻璃杯，洗干净，倒满啤酒喝了一大口，思绪回到一个冬日的午后。

"那时爸妈刚好去镇上卖小吃，爷爷跟村里几个人去南方务工，家里只剩下我和奶奶。午饭刚做好，几个身着制服的人就进了家门，很凶，我吓哭了，而满头白发的奶奶就在我面前，给那些人跪下，一边磕头一边哭着哀求。"

李承恩将杯中的啤酒一饮而尽，眼眶微微有些湿润。他内心很敏感，可以想象当时的场景对他的冲击有多大。

胡以为紧紧攥着酒杯，想说些什么，又把到嘴边的话咽了回去。他是津南本地人，家境优渥，自小到大泡在蜜罐里的他，想象不到茨淮两岸的人当年有多穷，又有多无奈。

他帮李承恩把啤酒再次倒满，试探着问："是工作人员征收提留款吗？"

李承恩摇了摇头，不好意思地笑了："是我们偷电，按规定要罚款五十。那时的我虽然不知道偷电的性质，却知道五十块钱的分量，家里无论如何也拿不出来的。"

胡以为听后忍着酸楚，端着啤酒喝了一口，小声问："后来呢？"

"稽查队队长是我们镇的供电所所长，比我爸年长两岁，奶奶跪下后他蒙了，反应过来后他慌忙扶起奶奶，带着稽查队离开了。"李承恩跟胡以为碰了下酒杯，笑着说，"很久以后我才知道，罚款缴了，是童所长垫的钱。"

胡以为把杯中的啤酒喝了个精光,似有所悟:"那个童所长,是童盼盼的父亲?"

李承恩点了点头:"他可能忘了,我永远记得。"

胡以为又夹了块羊肉。他想问问李承恩家乡的现状,想了想又摇了摇头。

现在的农村经济条件确实有所改善,但存在的问题仍然突出。为了生计,农村的青壮年大都进城务工,留下的不是老人就是儿童。而凭借打工,乡村经济条件短期内或许有所改善,但从长远看,乡村还是那个相对变化不大的乡村,该穷还是穷。

一个地区要想真正富裕,一定要有拉动经济的产业,胡以为根据李承恩平常的描述,知道顺昌是个农业大市,连像样的工业都没有,至于茨淮新河两岸,除了老弱妇孺和土地,还有什么?

李承恩闷头喝酒,他有说出他想回乡创业的冲动,可是细细想想,真是不切实际。父母为了让他能够摆脱农民的风吹日晒之苦,咬牙供他上学,最后把他送进了名牌大学。眼看他就要成为津南大学的研究生,具备留在大城市的条件,这时回家乡创业,暂且不说李承恩自己要经历多少思想斗争,单单父母那关就过不去。

不是每个人都有大心胸、大格局,也不是每个人都能成为道德楷模或致富标兵,生活中大多数人都是平平凡凡的,有私念,有虚荣,更有自己的取舍。

可是想到奶奶那一跪,想到那些赤脚在茨淮大地上奔跑的留守儿童,再想想那些背井离乡外出务工乃至为了改善生活嫁到外地的姐妹,李承恩放弃读研究生回乡创业的冲动越来越强烈。

李承恩从未见过面的太爷大字不识一个,为了挖茨淮新河,长眠于这片大地。他为什么这么做?还不是为了子孙后代,心中有一种摆脱贫穷的执念?

很多时候人们都喜欢往前看,不去回望那些先辈,其实静下心琢磨琢磨,新时代的人们若生在那个条件艰苦的时代,能义无反顾吗?能取得那些至今看起来都不可思议的成就吗?两相比较,放弃津南大学的研究生学历,又算得了什么?

正在李承恩胡思乱想的时候,胡以为推了他一把,言语间尽是不满。

"过去的事咱们不说,就谈现在。你连那个女生的名字都不知道,就因为人家开解你几句,你送了人家一部智能手机。明天我生日,我今天又买烧烤又买啤酒的,劝得嘴皮子都冒烟,你总不能亏了兄弟我吧?"

李承恩跟很多大学生不同,他读书三年半,抛开学费,生活费几乎自给自足。只有去挣钱才知道挣钱的艰辛,现在想想早上的举动,李承恩多少有些后悔。

那部小米手机还没使用,拿到手机店怎么都能卖一千七八,他却送给了第一次见面的老乡,当时还生怕别人不要,连老乡的名字都不问就跑了。

胡以为见李承恩脸色不大好,拍拍他的肩膀,肆无忌惮地调侃:"老李,现在知道后悔了?我给你算了下,今天早上你喝的二锅头不便宜,两千多人民币,比茅台都贵。"

李承恩拿开胡以为的手,硬着头皮回应:"后悔什么?那会儿天冷人少,我思想又走进了死胡同,要不是那个学妹,我万一冻病了,医药费也不少,再说滴水之恩涌泉相报是我的做人准则……"

胡以为嘴角一阵抽搐,连忙冲李承恩竖起大拇指,打断了自我安慰的室友:"唯物主义辩证法学得好,一分为二看问题彻底落实到了实处,兄弟自愧不如!"

李承恩脸一红,端起酒杯,没好气地嘟囔:"我栽那么大的跟头你还开玩笑,同情心让狗吃了!"

"你又不是女神,同情你有屁用!"

胡以为跟李承恩碰了下酒杯,一饮而尽,爽朗地笑了起来。早晨李承恩不仅一身酒气,脸色也不好,确实把胡以为吓得不轻。凭他对李承恩的了解,被童盼盼搞了这一出,没十天半个月,李承恩走不出来。这小子内心太敏感,太重感情!

胡以为真没想到晚间时分李承恩就能跟他插科打诨了,看来那个学妹的一番开导确实有效。从这个角度说,一部小米手机送得值,千金散尽还复来,人这辈子,难得开心。

此时李承恩正打开笔记本电脑看资讯,他看看时间,不解地问爬到上铺的胡以为:"今天你不玩游戏?"

"明天第四节有剪纸课,我要早起去理发店搞个造型,以最好的状态见程老师,邀请她参加我的生日会,顺带要个生日礼物。"胡以为想到程老师的造诣,啧啧一阵感叹,"程老师不仅人长得漂亮,成就更是非凡,十四岁就拿到了全国青少年手工大赛特等奖。咱们还在上高三,人家就跟着国家领导人参加海峡两岸艺术家看海南活动了。"

李承恩原本对胡以为报剪纸班不理解,现在明白了,于是抬眼看向爬到上铺的胡以为:"那个剪纸老师的艺术造诣真那么高?"

"废话!她是非物质文化遗产程氏剪纸第三代传人,你穿开裆裤玩泥巴那会儿,联合国教科文组织就去她家里拜访程老爷子了,那见识、那格局、那气质,"胡以为咂吧了下嘴,眼前又浮现出程方梵精致的五官,"要不是她名花有主了,男友还是富二代,我还真准备追她。"

李承恩瞟了眼胡以为,摇了摇头。这个室友家世好、长相好、成绩好,就是说话没个把门的。对学姐学妹有想法也就罢了,现在连老师都拿来调侃,胆子确实够肥的。

胡以为见李承恩目不转睛地搜索着资讯,拿起枕头砸了下去。

李承恩捂着头,很是不满:"你干吗?"

"你就不想见见程老师?我告诉你,那可是大家公认的女神,她的剪纸课,教室都能挤爆。"胡以为说话的语气,就像童话中哄骗小红帽的大灰狼。

李承恩觉得胡以为脑子有点问题:"你傻了吧,那是老师!再说,她长得漂亮、剪纸艺术造诣高,跟农学也没关系啊。"

胡以为从上铺爬了下来,捡起枕头,很是严肃地发号施令:"明天你去也得去,不去也得去!"

李承恩把胡以为上下打量一遍,觉得他今晚是真疯了。

胡以为也不废话,指着墙根的啤酒瓶和垃圾桶中的烧烤盒,露出了狼尾巴:"吃了我的喝了我的,就得帮我办事。我一个人去目的性太明显,人家不一定理我。但拖着你给我当僚机就不同了,有人在一旁打圆场,说不定我还真能邀请到她来参加我的生日会呢。"

第 5 章　原来是她

剪纸课人气不低,还有十分钟才上课,阶梯教室已经被挤得满满当当。胡以为拖着李承恩,千辛万苦抢到了第二排的两个座位。

李承恩无奈地坐在胡以为身边,摆弄着手里的剪刀:"老胡,先说好,我从来没接触过剪纸,一会儿真帮不上你什么忙。"

胡以为嘿嘿笑了两声,悄声道:"老李,把你拐来就是我今天最大的外挂了。还好我跟程老师关系好,要不,我还真开不上这个挂。"

李承恩一头雾水。胡以为嘿嘿一笑:"我还能害你不成？老李,待会说不定还是你的高光时刻呢!"

恰在此时,一个娉婷的身影走进教室,坐在了空着的第一排位置上。

津南大学有个不成文的习俗——出于对老师的尊敬,教室里就算再挤,第一排的座位也没有学生坐。这算是留给老师和助教的专属座位。

毕竟大学里动辄就是三个小时的连堂大课,老师也不是神仙,也需要片刻的休息。

李承恩瞥了一眼,心脏顿时猛跳。

这不正是昨天那个学妹吗？她怎么坐在第一排,难道她是助教？

李承恩想问问胡以为是不是认识她,胡以为却忙着跟另一侧的女同学说话,根本无暇搭理他。

鬼使神差地,李承恩伸手拍了拍女孩的肩膀,局促地开口:"真巧,又碰见你了。"

女孩转过头来,看见是李承恩,嫣然一笑,揶揄道:"是你？昨天还没来得及问你的名字……"

李承恩窘然道:"我叫李承恩。"

女孩抿唇,问他:"以前从没在剪纸课上见过你……"

李承恩连忙拉过胡以为,解释道:"我室友选了这门课,我是来陪我室友上课的。"

胡以为趁还没上课,正忙着跟隔壁女生讨论校门口哪家烧烤好吃,忽然被李承恩扯了过来。

他瞄了一眼女孩,再想到昨天发生的事情,脸上顿时露出了一种别有深意的表情。

女孩瞪了胡以为一眼,温和地对李承恩开口:"你是茬淮一带的人,对茬淮的风土人情应该很熟悉,待会儿想请你帮一个忙……"

李承恩略有犹豫,最终还是应下了:"只要力所能及,我一定帮。"

女孩又抿唇一笑,对胡以为说:"终于见到你口中的学霸室友了。胡以为,你也收收你那跳脱的性子,跟人家好好学学。"

胡以为看热闹不嫌事大,嬉皮笑脸地说:"行行行,这就学习,加大力度,加大尺度!"

李承恩赶紧扯了一把胡以为。

这老胡嘴上可真是没个把门的,当着学妹的面也没个正形!

李承恩跟女孩打招呼,纯属心头一热。

津南太大了,这片土地上的生活节奏太快了。他就像一只孤独的候鸟,在钢筋水泥的大城市里飞翔。今天他终于碰到了同类,怎能错失这一点同乡情谊?

古诗中说,空城客子心肠断。原先他的一半心寄往了沪南,可如今这一半心已经支离破碎……

李承恩在心底叹息一声,清脆的上课铃声在他的耳边响起……

女孩狡黠地看了李承恩一眼,拎起包包,一扬长发,走上了讲台。

"同学们好,又过了一周,很高兴再次见到你们……"

李承恩愣愣地注视着讲台上温婉知性的女孩,难以置信地低声问胡以为:"她……不会就是你说的那个程方梵老师吧?"

天啊!他一直以为她是学妹,没想到,竟然是老师!

胡以为这小子肯定早就知道了,故意瞒着我!

胡以为看李承恩的表情呆愣,赶紧给自己澄清:"我是无辜的啊!昨天程老师只是要我帮她找一个茬淮老乡,我就想到了你。我也不知道你昨天说的那个学妹会是程老师……"

李承恩闷闷地叹了口气:"算了,没什么。"

他不喜欢被蒙在鼓里,这种不安全感有时会让他无所适从。

讲台上的程方梵正将剪纸课的内容娓娓道来,她的声音轻柔悦耳,再搭配上精美无比的投影,竟真的将课堂变成了艺术的舞台。就连对这些风雅之事不感兴趣的李承恩,也渐渐听得入了神。

"剪纸艺术可以保留对过去的珍贵记忆。大家知道,我是茨淮一带的人。茨淮这个地区的朴实、坚韧和奋斗精神,深深地影响着我。"

程方梵的目光不时落在李承恩的脸上,她出示了一些图片,从数十年前的荒地、废田,到现在的风吹麦香……一条碧波荡漾的大河从平地里开掘出来,挖河的人们手掌皲裂漆黑,布满泥污,脸上荡漾的却是满足的笑容……

这些图片并没有引起太大的共鸣。

紧接着,程方梵小心翼翼地展开了一幅足有一米高的画卷。

画卷上附着一幅精美绝伦的剪纸。

头顶的太阳,远方的河,挥舞锄头的老汉,肩上背篓里扯着麦穗的娃儿……

李承恩看痴了,他从未想过,剪纸艺术会有这样蓬勃的张力!

教室里传来低低的啧啧声,被震惊的人显然不止李承恩一个。

胡以为目中露出痴迷之色,他小声告诉李承恩:"这是程老师前几年茨淮系列展品中的一幅,她说了,谁能在这个主题上交上一百分的作业,她就把这幅剪纸当作奖品送给谁!老李,我可全靠你了!你要知道,程老师的作品在外面是什么价值!要不是我说我明天过生日,死缠烂打好久,程老师压根儿不会给我这个机会……"

李承恩明白胡以为所谓的"开挂"是什么意思了。

剪纸课上既然要展现茨淮大地的风貌,那没有什么人比他这个土生土长的茨淮人更合适。

果不其然,程方梵狡黠地看向他,柔声道:"恰好今天在座的同学中,就有一位来自茨淮大地,我们请他来讲一讲他的家乡,好不好?"

教室里响起了热烈的掌声。胡以为坏笑着,强行把李承恩推了起来。

李承恩有些赧然,又有些激动。

第6章　你太狭隘了

他站在讲台上,注视着台下一双双眼睛,喉头动了动。

茨淮的风土人物,幻灯片一样从他的眼前闪过,一帧帧、一幅幅都带着刻入灵魂的悸动。李承恩抓住这难得的机会,静静诉说着家乡的美好。

这里并不富饶,却有着别处难寻的乡野童趣;这里没有名山大川,却有着最硬的脊梁……

显然,李承恩这份作业大家很满意,胡以为也得偿所愿,由此大手一挥,订了津南最上档次的洋房公馆过生日。

李承恩觉得太奢侈了,胡以为却不以为然,用他的话说,人一辈子才能过几个生日? 那是过一个少一个啊! 再说大家已经开始实习,很快就要各奔东西,再聚就难了,离别之际好好庆贺一下理所应当,这钱他花得心甘情愿。

胡以为的生日宴在傍晚开始,程方梵果然如约出席。她挽着一位高大帅气的男士,笑吟吟地递给胡以为一个礼品袋。

"胡同学,祝你生日快乐!"

胡以为没想接礼物,他挠了挠头:"程老师破费了啊,说好了拿剪纸当礼物的,我已经有你的剪纸作品了,这礼物我不能收。"

程方梵顿了顿,笑道:"你就收下吧,就当是另一份心意。"

程方梵话音刚落,她身边的男士就主动伸出手来跟胡以为握手,举手投足间,绅士派头十足。

"你好,我是小梵的未婚夫方泽。听说你今天过生日,恰好我今晚留了时间陪小梵,就冒昧地跟她一起过来了。"方泽环顾了一周,笑容意味深长,"洋房公馆是位餐,你一下定好几个包厢,大手笔啊!"

胡以为打量了方泽两眼。他不太喜欢这个油头粉面的家伙,于是应付了两声,索性把李承恩推过来,招待程方梵和方泽两人:"你俩是老乡,应该有得聊,我受不了他那股油腻劲儿。"

李承恩本来打定主意做个透明人——安静地吃饱肚子就算完成任务,谁承想半路出了这么个幺蛾子。不过既然胡以为开了口,李承恩必须得应下,他清楚胡以为的脾气,万一说了不该说的,好好的宴席肯定要变味。

"程老师好,我先带你们去包厢坐坐。"

李承恩带着他俩往里走,方泽笑着跟他攀谈:"你也是小梵的学生?津南本地人?"

程方梵抢先一步替李承恩回答:"他是我的老乡。"

方泽脸上热络的神色一下子便冷了很多。

李承恩心里有些膈应,但也没说什么。

津南人做生意的多,做生意的人往往喜欢凭出身定人。顺昌太穷了,再加上一些害群之马的"出彩"表现,顺昌的名声在外也是差到离谱。

宴席进行得很欢畅,大家都很尽兴。李承恩带着微微的醉意去了趟卫生间,路过露台,听到了低低的说话声。

"小梵,这个问题咱们已经讨论过很多次了。我不赞成你回顺昌……"

听到"顺昌"两个字,李承恩心中打了个突突。他猜到了对话的主人公是谁。

果然,程方梵透着微怒的声音传到耳畔:"方泽,我再次申明我的态度,津南不是我的家。我知道你一直看不起顺昌,但我当初答应了爷爷,今年任教结束就回去……"

月光斑驳地洒下,方泽急切地握住了程方梵的手腕,痛苦地说:"你怎么就不明白我的心意呢?顺昌太穷了,太落后了,在那里不会有人把剪纸当成艺术。"

方泽又放缓了语调,伤感地叹息:"我不忍心让你的才华被埋没。津南是大城市,跟国际接轨。只要你继续留在津南大学任教,机会就会源源不断地接踵而至,有一天你走向世界,才能完成你爷爷的心愿啊!再退一步,难道我们以后结婚了,还要两地分居吗?我们家的生意都在津南,是不会往顺昌发展的。小梵,你就听我的,以后逢年过节,我陪你回去尽孝道就行了,你想长期定居顺昌非常不明智,是拿自己的人生和天赋开玩笑……"

程方梵久久没有说话。

李承恩站在那里，一时感慨万千。

顺昌的穷在全国都是出了名的。那里的人，吃得好、穿得暖就已经很满足了，哪有精力去欣赏什么艺术？由此导致了这样荒诞的现象——这方水土好不容易培育起来的艺术人才，总是难逃墙内开花墙外香的命运，为了前途，他们只能选择离开……

但是，那是家啊！那是根啊！

津南的夜，就算无云，星光也并不闪耀。

太多的高楼，太多的霓虹，遮盖住了黑夜原本的模样。

久久的寂静后，程方梵出声了。

她的声音冷静而低沉，显然，带着不可回转的决心："你有没有想过，顺昌是我的家，茨淮两岸的风土人情是我创作的源泉。灵感若枯竭了，我哪来的艺术前途？方泽，如果你依然坚持己见，那么，我们只能分手。"

"分手就分手，程方梵，你会后悔的！"方泽丢了一句狠话，拂袖而去。

程方梵看着愤然远去的方泽，好像被抽空了气力，默默地走到长椅旁，坐了下来。

她低着头，捂住了那张无比精致的面庞，双肩不住地颤动。

月光下，她那落寞无助的模样，让周遭的空气在冷了几分的同时，还透着些许心酸……

第7章 你都听见了

李承恩望着伤心不已的程方梵,鬼使神差地走了过去。他为自己的突然出现找了托词:"刚才我在这里醒酒,听到有人争吵——"

"你是不是什么都听见了?"程方梵打断了李承恩的话,放下手,露出苍白的面孔和微红的眼眶,抬眼看了过去。

李承恩好像木桩一样站在那里,尴尬无比,不知道该怎么回答。

程方梵叹息一声,示意李承恩坐到她身边,自嘲地笑了笑:"上回是我开解你,现在反而我自己开解不了我自己了。"

李承恩想开口劝劝程方梵。

程方梵却说:"我给你讲个故事吧。我那个远嫁的朋友,去年回来的时候从家里装了两袋苹果。她老公的眼睛一直盯着她的手,装三四个苹果的时候没说什么;装了一袋子苹果的时候,脸上表情变来变去,也没说什么;可等我朋友动手装第二袋苹果的时候,她老公忍不住了,说:'知道你娘家穷,顺昌人没吃过苹果吗?你要给你娘家带多少东西回去?'听起来就离谱啊,就为了两袋苹果!我朋友给我打电话痛哭,当时我就想劝她离婚。可我朋友说,娘家的衣食住行,确实要靠丈夫来补贴,一旦离了婚,娘家就什么也没有了!她宁愿低声下气地受这个气……

"你说,多可笑!就两袋苹果,他就能够把我们顺昌人往土里踩,好像穷就是一种病一般,好像穷就是要被人看不起一样!"

程方梵抬头看了看天,眼睛里带着苦笑。

"如果我跟方泽在一起,我想我们俩最后也会是这种样子,他看不起顺昌,瞧不起顺昌人。我知道他喜欢我,他想让我留在津南。可是一个瞧不起我的出身,看不起我的故乡的男人,我又能和他走多远呢?又会有什么结果呢?或许我会和我发小一样可悲,或许过得还不如她呢。"

泪珠缓缓地从程方梵的眼中滑落,她仰着头,泪珠顺着她的脸颊滑落到她洁白的脖颈上,然后隐没在衣领中。

她是喜欢方泽的,可是她更爱自己的家乡,她没办法接受自己的男朋友诋毁或者看不起顺昌。

她知道顺昌穷,可顺昌自古以来就穷吗?"走千走万,不如淮河两岸"这句俗语难道是凭空生出来的?要知道,国宝龙虎尊就是从这个地方走进国家博物馆的。

顺昌有着悠久的历史,也有着灿烂的文化,顺昌人也不懒。造成顺昌穷的因素有很多,保漕运是无法回避的原因之一。回顾历史,没有顺昌乃至安徽的牺牲,哪有大运河沿岸的繁荣?哪有江南的富庶?时至今日,每逢洪灾,顺昌乃至安徽总是冲锋在第一线,牺牲自己的家园,保住长三角经济带。

此刻,李承恩的心被程方梵的话扎疼了。

一个童盼盼,一个方泽,这两个人一个在告诉他顺昌穷,穷到让土生土长的顺昌人都嫌弃;另一个则是像在和他说,顺昌人好像寄生虫,只能靠依附别人才能活下来。

"他们的认知是错的,顺昌不是那样的……"

后面的话,李承恩咽了下去。在铁一般的事实面前,口头上的辩解很苍白,也很无力。

程方梵看着欲言又止的李承恩,随口问道:"我们那里会一直穷下去吗?"

李承恩想了想,突然握紧了拳头,摇了摇头。

"我们现在是穷,但我们那里的人勤奋。原来大雨大灾,小雨小灾,为了活着,为了后代,先辈们用锹挖了一条两三百里的河,用架子车和麻袋筑了两条两三百里的堤。我们缺的不是干劲儿,少的不是血性,缺的是路子,是方向!"

程方梵微肿的眼睛中带着些许认可,轻轻点了点头。

作为人力输出大市,这些年来数不清的顺昌人跑到外地发展,一些人找到了方向,就此实现了财富自由。只要有方向、有路子,顺昌的现状肯定会有所改变。

"茨淮是个出奇迹的地方,以前出奇迹,以后也会出奇迹。我要让所有人都知道,我的家乡是个值得我骄傲的地方!"李承恩眼睛里带着光,那目光之中带着一丝坚定和倔强。

程方梵被他眼中的光震撼了，那目光纯粹而又坚定，直戳人心。她不明白李承恩为什么吐出这样的豪言壮语，不清楚他要做什么，但是她清楚自己的路……

津南大学2号宿舍楼。

胡以为抓着自己的头发怎么都想不通这小子究竟是在发什么疯："你把你刚才的话再说一遍，你说你要干什么？"

"我说我要回顺昌创业。"李承恩一边收拾着衣服，一边抬头认真地看着胡以为说。

胡以为此刻是真的想给李承恩一拳。

"回顺昌创业？顺昌那个鸟不拉屎鸡不下蛋的地方，有什么创业土壤？再说，你回去能做什么？千万别告诉我，你要回那个穷得叮当响的茨河铺种地！"胡以为气得不轻，指着李承恩的手一个劲儿地颤抖，"你知道你这个决定有多浑蛋吗？"

津南大学的研究生是有些人一辈子求都求不来的，然而面前这人竟然说不上就不上了。更让人难以接受的是，他还要回家乡创业，在津南随便找家农业企业做研究，都比回顺昌强。

胡以为一把拉过李承恩，把他摁在凳子上，语重心长地规劝："承恩，你知道津南大学农业在全国排名第几吗？别说研究生毕业，就是本科毕业，你知道多少企业抢着要人吗？"

李承恩静静地看着面红耳赤的胡以为，轻轻地点了点头。

"你说的我都知道，也清楚，但是我已经做了决定，并且我觉得这个决定很明智，也很正确，"李承恩看着窗外湛蓝的天空，紧跟着又道，"其实在填报志愿的时候，我就已经做了决定。就是拿到硕士学位，这条路我也是要走的，现在这么做无非是提前几年罢了。"

第 8 章 你疯了不成?

"你告诉我,是不是因为童盼盼那个女人让你脑子一时短路?嗯,肯定是这样的!不是兄弟我说你啊,不就是一个女人吗?有什么过不去的坎?这个没了就换下一个。难不成你李承恩没了她童盼盼,还不能活了?"

胡以为越说越气。他第一眼看见童盼盼,就觉得他们不是一个世界的人,果不其然。若非李承恩道出那段往事,童盼盼的族谱不知被胡以为问候多少遍了。

李承恩看着急得话都说不利索的胡以为,心里涌起阵阵感动。就冲胡以为现在的态度和架势,如果不说清楚,他指不定出不了宿舍的门。李承恩想了想,把自己的想法一股脑地倒了出来。

"我不读研究生,要回乡创业,不是因为童盼盼,更不是因为感情的事情。你知道我的家庭情况,父母都是农村的,没什么能力,他们是起早贪黑摆小吃摊供我读的大学,如今我要是再读研,他们的压力会更大。他们年纪大了,我不想让他们再吃这个苦。"

这番话说得很诚恳。

在茨淮地区,普通家庭供养出来一个大学生并不是件轻松的事,而李承恩的家庭条件又在平均水准之下,毫不客气地说,供他读完本科,家庭已经尽力了,若是继续读下去……

原来李承恩对此选择视而不见,沪南一行让他开了窍,人不能那么自私。

再退一步,研究生的发展前景的确很不错,可是这个前景的上限又有多高呢?

不管是沪南还是津南,最不缺的就是人才。他曾经畅想过他的未来,最好的选择无非是留校任教做研究。教授曾经说过,想在种子种植领域有所成就,需要一个漫长的过程。可等李承恩功成名就,不晓得又是多少年,然而他的父母年纪大了,再辛劳下去,真能挺到那一天吗?

为了自己的学业,父母操碎了心,也吃了很多苦,难道他还要让父母继续受穷受苦,去成就自己所谓的事业和人生吗?

更重要的是,李承恩笃定,凭借自己掌握的知识,回乡创业应该大有可为。他迫切想改变现状,让家庭先富起来。

"就为了这个?"胡以为看了李承恩一眼,拿出了银行卡,放在桌子上,朝李承恩面前一推,"你没钱读书我可以借给你,等你以后工作了还我就行,你只要再坚持三年,前途将不可限量。"

看着桌子上的银行卡,李承恩的眼眶有些湿润。锦上添花世上多,雪中送炭人间少,胡以为能把自己买车的钱拿出来,是真朋友。

李承恩深吸一口气,看着胡以为,把埋藏在心里的话也说了出来。

"曾经我也是这么想的,最近我想明白了,等我解决了最根本的问题,难道就不能考研了?有些事可以缓一缓,有些事却是刻不容缓。更重要的是,哪怕我以后有再高的成就,只要提到我的家乡,只要提到顺昌,提到整个茨淮地区,依旧会被人轻视甚至瞧不起,因为穷。"

"这关你什么事?茨淮穷又不是你的错,生在茨淮也不是你能选择的。"胡以为是真的不理解,难不成他李承恩回去,就能改变茨淮穷的现状?

"生在茨淮不是我能选择的,我却可以选择回茨淮,带领父老乡亲致富。"李承恩态度很严肃,语气很认真。

"什么?"胡以为怀疑自己听错了。

"李承恩,你脑子里到底在想什么东西?帮助茨淮摆脱贫困?那是上面该考虑的事情,你只是茨淮的一个普通百姓。地方经济发展的事情和你一毛钱的关系都没有,你把自己当什么了?神吗?"

这话在胡以为听起来是觉得分外可笑的,合着这人是要回家扶贫啊!

"怎么和我没关系了?那是我的家!"李承恩直接反驳道,"我是吃着茨淮河水长大的孩子,当年我考上大学的时候,家底儿掏干了都没能凑齐上学的学费,我爷爷拿着我的录取通知书,坐在门口抽了一夜的旱烟;我爸说,他就是砸锅卖铁也要把学费给我凑齐。那一刻,我是真的不想再读这个书了,凭什么我一个人的前途要让我全家人来埋单?"

李承恩一想起当年的事情就忍不住眼睛湿润。

"我那个时候都打算偷偷去南方打工了。"他声音中带着哽咽,一双眼睛中闪着泪光。都说男儿有泪不轻弹,但是每当他想起当年那个场景,心里就一阵酸楚,忍不住要落泪。

"最后是我们村的书记号召全村人给我捐钱,都是五块、十块的,很多都是皱巴巴的。那一刻,我爷爷带着我们想给乡亲们跪下。他们也不富,很多人家连我们家都不如啊!"

都说一分钱难倒英雄汉,当年他又何尝不是呢?如今他已经读完大学,有了些许能力,他没有理由不去拼一把,改变家庭的现状,报答父老乡亲的恩情。

胡以为摇了摇头,他想说些什么,却不知如何开口。不管李承恩的理由多么充分,他都认为这条路行不通。李承恩在学习方面是有天赋的,专业课成绩在系里也是出类拔萃的,但是,这并不代表他在经商方面也能傲视群雄。更何况,创业的风险太大,那些商海中的成功人士,谁没经历过风雨?凭借李承恩的家庭条件,又能扛住几次风雨的洗礼?

李承恩知道胡以为在担心什么。他拍了拍胡以为的肩膀,微微一笑:"我叫李承恩,承的是茨淮新河的恩。不管前路如何,我都会走下去。我太爷他们能凭空挖出一条河,身为他们的后代,我就能在这条河上飞。"

胡以为望着桌上的银行卡,再看李承恩,唇角泛起一丝苦笑。

几年的相处,他原以为自己就是李承恩肚子里的蛔虫,现在才发现,他从来都没看清这个从茨淮新河走出来的男孩……

不!他现在不是男孩了,是个地地道道的北方汉子,顶天立地的男人!

"我尊重你的选择。"胡以为拿开李承恩的手,心不甘情不愿地说道。

第 9 章　我是你的后盾

"想好了,我要回家,不干出一番名堂来,不把我的家乡彻底变个样,我就不是个男人。"李承恩热血上涌,从口中吐出一句掷地有声的话来。

"行了行了,话别说这么死,给自己留点退路。茨淮新河流域除了土地,那是要啥啥没有,发展前景非常有限,你还是别抱太大期望,不然心里面落差太大,小心到时候受不了打击,一蹶不振。"胡以为拍了拍他的肩头,笑容有些苦涩。

他尊重李承恩的选择,但是他也知道一个现实——茨淮那片地儿的穷是出了名的,穷了几十年的地方了,怎么可能突然就富裕起来了?别说李承恩如今大学毕业,就算他研究生毕业,估计也拿茨淮没办法。

"要是在茨淮混不下去了,随时回津南来,有兄弟我在这儿呢,我是你的后盾。"胡以为抬手捶了李承恩胸口一拳。

不重,代表着兄弟之间情比金坚。

李承恩真的很感谢胡以为,这个室友为人真的仗义,他来到津南最大的收获,除了学到了知识就是认识胡以为这个兄弟了。

虽说老胡在感情上不着调儿了点儿,但是对于兄弟,却从来没有掉过链子。

"老胡,谢谢你。"李承恩认真地说。

"你我之间谢什么?你是我兄弟,帮你不是应该的吗?别把我忘了就成。"胡以为开口道。

"不会的。"

他怎么可能会忘了胡以为呢?他这个室友对他好得彻底,在津南这几年,只要李承恩有事儿,胡以为一定是第一个挺身而出的。

火车站。

一旁的检票口此刻已经开了,李承恩看了一眼车次,然后拎过自己的行李,转身就要离开。

"哎,等下。"胡以为突然叫住了李承恩。

"怎么了?"李承恩一头雾水。

"你站在此地别动,我去一旁买几个橘子。"胡以为抬手指了指外面卖橘子的小摊,眼睛中带着坏笑。

李承恩气得脸都青了,之前的兄弟情深此刻好像完全不复存在了。

"胡以为,你大爷的!我才是你爹呢!"

顺昌的天空没有任何改变,顺昌火车站还是先前那个模样,就像火车站外那群黑车司机,仍守在这里,为了碎银几两奔波忙碌,甚至违反规则做出令人不齿的行径。

李承恩刚出火车站,几个黑车司机就像见了血的蚊子似的冲了过来。

"哎,小伙子,汽车站去不去?二十块钱包到的。"一个男人探头过来开口道。

李承恩抬眼看了他一下,操着一口茨淮话开口道:"俺顺昌当地嘞,啥时候回来去汽车站都是十块钱,恁这啥时候涨到二十了?"

他眼睛之中带着些许的嘲讽,像是在说你连本地人都坑啊!

那男人缩了缩脑袋,皮笑肉不笑地说道:"咳,那啥,那不是说错了嘛,对对对,是十块,我一时说着急了。"

"小伙子,十块钱我给你拉到汽车站行不?"也算是他今天识人不清,看这人的穿搭,并不像是茨淮人,本想着还能多捞点儿油钱,却不想竟然看走眼了。

李承恩朝着他摆了摆手,示意不用了。

这种宰客的人,他看不上,也不想与之再有任何的交集。

坐上前往汽车站的出租车时,李承恩一路都在看这个熟悉的城市。

灰蒙蒙的天空带着薄雾,刚入冬的天黑得比较早,周围的路灯还是老旧昏暗发黄,整个城市像一个耄耋老人一般,老旧又沉闷,一点儿鲜活气都没有。

偶尔也会有一两座高楼大厦出现,就算是顺昌的地标建筑了,那四周也会有些逛街的年轻人,只不过人很少。天很冷,比起人头攒动的津南,顺昌冷清多了。

怪不得旁人提起顺昌这个地方就摇头,就连顺昌人自己出门在外都不愿意说自己是顺昌的。

想到这里,李承恩心里的想法就更加坚定了。他紧攥着双手,他要成为自己的英雄,成为家庭真正的骄傲,要让顺昌成为顺昌人心里的骄傲,要让所有的顺昌人出门在外都能以出身顺昌为荣。

或许这个目标看起来就像童话一样不现实,充满了浓郁的幻想主义色彩,但是有些事,不努力不尝试,又怎么知道童话就不能转变成现实,灰姑娘就变不成白天鹅呢?

其实从现实角度出发,这个想法是有些可笑的,甚至直到现在,他也不清楚自己的选择究竟是对还是错。就像历史上那些为了新中国一个个前仆后继牺牲的烈士,在死亡的那一瞬,可能他们自己都不确信革命一定能成功,中国一定能改变,但是,他们依旧为了自己心中的信念去做了、去奋斗了、去坚持了!

"小伙子,你是从哪里回来的啊?"司机的话打断了李承恩的思绪。

"刚从津南回来。"李承恩微微一笑,随口回了一句。

"津南啊,那可是直辖市,离首都近着呢。啧啧啧,我曾经在那当过几年兵,回头想想那城市真好啊,咱们这儿再发展二十年,都撵不上人家。你回来干吗?是家里有什么事吗?"司机一听他满口的顺昌话,瞬间就亲切了起来,话匣子也就此打开了。

"家里没事,现在正是实习期,想回来看看,找个机会在咱们这发展。"李承恩接着开口道。

"回家发展?回顺昌?"司机一脸不可置信地盯着他看。

"你好好的大学生,不留在津南,回顺昌干啥啊?这儿有什么好的?我要不是因为父母重病离不了人,肯定早就出去了,凭我的技术,在大城市一年挣的可比在咱们这里挣的多多了,指不定房子都买上了。而在顺昌,挣的也就只能够生存。生存知道吗?这玩意儿跟生活差远了。"司机叹了一口气,他看着计费器上面显示的七块五毛二,不由得摇了摇头。

第 10 章 这城快空了

李承恩微微皱起了眉头,很是不解:"人们不是说,开出租很挣钱吗?"

"挣钱?"司机苦苦一笑,言语间透着无奈,"我辛辛苦苦开一天的车,不过一百多块,去掉油钱,再扣掉交给出租车公司的相关费用,到手的不过五六十块。现在的物价小兄弟你也清楚,一天五六十块在这个社会够干吗的?我也不怕丢人,现在买包烟都只敢买两块五一包的三环。"

司机拿出一包香烟晃了晃,紧跟着补充道:"就这,还得省着抽!"

这就是顺昌的经济现状。所以这个城市外出打工的人极多,除那些家里上有老下有小走不了的,能出去的都出去了。

司机这些年来只看过大学生往外走,却从来没看到过一个从外地回来的大学生。

"咱们这里现在是穷,以后指不定也就好了。老话说得好,三十年河东,三十年河西,说不定以后咱们这里能变成一线地区,媲美大都市呢!"李承恩把自己心里的这个念头当玩笑一般说了出来,"你还别不信,想当初沪南也不过是个小渔村。"

"哈哈哈,要真如你说的那样,所有顺昌人做梦都能笑醒啊!不过小兄弟,这话可别在外面说,不然肯定会被人笑掉大牙的。"司机瞟了眼李承恩,点燃一支香烟,紧跟着又道,"谁都希望家里好,但人还是要现实点儿。"

顺昌跟长三角地区有得比吗?连长三角一般城市都比不过,更何况沪南?在他看来,这简直就是白日做梦。

李承恩不再说话。

下了出租车,往前走几步就是汽车站了。它还是跟以前一样,说好听些是非常简朴,大白话应该是破落。就在这无比破落的汽车站内,几辆大巴车停在那里,司机正四仰八叉地躺在驾驶座上抽着烟。

车上稀稀拉拉的几个乘客,大都是老人和孩子。李承恩前面坐着的是一个老太太,怀里抱着一个五六岁的孩子。许是一路奔波累了,小孩趴在老太太的腿上打着哈欠,奶声奶气地问:"奶奶,这车啥时候能走啊?"

"大宝别急,再等会儿,到点儿就发车了。"老太太拍了拍孙子的脑袋,眼神中带着慈爱。

"来,先吃个烧饼,还热着呢,等到家你哥跟你一抢,你可摸不着了啊。"说着老太太从一旁的布兜里拿出一个塑料袋,里面放着几个烧饼。

小孩一看烧饼,眼睛都亮了。

老太太拿出一个递给小孩,然后又宝贝一般把塑料袋里剩余的几个烧饼放进了布兜中,这便是她这次来城里唯一的收获。

李承恩控制住心中的压抑情绪,抬手从包里翻出一个在津南时胡以为给他买的面包,然后探身递给小孩:"哥哥请你吃面包好不好啊?"

老太太一愣,侧了侧头看向后面的李承恩,一把把孙子紧紧抱着,眼神中带着警惕。

"奶奶,我看这辆车是去茨河铺的,我也是茨河铺的,在外面上学,很久都没回来了,看这小孩儿可爱,就想着逗逗他。"李承恩笑容很真诚,也理解老人。

这个时代,拐卖儿童的事时有发生,老人不警惕一些,可能辛苦带大的孩子就没了。即便家里再穷,孩子也是家里的宝啊!

"你是大学生?"老太太一听他满口茨淮话,又听到他说自己是茨河铺的,疑虑就消了大半。

"对,我在津南大学读书,现在是实习期,已经一年多没回来了。"李承恩笑着道。

"哎,你是不是姓李啊?茨河铺李家村的?"老太太眼睛一亮,看向李承恩的目光中掠过几丝兴奋,语气中透着善意。

"奶奶,您怎么知道的?"李承恩惊讶地问道。

"你可是咱们茨河铺的名人!这么多年过去,整个茨河铺也就出了你一个名牌大学的学生。当年你考上的时候,镇上还放了鞭炮给你庆祝呢!"老太太看着李承恩笑得那叫一个开心。

这是他们茨河铺的名牌大学高才生,是茨河铺的骄傲!

李承恩当年考上津南大学的时候,的确在茨河铺轰动了一阵子。老太太或许不认识李承恩这张脸,可是只要一提从茨河铺考上津南大学的,就知道他是谁了。

"大宝,来,叫哥哥,哥哥给你好吃的呢,来跟哥哥说声谢谢。"老太太彻底放下了戒心,让孙子接过李承恩给的面包,看向李承恩的眸中尽是钦佩,"这个哥哥是咱们茨河铺的大学生,你以后可要好好学习,像哥哥一样考上名牌大学,等你以后有本事了啊,就可以留在大城市,可以天天吃好吃的了。"

老太太抱着孙子,对未来满是美好的憧憬。

李承恩张了张嘴却没有说话。

整个茨河铺的父母都将他当成自己孩子的榜样,因为他考上了名牌大学,以后可以留在人人都羡慕的大城市,娶一个城里姑娘做老婆,过上令人羡慕的体面的生活。然而现在,他选择回来寻找创业机会,实现自己的人生价值。

车子沿着堤坝上的黄土路,晃晃荡荡开到了茨河铺。此时天也已经黑得透彻,李承恩最后一个走下车。他拎着行李踏出车门,看向这个破旧的小镇。

不过晚上八点半,镇上的灯已熄得差不多了,商铺已经全部关门,路上也没什么行人了,整个小镇空荡荡的,跟繁华的津南形成了鲜明的对比。

李承恩拎着行李站在路口,脸色比夜色还要凝重几分。

再走一小段路就到家了,他深吸一口气,背着行李踏上了属于他的征途。

路很崎岖,他一步一步朝前走着,在微微扬起灰尘的土路上留下了一个又一个浅浅的脚印。他的步伐很坚定,背影在夜色中显得渺小,却如青松一般挺拔,似乎还透着一些倔强,仿佛……

仿佛不把这路踏平,绝不罢休!

第 11 章　不读书了

早晨的阳光透过云雾,照亮了大地;袅袅炊烟从农户的烟囱升起,便成了人间的烟火气。

几双筷子很是整齐地摆在小方桌上,掉了漆的桌面放了一碟咸菜、四碗米粥、一盘炒鸡蛋,还有几个馒头和蒸熟的红薯。

这便是茨淮新河两岸农户的早餐,跟津南人家相比,似乎是两个世界。

李老汉坐在堂屋的门槛上吧嗒吧嗒抽着两块钱一包的硬三环,平时他都不怎么舍得抽,如今面前却落了一地的烟屁股。

"你说啥?你把你刚才说的话再给老子说一遍!"堂屋里传来争吵的声音。

说话的是李承恩的父亲李世杰。他的声音中带着无尽的怒火,压抑的情绪仿佛火山随时都要爆发。他不敢相信自己刚才听到的话,他视为骄傲的儿子竟然说出如此混账的话。

这个王八羔子竟然不读研究生了,不在大都市津南好好待着,要回茨淮发展。

这不是开玩笑这是得了失心疯啊!

"爸,回茨河铺发展是我深思熟虑的结果。我所掌握的知识,如果不能用到实处,如果不能改变现状,那才是天大的笑话。"李承恩紧紧握着自己手里的馒头,倔强地盯着面前的父亲,眸子之中带着固执。

砰!一碗粥直接被李世杰砸在了地上。白色的米汤洒了一地,瓷碗被摔得七零八碎,就如同李世杰此刻的心。

"放屁!你再敢说出来这样不着边际的话,老子打死你!"李世杰指着李承恩的鼻子,一双眸子里面全是怒火。

"为了让你读书,我和你妈起早贪黑忙乎,你爷爷这么大年纪的人了,还在操持着地里的活计!家里的活我们从来没让你干过。你但凡说缺钱,我们就是砸锅卖铁也给你打过去。为了让你读大学,为了让你以后能够出人头地,整个村里我借了一个遍,家里的借条都快跟小山一样高了。你以为人家为什么会借钱给我们?还不是我们家出了一个大学生,还不是因为我们家出了一个有能耐的人?咱们全家都指着你出人头地,然后去帮衬大家,如今你竟然说不读书了,你对得起谁?对得起我和你妈还是对得起你爷爷?"

李世杰性子直,人也硬气,可现在被儿子气得眼圈都红了。

"老李!"一旁的林文娟心疼地看着儿子,又无奈地看了看暴跳如雷的丈夫。

"你说话别这么冲,孩子刚回来,有什么话咱们慢慢说,你朝他吼什么?"林文娟暗自拧了一下李世杰,眼神之中带着请求,请求他说话别那么难听。

她生的儿子,她是再了解不过了。

承恩从小听话懂事,上进、勤奋、努力,上学从来不让人操心,对父母、对爷爷也很孝顺,整个村里的人谁不羡慕她有这么一个好儿子?他如今能够说出这番话,肯定是他在学校遇到了什么事儿。

"承恩,你告诉妈,是不是在学校遇到什么事情让你为难了?还是说生活费不够了?钱不够没事,爸妈再多干点儿,今年囤的玉米还没卖呢,回头让你爸拉到镇上去卖了,也能凑够你的学费。"林文娟关心地询问着。

"妈,不是钱的事情,是我不想再读了。"李承恩的手微微颤抖,一双眼睛也是通红的。

他怎么可能不知道家人的心思呢?

从小到大,父母对他寄予了莫大的期望,想要让他好好读书,让他考上大学,让他能够走出这个贫穷的小村庄,让他能够走出顺昌,走向更大的城市,能在那里工作、定居,有着更好的发展前景,不用再跟他的祖辈们一样,一辈子只能地里刨食。

"为什么啊?承恩,你跟妈说,到底为什么啊?"林文娟一脸的无奈,眼泪都要流出来了。

"我看他就是欠打!"李世杰抬手指着这一桌子饭,直勾勾地盯着李承恩,嘴里念叨着重复了不知多少遍的话,"为了让你上学,全家老少容易吗?这盘鸡蛋是你妈专门炒给你吃的,平常在家我们从来都是馒头就咸菜,连鸡蛋都不舍得碰,更不用说荤腥!你再看你爷爷,他今年都快七十了,天天下地薅草,农忙的时候还得掰玉米,收麦子,扛化肥,为的是什么?为的就是地里多点儿收成,存钱让你上学。你是我们全家的希望,你说不读就不读了,你怎么不想想我们能不能接受?"

李世杰的声音都在哆嗦,一只颤抖不已的手捂着自己的眼睛,似乎不想让儿子看到自己的狼狈。

他在地里刨了一辈子食,最大的本事也不过是卖个小吃,这辈子注定不可能翻身了,不可能让家人过上更好的生活。原以为就这样一辈子了,谁承想老天有眼,儿子的聪慧和勤奋让他看到了希望。

他清楚地记得儿子自从读了书,每次考试都名列前茅,后来不仅考进了顺昌最好的高中,还考上了名牌大学。

他还记得儿子考上津南大学的时候,是他最风光的日子。那一天,整个茨河铺几乎都在敲锣打鼓,谁人不羡慕他们李家出了个好苗子,他李世杰生了个好儿子?

所以即使他们再穷,也没有任何人敢小看一眼,因为他们家有个名牌大学学生,因为承恩以后一定会有出息,就连村书记都会主动给他递烟。

儿子是他李世杰的骄傲,然而如今他的骄傲却说不读书了,这让李世杰怎么能够接受?

"爸,别逼我,我真的想清楚了,也不想再读下去了。"李承恩心里面如同针扎一般难受。

他怎么可能不知道自己在父母心目中代表了什么呢?那是希望,是骄傲,是他们老李家走向体面生活最大的依仗。

然而李承恩现在却要亲手把这个希望给毁了,试问他父母怎么可能会同意?

"我知道你和我妈为了让我读书付出了太多太多,我也知道爷爷一把年纪为了给我存钱到处奔波,我知道家里苦,也知道你们累。现在我把话说白了,我之所以不打算读书了,很大一部分原因就是想减轻你们的负担。"李承恩目光中带着诚恳,还有坚定。

"你身子骨不好,这些年来摆摊卖小吃,早就落得个腰肌劳损。你再看看我妈,一到晚上她的眼就看不清东西。你也说了我爷爷今年都快七十了,我怎么可能还忍心让他继续下地干活啊,你看他那佝偻的腰还能直起来吗?"

李承恩说着说着哽咽了,眼眶噙满泪水……

第 12 章　我不嫌苦

李承恩紧紧握着口袋里的手机,看着坐在门槛上的爷爷。这一刻,他想到了灯红酒绿的津南,想到了省吃俭用买的那部手机还有那束鲜花,以及童盼盼的那些话语。

愧疚和不甘,再次填满胸膛。

"那又怎样啊?我们不嫌苦啊!承恩,你是我们的孩子,只要你以后能有出息,爸妈吃点儿苦又怎么了?"林文娟心里难受至极。

"你妈说得对,我们不嫌苦,就是因为我们吃了太多的苦,才不想你以后跟我们一样。你要是上完研究生,那以后就是有本事的人了,到时候爸妈和你爷爷也能跟着你一起享福啊,不就是三年吗?我们都供你这么多年了,再多三年又如何呢?"李世杰的声音也不由得软了下来。

他知道儿子孝顺,可是在关于人生的大事儿上,不能轻易决断,有时候人的心要狠一些才能成就大事。

"爸、妈,你们看看你们头上的白发,再看看我爷爷,三年……你们可知道读研一年得花多少钱?"李承恩手中的馒头被他握得不成样了。

"学费一年八千,住宿费一千五,就算我在外打工,不问家里要生活费,一年也得九千五。您卖的那鸡蛋饼才一块钱一个,九千五百块,您得卖九千五百个鸡蛋饼。再说,除了我上学,家里就不吃不喝了?"李承恩难受得不行。

他上大学这几年来,除了学费,生活费基本没向家里要过,没事儿的时候他就勤工俭学,为的就是能够减轻家里的负担。可即便如此,每年的学费也是一笔不菲的开销。

"我……我……"李世杰说不出话来了。

家里什么情况他比谁都清楚,即便他们再怎么省,还是省不出什么钱。

他和媳妇每天出摊卖鸡蛋饼,一块钱一个,加香肠的两块。即便卖得便宜,买的人也不多,不是因为鸡蛋饼不好吃,而是因为这里穷,消费市场有限,大人舍不得买,只有那些学生或者打工归来的年轻人会买去解解馋。

李世杰无助地抓着乱糟糟的头发,看着李承恩,沉声说:"我可以去找大家伙儿借,等以后咱们有钱了,再还给他们。我们不仅给他们利息,以后他们用得着咱们的时候,咱们也不装孬种。"

李承恩摇了摇头。

"爸,村里人的钱,咱们家还完了?"

从李承恩上大学开始,家里的欠条一天比一天厚,放在心里,那就是一块块的大石头。

"你再看看咱们村,谁家有钱呢?他们借给我们家的钱,不也是从他们口中省出来的?顺昌不富裕,咱们茨河铺更穷啊!"李承恩擦擦眼角的泪水,紧跟着又道,"他们早就想让咱们还钱了,就是因为他们心善,才迟迟不开口,这种情况要一直持续下去吗?"

"那……那我也不能够眼睁睁地看着你止步于此吧?你未来还有更广阔的前景,怎么就因为这一点点的钱,断送了更广阔的前途?"李世杰还是不甘心,换成任何人,都不会甘心。

他满脸的郁闷,满腔的悲愤,一双手紧紧地握着,恨自己无能,恨自己不能供孩子读研,恨自己没有本事得起整个家庭。

"爸,我知道,我什么都知道。"李承恩红着一双眼睛看着自己的父亲,鼻子又酸了起来,"这么多年家里面为了我,付出太多太多,您和我妈还有爷爷为了让我读书,累垮了身体。如今我大学都快读完了,该掌握的知识早就掌握了,我不是骄傲也不是自满,我只是觉得研究生我以后可以去读,不一定要现在,现在我有更重要的事情要做,那就是挣钱。"

"我想让咱们家富裕起来,让整个家乡富裕起来,我有这个能力!"李承恩的目光坚定无比。

"放屁!就凭你?"李世杰觉得儿子简直就是异想天开。

"咱们这边都穷了多少年了,祖祖辈辈有一个富过的吗?上面整天说扶贫,哪一次我们茨河铺不在扶贫的计划中?结果呢,改变了吗?如果你说有能力让咱家富起来,这个我信,前提是你得读完研究生;至于你说让整个家乡富裕起来……承恩啊,瞪大你的眼睛看清楚,你要真有那个能耐,你怎么不做镇党委书记？恐怕省里领导都求着你做顺昌的书记！"李世杰话说得很难听,不是他想打击儿子的自尊心,他是想让儿子冷静下来,现实一点。

"我怎么就不行了？"李承恩开口反驳道,"当年咱们这里没有河,是咱们这里的人一锹一锹把几百里的茨淮新河硬生生挖了出来。挖了这条河,咱们不受灾了,饿不死人了。如今只要我肯干,只要大家愿意跟着我干,就能继续创造奇迹,让大家伙儿都富起来。"李承恩眼中带着无尽的光芒,那是一种执着,是一种自信。

坐在门框上的李老汉终于动了。

他把烟头摁灭在地上,然后起身拍了拍裤子上的土,转过身来看着这一家人,眼中带着动容。

"承恩,你说……你要回家挣钱,还要带着乡亲们致富？"他声音中带着颤抖和难以置信。

"是的,爷爷,这几年我在外面没闲着,不仅在学校好好学习,还在外面兼职,我看到了大城市的繁华,也受了很多冷眼。我清楚咱们这里的人在外打工的难处,也明白很多很多的乡亲在外面被人瞧不起,归根结底还是因为咱们穷,只有改变现状,我们才能挺直腰杆,那样,我们就不会再受人白眼,孩子们就不会因为缺钱而上不起学,我们会有更多的人去读大学、读研究生……"

他说得很长,长到他几乎都不知道自己在说什么,确切地说,他不是在跟爷爷说话,是在宣泄,宣泄着内心的不甘。

第 13 章　陈年过往

不管在什么时代,钱都不是万能的,但是,没有钱是万万不能的。这是所有人都懂的大白话。

如今全国所有地方都在想方设法利用已有的资源走向富裕,靠海的发展经济贸易,靠山的发展矿产提炼,内陆地区发展工业科技,寻求第二产业的突破。

茨淮地区的人何尝不想发展,何尝没有做过尝试?这些年来,政府也不是没有扶持,社会上也不是没有人投资,之所以现状几乎没有改变,无非是没找到最适合茨淮的那条路。

"承恩啊,爷爷支持你,无论你想要做什么,爷爷都支持你。"李老汉的嘴唇在颤抖。

"爸,你怎么也跟着他一起胡来啊!"李世杰气得不行,他转过身看着自己的父亲,眼睛里面满满的都是无奈,"咱们这里是个什么样子,你还不清楚吗?政府努力了这么多年,那么多年轻后生想方设法拼命去干,咱们都是看在眼里的。"

李老汉抽出一支香烟,点燃后,狠狠吸了一口。

李世杰见李老汉陷入一阵沉默,紧跟着又道:"我也希望承恩他有那么大本事,可这不是我想他有他就有的啊!这么多年,上面在咱们这片投入了多少人力多少物力,又来了多少专家?屁变化都没有!"

李世杰寻了个小板凳坐了下来,大口大口地喘着粗气。他知道儿子成绩好,学习能力强,也知道他就读于以农业见长的津南大学,可这又如何呢?他不过是个学生,能力有限,如果口号喊一喊就能成为现实,那"致富"这两个字,也太廉价了。

内心深处,李世杰何尝不想李承恩顶天立地,做出一番成就?他也曾认为儿子了不得,以后会是飞上枝头的那只金凤凰,后来了解多了,方才知晓这个社会的残酷。大城市是不缺名牌大学毕业生的,更不缺人才。儿子能在大城市安家落户,在能力允许的范围内,帮衬家里一些,给父老乡亲们办点事儿,那就非常了不得了。

"爸,你不让我试试又怎么知道我做不到呢?"李承恩固执地开口。

"让你试?我要让你试了,就是害你!"李世杰好像被踩了尾巴的兔子,直接跳了起来,大声咆哮。

"爸!"李承恩紧咬着牙关,眼中带着祈求。

"别说了,这事我不同意。"李世杰大手一摆,没有任何回旋的余地。

他又看了眼默不作声的李老汉,强调道:"爸,你别跟着他一起胡来。"

李承恩站在那里,脸上尽是落寞。这一瞬,他甚至开始怀疑自己的选择。

李世杰见他不吭声了,紧绷的神经松了少许,语气也软了下来。

"我跟你妈一会儿还要去出摊,你在家里再想想,回来之后你能干啥,有啥发展前景,不要脑子一热想什么就是什么,都这样的话,天下就没难事了!"

说完这句话,李世杰直接拉着林文娟出了堂屋。

林文娟嘴唇嚅动了下,终究还是没有说出话来,她觉得丈夫说的话是对的——茨淮是真的没有什么发展前景。

他也是为了承恩好啊!

整个房间里面只剩下一老一少两个人。

他家直到如今还是土坯房子,屋子里面昏昏暗暗的。这房子建成到现在已经有几十年了,一到下雨天房顶还会漏雨。

屋子里面的光线很暗,暗得李承恩垂下头来,半张脸都埋在阴影之中。

李万道佝偻着腰一步一步走上前,坐在了李承恩旁边。他的手直接覆盖在李承恩的手上面,然后一点一点掰开他的手,把那个被他握得不成样子的馒头拿了出来,放在嘴边咬了口。

"承恩啊,你想的爷爷都知道,爷爷也能够理解,别说是你了,就是爷爷做梦都想看见茨淮富裕起来啊!"李万道一点一点咀嚼着口中的馒头。

"你可知道六十年前爷爷最大的梦想是什么?"李万道朝着孙子一笑。

李承恩抬头看着爷爷,一脸疑问。

"六十年前爷爷最大的梦想就是能够每天吃上一个白面馒头。"李万道又咬了一口馒头,满面笑容。

"我出生的时候,咱们这里何止是穷,简直就活不下去。只要一下雨就发洪水,别说庄稼被淹了,房子都没了,很多人无家可归,慢慢就饿死了。所以那个时候别说吃白面馒头,就算吃糠果腹都算是老天开了眼。"李万道眼神有些迷离,他想起了自己的苦难童年。

"你怕是不知道,爷爷有好几个哥哥都是被饿死的,你老太爷告诉我,他们死的时候肚皮都是干瘪的,里面一点粮食都没有,你老太爷……"李万道眼睛通红,下面的话再也没说出来。

他想起长辈们诉说的那些过往……

"你老太爷说,咱们这个家之所以能生存下来,就是因为到处乞讨,就那么东一口拼西一口凑,熬到了新中国成立。"

李老汉说这话的时候紧紧握着手里的馒头,就像握着至宝一样。

"后来大家的境遇有所改善,但你也知道,那时的中国一穷二白,咱们这里又是穷中国的穷地方,下雨了房子还是被淹,庄稼也是颗粒无收,想活着都难。所以我小时候最大的梦想就是每天能吃一个白面馒头,我觉得那样已经是极好的日子了,真能过上,就是给个皇帝都不换啊!"李万道接着开口,他紧紧地握着手中吃了一半的馒头,目光却落在李承恩的脸上,"后来,上面说要挖茨淮新河。"

他说这话的时候猛然一笑,那笑容之中带着光。

即便已经时隔几十年,如今回想那段岁月,他依然激动不已。

第 14 章　那是个奇迹

李老汉将烟头狠狠地摁在地上,过往的一幕幕在眼前就此浮现。

茨淮这个地区,洪水造成的灾难对周遭百姓的伤害简直太大了。

有多少人为此食不果腹、居无定所?

所谓"走千走万,不如淮河两岸",对淮河两岸的民众而言,早就是一个久远的传说。

由此,开凿河道改变现状,已经迫在眉睫。如果不把茨淮新河尽快挖出来,那么就会有更多受苦受难的百姓,就会有更多食不果腹的孩子。

所以在政府的号召下,老百姓扛着铁锹去挖河了。

"当时很多人都说不可能,怎么可能依靠人力挖出来一条几百里长的大河呢?这听起来简直就是痴人说梦。我当时也觉得不可能啊,但是大家都上了,我就跟着你老太爷一起上工。我们每天拿着锹拎着锨去那茨淮边上一点一点地铲着土,那个时候我年龄小,觉得分外可笑,总是觉得我们肯定不能够完成,毕竟那是要挖一条河而不是一条沟啊!"

可能很多人都没有想过一条河有多长有多宽,更没有想过单凭人力挖一条河需要多长时间。

"谁能想到呢,最后我们真的挖出一条河来,一条几百里长的大河真被我们用双手挖了出来;两条几百里长的堤坝,也立了起来。"李万道想起当年挖茨淮新河的事情,一张脸红通通的,兴奋得好像十几岁的孩子。

"承恩啊,爷爷跟你说这些事情,是想告诉你,当年我们茨淮已经创造了一个奇迹,如今为什么不能创造出第二个奇迹呢?"他抬起头看着孙子,眼睛中带着期许。

"你想做什么事情爷爷都支持你。你爸妈那边只是一时想不通罢了,他们想看着你好,想要让你去更大的城市发展。其实这没错,我也是这么想的,大家穷了一辈子,在这穷地方待了一辈子,这种日子不想再过了,就想吃穿好一些,看看城市的高楼,享受享受城里的生活。"

李万道非常理解儿子,但他更明白孙子的固执。李承恩这孩子看起来听话乖巧,实际上特别固执,只要他想干一件事情,就会咬着牙去做,哪怕撞得头破血流,也绝对不回头。

"其实你说得也对,学到肚子里的知识就得用,不用就是个笑话,家里富起来的同时还能为家乡做贡献,你有这个想法爷爷觉得分外欣慰,不像有些人,只顾自个儿不顾别人,活着有什么意思啊!"

李万道想到那些倒在茨淮新河开掘工地上的人,又点燃一支香烟,深深地看了李承恩一眼。

"但是很多事情不是说出来的,而是做出来的,就如同我们当年挖茨淮新河,是一锹一锹挖的,不是一张嘴土就会自个儿翻出来的。"李万道抬手拍了拍李承恩的肩膀,神色之中带着凝重。

如今这个大环境,李万道还是知道一些的,出去打工才能改善家庭状况。政府不都说了嘛,要加快城市化进程。立足本地,从而让家乡富起来,这件事要做成,难度非常之大,不亚于开挖茨淮新河。如果孙子李承恩真选择了这条路,那么未来他的一生注定是不平凡的,也一定会充满挫折,有无数阻碍……

他说了很多的话,一方面是在告诉李承恩这条路究竟有多难,另一方面则是告诉他,这条路并不是真的走不通。这个世界上的奇迹是需要人来创造的。

"爷爷,我知道。"李承恩认真地点了点头。

"我生在茨淮边,从小就听您给我讲茨淮新河的故事。你们当年创造了一个奇迹,如今我相信我也可以。我不怕苦不怕累,更不在乎到底要付出多少,只要最后的结果能够有改变,哪怕只有一点点,我就觉得我的努力没有白费。"李承恩听了爷爷的话,原本动摇的心重新坚定起来。

他看着不停抽烟的爷爷,紧跟着又道:"如果我真的失败了,其实也没关系,我还年轻,还有考上研究生在大城市定居的希望。"

李万道听了孙子说的这番话,欣慰至极,一张满是风霜的老脸上,带着激动的神情。

"好,好!我孙子一定能够做到。"李万道拍着李承恩的肩膀。

祖孙两人相视而笑,无论前途有多么艰难,无论前路有多少的阻碍,只要有支持，就会有动力。

朝着前方的路，一直走，别回头，总有一天你会实现你心中的梦想。

所有的奇迹，不外乎都是人力所为，在于人，在于心。

只要你敢做，你就已经创造了一半的奇迹，至于另一半，则是靠着不断拼搏、不断努力以及永不放弃的毅力。

当破晓的时候，你会看到冲出云层的光。

李承恩记得自己小的时候，穿的衣服都是别人给的，有的衣服上甚至还打着些许的补丁。

不是他家穷，而是整个茨河铺都穷，要是谁家的孩子过年的时候能有件新衣服，这就已经算是富裕的家庭了。反正在李承恩的记忆里，自己过年是从来没有穿过新衣服的。

听起来夸张吗？其实一点都不夸张。

他出生的时候，国家还没有步入小康，在很多农村，人们只能勉强糊口罢了。至于其他的开销，根本就不敢想。

家里面能够咬着牙让李承恩读书，供他上大学，已经动用了全家的力量。纵观整个茨河铺的适龄少年，大都是上完初中就出门打工了，有的孩子甚至初中都没上完。

这么对比下来，他已经很幸运了。

茨淮新河的堤岸边，一老一少正坐在河边交谈着，老的是李万道，少的正是李承恩。

"今年缺雨水，如果不是依靠着这条茨淮新河，怕是今年的麦子都没什么好收成。"李万道看着地里青翠的麦苗，对李承恩说道。

"没了水患，咱们这里最大的优势就是土地。咱们这里的土地肥时，要想发展，还得在地上做文章。"李万道抓起一把土，扭头冲李承恩微微一笑。

他知道李承恩是学农业的，他也知道学和做完全是两码事。

第15章 我想承包一片地

现在的人都讲究科学种田，李万道听说最新研制出来的麦种亩产已经能够达到七百公斤，这收益已经能够让一家四口吃一年了。

"爷爷，我不打算种小麦，我想承包一片地种果树什么的。"李承恩既然决定回来发展，就有自己的盘算，"现如今人们的生活条件好了，麦子什么的真卖不上价，反倒是水果开始贵了，特别是城里人，每天吃完饭之后就会吃点水果补充营养，甚至一些家庭条件好的，还会吃进口的天价水果。"

如今麦子不过才卖到八毛多钱一斤，一亩地满打满算，也不过才收入一千多块钱，这还得是顶好的麦种，以及风调雨顺才能达成。

再去掉犁地、种子、农药、化肥费用等，一亩地的收益也不过几百块钱。就按照一亩地收成七百块钱来算，哪怕承包一百亩地，一年的收益最多也就七万块。

这七万块钱，再除去土地承包费什么的，真剩不了多少了。更何况如果承包一百亩地，仅仅靠着他们一家人，怎么可能打理得完呢？总要雇人吧，所有的成本全部除去，一年能剩三万，已经非常了不得了。

这不是李承恩所要的。

因为凭借他津南大学农学系毕业生的身份，无论去津南哪家农业科技公司工作，一年少说也得挣个几万块钱，跑回家乡辛辛苦苦在地里劳作一年挣三万块，怎么可能如他的意呢？

更何况，他还想要带动整个茨河铺的乡亲们致富，这就更加不可能了。

"种果树？种什么？苹果？梨？桃？"李万道一连几问，"这些东西也卖不上价吧，咱们隔壁村就有种的啊，前年那谁的儿子不就承包了十亩地种桃树，结果干了一年就不干了，实在没办法，今年又出去打工了。听说到现在还欠人家几万块钱呢。"李万道不支持李承恩种果树，依照他的想法，第一，果树难打理，第二,像这些苹果、梨、桃什么的也卖不上价。

"不,我不打算种这些。"李承恩摇了摇头,初步道出了自己的意图,"我打算引进一些葡萄树,咱们这地方好,是沙地,种葡萄是最佳选择。当然,也不仅仅种葡萄,再种点西瓜、梨树、核桃、草莓等,反正什么能带来收益就种什么,什么收益高就搞什么,我打算先弄几亩地做一个试验田,看看实际效果。"

鸡蛋不能放在一个篮子里,这个道理李承恩懂;实践是检验真理的唯一标准,李承恩更明白。

李万道不好意思地笑笑,开口说:"你要说种麦子,种玉米,我倒是可以,但果树这玩意儿很娇贵,那什么葡萄、草莓啥的,我更种不好。"

李承恩知道爷爷在家门口种了棵桃树,偶尔会打理一下。只不过那桃树极不争气,一年也结不了几个果子,而且结出的果子又酸又涩,让人去摘都没有人摘。

"没事,爷爷,我学的就是农业,也跟着老师去各地看过,也用心去学了,知道这些东西怎么打理。"李承恩说。

他原本就打算混合种地,果树,蔬菜,还可以围片地养些鸡鸭,将土地资源尽可能地开发利用。

"行,你说的东西爷爷也不懂,不过承包土地的话你得等到夏天了,如今冬小麦刚刚冒出麦苗,是断然不可能清田的,总得等这一季的收成过了,才能够跟乡亲们去谈承包的事儿。"李万道指着面前冒出青苗的麦田说,"咱们这地儿也没有什么荒地,你就是有这打算,目前也实施不了。"

这句话无疑给李承恩泼了一盆冷水。

他所想的一切目前是不能够去做的。承包土地这件事,如今是行不通了。

天刚蒙蒙亮,茨河铺的早集上,一个小吃摊前面多了一个年轻人,他熟练地摊着鸡蛋饼,脸上却带着苦闷。

这个年轻人正是李承恩。

昨天他跟爷爷去了茨淮新河旁边,也说了自己的打算,但是因为如今小麦已经种了下去,所以土地承包的想法暂时实现不了。

他郁闷了一晚上,第二天一早就直接被他爸拎起来出摊来了。

李世杰的原话是——你小子不好好上学,非得回来吃苦,还嚷嚷着带领乡亲们致富,那好,我就让你看看致富是那么容易的吗?活是这么好干的吗?你先给我摊一天鸡蛋饼,看看能挣多少钱,届时,就知道你的想法多扯淡!"

李承恩拗不过他,只能跟着一起来了。

做鸡蛋饼他熟悉,他虽然长年在外地上学,但是每次回家也都会给父母帮忙,这鸡蛋饼早就不知道摊了多少回了。

"小老板,给我摊一个鸡蛋饼,不放鸡蛋。"一个中年大叔扛着蛇皮袋,走到李承恩摊位前开口说道。

摊个鸡蛋饼不要鸡蛋?

李承恩嘴角一个抽搐。

但他还是认真地做了起来。

"不加鸡蛋,五毛钱。"李承恩开口说道。

这些人都是来赶早集的,很多人都带了早饭过来。当然所谓的早饭也不过是一个馒头及一些咸菜。没有吃早饭的,便会在摊子上买一个饼填肚子,买鸡蛋饼不加鸡蛋的,不是少数,而是多数。不是他们不知道鸡蛋饼的灵魂就是香喷喷的鸡蛋,是因为他们不舍得吃,毕竟一个鸡蛋五毛钱呢。

李承恩麻利地摊好了一张饼,很是关切地提醒:"叔,拿好,小心烫。"

男人拿着饼走了之后,一旁的李世杰走了过来,他看着李承恩,朝渐渐走远的顾客努努嘴,小声说道:"看到了吧,一块钱一个的鸡蛋饼,茨河铺的人都舍不得吃,你说你要留在家里,能有什么发展?"

"就是因为看到他们连一块钱一个的鸡蛋饼都舍不得吃,我才更想留在这里。"李承恩倔强地开口,目光依旧坚定。

正是因为见过了他们穷,所以他才更想改变这个现状。正如先前他说的那样,茨河铺的人不是自古以来就穷的。

"行,你高尚,我说不过你,我且看看你有什么本事能够改变这个穷苦破落的地儿!"李世杰被儿子气得不行,抬手从兜里掏出一盒三环,坐在一旁抽着。

这个儿子哪哪都好,就是倔强起来十头牛都拉不回来。

你说你一个名牌大学高才生,在哪发展不好,偏偏就想不开了,非得回到这穷乡僻壤。

第 16 章　新的商机

看着在摊位前忙碌的李承恩,李世杰就有些恨铁不成钢。这个孩子原本挺好的,眼瞅着大学都快毕业了,结果魔怔了。茨河铺是个鸟不拉屎鸡不下蛋的地方,能有什么发展? 真有发展前景,那些读了书的人,也不会千方百计朝大城市跑。

这小子如果跟自己一样摆一辈子的摊、种一辈子的地,当初就不该让他读书。读了大学还跑回来种地,跟那些没读过大学的人有什么区别? 说出去还不够让人笑话的。

中午收了摊,李承恩算了下一上午的收益,除去本钱,只挣了二十一块钱。

他手心里捏着一张张五毛、一块的纸币,心好像刀剜一样。自己的学费就是父母这样一张又一张凑起来的,每一张都浸满了汗水和心血,可自己呢?

他看向远方的天空,似乎又回到了那天的沪南大学天西学院。此刻他觉得捧着鲜花的他就是一个小丑,一个不折不扣的王八蛋。如果不是童盼盼,可能现在他还没有真正体会到父母的不易。如此说来,发生在天西学院的事,是件好事。

就在李承恩思绪万千的时候,李世杰略带奚落的话语传到了耳畔:"看到了吧,你当现在的生意是这么好做的?"

"如果茨河铺的百姓都有钱,那我们今天就不会只挣这么多钱了。因为穷,所以他们不舍得花;因为经济跟不上,所以消费能力太低。"李承恩一针见血地指出问题所在,鼻子一阵泛酸,"乡亲们的钱包鼓不起来,第三产业根本无从发展。"

李世杰被他这番话说得没了脾气。

两人就这么静默着相对无言。

父子俩知道谁都说服不了谁,只能这般僵着。

过了中午,集市已经散了,街上的行人越来越少。

李世杰收了摊,打算回家。

"爸,你先回去吧,我很久没回来了,想随便逛逛。"李承恩帮着李世杰收好了摊,转头冲着他开口说道。

李世杰看了他一眼,没有说话。

他何尝不知道儿子是什么心思,肯定还是没死心,想要再看看茨河铺有什么门路可以发展。

看看就看看呗,正好也看看这个地方有多穷,最好能打消他留在茨河铺的念头。

茨河铺不大,一条街横贯南北,总长不过两三百米,这便是茨河铺最繁华的地方了。

李承恩逛了一会儿,发现路边多是卖白菜、萝卜的,也有卖红薯、土豆的,看来看去左右也不过就是这几样菜。

周围倒是也有卖烤红薯、糖葫芦的,但生意也不怎么好,多是带着孩子逛街的,会给小孩买上一份,做个尝头,大人们是舍不得花这个冤枉钱的。

"芹菜,新鲜的芹菜,便宜卖了,七毛钱一斤,刚从南方运过来的!"

叫卖声突然吸引了李承恩的目光。

芹菜?七毛一斤?

要知道如今白菜也不过一毛一斤,猪肉也不过才七块五一斤,芹菜能卖这么贵?

李承恩原本以为这么贵的菜没人会买,毕竟茨河铺集镇上的人,也没有多富裕。却不想几个妇女听到叫卖声直接冲了过去,一人拎着一捆芹菜左选右看,嘴里面还在不停地跟菜贩子讨价还价。

"六毛行不行啊?六毛钱我买一捆。"一中年女人开口道。

"不行,最低七毛,这已经是最低价了,你买一捆,我可以再送你两根葱,但是价格不能低了。你可以去顺昌市里看看,人家那都是卖一块的,我这七毛就卖了。"菜贩子开口说道。

"这也太贵了吧,买斤猪肉才七块五。"另一个大妈开口说道。

"我这可是从南方运过来的,光是运费就不少钱呢,这价钱不算贵了。不信你看,就剩这么多,卖完就没有了。这天天萝卜白菜的,也腻得慌,你瞧这芹菜多好,刚摘好就运过来了,你左右买两斤回去尝尝鲜呗。"菜贩子一脸笑意地说道。

几个女人挑挑拣拣了半天,最后还是付了钱,一人买了一捆,跟宝贝一样抱回去了。

李承恩站在原地不说话,眉间的忧愁渐渐散去了。

他盯着那卖空了货物的菜贩子,若有所思。

他走上前,从兜里拿出烟,抬手递给那卖芹菜的菜贩子一支。

"大哥,我跟你打听个事儿呗。"李承恩笑着开口道。

菜贩子一愣,但还是抬手接过烟:"兄弟你说就是了,客气什么。"

"我刚才在一旁看了会儿,有点好奇,为啥你这芹菜卖这么贵,还有那么多人买呢?"他的确有点不理解,茨河铺消费水平这么低,很多人连一块钱一个的鸡蛋饼都舍不得买,为什么这七毛钱一斤的芹菜那么多人都抢着要。

"嘻,首先是物以稀为贵,其次咱们这里再穷,富裕人家还是有的,碰到好的东西,谁不想尝尝鲜?"菜贩子笑着回答。

他倒不觉得这是什么商机,毕竟谁都知道如今芹菜卖得不便宜,但关键你得有渠道啊。他是跑大车的,每年都会从外地运回来很多蔬菜,都是这边不常有的,卖价高但是仍然有人买,光是这笔收入,就足够过一个丰年的了。

"如今这价钱还不算贵,等到过年的时候那才真叫一个贵,那时候芹菜差不多得卖一块多一斤,谁家过年不得囤点好东西?像这从南方运过来的芹菜、蒜薹、茄子可都是稀有的好东西。我打算过段时间再去南方一次,到时候再运回来一批蔬菜,那今年这个年过得就不用愁了。"

菜贩子一边说,一边收拾着摊子。李承恩得了话,一边往回走,一边若有所思。

这不就是反季节蔬菜吗?

他在大学的时候,学校里有片试验田专门种植反季节蔬菜。

他之前一直想搞果园,却忘了如今能快速实现赢利的应该就是反季节蔬菜了。

再过两个多月就过年了,到时候蔬菜价格一定会猛涨,毕竟茨淮地区的冬天,蔬菜除了白菜就是萝卜、土豆,别的是再也没有了。

第 17 章　蔬菜大棚

春节是举家团圆的日子,更是国人最注重的节日。在这段时间,谁家不备些新鲜蔬菜,招待好不容易才能聚在一起的亲朋好友?有的富裕人家甚至专门跑到城里的超市购买蔬菜,就跟刚才菜贩子说的一样,那个时候蔬菜都得卖块把钱一斤,往往还是供不应求。

如果种植反季节蔬菜,说不定能赶在年前获得一笔不错的收益,有了第一桶金,便可以打开他回乡创业的篇章,并且用事实说服父母。

心里面起了念头,李承恩也没心思在街上逛了,直接飞一般往家里跑。

"爷爷,爷爷!"还没进家门,李承恩就兴奋地喊叫着。

"咋了承恩,出什么事了?"李万道被大孙子的疯狂状态吓了一跳。

"没事,没事,就是我找到门路了,我知道自己现在要做什么了。"李承恩一脸欣喜。

"做什么?你现在最应该做的就是回去上学!"李世杰从堂屋走出来,直接当头泼了李承恩一盆冷水。

李承恩知道无论自己现在说什么都无济于事,索性也不跟父亲打嘴上官司,毕竟地里面的事情归根结底还是爷爷做主。

"爷爷,我打算种植反季节蔬菜。"李承恩直奔主题。

"啥是个反季节蔬菜?"李万道不懂。

"就是大棚蔬菜,在这个季节种黄瓜、茄子、豆角什么的,等到过年的时候这些蔬菜一定能够卖个好价钱。"李承恩看到了希望,脸上也就乐开了花。

还没等李万道说话,一旁的李世杰直接走过来,劈头盖脸就是一通训斥。

"啥,你说啥?你想了半天就想到了这个?种植反季节蔬菜?瞧把你能的,你种得活吗?"李世杰活了大半辈子,方圆十里地,还没看到谁在冬天去种这些东西。

"那些蔬菜都是从南方运过来的,咱们这里这么冷,你去种这些东西,脑子是怎么想的?怕不是上学上的脑子都坏了。"李世杰的话越说越难听,恨不得一巴掌扇在李承恩脸上。

"怎么就种不了了?我在大学的时候就种过,你说茨河铺冷,茨河铺有津南冷吗?茨河铺最低不过是零下十几度,津南零下二十度照样能种活,在咱们家,我也一样种得活!"李承恩毫不犹豫地开口反驳,这个节骨眼儿他不能退让,退让就是妥协。

他也知道这事对很多农民来说挺难的,因为他们虽然种了一辈子的地,对农业科学却了解不多,但李承恩就不一样了,严格说起来,这就是他的专业。

其实如今蔬菜大棚种植在北方已经逐渐发展起来了,只不过茨淮这里还没有盛行。

"你能种得活?你下过地吗?"李世杰是一点都不相信儿子的话。

在他眼里,哪怕儿子是学农的大学生,也还是一个什么都不懂的孩子,更何况反季节蔬菜有多难种植,他身为一个地地道道的农民肯定是知道的。

茨淮地区也不是没人试过,只是到最后挣的还没有亏的多,后来也就不了了之了。

那么多人都失败了,凭什么儿子就会成功?他没这个自信。

"爸,你忘了我的专业吗?我们不仅学习课本上的知识,教授还带我们去试验田实践,手把手地教。"李承恩想到以往几年的学习经历,越发觉得父亲不应该质疑。这几年他读书很刻苦,在试验田学习的时候,更是眼睛都不敢眨,因为他明白,这才是真本事。

他唯一的缺陷就是没有亲自上阵,实践经验太少。

或许第一次他可能会失败,但只要多尝试几次他肯定会成功。

"你给我闭嘴!"李万道实在听不下去儿子一而再,再而三的质疑,"说那些都要说烂的话,有意思吗?"

他一张老脸涨得通红,抬起颤抖的手,指着李世杰的鼻子:"我孙子做什么你都怀疑,他一个学农的你说他种不好地,那他还能干什么?现在国家都讲究科学种田,咱们的那一套老方法早就行不通了,你不行,不代表他不行。"

老爷子虽然没上过多少学,但是中央电视台的农业频道没少看,那上面几乎每天都在宣传怎么科学种田,还有很多致富的典型案例。有时候他也脑子一热,萌生试试看的念头,只是苦于没人指点,学识也不足以自学成才,只得作罢。如今承恩提出种植反季节蔬菜,他真觉得可行。

虽说茨河铺周边有人尝试失败了,但其他地区成功的案例真不少。别人成功一是有人领头,二是有专家技术指导。现在自个儿的孙子就是农学系的高才生,在茨淮种植反季节蔬菜成功的可能性极大。

李世杰想说些什么,看看李老汉的脸色,又把话咽了回去。

"世杰,你和我都老了,我们的见识也浅。但承恩不是啊,他上过大学,脑子里有知识,肚子里有文化,而且农业还是他的专业,我觉得他可以做到。"李万道见李世杰不吭声了,语气也缓了下来,语重心长地劝说着,"即便承恩他失败了,也是一次难得的经历,为什么连尝试的机会都不给?你小子刚生下来就会走路吗?没学会走路,你知道怎么跑?"

"爸,你怎么也跟着他一起胡来?"李世杰有点儿郁闷。

"我也赞同承恩去试试。"就在这个时候,林文娟从一旁走了过来。

她看了看儿子又看了看丈夫,无奈地叹了一口气:"世杰,你就让承恩试试看吧,你忘了你一直说的话了吗?是骡子是马,咱拉出来遛遛!"

她其实也不赞同承恩回到茨河铺,也想让儿子回去继续读书。但是林文娟非常清楚儿子的脾气,之所以赞同李承恩试试,不过是想让李承恩碰壁。

只有摔倒了才知道疼,只有失败了儿子才知道在土里刨活有多不易。特别是失败之后,横竖看一下,茨河铺还有什么发展前途?或许到了那一刻,根本不需要说什么,儿子就打消了回乡创业的念头,把重心放在学业上,最终在大城市安家立户。

第 18 章　让他去试试

　　李世杰瞪着铜铃一般的眼睛，那架势，恨不得跟林文娟拼命。平时自己说什么她就听什么，到了关键时刻，她竟然跟自己唱反调。李承恩可是你身上掉下来的肉，你现在跟老爷子一个鼻孔出气，这是要把儿子朝火坑里推啊！

　　林文娟见丈夫这般，气就不打一处来。那么大的人了，怎么就听不出个好歹话？可是这个节骨眼儿上，她也不能说太多，一边给李世杰使了个眼色，一边冲李承恩说道："在你尝试之前，丑话咱得说在前头，如果这件事你做不成，就给我回津南继续读书，以后再有任何回到顺昌创业的念头，你自己先给自己两巴掌。"

　　李世杰终于明白妻子为何这般，赶紧点点头，郑重地说道："反正劝你也劝不通，你爷爷呢，也一心向着你，好像我说什么都不对。既然这样，那就照你妈说的办，是骡子是马，咱们拉出来遛遛。不过话先说好了，要是做不成，你就得在津南好好发展，不混出个人样来，别回茨河铺！"

　　话都已经说到了这个份上了，李承恩还有什么不明白的呢？母亲这是摆明了挖了个坑让自己跳，父亲是觉得自己铁定干不成。不得不说，他们的执念很深。

　　不过换位思考一下，他们有这种想法实属正常。儿子好不容易考上名牌大学，现在又跑回来种地，别说父母是地地道道的茨河铺农民，即便是顺昌城里的父母，又有几个能接受好不容易出去的孩子重返家乡？

　　"行，我答应你们。"李承恩斩钉截铁地说。

　　"那时间就定在年前吧，等到过年的时候，如果你的反季节蔬菜没有成功，你也没挣到钱，那你就给老子乖乖滚回津南！"李世杰直接指着门口，咬牙切齿地道，"以后再有什么乱七八糟的念头，你就不是我李世杰的儿子！"

　　啪！

林文娟朝李世杰后背来了一巴掌:"打赌就打赌,说什么狠话啊!不管他做了什么错事,终究是我身上掉下来的肉,你不认我认。再说了,回乡创业的念头有错吗?要改变家庭现状的想法有错吗?儿子要不是心疼咱们,会冒出这样的念头?"

"打赌就打赌,不能好好说话啊?这个家,现在还轮不到你做主!"李万道在一旁看着自己的儿子气得不行,"你不认这个儿子?老李家祖坟冒烟了,才出一个名牌大学生,你将他撵出家门,信不信我一棍打死你!"

"爸,我没办法跟他好好说话,他闷不作声直接回到顺昌,回来就告诉我不读书了,要回来种地,碰到乡亲们问我承恩回来做什么,我都不好回话啊。"李世杰心中也是郁闷。

"不能好好说话就不说!"李万道狠狠瞪了眼李世杰,没好气地道,"我告诉你,承恩有这个想法我自豪、我骄傲,总比那些考出去的白眼狼强!你瞅瞅隔壁镇那个高才生,十多年不回家,爹妈都不认啊,这样的孩子,把他养大干吗?"

李世杰想要反驳,但听到那个案例,又是一阵语塞。

眼看李世杰和李万道要杠起来,林文娟赶紧上去打圆场:"好了好了,都少说两句。承恩啊,你还愣着干吗?现在遂你愿了,赶紧去盛饭。"

李承恩笑着点了点头,一溜烟钻进了厨房……

李家一共有十亩地,其中七亩地是靠着河的,全部种的是小麦,只有三亩地种了土豆和萝卜,还有一点儿大白菜。

小麦的主意李承恩不敢打,毕竟那是爷爷的命根子,如果现在让爷爷把小麦全部给薅掉,怕是老爷子第一个要打断他的腿,然后把他赶回津南。

既然小麦的主意不能动,李承恩索性就直接把主意打到了剩下的三亩地上。

如今刚入冬,土豆才种下不到两个月,还没有完全成熟。

白菜就不一样了,地里的白菜都是七八月份种下的,如今已经可以收了,只不过因为白菜目前卖不上价格,大部分都是自己吃的,吃不完的就存在地窖里留着过冬。

萝卜也已经成熟了,和白菜一样,也是卖不上价,只能留着自己家里吃。

所以说这三亩地是可以动的,只是可惜那些土豆了,有一亩多呢。李老汉蹲在地里面一手薅着刚长出苗的土豆,一手捂着自己的心脏,告诉自己不心疼,一点都不心疼。

"承恩啊,你真的有把握把反季节蔬菜给种活吗?"看着已经薅了一半的苗子,李万道心里那叫一个难受啊。

怎么可能会不心疼呢?要知道这些土豆再等上一两个月,就能够拉到城里面卖钱了,不说卖多,卖个一千左右还是有的。

现在倒好,一下子全给薅没了。反季节蔬菜成了还好,要是不成,里里外外亏损的就多了。

"爷爷,你相信我,我有把握。"李承恩见爷爷一副心疼的模样,连忙给他吃定心丸,"反季节蔬菜说白了就是大棚蔬菜,咱们这地方这方面的专家比较少,大棚蔬菜在种植方面需要注意的状况也比较多,一个不慎,可能种植的作物就毁于一旦了,用咱们的土话说,就是娇贵。"

李万道安心了不少,可是看着散落在地上的土豆苗,心情还是一言难尽。

李承恩此刻心里也有些打鼓。毕竟以前是跟着教授在试验田里忙乎,现在呢,是自己亲自上场,独当一面,会遇到什么情况,真的有些摸不准。不过转念一想,自己在学校掌握的知识很扎实,动手能力也强,跟那些来自城市的学生不一样,自己从小就看着父母种地,实践方面占据绝对优势。

也正因此,李承恩才选择回乡创业。现在好不容易找到了门路,怎么自己心里又打起了鼓?

我一定行!

李承恩看着散落在地里的土豆苗,疯狂地给自己正面的心理暗示。

第 19 章　初步建造

一老一少忙乎了整整两天,才把三亩地清理干净。下面要做的,就是搭建蔬菜大棚。

由于李世杰不愿帮忙,李承恩只能从头到尾一个人来。

他选择搭建的蔬菜大棚是水泥制式。这倒不是说钢架结构的塑料大棚不好,而是成本太高。在尝试阶段下大本钱,不符合尝试的利益诉求。

水泥制式的蔬菜大棚说起来也不复杂。只要倒模成拱架的样式,然后将拱形支架的两端分别埋入田地的两侧,使其直立。大框架成型之后,再盖上塑料布,工程就此完成。而试验地里的土豆、白菜、萝卜,李承恩和爷爷将它们全都挖了出来,放在地窖里等待处理。

李万道年轻的时候做过泥瓦匠,在浇灌方面有经验,跟一些工友也比较熟络。这几天,他带着村里几个伙计根据李承恩的指挥做出水泥拱形支架,再将其埋在地里,就这样,一个极其简单却实用的蔬菜大棚框架就大功告成了。

塑料布是到集上买的,因为所需实在太多,老板还非常贴心地给了一个优惠价。

李承恩把成本算了算,没有超出预期,心情格外好。在不确定前景的前提下,成本越少,试错的代价越小,当然,要是成了,利润也最高。

"黄瓜、茄子、番茄、豆角……这些蔬菜都是要的,再种些什么呢?"李承恩一点一点地规划着这些土地,看着这三亩蔬菜大棚,他的眼睛里泛起些许光芒。

那是充满着希望的光芒。

最终他只选择一亩地种黄瓜、茄子、豆角、番茄这类作物。原因无他,这些东西虽说在冬天稀罕,在夏天却是人人家里都有的,价钱也卖不上去。

所以,最好还得种一些稀罕物,最好是整个茨淮地区都没有的。

"老胡,你能帮我从津南寄回来些苦瓜种子吗?还有西葫芦种子也帮我找点儿。"李承恩拨通胡以为的手机,也不跟他客套,直接提要求。

"老李,你真回茨河铺种地去了啊?"胡以为在手机那头气得脸都快绿了。

打从一开始,他就不支持李承恩回到茨河铺,后来之所以勉强同意,是因为他觉得李承恩不过是一时冲动,以后肯定会后悔的。哪里想到,这小子还真干上了。

"老李,你知不知道津南大学农学系的保研资格多难得?胜利在望之际,你跑回老家去种地,你这不叫脑子抽筋,是彻底短路了!老子不给你寄!"胡以为重重拍了下桌子,后牙槽一阵发痒。

"老胡,我走的时候跟你说得已经够明白了啊,你当时不是也挺支持的吗?现在需要你帮忙了,你开始唠叨上了,咱们兄弟还做不做了?"李承恩沉着脸,肚子里也有些邪火。这阵子跟父母说来说去,他自己都烦了,现在哪有什么精力跟胡以为打嘴上官司。

"我当时只是觉得你没有想明白而已,我以为你回去看一圈会后悔的,没想到你玩真的?老李啊,你各方面的条件都比我好,保研之后留校基本就没难度啊!"胡以为有些不死心,接着阐述自己的观点,"如果同学们知道你选了这条路,会笑掉大牙的,别忘了,咱们可是就读于津南大学农学系!"

李承恩有些不耐烦了:"老胡,该说的我都说了,该遭的骂我也挨了,好不容易蔬菜大棚建起来,就等着开第一枪,这个节骨眼儿你还跟我添乱?我再说一遍,帮还是不帮?帮了就是好兄弟,不帮就当咱们俩从未认识。"

说到这里,李承恩深吸一口气,咬着牙道:"难道你要让我去求那些学长吗?"

一阵沉默。也不知过了多久,胡以为方才无奈地叹了口气,有气无力地道:"我懂了。"

他是真不理解李承恩,要不是隔着一千多公里,胡以为能把手机砸到李承恩脸上。但是现在,身为朋友,他只能支持。

"种子我可以帮你找,但是我想听听你的计划,如果你不说,我想咱们兄弟真是没得做了。"胡以为的态度很严肃。只有清楚李承恩的计划,他才能判断到底可不可行。若是可行,就暂时支持;若是不可行,茨河铺那个地方,他真要去一次。

他不能眼睁睁看着好兄弟放弃大好的前途不要,朝火坑里跳。

"我回老家发现反季节蔬菜有市场,我们这里的农户搞蔬菜大棚的又比较少,所以我整了三亩试验田,选择性种植了一些反季节蔬菜。茨淮这边你也知道,经济发展不怎么行,人才不多,资源不多,所以有些种子需要你从津南大学帮着找一些,寄点儿过来。"李承恩一边说着自己最近在做的事情,一边回想两人相处的点点滴滴,紧跟着说道,"你曾经说过,要想挣钱,就要朝别人看不到的地方钻,我想这一块儿,在当前形势下,真是一个空白点,肯定大有可为。"

胡以为一听这话眼睛有些亮了。

"这倒是可以,大棚蔬菜现在发展得不错,在一些地区前景非同一般,你要能在茨淮地区把蔬菜大棚搞起来,说不定真能闯出一番天地。"胡以为自然知道其他地区也在搞大棚蔬菜,但是要搞出规模、搞出特色,难度就非常大了。

这个难度,说白了就是技术!

"回头我给你把种子寄过去,除了西葫芦、苦瓜,再给你寄点莴苣、荠菜、四季豆吧。咱们学校试验田里最新研究出来不少新品种,口味和产量都很不错,我回头全都给你寄过去,不明白的地方赶紧给我打电话,咱们那些教授就是免费的资源,不用白不用。"胡以为越想越觉得李承恩选的这条路可行,拍着胸脯打包票。

胡以为所说的这些种子,其实在外面是不能随意买到的。因为这些种子都处在试验阶段,就等着一些企业洽谈合作,有了收益之后,这些企业还要给研究专家或者研究团队专利转让费,而在种植当中需要的技术辅助,更是很多企业梦寐以求的。

如此说来,李承恩这几年大学哪是白读的?津南大学就是李承恩腾飞的平台,而在学校混得风生水起的胡以为,就是李承恩最大的助力。

第 20 章　再遇

"谢了,兄弟。"李承恩听到胡以为的话,激动得都要跳起来。

以他在津南大学的人脉,要搞点种子或者弄点技术辅助,根本不可能。但是胡以为……

他舅舅在津南大学,不,在全国农业领域,也是一等一的专家!

"你跟我客气什么?兄弟间不互相帮助那还是兄弟吗?你要是把反季节蔬菜这个事儿真做成了,老子打心眼里替你高兴,不能成为顶尖的农业专家,成为独领风骚的企业家更好啊!这年头,其实有钱比啥都强。不过丑话说前头,如果没达到预期效果,你必须给老子赶紧撤。"

不过三亩试验田而已,又有胡以为这个强大的助力在,如果还出不了成绩,过不了父母设定的那个槛,李承恩真不如挖个坑把自己埋了。他笑着回道:"放心好了,我就是再疯,也不会拿自己的前途开玩笑。"

胡以为这才松了口气,开始大包大揽:"还记得先前兄弟的话吗?有困难找警察,千万别逞强,反正你知道的,兄弟我路子广,隔着一千多公里,即便不能帮上大忙,出几个主意还是不在话下的。"

李承恩在电话那头笑得不行。

"行了行了,我知道。"

他自然知道胡以为的仗义,他在津南那么多年,唯一的挚友就是胡以为了。

这小子虽说性子有些跳脱,为人却非常不错,有这么一个兄弟,也算是李承恩这一生的幸运。

不过两天时间,胡以为就给李承恩打电话说种子到了。

因为他寄的是快件,所以没有走邮政,唯一不方便的是,那家快递在茨河铺没有投递点,只能寄到顺昌市。

李承恩索性把地址填到顺昌高中附近,他是在那里读的高中,对周边也比较熟悉,这次过去还能再回母校看看。不知不觉,高中一别快四年了,如今母校又是怎样一番景象呢?

第二天一大早李承恩就登上班车去了顺昌。

顺昌高中离车站有点儿远,需要转几次公交车才能到,李承恩从农班车转乘公交车,晃得头都晕了。谁承想他刚下车,迎面就听到一女生大声疾呼:"来人啊!有人抢包!"

李承恩刚抬头,就看到一个穿着黑夹克、戴着兜帽的男人慌里慌张抱了个包,正往他这个方向跑。

等到此人到了跟前,李承恩直接伸出一只脚。

砰!抢匪直接被绊了个马趴。他趴在地上,一手紧紧拿着包,一手撑着地,抬眼看向李成恩的目光中满满都是凶狠。

"小子,你敢多管闲事,不想活了?"抢匪气得磨牙,恨不得把李承恩撕了。

"我看你才是不想活了,光天化日之下,敢明目张胆地抢夺人家的东西,生怕牢里蹲不下你是吧?"李承恩直接回瞪了过去。

他一米八几的个子,身体壮实,大学体育选修课选的又是散打,会一点身手,倒还真不怕这抢匪要横。

"好,老子就给你点厉害瞧瞧!"抢匪从地上爬起来,吐了口唾沫,也不废话,一手紧紧抓着包,另一手探入怀里,一把匕首就此亮相。

李承恩下意识后退一步,知道自己这次是碰上歹徒了。

"来啊,你刚才不是很勇吗?现在老子就让你重新投胎做人!"抢匪抬手比画着刀子就冲上去了。

李承恩见那抢匪掏刀子的时候,就后怕了,然而如今这人他绊也绊了,得罪也得罪个干净,已然没了退路,只能放手一搏。

于是他硬着头皮冲了上去,刻意避开抢匪的刀子,想要擒拿住抢匪的胳膊。然而这抢匪灵活得很,像是知道李承恩的目的,一点儿机会都不给,顺势划伤了李承恩的胳膊。

情急之下,李承恩也顾不了那么多了,不把抢匪朝死里弄,抢匪就要重伤自己了。

由此他也不再顾忌,趁着一个空当一脚飞踹,朝着那抢匪的肚子踹了过去,紧接着又是一记直拳,砸向抢匪的眼窝。

这套动作虽然不能说行云流水,但情急之下,也是又快又狠。

抢匪没想到李承恩会这么狠,刀子都脱手了,不知道掉哪去了。

李承恩压根就不敢给抢匪机会,又是一脚踹向抢匪的裤裆,直接将其踹跪在地上。

"敢抢包,还敢动刀子?我打死你!"李承恩朝着抢匪没头没脑地招呼,生怕下手轻一些,抢匪就寻到空当,要了自己的性命。

抢匪这会儿是认怂了,他着实没想到看起来文文静静的男生这么狠,于是抱着脑袋告饶。

"不敢了,不敢了,我错了,兄弟,您大人有大量,放我一马吧,我是第一次干这事儿啊!我家里上有老下有小,因为老娘病了,没钱给她医治,这才出来偷点儿东西的。"

"这话你去跟警察说吧,偷东西?你这是明抢!"

李承恩哪里信他这个说辞,他又不傻,这人掏刀子那么熟练,肯定是老手了,说不定身上还有其他案子。

抢匪气得想骂娘,以前他也被人制服过,大都是说几句软话,对方心一软,自己就拔腿开溜了。可面前这位好像疯了一样,似乎不把自己打死誓不罢休。

此刻遭抢的女子已经跑了过来,看到已经被李承恩制服的抢匪,当即瞪大了眼睛:"怎么是你?"

将抢匪死死摁在身下的李承恩在这一瞬也有些失神,因为遭抢的女子他认识,正是程方梵!

派出所门口。

二人做完笔录,从里面走出来。

从办案民警口中得知,那人还真不是普通的抢匪,身上背负着命案。幸亏李承恩下手狠,不然给了抢匪机会,恐怕又是另外一个结局。

李承恩闻言之后,狠狠咽了口唾沫。

办案民警拍了拍李承恩的肩膀,笑着宽慰:"放心,这小子之前就被判了十几年,现在刚出狱又持刀行凶,恐怕下半辈子都得在牢里待着了。小伙子勇气可嘉,不过以后真要悠着点儿,我们现在提倡见义智为。"

李承恩赶紧点了点头。

办案民警冲李承恩挥了挥手,眸中尽是赞赏。这年头,能跟抢匪殊死搏斗的人少了,更难能可贵的是李承恩还是名牌大学学生。有如此一批大好青年在,顺昌怎么可能不好,中国怎么可能不兴?

"你说你怎么就这么大胆呢?"程方梵回头看了眼派出所,又把目光放在李承恩身上,很是后怕。

李承恩的夹袄已经被划破,衬里的棉花染上了血。要不是冬天穿得厚,这一刀下去怕是要见骨头,若是瞄准心口,真会死人的。

第 21 章　我带你去医院

"程老师,我……我那个时候没想那么多,我就听见有人喊抢包了,头一热就冲上去了。"李承恩像个犯了错的孩子,耷拉着脑袋站在程方梵面前。

"下次遇见这种事情,记清楚他的面貌,然后先报警。若是他有凶器,你一定要跑,一定不能跟他对上。这种人都是亡命之徒,为了一点财物,他们什么事都能做得出来。"程方梵好声告诫李承恩,秀气的面庞尽是愧疚之色。

她如果早知抢匪身上有命案,宁愿这个包拿不回来,也不会喊人帮忙。幸亏李承恩表现英勇,成功制服了歹徒,要是出了什么意外,她这辈子良心都不安。

"程老师,我当时就觉得自己练过,又比他高壮,就拔刀相助了。哪里想到这小子不仅带着匕首,还是个亡命之徒。哎,不说了,反正这次我记住了,如果真为这事儿没了性命,真有些得不偿失。"李承恩此时也是一身冷汗。

李承恩提到他练过几招,程方梵就有点想笑。当时的场景,她还历历在目,特别是李承恩飞踹抢匪那一脚,简直帅爆了。

她没想到说起话来温文尔雅的李承恩竟然如此之勇,那一记格挡,一脚飞踹,一记直拳,直接把抢匪打蒙了,尤其是那一记拳,直接把抢匪的眼窝打出血了。

"记住了就好,下次务必注意,遇到这种事最好让警察来。"程方梵认真地看着李承恩。

她生得好看,眼睛认真看着一个人的时候,深邃的瞳孔仿佛能把一个人吸进去。

李承恩被她看得内心一跳,耳朵不知不觉变得通红。

"嗯……我知道。"李承恩赶紧把眼神错开,生怕多注视一会儿就要沦陷。

"走吧,警察同志说了,医院那边都安排好了,咱们去处理下伤口。"程方梵看着李承恩胳膊处的血,眼睛中带着些许心疼,毕竟这伤是为因她所致。

李承恩刚想说不用,然后抬头就看到程方梵认真的眼神,瞬间脸都红了,拒绝的话也没有再说出口。

他伤得不重,医生拍片子说没有伤到骨头,只是皮外伤,简单包扎下就行了。

然而说是简单的包扎,消毒上药却是必须的。

医生用的是双氧水,依旧引得李承恩倒吸了一阵冷气。刚才他之所以觉得没多疼,是因为肌肉处在高度紧张的状态,现在肌肉像是缓过神来一般,那滋味非同一般的酸爽。

他捂着胳膊,咬着牙,强忍着疼痛。

程方梵看李承恩捂着胳膊,咬着牙,脸上的肌肉不住抽搐,情急之下,一手紧紧握着李承恩的手,另一只手拍着他的后背,像是这样就能减轻他的痛楚。

"实在忍不了就叫出声,再不济,咱打麻醉。"程方梵见李承恩额头冒汗,柔声建议。

"没事儿,我能忍,忍忍就过去了。"李承恩可不想在医院丢人。

医生也忍不住打趣:"小伙子,是个狠人啊!"

从消毒一直到上完药,李承恩都没出一声,甚至后来整个额头都忍得冒汗,脸色开始泛白,还能扛着。

"行了,回去注意休息,伤口不要碰水,让你女朋友每隔三天给你换次药。"医生在一旁一边开单子一边笑着说道。

一句话让两人瞬间脸通红,李承恩连连摆手:"不……不……"

"不什么?你这胳膊不想要了?听我的,换药又没上药疼,让你女朋友下手轻点就好了。"医生说完话,直接把手中的处方单子递给了程方梵,摆了摆手,"好了,下一位。"

程方梵拿着处方单去药房拿完药,便和李承恩一起离开了医院。一路上她都担心地看着李承恩的胳膊:"现在应该没那么疼了吧?"

"你回去注意休息,多休养几天就好了,消炎药一定要按时吃。"一句一句叮嘱,从程方梵的口中吐出。

她倒是想要让李承恩在医院休养几天,办案民警那边也说了,医疗费用公安局全部报销,但是李承恩偏偏不愿意。

"我就纳闷了,到底什么事比你的身体还重要,心急火燎地要回去?"程方梵看着李承恩,蹙起了黛眉。

"这……"李承恩无奈地笑了笑。

"程老师,不瞒您说,这次我回来不打算走了。我在家里弄了个蔬菜大棚,准备搞特色蔬菜种植,如今正在节骨眼儿上,我要是不在,恐怕前期的工作都要白费。"李承恩一五一十地说道。

程方梵呆呆地望着李承恩,一副不可思议的模样。

胡以为跟李承恩关系非常好,在程方梵面前,也没少提李承恩的事儿,只不过程方梵没见过李承恩罢了。后来见到了,接触时间虽短,却也信了胡以为的话:李承恩颇得教授赏识,学业成绩也不错,保研那是铁板钉钉。

"你的保研资格没过?"程方梵不解地看着李承恩,紧跟着又道,"没过的话可以努力的,我听胡以为说了,凭你的实力,考上绝不是问题。"

李承恩赶紧摇了摇头:"应该是过了,只是我想情况有了改善之后再去深造。"

"你怎么想的呢?你知道名牌大学的研究生代表着什么吗?在如今的就业市场上,名牌大学的研究生就是香饽饽,别说有机会留校,就是进入企业之后,那也是奔着首席工程师去的,未来一片坦途,你怎么就……就不读了呢?"

程方梵越发看不懂李承恩。名牌大学的研究生是多少人眼里的香饽饽,面前这位倒好,有机会他不上。

李承恩看着眸中尽是疑惑的程方梵,想了想,轻声回答:"读研确实可能会改变我个人的命运,或许三年之后,摆在我面前的是一条阳光大道,"李承恩扭头看向窗外,声音中透着些许苦涩,"然而,这不是我想走的路。"

第 22 章 我觉得你可以

"不是你想走的路?"程方梵越发好奇起来,"你想走的又是一条怎样的路呢?"

"我的个人命运是改变了,我的家人呢?改变是需要过程的,在这个过程中,他们还要受穷,承受一些我无法想象的压力,可能等我经济独立的那一天,他们中的某个人,已经没了。"李承恩想到坐在门槛上不停抽烟的爷爷,想到父亲和母亲,唇角尽是苦涩。

程方梵静静地看着李承恩,轻声问:"所以呢?"

"所以摆在我面前的路,不是继续深造,而是利用自己掌握的知识,在短时间之内改变家庭的现状!"李承恩这般说着,拳头攥了起来,"如果能在改变家庭状况的前提下让那些父老乡亲跟着富起来,就再好不过了。茨河铺是我的根,我不想他们到外面继续受人冷眼,希望他们不论走到哪里,都能挺起胸膛,只是……"

"只是这条路并不好走,在很多人看来,也不过是个笑话。"李承恩不由得想到这几天的遭遇,刚刚无比兴奋的面庞多了些许黯然。

他回村不过半月,村里就流言四起了。有人说他是因为在大城市待不下去,才灰头土脸地从大城市回来了;也有人说这年头读书没用,上了大学还不是一样回来种地,所以,让孩子早早辍学出去打工才是王道,至少家里的经济环境能够得到明显改善。

几年前茨河铺的英雄现在成了狗熊,先前承受了多少赞美,现在就要遭受多少嘲讽和讥笑。李承恩决定回乡创业的时候,也做了一定的思想准备,只是没想到不被人理解的滋味,着实令人难以忍受。

程方梵站在那里,看李承恩的目光全变了。

"你也觉得这是个笑话吗?"李承恩抬眼看向程方梵,言语间尽是自嘲,"一个普通的大学生,没什么家庭背景,也没什么能量,却想着短时间之内,凭着一个人的本事改变家庭的命运,带动乡亲们脱贫致富,简直异想天开。"

"我觉得你或许真的可以。"程方梵突然朝他笑了笑。

这一笑,如同夏花般灿烂。

见李承恩愣住了,程方梵朝着他微微眨了眨眼:"没什么不可能的,不去试试,又怎么知道自己不可以呢?"

刚才她觉得李承恩很勇,现在觉得李承恩更勇。

毅然放弃即将到手的研究生不读,反而直接回到家乡创业,这得有多么大的决心! 换成别人,可能为了光明的前途,连家乡都不要了,直接留在另一个城市,毕竟人往高处走,水往低处流。

"我挺佩服你的,敢想敢做。我就没你这么大的勇气和魄力,一直以来我也想发展家乡,重新带动传统产业,但是……因为家里面希望我留在大城市,所以我迟迟无法做出抉择。"程方梵其实也在犹豫,李承恩的选择让她坚定了自己的想法。

"这次回来,我也是要留在家乡的。和方泽分手之后,我冷静了很长一段时间,我终究还是觉得自己没有错,我想回到顺昌,我想发展顺昌传统产业,这没有错,只是我和他的理念不同罢了。"

程方梵说这话的时候不由得叹了口气。

她和方泽谈的时间不短了,两人都快要谈婚论嫁了,怎么可能没有感情? 这段时间,方泽也曾联系过她,然而口中的字字句句,都在劝她留在津南。

两个人的理念不合,终究还是走不到一起去的。

"程老师,你也要留在顺昌?"李承恩看着程方梵,从她清秀的眉目中,文静的气质里,他看到了这个女子骨子里的倔强和执着。

程方梵抬头朝着李承恩笑了笑,打趣道:"怎么,只许你做第一个吃螃蟹的人,就不允许我来蹭口汤了?"

一番话让李承恩激动得要跳起来。

他从来没有想过,竟然还会有人跟他做一样的选择,更何况这人还是程老师。

在他眼里,程老师和他就是两个世界的人。

他除了大学毕业证以外,一无所有,是个货真价实的穷小子。程方梵却不一样,她家境优渥,年纪轻轻就成了津南大学的客座讲师,以后肯定前途无量。

然而就是这样一个人,如今却告诉自己,她也要留在顺昌,也要发展家乡。

这一瞬,他好像黑夜里独行的游客,找到了同伴。他的目光更加坚定。

程老师都敢放弃一切重来,自己又有什么可畏惧的呢?不就是别人议论几句吗?走自己的路,干自己的事儿,让他们说去吧,反正身上也不会掉块肉。

往前走,别回头,哪怕这条路再怎么苦,也要坚持走下去。

"当然可以,只是……你是大学老师,这样做是不是有点太可惜了?"李承恩强压着兴奋,开始为程方梵担忧。

"你都不觉得可惜,我又有什么可惜的?"程方梵摆了摆手,毫不在意地说道。

如她这般固执的人,只要选择了就不会后悔。

再说也没什么可后悔的,不就是放弃过去的一切重来吗?横竖她还年轻,在这个有着无限可能的时代,年轻就是资本,更是冲破束缚一往无前的力量。

李承恩不好意思地挠了挠头:"我不读研究生其实主要原因是家里的经济条件不允许,其次才是实现那些听起来有些不着边际的雄心壮志。"

对于李承恩为何这般选择,程方梵心里清楚,她很理解也很钦佩,只是想到那个落雪的清晨,程方梵就忍不住打趣:"我看你那天手机送得痛快得很啊,那架势,我是一丁点儿都没看到你困难,还以为你是津南哪个家族的富二代呢。"

第 23 章 有什么可心疼的？

毫无疑问，程方梵的话就像一把盐，撒在李承恩的伤口上。

"那……那天是喝多了，刚好觉得你很亲切，就送了。那东西当时在我眼里就是一根刺，若是不丢出去，不知道我会做出什么傻事来。"

从沪南回来的那天，李承恩很伤心，忍得更是辛苦。遇到程方梵的那一瞬间，他几乎崩溃了。

程方梵眸中掠过几丝怜惜。

刚才那些话不过是调侃，李承恩给她的第一印象是穷。要知道，当时他身上的衣服因为清洗次数过多，都变了颜色，脚底那双鞋更是四年前的过季款。在生活如此艰难的情况下，他还买了部手机送给那个叫作童盼盼的女孩，这份情到底有多真，可见一斑。

可是等待他的却是不留任何情面的背叛。

程方梵虽然没经历过如此狗血的剧情，却能理解那种撕心裂肺的痛。可是，她不知道怎么宽慰李承恩，只得双手环抱胸前继续打趣："你这人倒是气性大，那可是最新款的智能手机，二手的也能卖不少钱呢，酒醒了之后你就不后悔，不心疼？"

李承恩脸上带了些许不自然。

等他酒劲儿过去，怎么可能不后悔呢？毕竟，那可是他打了三个月的工才挣到的。然而他是男人，即便是有些后悔，送出去的东西也断然没有要回来的想法。

"岂止心疼，还有点肉疼！不过后来想想，那手机送给你倒是挺好，一部手机换你这么一个朋友，太值了。"李承恩也不知道为何，原本应该痛彻心扉，羞愧难当，可看到程方梵的笑容，反倒释然了。

"你说得再好听，那手机我也不能要，那么贵重的东西，我不好意思要。"程方梵朝着李承恩笑着说道。

"这有什么？权当我给朋友送的礼物了。你不接受,是不是说明……程老师,你不把我当成朋友?"李承恩冷不丁冒出这句话。

程方梵顿时无力反驳。

暂且不提今天李承恩不顾个人安危帮了自己的忙,单单那一晚的安慰,两个人就已经是朋友了。这倒不是应了什么一见钟情,而是物以类聚,人以群分。

1999元的手机价值着实不菲,程方梵也不是那种贪小便宜的人,所以收到手机之后,一直放着,正琢磨着怎么寻找李承恩,没想到他竟然是胡以为的朋友。所以胡以为生日的时候,她就把那部手机带在了身上,结果……方泽的事情,打乱了她的计划。

"我自然是把你当成朋友的,可……这东西确实挺贵重的……"这个节骨眼儿,程方梵发现自己的脑子竟然不灵光了。

"给你的礼物你就收了吧,当时的情况你又不是没看见,不是你的那些话,我……"

话说到这里,李承恩大手一挥,掷地有声地道:"就这么定了！以后我肯定会有难事,你到时候也没有不帮的道理,这部手机,权当提前给你的谢礼了。"

程方梵看他如此固执,不由得失笑。

刚才李承恩那么勇,俨然顶天立地的男子汉,这会儿呢,又固执得像个大男孩儿。罢了,反正那么大的人情都欠了,以后两个人少不了来往,等以后寻到好机会,用别的补给他就是了。

二人乘车又回到了顺昌高中附近。

因为当时事发突然,胡以为给李承恩寄的种子没来得及去取,所以还得再回来一趟。

快递站此刻还没关门,等李承恩报了快递号,快递员给李承恩拿来了一个大箱子。

李承恩看着那个行李箱一般大小的箱子,嘴角都快抽了。

"老胡这是寄了多少种子给我?"李承恩哭笑不得地抱着包裹。

一旁的程方梵有些忍俊不禁,不过转念一想,这两人的感情倒也着实深厚。

"津南大学最出名的就是农业科研,他给你寄这么多东西倒也正常。"程方梵在津南大学代过课,自然知道津南大学在农业领域的实力,"这些宝贝你可要收好了,据我所知,很多种子可能压根没在市场流通过。"

李承恩很是欣喜地点了点头。现在蔬菜大棚弄好了,这些种子育了苗就可以直接种,茨河铺的土地是出了名的肥沃,种什么都合适。

此刻的他信心十足,要做的就是按部就班搞好种植,等待蔬菜成熟,等到年关,就能收获自己的第一桶金了。

程方梵对茨河铺也不是不了解,想到那一片沙土地,突然开口提醒李承恩:"说起来沙地最适合种西瓜,你们那个地方夏天产的西瓜可甜了,可惜冬天吃不到。冬天顺昌城里的西瓜,大多是从南方运过来的,没什么西瓜味,也不知是品种的问题,还是土壤的问题。"

"都有吧。合适的土壤、品种,以及气候都会对瓜果蔬菜的口感产生影响,所以才有橘生淮南方为橘,生淮北则为枳这么一说。"李承恩笑着回答,"不过……"

李承恩灵机一动,接着道:"我这反季节蔬菜大棚倒是不用顾忌那么多,回头我种点儿西瓜,等熟了给程老师送几个,尝尝是不是夏天的那个味道。"

程方梵一提醒,李承恩还真动了种西瓜的念头。茨河铺的西瓜在本地很有名,但是夏天真卖不上什么价,冬天就不一样了。

顺昌冬天瓜果少,西瓜是个稀罕物,一个能够卖上好几块钱呢,比卖蔬菜挣钱多了。但是冬天种植西瓜并不容易,这是由西瓜的生长习性决定的。它对光照的要求太高,若光照不足,产出的西瓜品质就会受到影响,口感极差。

相对而言,蔬菜就简单多了,生长周期短,生长条件要求不高,最适合这个节骨眼儿上马。

"啊?我就是随口一说,你还真准备试试?"程方梵内心一暖,没想到自己随口一说,李承恩竟然听到心里去了。

第 24 章 我不是小孩子了

"那是当然,不过几颗种子的事儿,不费什么劲儿。再说你还给我提了一个醒,茨河铺的西瓜好在咱们这片儿是出了名的,西瓜我要是能种好了,那等来年大规模发展,指不定我能靠西瓜打出一片天地,带领父老乡亲们冲出顺昌,走向全国……不,走向世界也说不定!"李承恩越说越兴奋,似乎不远处就是一条通往成功的康庄大道,面前就是父老乡亲一张张灿烂的笑脸。

程方梵听了,忍不住赞道:"你可真会抓机会,真敢想啊!"

现如今水果的确越来越贵,尤其那些品种好的,价格起码翻上一倍,甚至还有天价水果,能够卖到上百块钱一斤。李承恩最终走向发展水果种植这条路,还真是个不错的选择。

"机会到了跟前,不抓住那就是犯罪啊!毕竟你也知道的,改变家庭现状只是第一步,我的最终目的是带领着乡亲们脱贫致富,挺起胸膛,如果目光不够远,胆子不够大,终究走不远,走不长。"李承恩扭头冲程方梵微微一笑,毫无保留地道出了自己的想法。

他在这个女子面前没有丝毫隐瞒,似乎两个人相识不是一天两天,而是一年两年。如果方才李承恩没有不顾性命见义勇为,程方梵真会怀疑李承恩是说大话,此刻……一个人能不顾性命仗义出手,他的心里记挂着父老乡亲怎么了?敢想敢干更是顺理成章的事儿。

这一刻,程方梵深深觉得,李承恩的发展不会仅仅局限于一个顺昌。

现如今社会不知有多少名牌大学毕业生眼高手低,工作高不成低不就的,最后毕业几年,一事无成。李承恩跟他们全然不同,自始至终都知道自己想要什么,而且愿意付出,愿意努力,至于面子什么的,似乎压根就没考虑过。

"你很好,真的很好!"程方梵望着意气风发的李承恩,把被寒风吹到面前的散发掖到耳后,展颜一笑,"看来以后我俩要多走动了,我这个人最大的缺点就是优柔寡断。"

李承恩乘着夜色回到家。

还没到家门口,他就看到爷爷正蹲在家门前抽着烟,眼睛正往他这个方向看。直到看到他的身影,老爷子才起身,不无忧虑地问道:"咋这么晚才回呢?"

李承恩把袖子攥了攥,故意把衣服拧歪了一些,以便遮住衣服上的口子和血迹。

"市里碰见个老同学,一时聊得投机,忘记了时间,便回来晚了。放心,以后不会了。"李承恩把胳膊又背到后面,生怕老人看出什么端倪。

"心里有谱就成,咱这里不是津南,晚上黑灯瞎火的,鬼知道会不会遇到坏人。好了,这天寒地冻的,赶紧去喝碗热的,你妈做好了,给你在锅里留着呢。"

李承恩抬眼看了下东屋还亮着的灯:"好,我这就去吃。"

他这话刚出,东屋的灯就灭了。

李承恩一脸无奈。

他知道父母惦记着他,不然这个点儿早该睡了,毕竟明天一大早还得出摊。可是惦记归惦记,不待见也确实不待见,不然也不会听见他回来就立刻关灯,毕竟自己留在茨河铺的事儿,就是俩人心里的疙瘩。

李万道也是无奈。

儿子和孙子之间的矛盾并不是他能化解的,唯一的办法就是等他们自个儿想通。

他摇了摇头,走进厨房把灯打开。一碗红薯稀饭,两个馒头,一碟白菜炒粉条,一小盘咸菜,这便是今天的晚饭。

李承恩跑了一天,又受了伤,是真的饿了。他把半边身子留在阴影里,一只手垂着,另一只手拿着馒头吃得那叫一个香甜。

李万道见状又去锅里拿出一个咸鸭蛋。

"今年鸭子下的蛋多,你妈留了些做咸鸭蛋,这都腌冒油了。"说着抬手递给大孙子。

李承恩接过咸鸭蛋,拿筷子一戳,一股红油冒了出来,里面的蛋黄已然成沙,红彤彤的。

"这是你爸让给你留的,他嘴上虽然说得狠,其实很多都是气话,他就是怕你走错了路,以后没了机会,只能跟他一样,一辈子在地里刨食。"

老爷子苦口婆心地在一旁劝说着。扪心自问,儿子担心孙子,他何尝不担心孙子?要知道李承恩曾经是他们家的骄傲,茨河铺的骄傲,一旦出了什么问题,多可惜,多令人伤心啊!

李承恩筷子一顿,胳膊上的伤口还在隐隐作痛:"爷爷,我都知道。"

从小到大,父母对他的疼爱,对他的期望,他都知道。父母这一辈吃的苦太多,不想看他再吃苦,可怜天下父母心的道理他即便不读书,也懂。

"我在外面读了四年的书,您和爸妈在家里操持一切,所有的事儿你们都是报喜不报忧,就怕我担心。您去年下地摔伤,腰差点儿摔断,没敢让我知道;我爸之前骑车被人撞成脑震荡,也没告诉我;我妈上个月摆摊手被烫伤,你们更是提都没提。"

李承恩戳着鸭蛋,眼泪一滴一滴往下掉,落在鸭蛋上,和那通红的油混在一起,又咸又苦。

"你这孩子……"李万道期期艾艾,眼神有些躲闪,"这都谁跟你说的?咋这么多嘴呢?"

"没人说,病历就在抽屉里,写得清清楚楚,我翻到的。"李承恩前两天就看到了,之所以没说,是不想加重父母的心理负担。现在的他更不想离开家了,父母已经年迈,爷爷更是已近古稀之年,这个家需要一个年轻人撑起来。

"爷爷,我不是小孩子了,我有自己的选择,有自己的路要走,家里面也需要我,无论怎么看,我留在家里都是最好的选择。"

他是农村出来的孩子,没什么背景,或许在大城市打拼多年终究会获得自己的一席之地,可那时的他也许已经年过半百,依照他父母的状态,怎么可能等到那个时候?父母都走了,他如何去尽孝?

漆黑的夜色里,外面一阵冷寂,所有人都已经进入梦乡,唯独李承恩房间还亮着灯。

他在缝补衣服,动作说不上娴熟,但也凭着歪歪扭扭的针法把之前被刀划破的衣服完全补好了。

待补完以后,他又把衣服放在水盆里洗,直到手冻得通红,衣服才洗干净。

第 25 章　今年怕是个旱冬

　　李承恩尽一切力气掩饰自己受伤的事情。他不想让家里人担心,报喜不报忧似乎是李家人的传统。

　　待收拾完一切,李承恩拿出胡以为的包裹,打开以后,方才发现除了一包种子,连带着的还有一双鞋。

　　鞋盒里面放了张小纸条,字写得龙飞凤舞,颇有个性,正是胡以为的做派。

　　"老哥,先祝你以后的路顺水顺风,预祝你诸事成功,记住喽,若是遇到好事可以忘了兄弟,但要是遇到难事忘了兄弟,老子饶不了你!"

　　寒冬腊月的夜,李承恩捧着这双崭新的鞋,一双眼睛微微泛红。

　　因为蔬菜大棚已经搭建完成,所以蔬菜种子育苗的速度很快。

　　三九寒天,蔬菜大棚中温度高,一片生机盎然、万物竞放的景象。

　　"承恩,这苗可以下地了吧?"李万道俯下身看着面前一垄一垄长势喜人的青苗,脸上也是按捺不住喜意。

　　他真没想到,蔬菜大棚里育苗速度这么快,不过几日,就已经冒出来了青芽,如今这辣椒和西瓜都可以直接下地种植了。

　　"嗯,可以了,我今儿就把它们种了,豆角和黄瓜也都冒了芽,长势非常喜人,看来咱们这批菜能赶在年前成熟。"李承恩往土里插着黄瓜架。

　　看着地里冒出的青苗,他内心也是万分高兴,这是期待收获的喜悦,只要再等两个月,这批菜差不多就全部成熟了,那今年就是大丰收了。

　　"哎!今年菜贵,能卖上个好价!"李万道想到丰收的场景,嘴巴乐得都合不拢了。

　　塑料棚入口处传来微微的响动,李承恩抬头望去,李世杰不知何时背着手过来了。

　　李承恩愣住了。自从他这个蔬菜大棚建成以后,这是李世杰第一次进来,看样子像是来巡查一般,不知道又要挑什么刺。

出乎意料的是,李世杰一句话都没说,就跟领导视察一般,从田头走到田尾,没去看李承恩一眼。

氛围一时有些尴尬,反倒是李万道忍不住开了口:"你小子搞得跟领导下乡似的,来干啥?老子警告你,这苗你要是敢给我祸祸了,老子非把你给突突了。"

老爷子也不知道李世杰在打什么算盘,这好端端的,怎么就转到田里来了?不是说地里的事儿他不过问吗?难不成想反悔?那可不成,这苗都已经育出来了,可不能被毁了。

李万道先给儿子提了个醒,大有一副李世杰要是敢动手脚他就不认这个儿子的架势。

"爸,你就惯着他吧。"李世杰脸色阴晴不定地看着这一垄又一垄的青苗。

"我不惯着我孙子,我惯着你?"老爷子气得瞪他一眼。

李世杰没说什么。

自从他跟儿子生了嫌隙,老爷子看他哪都不顺眼。

"我就是过来看看这小子能搞出来个什么名堂。"李世杰无奈地解释。

他能做什么?

李承恩是他儿子,他总不可能真的给儿子使绊子,不过他想看看这小子有多少能耐,看看他的蔬菜大棚弄成了几分。

在他眼里,李承恩就是个孩子,然而今天一来,让他有些吃惊。他没想到,这蔬菜大棚还真被李承恩折腾起来了,而且还有模有样。

李世杰踢了踢脚下的土,然后抬眼看了看老爷子,瓮声瓮气地说道:"天气预报说今年雨少,我看井里河里水位也降了,这菜刚出苗,需要的水多着呢。"

李世杰这话一出,李承恩第一个担起心来。

这话虽然是他爸跟他爷说的,又何尝不是说给他听的?

这地旁边有条小河沟,水也不是活水,一旦干旱,河沟里的水怕是不过十来天就得干。当然,他也提前弄了台抽水机,但前提是沟里得有水,不然去哪抽?

他种的是反季节蔬菜,需要的水比萝卜、白菜这种耐旱作物多得多。

虽然大棚里保湿效果不错,也是需要隔十天浇一次的。

茨河铺这地儿冬天降水量是真少,如果今年是个旱冬,那他还真得做好准备。

李万道也有些担心,他探身走出大棚,在外面摸了把地上的土,手指又往地里探了几分,挖出来的土依旧是干的。

他往地垄旁边的小河沟里看了看,水位确实下降不少,要是十天半月再不下雨,估计很快就干了。

李万道背着手走进大棚,忧心忡忡地道:"今年怕是个旱冬啊!"

旱冬就连耐旱的麦子都得浇好多遍,不然明年收成至少降一半,那么这些棚里的蔬菜呢?

"提早做打算吧,青菜不比麦子,需要的水多,如果真不下雨,只能去茨淮新河里挑了。"

这块菜地离茨淮新河有点远,架管子是不成了,只能一担一担地挑。

离地半里远,倒是有口井,但那是别人家打的,要是到时候真旱了,别人是不会让他们用水的,毕竟谁家都得浇地。

但活人总不可能被尿憋死,更何况还是如今这个年代。

李承恩皱了皱眉。

他爸这话还真给他提了个醒。

茨河铺虽然靠着茨淮新河,气候却有些干燥,冬日雨水更少,小麦只能等下雪的时候方能汲取充足的水分。

不如打口井,如此便可一劳永逸!李承恩眼前一亮,赶紧问李万道:"爷爷,在这旁边打口井,行不行得通?"

李世杰一听这话就忍不住皱了皱眉头。

他来说这事儿,只是想让儿子知难而退,却不想他竟然动了打井的心思,合着他是真打算一辈子都留在茨河铺了啊?

"打井?你知道打口井要多少钱吗?"李世杰气得脸有些青,没好气地冲道,"少说得两千块!你这什么事儿都还没成呢,钱就出去这么多,你当咱家的钱是大风刮来的?"

李承恩眉头拧了拧:"这钱我出,井肯定要打,要是真旱了,这菜全得折了。"

他这些年勤工俭学,身上满打满算还有三千块的积蓄。这蔬菜大棚里的蔬菜不仅是他创业的第一桶金来源,还是说服父母最好的理由,因此打这口井,这钱必须他自个儿出。

第 26 章　横跨几十年的思念

　　李承恩的态度,彻底堵住了李世杰的嘴。他站在那里,气得干瞪眼,一个劲儿地点头:"行!好!你小子现在翅膀硬了,有能耐了。"

　　原本是想让儿子知难而退,让他灭了做蔬菜大棚的心,老老实实回津南读书,哪想偷鸡不成蚀把米,反而给他提了个醒。看着李世杰低着脑袋,头也不回地出了蔬菜大棚,一老一少站在那里,相视无言。

　　因为李世杰提了醒,李承恩不敢懈怠,赶紧找人打了口井。

　　这井一百五十米深,因地下水充足,就算是遇到旱天,只要把抽水机架好,一上午便能把这几亩地浇完,倒是没了旱天的后顾之忧。

　　老爷子这段时间跟着他东里跑,西里奔,一点儿都不得闲。就连李承恩都在纳闷:爷爷怎么好像焕发了第二春?比他还有活力,还要积极。

　　李世杰依旧冷着个脸,待看到育出来的菜苗都种进地里,也没再说什么,不过他最近倒是添了个新习惯——每天晚上雷打不动地蹲在电视机前看天气预报。

　　过了十来天,茨河铺还没下雨,路边的杂草都因缺水再也没了先前的生机勃勃,一个个蔫头耷脑。

　　蔬菜大棚地头的那条小河沟果如他爷爷预料的一般,几近全干,只剩浅浅一层水挂在淤泥上。

　　李承恩前两天就用抽水机从刚打好的井里抽了水浇地,除了蔬菜大棚里的青菜,连带着他家地里的麦子也都给浇了。就因这般,他家地里的麦苗长得比旁边别家地里的好。

　　李承恩最近日日泡在蔬菜大棚里,观察着蔬菜的长势,注意着大棚里的温度,就连中午吃饭都是他爷爷给送来的。

　　下午时分,李万道不知从哪弄了捆干草拎着过来了。

　　"爷爷,你拎草干吗?"李承恩很是不解。

蔬菜大棚上盖着的是草苫,厚厚的一层,跟小被子一样,保温效果很好,爷爷手里这捆,压根就用不着啊。

"抓泥狗子。"李万道拎着手里的稻草捆,往那全是淤泥的河沟边走。

"这天抓泥狗子?还用草抓?"李承恩还真没见识过这个。

他小时候倒是抓过,但那是夏天,这寒冬腊月,天冷得厉害,泥狗子钻得很深,若是赤脚下河,怕还没抓到泥狗子就先把脚冻僵了。

"咋不能抓?爷爷小时候都这么抓的。"李万道拎着草就往河沟下。

"这还是跟你太爷学的。"李万道一边说,一边拿着草捆往淤泥里丢。

"那时候吃的东西不多,常年更是见不到个荤腥,冬日里难熬,还是你太爷有办法,遇见干了的河沟,总会带我抓点儿泥狗子回去打牙祭。"李万道眼神里带着几分得意和回忆。

"就像这样,半下午的天,温度还算高,就把稻草丢进淤泥里,等到降温,泥狗子怕冷,就会往里钻。"李万道从一旁抄出根木棍直接戳在那捆草上,然后把它往里摁了摁。

"行了,等太阳快落时把这草拿出来就成,到时候底下的泥狗子就会往这上面钻,等抓到了,晚上让你妈给咱添个菜。"李万道一边笑着一边从河沟下面爬了上来。

李承恩赶紧上前扶着老人,生怕他脚下打滑。

他家老爷子,一把年纪了,还跟个小孩似的。

太阳快落山的时候,老爷子下河沟把那捆稻草拿了出来,然后放在地头抖了抖,十几条泥狗子从里面掉下来。

李承恩在一旁笑了出来,禁不住赞叹道:"爷爷,你还真厉害啊!"

这么多泥狗子够一盘下酒菜的了。

"那是。"李万道也是满脸笑意,"这都是跟你太爷学的,那个时候年成不像如今这么好,只能想法子找吃的填饱肚子,捉泥狗子、捞螺蛳、抓金蝉……只要是个活物,就想能打个牙祭。"

那个年代真是苦中作乐,如今日子好了,他也老了,回想起自己幼时的美好光阴,竟然有些神往。李承恩知道,爷爷心中一直有个神一般的支柱。

那就是他太爷。

在爷爷口中,太爷是无所不能的,是个勤劳朴实的农家汉子。

李承恩听爷爷说过很多关于太爷的事迹，不仅是庄稼地里的一把好手，还会抓鱼、会编筐。那个年代各家各户都很穷，太爷却总能想到办法给家里弄点儿吃食。爷爷还说，当年挖茨淮新河的时候，他们村便是太爷第一个挺身而出的。

这些点点滴滴都渗透到了爷爷的回忆中，哪怕如今太爷已经不在了，爷爷还是时不时地提到他，似乎太爷压根就没走，似乎在太爷的面前，爷爷无论多大都是个孩子。

"爷爷，你又在想太爷了。"这话是陈述句，李承恩何尝看不出爷爷眼中的追忆呢？

"是啊，爷爷也想爸爸了。"李万道摸了摸孙子的头，眼中微微弥漫起了雾。

他把地上的泥狗子装好，然后坐在一旁的土坡上，眼睛望着茨淮新河的方向，一双老眼已然婆娑。

李承恩也跟着一起坐了下来。

老人在伤感呢，然而劝不了他，因为这是横跨几十年的思念。

"你太爷这个人啊，是十里八乡出了名的好人，无论谁家有难他都会帮一把。他老实厚道，肯吃苦、敢拼搏、不服输，是个货真价实的爷们儿！当年挖茨淮新河的时候，咱们村就是你太爷带的头，他就是想让大家伙儿能不再被这洪涝弄得背井离乡，能让大家伙儿都能在家陪着老婆孩子吃上口饱饭，十里八村的人谁见了他不得竖个大拇指啊！"

一提起来自己父亲，李万道就像打开了话匣子，赞美之词如同滔滔江水连绵不绝，仿佛用这世间所有美好的形容词去赞美他，都不为过。

"承恩，你知道为什么爷爷支持你回乡创业吗？"李万道突然开口问。

李承恩其实心里也有些疑惑。他一直都知道家里人对他的期望，他的父母望子成龙，希望他在大城市安居乐业，他爷爷李万道更是期望他在外面出人头地，光宗耀祖，衣锦还乡。然而他道出回家创业的念头，最反对的不是爷爷，甚至爷爷还是第一个站出来支持他的人。

这段时间村里也有不少说闲话的，都被他爷爷堵了回去，更不用说如今老人一把年纪还非要每天跟他在地里奔波了。

现在的爷爷，几乎成了李承恩的主心骨。

难道这一切，仅仅是心疼孙子？

第 27 章 爷爷是有私心的

"承恩啊,爷爷是有私心的。"李万道看了看一旁的大孙子,从口中吐出的话语带着微微的颤抖,"我从来没跟你说过你太爷是怎么走的吧?"

李承恩摇了摇头。他爷爷从来不提那些伤心事儿,爷爷提到的太爷永远勤劳、勇敢、无畏,就像一尊无法战胜的神。

"那一年,茨淮新河快要竣工时,你太爷走了。"

"那是个雨天,你太爷生病才好,非要去上工,说是这河一天挖不出来,他就不能歇。要知道那时候的他都五十多了,那时候五十多的人,哪有现在五十多的人身体好?他早晨从家里拿两个窝头,扛着铁锹就去了,还没到中午就有人从河堤跑到咱家,说……说你太爷快不行了。"

即便事情已经过去了几十年,但是李万道回想起来,还是揪心。

"那人说,下雨天河堤太滑了,你太爷挖河的时候没站稳,直接摔了下去,头磕在石头上,流了好多的血。"

李万道说着说着,一双眼睛就开始泛红,不知不觉间,噙满了泪水。

"我们赶去卫生所的时候,你太爷还有口气,他就抓着我的手,指着放在角落里的铁锹说:'万道,挖,一定要把河给挖出来!这河一天不挖出来,只要下雨,咱们就遭灾,乡亲们就得背井离乡、饿肚子。咱们茨河铺不能世代穷,得富起来。'那时你太爷的身体就不行了,他脑子里摔出了瘀血,卫生所的医生说老人年龄大了,身体动不了手术,怕是没几天了。直到你太爷最后咽气,他都在跟我说,一定要把河给挖出来,一定要让茨河铺富起来。茨淮新河是在他去世的第二年挖成的,竣工那天,我跪在你太爷坟前哭了一下午。你太爷的第一个遗愿是完成了,可第二个心愿却很难实现,咱们茨河铺如今虽然都能吃饱饭了,可离富起来远着呢,所以当你说想要带大家脱贫致富的时候,爷爷的心就动了。"

他这辈子没什么能耐,不能够带领大家脱贫致富,但是他孙子有本事,而且还有这个责任心,所以他想要完成父亲的遗愿,想要在自己死之前能去他父亲坟前说上一声——爹,您的遗愿完成了,河挖出来了,茨河铺也富了!

李万道老泪纵横。

很多年了,他都没有这么哭过。

他这一生,父亲是他心目中的顶梁柱,他这辈子最想做的事情就是能够完成父亲的遗愿。虽然这个遗愿在当代某些人看来,有些太过理想,太过伟大。

李承恩坐在一旁,静静地听着,虽然他一个字都没说,平静得好像茨淮新河的河面,内心却掀起了惊涛骇浪。

李世杰站在蔬菜大棚后面,和祖孙两人只隔了一道塑料薄膜。

他是来叫这两人回去吃饭的,却没想到会听到这样一番话,更没想到会看见他爹哭。

李世杰一直以为老爷子支持承恩回家脱贫致富弄蔬菜大棚是心疼孙子,毕竟隔代亲嘛,老爷子也一直溺爱着承恩。他从没想过竟然还有这样一个故事。

时间久远,李世杰对爷爷的印象已经模糊了。

记忆中那是个分外和善的汉子,会把他扛在肩头玩耍,会给他买枣糕,会给他做小竹马,无论什么时候都会好声好气逗他玩,从来没因为他的顽皮红过脸。

爷爷去世的时候,李世杰刚五岁。

他只记得家里满院白布,他爹跪在棺材前哭肿了一双眼。

那个时候他娘还活着,跪在灵前抱着他,一双眼睛亦是哭得通红。

娘说,家里的半边天塌了。

那个时候的他还不懂这句话是什么意思,直到长大以后才懂,那个时候爷爷的去世,不只让他们家里的半边天塌了,还让他爹心里面的天塌了。

这一塌就是几十年,甚至直到如今他爹都还在想着要完成爷爷的遗愿。

李世杰没有去打扰那一老一少,双眼失神地回了家。

"娟子,你说……我是不是错了?"李世杰坐在厨房门框上,看着正在炒菜的妻子。

"说啥呢?我咋没听懂?"林文娟不理解李世杰怎么突然冒出这句话。

"我说,我们是不是应该尊重承恩的选择?他留在茨河铺是为了带领大家脱贫致富,咱们这茨河铺的父老乡亲要想富,得有个领头人,咱们这不能一直穷下去啊!如今我们安稳的日子都是前人的努力换来的,前人都舍得献身,我们为什么不能为大家多做点儿贡献?"李世杰自顾自地说。

他爷爷一生为茨河铺付出太多,就像那些故去的河工一样。他们为了父老乡亲,不怕苦不怕累,甚至有人为此连命都丢了却无怨无悔。

这是大爱。

正所谓前人栽树,后人乘凉。他们这一辈享受着先辈的恩泽,又能为这片土地以及这片土地上的乡亲做些什么呢?

"你想挑这个头,还是想让你儿子挑这个头?李世杰,你难不成真想看着你儿子种一辈子地,当一辈子的泥腿子?"林文娟猛然把馍篓子往案板上一丢,眼睛里冒着火星子。

"我不想。"李世杰摇了摇头。

他这一辈子没什么出息,所以不想让儿子也没有出息,所以他才不支持儿子留在茨河铺。

"你不想那你说什么胡话?什么叫我们做贡献?什么叫我们要带领大家致富?凭什么要用这个去毁了我儿子的大好前途?"林文娟越说越生气,"我们家不欠茨河铺的,别忘了你爷爷是怎么去世的,再多的情分,那条命也够还了!"

"我没说胡话,我就是在想……有些事你不去做,我也不去做,茨河铺怎么办?"李世杰抬头看向妻子,从嘴里吐出的话语有些飘忽,"你也看到了,我的确不想让承恩留在这个地方,可是……可是现在看看,说不定他还真有改变现状的能力。如果有这个能力却不带着大家脱贫致富,乡亲们还能指望谁?或许……或许我……我不该拦着他,而要不顾一切地支持他。"

承恩跟他太爷太像了。

同样的脾性,同样的固执,同样的心思良善。

在如今这个众人只想乘凉的社会,他却偏偏要当那个种树的人。

第 28 章 泼妇骂街

林文娟见李世杰说着说着眼圈发红,赶紧用围裙擦了擦手,拽了拽有些失神的丈夫,柔声劝说:"不仅你想看着乡亲们富起来,我难道不想咱们茨淮支棱起来吗?但是承恩不过是个孩子,脱贫致富这么大的担子他担不起来,这该是上面考虑的,不该是咱们这些平头百姓想的事儿。承恩上了这么多年的学,要是留在茨河铺,你不觉得太可惜了吗?留在大城市发展才是他最好的选择。"

"他今年二十三了,我爹在他这个年纪的时候,都在茨淮新河挖河了,我在他这个年纪的时候,咱俩都结婚了。文娟,承恩他不是孩子了。

"他有自己的思想,有自己的主见,有自己的目标,有自己想干的事情。

"我们李家祖祖辈辈生活在茨淮,这里是我们李家的根,我不想看着这个根继续衰败下去。"

他们李家人为茨淮付出了太多,他爷爷哪怕到死,都还在想着让茨淮富起来。然而他呢?却想着让儿子逃离这个地方,甚至在条件允许的情况下,带着他一起离开这个地方。

一个人如果连自己的根都不要了,那就如同浮萍漂荡,永远都靠不了岸。

"我觉得我真的想错了,我不应该想让承恩逃离茨淮,应该让他带着乡亲们一起,让家乡富起来,让那些为了茨淮付出太多的河工安息,让他们在九泉之下也能含笑。"李世杰的脑子不知怎么就清醒过来了。

他抬起眼,目光沉沉地看向自己的妻子,眼神之中带着些许祈求,似乎是在祈求妻子认可。

"你今天到底怎么了?"林文娟看着丈夫。她搞不懂,丈夫明明之前还在说不想让儿子当一辈子泥腿子,怎么出去一趟就拐了那么大的弯,让人猝不及防。

"谁跟你说什么了?是承恩,还是爹?"林文娟心里有些气恼。

自古以来,都是人往高处走,水往低处流,有谁伸着脑袋玩命朝低处钻?

"没谁说什么。"只是他心里面突然想通了一些事罢了。

"罢了,吃饭吧,爹和承恩快回来了。"李世杰索性不再讨论这个话题。

有些事情,别人无论怎么说都没用,只有自己想明白才可以。

如他,就是这般。

时间过得很快,一转眼又是十来天。

茨河铺依旧没有下雨,地里的小麦苗都开始打蔫儿,河沟里的水更是已经枯竭,只剩干裂的土地咧着大嘴在等待上天降水。

"哪个王八羔子偷用我家水井了!"

李承恩还没到大棚,就看到旁边地头有一个女人叉腰站着,正在破口大骂。

这女人他认识,是村里李拐子的媳妇儿,有名的悍妇,谁薅了她家一根葱,她都能站人家门口骂上半天。

"春花啊,咋了?这大清早的你在这儿骂啥呢?"有路过的邻里好奇地问道。

"李大娘啊,也不知哪个遭瘟的王八羔子偷我家水井的水了,你瞅这水井外面洒的水,估计得少一半!这肯定是半夜过来偷的。这作死的货色怎么这么缺德呢,要是让我知道谁干的,非剁了他的手不可!"宋春花睚眦尽裂,似乎只要遇到偷水的人,就能将其剥皮抽筋。

李承恩一边走,一边忍不住嘀咕:

"水井里的水少了一半?这说辞未免也太夸张了。"

井和含水层是相通的,这是深层水,补给量比抽水量还大,上哪会少去?得亏他打了一个井,不然如今还真有可能去茨淮新河那边挑水呢。

"春花,这……这不至于吧?这井水没少多少吧,邻里邻居的,你这么骂容易得罪人。"李大娘探身看了看水井,啥也没看出来,索性好言相劝。

"咋不至于?偷的不是你家水,你当然站着说话不腰疼!"宋春花瞪了李大娘一眼。

"遭瘟的王八羔子,偷了我家水,让你闺女嫁不出去,儿子娶不着媳妇儿,身上长脓疮,嘴上长痔疮。"

宋春花一拍大腿越骂越欢,就差蹦起来了。

李大娘摇摇头,她是真劝不了,再多说两句,估计宋春花得把她都骂上。

李承恩听着她骂的那些话真想把耳朵都堵上。

邻里邻居的,就一点儿水的事儿,至于把人全家都骂一遍吗?

他真想换条路走,一点儿都不想听见这种污言秽语。可惜的是,想要去蔬菜大棚,这条路是必经的。

宋春花一看见李承恩过来了,也不骂了,赶紧上前一把扯住李承恩的袖子:"承恩,你赶紧看看你家井被人动了没?那些偷鸡摸狗爱占便宜的,肯定也偷你家水了。"

这片地就只有他们两家有水井,如今河沟干了,偷水的人肯定不止一个,更不可能只偷她一家,李承恩家的肯定也被偷了。

"婶子,没事儿。我家井打得深,水用不完。"李承恩笑了笑。

那笑容在宋春花看来,格外讽刺。

合着这是在笑她小心眼?

"穷大方什么啊,这都一个月没下雨了,谁知道还会旱多久?我好心好意跟你说,你还不领情。那群人今天能偷你水,明天就敢偷你家,我看你到时候上哪哭去。"宋春花冷哼一声,一点都不客气。

"婶子,我家徒四壁,没啥可偷的。"李承恩摇头苦笑道。对这种人,他真是没有应对的办法。

"穷就穷呗,还家徒四壁,上了几天大学就是不一样,文化人啊!"宋春花翻了个白眼,撇了撇嘴,话越说越难听,"只不过这上大学也没啥好的,最后不还跟我一样下地打坷垃吗?可见上了大学也不一定是什么好事,别的没学到,净学会了穷大方。"

宋春花继续出言讽刺,话里明着带刀。

李承恩原本并不想和她计较,只觉得跟一泼妇争执实在掉价,然而宋春花说的话着实难听。

"你泼妇骂街就是好的了?"李承恩瞪了她一眼。

宋春花没想到李承恩敢还嘴,顿时火气冲上来了。

"你说谁泼妇骂街呢?上学上这么多年啥没上出来,就学会拐着弯儿刺人了是吧?就你们老李家那窝囊样,活该你考上大学也没出息,注定你打一辈子坷垃,窝囊废!"

她一只手叉着腰,另一只手都快指到李承恩的鼻子上了。

第 29 章 我说的是事实

李承恩刚想开口,耳畔传来一声愤怒的嘶吼。

"宋春花,你骂谁呢?你再敢满嘴喷粪,老娘撕了你的嘴!"

李承恩抬眼看去,只见林文娟不知何时冲了过来,气得一张脸都是青的。

"我说是谁呢,咋的,林文娟,你的好大儿还不能让人说了?他可不就是在外地混不下去才回来的,我这么说有错吗?大家都来听听,我说这话可有半分错?"即便是林文娟过来了,宋春花依旧是不得消停。

她早就看李家这一家子不顺眼了。

不就是出了个大学生吗?有什么了不得的?

这么多年李家在村里可是威风得很啊,就连村主任见了他们都得客气几分,如今倒是好了,李承恩大学毕业在外面混不下去回乡种地了,看他们还怎么威风!

"上了大学也没出息,一辈子种地的命!"宋春花瞪着李承恩和林文娟,整个人得意得不行。

"你!你个狗嘴里吐不出象牙满嘴喷粪的!老娘今儿不撕了你的嘴,我就不姓林!"林文娟自是看不得自己儿子被骂。

"老娘儿子正正经经名牌大学学生,回老家是为了让这穷乡僻壤的茨河铺脱贫致富的,他愿意帮助村里人,却没想到你们在背后这么诋毁他。"林文娟一向以儿子为自豪,却没想到宋春花当着乡亲们的面讥讽自己的儿子,这口气咽了下去,那还了得?

"哟,说的比唱的还好听,让茨河铺脱贫致富?你以为你儿子是谁?党委书记吗?他真要是有那本事干吗不留在大城市?别可劲儿给他脸上贴金了吧,就你家那穷得叮当响的样子,带我们脱贫致富,还不如先顾着自个儿,这话说出去,就是眼瞎了都不信。"宋春花翻了个白眼,一脸不屑。

林文娟是不依不饶了,她儿子明明是存了这个想法才放弃读书,从津南回到了茨河铺的,却被宋春花误解成这个样子。更过分的是,她还没有足够的理由去分辩,确实让人难以忍受。

于是有苦难言的林立娟急火攻心之下,抬手就要往宋春花脸上抓。

李承恩见状,赶紧上前拉住了母亲。

"妈,别吵了,咱们走。"

林文娟哪里肯走?自己儿子都被骂成这个样子了,她要是还不出头,别人指不定以为她老李家多好欺负呢。

"你儿子才没本事!你儿子小学都没毕业就出门打工了,到现在连个媳妇儿都没混着,全村人谁不知道你儿子没出息!你就是眼红我家承恩是大学生。"林文娟一手被李承恩拉着,另一手叉腰骂道。

她才不管什么呢,横竖不能让人侮辱自己儿子。

"呸!大学生咋了?大学生还不如没上过大学的呢。我儿子小学毕业咋了?我儿子挣钱多!我家都盖上小平房了。你家呢,几口人窝在破房子里,怎么好意思?"宋春花哪里吃过亏,直接蹦起来就奔着林文娟的脸抓去。

她最讨厌的就是别人说她儿子没上过学。

林文娟一看宋春花蹦起来了,顿时一手直接推开李承恩,抬手也奔着宋春花的头发抓去。

李承恩头疼地看着那两个扭打在一起的女人,赶紧上前去拉。

"妈,宋婶,别打了!"

李承恩上去拉架,却没想到两个女人的战斗力比他想象的还强,不仅没拉开,还差点儿被宋春花抓花了脸。

"宋春花,你个小娘养的,敢打我儿子,老娘撕了你!"林文娟一看儿子被打了,战斗力更猛了,直接上去抓着宋春花的头发,啪啪两记耳光打得响亮。

宋春花被人当着众人的面打脸,一双眼更是通红,嘴都气得哆嗦了,抬手就奔着林文娟的手抓去,直接在林文娟的手背留下了两道血印。

"别打了,打什么!够不够让人笑话的!住手,都给我住手!"

来者正是村主任李文龙。

他拎了把铁锹,猛地往地头一插,直接上前扒拉开两个打斗的女人,吼道:"谁再给我打,以后村部拉回来的粮种就别想要了!"

一句话，直接让两个女人偃旗息鼓。

村部的粮种是从合作的面粉厂里拉回来的，不仅产量高，而且面粉厂还高价回收。这要是没了，那她们可真没地儿哭去。

李文龙一看两人住手了，这才背着手黑着脸看向一旁的两个女人。

一个脸肿了半边，另一个手上挂了两道彩，狼狈极了。

"打什么？"

他老远就看到这边俩女人撕得起劲，地都顾不得下，就赶紧冲过来拉架。

"宋春花满嘴喷粪骂我儿子，我不打她打谁！"林文娟脸色铁青，眼圈泛红。

"呸，谁骂你儿子了？我不就说你儿子大学毕业没本事回家种地吗？咋了，这不是事实？"宋春花也不甘示弱。

李文龙一张脸沉了又沉，他看了看一旁的两个女人，又看了看一旁因为拉架衣服被撕扯得不成形的李承恩，气得后牙槽一阵发痒。

"住口！"李文龙直接抬眼瞪向了宋春花，"你个嘴上把不住门的，你家男人没教过你不会说话就别说话吗？"

难怪林文娟这般好脾气的都会生这么大的气。

"我咋不会说话了？我说的可都是事实，大家伙谁不知道啊，他李承恩不就是在城里混不下去才回来的。"宋春花白了一眼，一点儿都不在意。

林文娟真想上前再抽宋春花两个大耳光，这话说得着实气人，什么叫她儿子在城里混不下去了？凭他儿子的本事，保研都过了。

"你简直是满口喷粪！我儿承恩回来是为了帮大家脱贫致富的，他一个名牌大学的高才生，多少公司都抢着要，他不去是为了什么？就是为了用学到的知识找条路，带着大家伙儿一起致富。你不领情也就算了，还诋毁他，良心让狗吃了！"林文娟叉腰在一旁回撑。

她是半点儿都不服输，半点儿都不能退步，因为她身后站着她儿子，那是她的骄傲。

"呵，就凭他？"宋春花是一个字都不信林文娟的，"上面出了那么多的人力物力都没能搞成的事情，就凭他一个毛头小子？别说他是大学生，就算他是研究生也做不到！没本事就没本事，在乡亲们面前装什么大尾巴狼啊?！"

第 30 章 挑事儿

"住口！你不说话没人把你当哑巴。"

李文龙是真动了火。他抬手指着宋春花的鼻尖,厉声喝道:"你再敢在这儿闹,以后村部的种子你家别想摸到一粒。咱们村是团结友爱的文明村,容不了挑事儿的人。"

"别啊,李主任,我……我没挑事儿,我……我不说了还不成吗……"宋春花被李文龙吓得蔫儿了。

李文龙狠狠瞪了她一眼,转而背过身看了看一旁的林文娟,好声宽慰:"承恩他娘,你别跟宋春花计较,咱们这片儿谁不知道她那张嘴,从来就把不住门,啥话都乱说,别跟她一般见识。"

李文龙明显是站在李家这边的。

宋春花也感觉到了,可是刚才已经被李文龙警告过了,现在即便再生气,也不敢多说了,只能在一旁拼命翻白眼,那架势,一旁的人都怕她直接翻晕过去。

"主任,今儿这事儿看在你的面子上,我也不再说什么了,但是以后我要再从她宋春花口中听到一句说我家承恩不是的话,真把她嘴给撕叉了。"

林文娟不是不识时务的人,现在村主任出来打圆场了,这事儿只能到此为止。

李文龙连忙点点头:"行,我见到李拐子,肯定要跟他好好说道说道,管不好自己的媳妇儿,以后少不了惹祸端。还有,承恩可是咱们村里第一个名牌大学高才生,谁以后要是说他的不是,就是朝我李文龙的脸上打。"

李文龙可不是某些没见过世面的泼妇。

名牌大学多难考？能考上的哪个不是人才？整个茨河铺这么多年不也就出了李承恩这么一个吗？宝贝还来不及呢,竟然还被人指着鼻子骂。

一个名牌大学高才生厉害的不只是他自身的能力,还包括他身后的大学。

什么在城里找不着工作,只能回乡种地,这些话也就是那些没上过学的随口说说罢了。他敢肯定,只要李承恩拿着毕业证去应聘,不知多少大公司抢着要呢。

李文龙眼珠子转了转,然后一脸和蔼地笑着看向李承恩:"承恩啊……刚才你妈说你是为了帮大家脱贫致富才回来的?来,我俩边走边聊……"

蔬菜大棚里,李文龙看着已经齐齐长出来的蔬菜,脸上的笑怎么都藏不住。

"承恩啊,你这蔬菜长得可真好,看这辣椒、黄瓜、茄子、豆角啥的,长势真喜人!哎?怎么还有西瓜?"

李文龙从头看到尾,越看越觉得惊奇,尤其看到那几个西瓜,嘴都快咧开了。

他拍着李承恩的肩膀,整个人喜上眉梢,觉得这大棚里呼吸的空气都清新了几分。

"主任,这就是个试验田,我也是先试试,如果收益不错的话再进行推广。"

头一次得到旁人的肯定,李承恩分外高兴,更何况这个人还是村主任,如果有他支持,前路将会好走许多,轻松很多。

"叫啥主任啊,咱们都是一门的,叫我龙叔就行了。"李文龙拍着李承恩的肩膀,看李承恩的眼神就像看一座金矿。

"你这孩子不声不响地搞出了这么大的动作,不愧是名牌大学的学生,真有能耐!这蔬菜大棚做得不错,比咱隔壁镇上那几个所谓的专业户强多了。"

看到面前这一片绿油油的蔬果,李文龙分外欣慰。

茨河铺不是没想过搞蔬菜大棚,之前在镇政府的帮助下也试过几次,遗憾的是,都以失败而告终。隔壁镇上倒是有人搞成功了,然而产量极低,长出来的蔬果,口感也欠佳。

最近听说那些人已经打了退堂鼓,明年不干了,毕竟承包蔬菜大棚投资不算少,一年到头连本都收不回来,不是白忙乎嘛。

李承恩这个蔬菜大棚全然不同。

三亩地里的蔬果生机勃勃,每一块地都有明确规划,里面的各种蔬果长势也是非常喜人,照这样下去,产量一定不低,也能在过年之前上市,取得一笔丰厚的收益。

如果以此为范本扩大生产,搞规模化种植,绝对是脱贫致富的典型。

如今上面成天号召大家想方设法领着乡亲们致富,镇里都给村里分配任务了。这几天李文龙就在为这个事情头疼,毕竟他们村的人不是靠着一亩三分地过活就是外出打工,除此之外,哪有什么额外收入?他李文龙哪能带领大家找到脱贫致富的门路?

谁承想关键时刻,李承恩好像天上的馅饼落到了他面前。

"龙叔就别夸我了,我不过是小打小闹,三亩地的面积还不够大,收益暂时还不是很明朗。"李承恩此刻非常谦虚,因为李文龙毕竟不是李世杰。他现在刚刚起步,需要学习的地方还很多,需要的支持也很多,如今看主任的意思,很明显能帮自己争取到官方的支持。

这也算是撕开了一个口子。

如果蔬菜大棚做成了,那他以后再想做其他的就容易多了。

"我这说的可都是实话,你看你这些菜种得多水灵,即便面积不大,看这些株苗的长势,产量怎么都不会低,一定会大丰收啊!"

李文龙觉得李承恩太谦虚了。种了这么多年的地,好坏他还是分得清的,忍不住再次啧啧称赞。

"名牌大学的学生就是不一样啊,比我们镇先前请来的专家强多了。"

说到这里,李文龙转口又开始安慰李承恩:"你消消气,也别把宋春花的话放心上,她没上过学,眼皮子浅,等你的事成了,她的态度自然不一样了。"

这些日子李文龙也不是没听过村里的闲言碎语,他心里不爽,却也不能说什么,毕竟嘴长在别人身上,明面上不言语,背地里唠叨的更多。

"地里面还这么忙呢,我哪有心思跟她计较?再说不管怎样,都是乡亲。"

李承恩不是圣人,被人指着鼻子骂得这么惨,怎么可能不生气?可是真要计较,争个是非曲直,又能得到什么呢?宋春花的服软或者道歉能让大棚里的蔬果卖个好价吗?能带来人民币吗?

第 31 章 鲫鱼豆腐汤

李承恩的话让李文龙分外欣慰。

都被人指着鼻子骂了,还念及着乡亲情分,这样的人,放弃大城市的美好前景回到家乡,要说没有领着乡亲们致富的想法,鬼都不信。

"好,好啊!打小我就瞅你跟其他孩子不一样,看来你龙叔的眼光够毒,看人够准!正所谓吃水不忘挖井人,你能有这份心,这份情龙叔我领了。"

李文龙越说越激动,好像李承恩做出了多大的贡献一般。

"这蔬菜大棚的事儿我向镇里汇报一下,给你做好宣传,只要宣传到位,大家伙儿都得领你这份情,那些多舌的妇人也不会再在背地里说三道四,惹人心烦。"

李承恩一脸的惊讶,这菜苗也不过刚长出来,还没有完全成熟,这就上报了?主任可真够急的。

"龙叔,这是不是有点早了?要不等菜成熟之后再往上面报?"李承恩挠了挠头,"咱做事要稳妥,谁知道以后会出什么变故?"

"不早!"李文龙摆了摆手,"我都觉得现在上报有些晚了呢,眼看年关将至,镇上的事也多,这消息就算报上去,估计也得过段时间他们才会注意到,等派人下来考察,恐怕你的菜都要销售一空了。"

李承恩也不好再说什么,赶紧点了点头:"行,那我就听龙叔的安排。"

在茨河铺村民眼里,有镇政府做宣传,要比自己拿着喇叭喊强多了,以后承包土地或者搞其他项目,阻力都会小许多。

日子过得很快,大雪已至,茨河铺已然进入深冬。

凛冽的寒风从河面吹到脸上,就像刀刮一般。李承恩抄着手,赶上第一趟班车去往顺昌市。

再过一个多月,大棚里的蔬菜就完全成熟了。这些蔬菜的长势比预想中还要喜人,李承恩初步估算三亩地大致能收上万斤蔬菜。

这么多蔬菜,单靠摆摊卖是不可能的,毕竟他们家没那么多人手,况且茨河铺的菜价也低,就算把这些菜全部卖完,也赚不了多少钱,不如去市里找找销路。

从茨河铺发往顺昌城的班车是六点出发,七点左右到达顺昌城。这个点儿,正是农贸市场热闹的时候。

各种批发进货的人络绎不绝,整个市场里人声鼎沸。

"老板,给我来半扇猪肉、二十斤猪蹄!"

"五十斤白菜、三十斤芹菜、十斤花菜,多少钱?"

"老板,番茄、黄瓜还有吗?啊?又没了?咋这么快就没了呢?"

各种声音充斥着农贸市场,忙碌的人群也由此开始他们充实的一天。

李承恩走过一个又一个摊位,观察着农贸市场蔬菜的种类以及小贩的报价。大致逛了几圈,李承恩对顺昌蔬果的价格,也算有了点儿谱。

番茄、黄瓜、茄子、豆角这些是卖得最快的,价格也没多贵,多在八九毛钱一斤,倒是丝瓜、苦瓜、西葫芦这些价格比较高,一斤能卖到一块二左右。这还只是批发价格,如果进了超市,一定更贵。

"老板,来点儿河虾。"清脆的女声引得李承恩侧目。

他回头一看,不禁笑了,果然是熟人。

程方梵今天难得起了个大早,老爷子想吃河虾,这东西只有早上才有卖,这不,她大清早就来农贸市场了。

早上的菜最是新鲜,不仅这虾鲜活,就连这鱼也很是不错。

冬日里喝碗鱼汤最是暖和了。

"老板,炖汤的话,用什么鱼最好?"程方梵看着一排排的水箱,也有些迷茫,索性直接问老板。

"鲫鱼炖汤最是鲜美,再放上一块老豆腐滚煮,最是醇香美味。"

未等老板回话,一个熟悉的声音就从旁边传了过来。

程方梵一愣,扭头望去,正是李承恩。他今天穿了件深蓝色的羽绒服,臃肿的衣服丝毫没有遮掩住他挺拔的身躯,阳光的脸上充满着笑意。

"怎么是你?这也太巧了!"程方梵眼中带着点儿惊喜。

"是啊,真是没想到。"李承恩也没想到能在农贸市场遇到程老师。

顺昌城说小也小，在地图上它只有蚂蚁那么大；顺昌城说大也大，这是一座拥有大几百万人口的城市。茫茫人海中没有相约，却能遇见熟悉的人，自然是缘分使然。

李承恩手里面拎着一兜虾、几尾鱼，走在程方梵的身旁。

程方梵双手抄在米白色的大衣里，长发被吹散在寒风中，微笑着听李承恩讲他这段时间的经历。

"那宋春花后来还找你的事吗？"程方梵眨着眼冲李承恩笑笑。

"没有，估计是被主任震住了，消停了一段时间。不仅如此，父母对我的态度也变了，真是应了'塞翁失马，焉知非福'的古话。"李承恩提到这个事，忍不住一阵感慨。

自从宋春花指着他的鼻子骂了一番，林文娟回去就说不蒸馒头争口气，让李承恩一定要把这蔬菜大棚给做好，也好让村里面的人看看，她儿子是有本事的，此次放弃大城市的美好前景，就是为了带领乡亲们走向富裕。

如今林文娟每天都会催促李承恩去蔬菜大棚，如果晚去一会儿，林文娟就着急。更搞笑的是，林文娟逮到机会就得问问李承恩蔬菜大棚的情况，什么最近菜长势如何，该不该浇水，那个关心劲儿，快让李承恩怀疑人生了。

李世杰的变化更大。原来蔬菜大棚是李承恩一个人忙乎，现在李世杰自告奋勇前来帮忙。

最高兴的人，莫过于李万道。

如今老爷子坐在地头抽烟，遥控指挥李世杰干活，那架势，活脱脱的甩手掌柜。

李承恩有时候都在想，早知道一个宋春花的影响力这么大，他就是没事儿也得挑点儿事。

能够用几句不痛不痒的谩骂换来家里的气氛融洽，这笔买卖，实在太值了！

"我现在不仅不记恨宋婶，还要感谢她呢，要不是她，爸妈也不会这么支持我，"李承恩想到父母的变化，爽朗地笑了笑，"家和才能万事兴啊！"

第 32 章　你发什么疯？

程方梵看着一脸阳光的李承恩,掩着嘴笑了起来。

"她都那样说你了,你还一点儿不计较,也不知你是看得开,还是给自己找台阶下?"

"自然是看得开。我当初回来就知道要面对流言蜚语,也做好了心理准备。其实那些说我的乡亲本性不坏,当年我考上大学家里没钱,是村里一家一户给我凑的学费,乡亲们也想看我以后有本事,看我有好的发展,我冷不丁从津南回乡种地,他们失望完全可以理解。"

李承恩也知道有些人之所以说三道四,无非是嫉妒,比如指着他鼻子开骂的宋婶。可是李承恩同样记得,就在他考上大学那一天,宋春花也跟着大家伙儿一起,拿了二十块钱给他凑学费。吃水不忘挖井人,受了村民的恩惠,他其实没有资格去说他们的不是。那次事件过后,李承恩也在自我检讨,他的修行还不够,境界还不够高。

"你……还真是和别人不一样。"程方梵对李承恩又多了些钦佩。

这是一个心胸分外开阔的人,也是个心性特别纯善之人,有勇有谋,敢作敢当,不怕挫折,更难得的是这份包容之心。

这样的人,是做大事的人,也是能扛得起事的人。

"没什么不一样,都是普通人。"李承恩不好意思地挠了挠头。

他没觉得自己多伟大,不过是想认真做点事儿,为家庭做点贡献,顺便回报乡亲们。

"说得也对,大家都是普通人,不过很多不平凡的事,都是普通人干的。"程方梵理了理长发,朝前面努了努嘴,很是热情地发出了邀请,"你来这么早,想必也没有吃早饭,我家就在前面,不如留下来吃个饭,尝尝我的手艺。"

李承恩被这突如其来的邀请搞得有些不知所措,他满脸通红,下意识地摆了摆手:"不了,不了,这也太麻烦你了。"

"这有什么麻烦的,反正都到这里了。走吧,一个大男人怎么跟女孩子似的扭扭捏捏,这个习惯不好。"程方梵拉了拉李承恩的衣袖。

"不了,程老师,我就是帮你送东西,不吃饭了,等下次吧,下次我请你……再说,去你家空着手也不合适啊。"李承恩不好意思地挠了挠头,开始为自己找理由。

程方梵倒是不以为然。

"这有什么不合适的?你上过我的课,算是我的学生,老师请学生来家里吃个饭难道是图礼物?真那样,问题就大了。"程方梵对李承恩印象不错,也是诚心想请李承恩吃饭,因为跟李承恩说话,她很开心,就像李承恩内心深处把她当成前行的知己,程方梵何尝不是呢?

"不了不了……我……"李承恩见程方梵如此真诚,满腹拒绝的话都不知道怎么说出口了。

正在这时,耳畔传来一声气急败坏的怒吼。

"程方梵!"

李承恩抬眼望去,前方的胡同转角,一个男人怒气冲冲疾步冲了过来,离得近了,李承恩立马认出此人正是程老师的前男友方泽。

"程方梵,这就是你要跟我分手的理由?"方泽满脸青黑地指着李承恩,未等程方梵解释,奔着李承恩就是一拳。

李承恩下意识抬手去挡,方泽一拳直接砸在他的胳膊上。

李承恩只觉得胳膊一阵痛,手不由得一颤,鱼和虾全都掉在了地上。

装鱼的水流了一地,几尾鱼倔强地在地上翻腾着,虾也撒得满地都是,一片狼藉。

方泽仍不罢休,抬手就要打第二拳,却被反应过来的李承恩死死摁住了。

"方泽,你发什么疯?!"程方梵火了,心想方泽这个疯子是从哪过来的?上来就打人,他是有病吗?

"我发什么疯?我还要问你呢!你和我分手是不是因为他?是不是早在津南的时候,你就找好下家了?"方泽被李承恩摁着手,死活挣不脱,邪火更大了。

他千里迢迢过来找程方梵,就是想和她复合,劝她跟自己回津南。然而刚到程家路口,就看到程方梵和另一个男人走在一起,看架势很是亲密,这要不火大,还是个男人吗?

　　方泽和程方梵谈了那么久,是有感情基础的,分开这段时间,方泽发现分手之后,后悔的是他自个儿。

　　程方梵人长得漂亮,家境又不错,个人能力也很强,对他还特别好,除了成天想发展她那个贫穷落后的家乡,真没其他毛病了。所以他才来找程方梵,甚至都准备好了劝说的台词。然而他却怎么都没想到,程方梵竟然跟一个男人在大街上拉拉扯扯。

　　"方泽,你浑蛋!"程方梵看看四下围观的群众,一张脸气得通红。她怎么都没有想到,自己的前任能够说出这么龌龊的话。

　　"我浑蛋?程方梵,你这般护着他,要说你俩没什么,谁信!"方泽抬起另一只手,奔着李承恩的脸就砸。

　　李承恩抬手反折,另一只手直接扣住方泽,彻底将其制服。

　　"你不要血口喷人,我跟程老师没什么,反倒是你,不分青红皂白就动手,真当这天下是你方家开的啊!"李承恩紧皱着眉头看着被摁在身下的公子哥,丝毫不掩饰内心的厌恶。

　　程老师什么都好,就是挑男人的眼光真差。这男人是有钱,可修养实在差劲儿。大男子主义也就算了,还跟条狗似的到处咬人。那么多人看着,他就不要一点儿体面?

　　"老师?好啊!程方梵,你可以啊,还玩儿师生恋!"方泽手被摁着,嘴却没闲着,就像一条被逼急的恶狼,什么话难听,他就骂什么。

第 33 章　下次我请你

啪！程方梵忍无可忍，一巴掌抽在方泽脸上。

刚刚还在疯狂叫嚣的方泽瞪大眼睛望着程方梵，好像在看一个陌生人。

程方梵颤抖着身子，一双眼睛不带一丝感情地望着曾经喜欢的男人，厉声斥道："别把谁都想得跟你一样龌龊！他只是我的学生，今天只是碰巧遇到，我想邀请他来家里吃个饭，他不肯，就被你误会成这样。方泽，我以前觉得你挺好的，可如今……我真觉得我以前挺瞎的，竟看上你这种人。你滚！滚出顺昌！你不是讨厌这个落后的小城市吗？那就赶紧走人，这里不欢迎你。"

此刻的她已经十分愤怒，眼眶泛起了阵阵氤氲。

他们谈了那么多年，方泽竟然能够跟她说出这种话来，可见自己在他心目中到底是什么模样，在他心中又处在什么地位。幸好分手了，不然，结婚之后，谁知道自己会遭受什么。

方泽大脑一片空白。

以前的程方梵脾气温和，气质高雅，对他也很体贴，从来不会给他脸色看，可是现在，她竟然当着众人的面，一巴掌打在自己的脸上。更过分的是，她还当着那么多人的面让自己滚。即便移情别恋，也不能把事做得这么绝吧？

时间在这一瞬似乎停滞了下来，直到周遭群众的议论声传到耳畔，方泽终于恢复了些许清醒，也有点儿慌了。

女人如果移情别恋被人撞破，眼神肯定是躲闪的、慌张的，即便恼羞成怒，也很少有人能够做到理直气壮，再想想程方梵的性格，也不是那种朝三暮四的人啊！

自己大老远从津南跑过来是求复合的，现在倒好，要是能和好，真是活见了鬼。

"方梵！我……我错了，是我刚才太口不择言，我应该先听你解释。可是看到你和他在一起,我真的控制不住我自己,我错了,你给我一次机会好不好?"

方泽赶紧变了脸色,也不顾颜面,一脸讨好地看着程方梵。

"方泽,我们彻底完了。"程方梵静静看着方泽,一双眸子比冬天的冰雪还要寒上几分,除此之外似乎还夹杂着失望,"这倒不是你刚才的态度,而是我们三观不合,一点挽回的余地都没了。"

"不,你说的都是气话,你现在还在气头上,等你消消气好不好?消消气我们再说话,你现在先冷静下,不要说这些气话。"方泽急切地开口,不放过最后一丝希望。

程方梵是真厌弃了方泽这个人,不想跟他有任何关系,因此吐出的话语越发冰冷:"我说的不是气话,是铁一般的事实。别说了,那么多人看着呢,说得越多越丢人,如果你连最起码的体面都不要了,那么先前我那些付出,真是付到了狗身上。"

说到这里,程方梵深吸一口气,脸色渐渐平静下来,看方泽的目光就像看路人:"就此放手,我们至少还有美好的回忆,不要让仅有的美好都没了。"

程方梵说完就拉起李承恩,头也不回地离去,即便身后传来方泽的哭喊声。

李承恩的手就这么任由程方梵牵着,他清楚地感知到程方梵的手在抖。

想到方泽刚才过分的举动,他真的很想回去揍方泽一顿。可是这合适吗?如此只会让事态变得不可收拾。既然为程方梵出气不合适,只能安慰她,可是要怎么安慰呢?说分了好,这不是朝人家的伤口撒盐嘛。

走至转角,程方梵这才松开了李承恩的手,她那清秀的面庞上已经有了泪痕。

这是李承恩第二次见到程方梵哭,第一次是因为方泽,这一次还是因为方泽。

程老师是多么阳光的女孩子,与自己短暂的相处中,竟然为了一个渣男哭了两次,那么在自己不知道的时候,谁知道程老师又哭了多少次?

"承恩,对不起,"程方梵用手背擦擦眼角的泪水,从脸上挤出一个笑容,眸中满是自责,"这次牵连到你了。"

"程老师,不用说对不起,这不是你的错,错的是那个不分青红皂白的浑蛋!"李承恩见到程方梵这个样子,不由得紧握拳头,恨不得立刻折返回去,把方泽揍一顿。

"是我的错,怪我识人不清,怪我优柔寡断。"程方梵想到那些过往,幽幽地说道,"早该分的,早该把事情跟家里说清楚,有些时候,我太软了。"

李承恩看着程方梵的模样,心好像被针刺了一下。

"鱼也没了,虾也没了,今天怕是不能够请你吃饭了。"程方梵声音中透着歉意,"以后有机会,我一定补上。"

李承恩这才想起刚才鱼虾都被方泽那个浑蛋给打掉了,连忙摆了摆手:"不,是我的错,是我没拿稳,改天我请你吃饭。"

程方梵被李承恩不知所措的模样逗乐了,扑哧一声笑了出来:"这还能是你的错?你不都说了,这是方泽那个浑蛋的错。还有,到了这个节骨眼儿,你还不忘跟我客气,你不觉得这很搞笑吗?"

她真不知道该怎么形容李承恩了:说他傻吧,他很聪明,也很透彻,知道自己想要什么,知道自己要做什么,比如哪条路适合自己,门儿清;说他聪明吧,他这人又有些傻,对人特别好,很多委屈都会自己受着,偏偏他自己还不觉得。

这样的人,着实少见。

"刚才方泽一定去我家了,我也不知道他和我爷爷说了什么,但是,无论他说什么,不管爷爷什么态度,我都不会和他在一起的。"程方梵这话说得很是决绝,一点儿余地都没有留,"答应跟他交往,是我前半生最大的错误!"

第34章 我招待你

程方梵的家人非常看好她跟方泽的结合,所以从津南回来之后,程方梵一直瞒着家人两人分手的事。

她打算过段时间寻个机会跟家人说清楚,没想到方泽却主动找上了门。

依照程方梵对爷爷的了解,现在的老爷子肯定憋着一肚子火,不知道朝哪里发,爸爸自然也少不了一通臭骂。正所谓解铃还须系铃人,她必须尽快赶回去,跟爷爷说清楚,同时坚决表明自己的立场。

李承恩知道这个节骨眼儿自己掺和进来只会让事情更乱,赶紧道别:"程老师,不要太伤心,事情总有解决的办法。我蔬菜大棚的菜快熟了,西瓜过段时间也可以吃了,到时候你来茨河铺,我招待你。"

"好啊,过段时间找你玩儿。"等她结束和方泽的破事儿,的确是要出去散散心。

茨河铺是个不错的地方,而且还有李承恩在,跟他说说话,阴郁的心情都会晴朗许多。

想到这程方梵朝着李承恩笑着挥了挥手,转身朝着家的方向走去。

李承恩站在原地看着那个倩影渐行渐远,眼中突然露出笑意来。

冬至这一天,按茨河铺的习俗要吃饺子。

最好是羊肉饺子,驱寒。

李世杰昨天就买好了羊肉,准备今天一家人吃个团圆饭。

这些天李承恩基本守着蔬菜大棚过日子,那架势,跟刚结婚的丈夫守着新娘子似的。

这是他的第一个产业,也将收获他创业的第一桶金,更关系到他的未来和茨河铺的未来。如果因为疏忽出了差池,那损失就太大了。所幸一切安好,蔬菜的长势比想象中的还要顺利,所以冬至这天,李承恩难得地没有去蔬菜大棚。

"妈,我来剁馅儿,你来擀皮儿。"李承恩手里拿着羊肉,往案板前走去。

"哎,好!"林文娟今天也是分外开心。

去年冬至李承恩还在津南大学读书,过年的时候又因为要勤工俭学走不开,所以也没回来。今年好了,冬至在家,过年也在家,一家人团团圆圆,比什么都强。

更让林文娟欣慰的是,这段时间地里的活基本是承恩在干,真为她减轻不少负担。有时想想,李承恩留在茨河铺也是个不错的选择,至少她不用再牵挂孩子,家里出了什么事,李承恩还能照应一些。当然,这一切的前提是蔬菜大棚种植反季节蔬菜取得成功,不然,为了生活,为了前途,李承恩只能离开。

饺子是羊肉大葱馅的,外加一点儿从蔬菜大棚摘的胡萝卜。

馅剁好,加点儿料水一调,饺子馅这就成了。

皮是现擀出来的,筋道,薄厚适中。

一家人坐在一起,欢声笑语中刚把饺子包好,就传来了咚咚咚的敲门声。

"承恩在家吗?"爽朗的男声带着笑意,透着喜悦。

"谁啊?这个当口儿谁不在家吃饺子?"林文娟有些不满。

"这声音听着耳熟,我去看看。"李承恩顾不得自己满手的面,起身往门口走去。

他吱呀一声把门打开,定睛一看正是村主任李文龙。

"龙叔,你怎么来了?"李承恩眼里带着欣喜,非常热情地邀请,"赶紧进屋吃饺子,我妈刚包好,正要下锅呢。"

"不了不了,我来是要告诉你一个好消息。镇里的主要领导要来参观你的蔬菜大棚,要把你的事迹报到市里,给你和你的蔬菜大棚好好宣传宣传。主要领导还说了,你是茨河铺第一个回乡创业的名牌大学学生,如果蔬菜大棚项目操作性强,立马帮你申请相关补助。"

李文龙倚靠着门边,连大门都不肯进,话却没少说一句,整个人喜笑颜开,跟中了大奖似的。

可不是像中了奖?先前他瞅着镇里分配的任务,头都快炸了,谁承想李承恩关键时刻救急,今天镇里开会,他可是被主要领导好生夸了一番,脸上都带着光呢!

这不,镇里刚一散会,他就心急火燎地跑过来了,连饭都没顾得吃,就为了把这个好消息第一时间告诉李承恩。

"真的？"李承恩也是一脸惊喜。

如果这事情成了，一定会有更多人跟他学习，到时候蔬菜大棚的推广就好做多了，更为现实的是，有市里宣传，他这些蔬菜就完全不愁销路了，到时估计他都不用去农贸市场，一些菜贩子就要主动贴上来。

"当然是真的。对了，你要提前做一些准备，明天把你的蔬菜大棚好好跟他们说道说道，还有你想带领大家脱贫致富的想法，也要给领导做个详细的阐述。"李文龙正色说道。

"明天？这么快啊？"李承恩愣了下，想不到现在乡镇干部的办事效率这么高。

"对，明天上午十点！"李文龙报了准确的时间之后，一脸凝重地强调，"承恩，咱们茨河铺多少年没有露脸了，关键时刻你不能掉链子。当然这不是最主要的。想要带领乡亲们脱贫致富，政府的扶持必不可少，这个机会不把握住，以后就难了。"

"龙叔放心，我不是不着调的人。"李承恩一副胸有成竹的模样。

李文龙带来的消息很突然，让李承恩有些愣神，但这并不代表李承恩惊慌失措。他早就知道会有这么一天，也提前做好了相关准备。

没有未雨绸缪的能力，怎么可能成大事？

"你也别有什么心理负担，你那大棚收拾得很好，就是创业想法什么的要再斟酌下措辞，把你怎么想的又是怎么做的给领导说一说，这些话很重要，不出意外，都是宣传要用到的，甚至可能上报，不能马虎啊！"李文龙的态度很严肃，生怕李承恩年轻，乱说话，最后导致好好的事儿就此黄了。

"龙叔尽管放心，半个月前，我就把想法形成了文稿，早就烂熟于胸了。"李承恩没把李文龙当外人，赶紧丢给李文龙一颗定心丸。

第 35 章　镇上来人

李文龙站在门口愣了一会儿，着实被李承恩的表现惊呆了。反应过来后，他朝李承恩后背拍了一巴掌，完全抑制不住内心的狂喜。

"我还为你担心呢，没承想你早就准备好了，名牌大学学生就是不一样，堪比诸葛亮在世！"

就因为李承恩的蔬菜大棚，领导在镇上可劲地夸李文龙，说他做了一个好榜样，说他们村今年一定会是茨河铺镇的头一号！这么多年来，只要镇里一开会，李文龙大都是做检讨的对象，谁承想今天领导对他的评价这么高，怎能不让他欣喜若狂？归根结底还是李承恩的蔬菜大棚搞得好啊！

更让李文龙无法淡定的是，李承恩竟然早早料到镇里要替他宣传，相关稿件半个月前就搞定了。

这说明什么？说明一切都在李承恩的预料之中！

有学问、有头脑、有格局，只要李承恩肯干，父老乡亲们愿意配合，茨河铺指不定真能走上一条致富的道路。

李承恩被李成龙夸得有些不好意思，忙道："龙叔过奖了，我真有那么强，家里就不会这么穷，李家村也不会还没富了。"

"很快就不穷了，咱们村很快就要富起来了！"李文龙拍着李承恩的肩膀，声音中带着些许颤抖，"赶紧回去吃饺子，身体千万不要出问题。记住喽，龙叔和乡亲们腰包能不能鼓起来，就看你了！"

李承恩重重点头，目送李文龙远去。此时，李世杰从屋内探出头来，问："主任找你什么事儿？"

"爸，是好事。"李承恩走向屋里，喜笑颜开地把李文龙的话讲给家里人听。

"啥，这里要来人参观，还能上报？"李万道神情激动地看着李承恩。

李承恩点了点头："这种事，龙叔肯定不会说谎。"

李万道喜出望外,把筷子重重拍在桌子上,激动地喊道:"我们老李家祖坟冒烟了,不是,是着火了啊!"

李承恩嘴角一阵抽搐,爷爷的表现也太夸张了。

其实他哪有爷爷说的那么厉害。

茨河铺位置偏僻,贫穷落后,所以只要镇里能看到一点希望,就会做宣传,以便带动茨河铺脱贫。

不过这也间接印证了一点:茨河铺的镇领导班子是实实在在为老百姓办事的,之所以收效甚微,无非是没找到门路。

这倒不是说镇领导的能力差,而是客观环境所致。一个地区要发展,最关键的是要有人才,而茨河铺好不容易培养一两个人才,都跑得无影无踪。所以茨河铺的穷,是综合因素导致的。

李世杰直勾勾地望着李承恩,颤声问道:"承恩,咱们这里真能靠蔬菜大棚富起来?"

李承恩想了想,正色回道:"蔬菜大棚在其他地区正在发展,有的地方已经很成熟了。我们这里还在起步阶段,大有可为,如今镇领导要来蔬菜大棚参观,就是想看看蔬菜大棚的效果,如果可行,肯定要大力推广。"

言下之意,只要推广得当,茨河铺就有致富的希望。毕竟反季节蔬菜在茨淮地区有市场,此前冬季蔬菜供应方面几乎被南方垄断了。茨河铺的父老乡亲只要抓住机会,占据相应的市场份额,致富不敢讲,脱贫是一定的。

当然,如果茨河铺以此为基础,发展产业链,打造自己的产业园区,还能够吸引投资,那个时候就真是做大做强了。

当然这些李承恩没敢说,因为这只是一个期望,要把这个希望实现,各方面都要努力。

"我儿子出息了,出息了啊!"林文娟兴奋得都不知说什么好了,一遍遍念叨着。

镇上的领导第二天果真来了。

几个身穿黑色羽绒服的人,乘坐一辆小车来到了村部门口。

村部好多年没翻新了,依旧是青砖大瓦房,会议室里摆放着几张桌椅、一个话筒、一个喇叭,还有一个大音响,这便是村部所有的设备。

李文龙带着李承恩,给他介绍镇里的几位领导。

李承恩一个个问好，很是客气。

那些人笑着看了看他，也礼貌回应。

李承恩握了握自己的手指，跟在他们后面，一步一步走进村部，心里有点儿不太舒服。

他总觉得在这些人面前，自己显得很是局促，这种感觉跟在学校面对教授不太一样，好像……生怕他们对自己不满意？

李承恩想到这儿，就意识到自己太紧张了。

他初次创业，太看重自己的成果，太想得到领导的认可。不可以这样，待会儿还得做发言呢。

如果表现得局促不安，估计领导会对他大失所望——心境不稳，怎么能当好脱贫致富的带头人？

想到这里，李承恩开始平复自己的心情。

"王镇长，您看，这就是我们的村部，这房子都多少年了，也没修缮过，更不要说重建了，还有这桌椅，腿都快掉了……您看是不是能再给我们……"李文龙跟在王镇长身边，一脸熟稔地开口。

"李文龙啊李文龙，合着我要去地头，你非得先让我来村部，原来是打的这个算盘！"王镇长拍了拍李文龙的肩膀，笑得意味深长。

"这……村部是我们村的脸面嘛，你看这……都快变成危房了，脸面都快塌了，我还能咋办？要不是没办法了，我也不会跟你张这个口啊。"李文龙话说到一半又笑了。

"老李啊，你要能理解镇里的苦衷，别说你这村部快成危房了，就我们镇政府楼顶不也漏水嘛。"王文华可不吃这一套，一句话就把李文龙打发了。

你们村部苦，我们镇里就富了？整个茨河铺都没啥钱，我上哪去批款？我又不是财神爷！

更何况，这是一个村的事儿吗？如今，茨河铺哪个行政村的村部是光鲜的？有的村部墙壁漆都脱落得不成样子了，不还是照用吗？

只要他给李家村开了这个先例，其他行政村的主任肯定跟见了血的蚊子似的围着他飞转，那个时候他疲于应付，哪还有精力干其他工作？

李文龙一看王镇长这番表现，无奈地叹了口气，看来今天又不能从铁公鸡身上拔毛了。

第 36 章　铁公鸡

没错,王文华镇长的绰号就叫铁公鸡,是李文龙和其他几个村的主任起的。

原因无他,就是他们想方设法也很难从王文华那里要到一分钱好处。王镇长最经典的话就是:茨河铺穷啊,咱们这钱得用在刀刃上,你说你们村日子过不下去,那你看镇里的日子,我一个镇长身上穿的衬衫都带补丁呢!

说完,他还能扯出他那件带补丁的衣服让大家看看。

谁也不知道他是不是故意的,这年头谁还会穿带补丁的衣服?更何况他还是堂堂的镇长。

"镇长啊,您看我们这村部都快塌了,您看这墙都歪了,这得修啊……"李文龙没有放弃希望,继续挣扎着,厚着脸皮叫苦,完全不把镇长刚才的话放在心上。

李承恩在一旁看着只想笑,但是心里面又全是叹息。

镇里也是没钱,不然王镇长也不会把话都说到这个份儿上了,今天这钱,李主任估计很难要到。

"哎,老李,我们今天是来看承恩的蔬菜大棚,你这村部的事儿先往后放放,等过了年之后,咱们再商议。"

王镇长赶紧踢皮球,也不往村部里面去了,原本还说在这里开个小会,如今也别开了,省得李文龙继续在他耳边嘟嘟。

"镇长,您去年就说商议,这商议了一年都没结果……"李文龙哭丧着脸不依不饶。

"镇里不是忙吗,商议不得慢慢来?先紧着重要的事情嘛,你去年就说你们村部快塌了,今年快过完了,村部不还好好的吗?我看这砖瓦还结实着呢,撑个三五年完全不是问题。"

王文华压根不吃李文龙那一套,可是见李文龙面如死灰,只好赶紧给他注射一剂强心针。

"李文龙,你也别垂头丧气的,咱们先去蔬菜大棚看看,要是这项目确实不错,报到市里面进行宣传,到时候再给你们村部拍个特写,市领导看见了,说不定这款就能下来了。要知道,虽然镇里穷,但市里还是有些余粮的。"王镇长拍了拍李文龙的肩膀,一脸的老谋深算。

不得不说,王文华的确打得一手好算盘,听到李承恩的蔬菜大棚,他算计的小宇宙就彻底爆发了。

如果市里面来人,到时候他就可以撕开茨河铺贫穷的面貌给人看。市里领导肯定要面子的,哪怕顺昌再穷,批给镇里一些钱,问题还是不大的。

李文龙知道如今就是把天说破,也从王文华镇长那里弄不回来一个钢镚,只得点点头,应了下来。

如果市里真来人,他是可以按照镇长说的干,只不过这么一来,上面的领导肯定有意见。这完全是耍赖啊,但是也没办法了,耍赖就耍赖,只要能批下来钱就行。

王镇长一看李文龙不说话了,满意地笑了。

李文龙不同意也不行。想要批款,这是唯一的办法,今年镇里光是修路这一项的支出就已经超额了,实在是没钱再去照顾各个村,毕竟镇里的日子是真不好过。

"承恩啊,走,带我们去看看你的蔬菜大棚。"王镇长拍了拍李承恩的肩膀,一脸和蔼地开口道。

蔬菜大棚离村部并不算远,走过去也就十来分钟。王镇长带着一众人边走边看,心里全是叹息。

一路走去遇到的几乎都是老人,年轻人没几个,房屋也基本是大瓦房,小平房很少,楼房更是一个没有。

他也去过其他地方,南方城市的农村,小平房早就普及了,大瓦房几乎绝迹,楼房噌噌冒起。

"镇长,到了,前面就是蔬菜大棚了。"李承恩指了指前面,一脸自信。

王镇长顺势看过去,不由得皱了皱眉头,指出了不足:"这面积有点儿小啊!"

"我回来得晚,当时麦子都冒苗了,只有这块菜地可以用,面积的确不大,只有三亩而已。"李承恩老老实实地回答。

因为这规模的确太小,这也是一开始李书记跟他说镇上要来人看时,他感到意外的原因。

"没事儿,咱们进去看看,这地方虽然不大,里面种的东西可不少。承恩会规划,我进去看过几次,蔬菜长势非常不错,比咱们正常时节的产量都高。"李文龙在一旁打圆场。

王镇长点了点头,来都来了,总得进去看看。

一开始他是听李文龙说他们村有个大学生搞了个蔬菜大棚很不错,这才想过来视察,并没有去问太多,只说如果不错的话,可以上报给市里,也算是他们茨河铺的一个业绩。

当时还以为最少得十几亩地呢,结果一看,竟然只有三亩地,这……

不过蔬菜大棚的前景不错,明年的确可以大力推广。至于上报市里……暂时就算了,这三亩蔬菜大棚,报上去不是让人笑话吗?

李承恩站在一旁也没解释,看眼神他就知道王文华很失望。

也对,自己的蔬菜大棚就这点儿面积,能给人多大惊喜呢?

一进入蔬菜大棚,一股暖意扑面而来,大棚外面是凛冽寒冬,大棚里面却是万物竞发的暖春。

茄子、黄瓜、豆角、番茄……

每一种作物都疯狂地生长着,架子上攀爬的藤蔓硕果累累,整个蔬菜大棚让人看了就不觉欣喜。

"这……还种了西瓜?"王镇长面露惊讶。

他知道蔬菜大棚种植了各种蔬菜,没想到李承恩把西瓜也弄进来了,长势还特别好。

"顺带种了点,权当试验。"李承恩笑着回道。

"蔬果在冬天都是稀罕物,价钱居高不下,你这大棚虽然才三亩,但是产量高、品种多,按照今年的市价,少说也能卖个三万左右。"王镇长粗略估算了下,最后说出一个数字,当即惊呆了。

三亩地就能产出这么多利润,完全超出预期。

他赶紧扭头看了看李文龙,问道:"之前隔壁镇的蔬菜大棚收益是多少来着?"

"十五亩地，收入八万。"李文龙想了想，报出一个统计数字。

当然这个收入还没有扣去其他成本，真较真了，算下来几乎挣不到什么钱。也正是这个原因，隔壁镇搞蔬菜大棚的农户撤退了，选择出去打工。

"承恩啊，你这菜是怎么种的？怎么收益那么高？"王镇长盯着大棚里的各种蔬果，眼睛离不开了。

第 37 章　支柱

暖如春季的大棚里,蔬果绽放着生机,绿油油的藤蔓攀爬在架子上,几乎每条藤蔓上都会挂上两三个果,细细算下来,产量有些惊人。

反季节蔬果的价格,在冬天一直居高不下。隔壁镇的蔬菜大棚十五亩地只卖了八万块,就是在产量上出了问题。

"也没什么特殊的。"李承恩挠挠头,滔滔不绝地讲述起来,"深耕土地,施有机肥,合理浇水,大棚的温度和湿度都要控制,外界气温也要考虑,根据环境的变化适时调整,因为很多因素都会影响农作物的生长,打个比方说,温度……"

看到李承恩滔滔不绝地普及着大棚种植的知识,看着王镇长好像课堂上的学生一样认真聆听,李文龙打心眼里为李承恩高兴。

当李承恩介绍完后,他赶紧凑到王文华身边,一个劲儿地夸:"镇长啊,我们村的承恩是津南大学的大学生,津南大学最牛的专业就是农业,他种出来的菜,产量要是不高,那就活见鬼了。"

王镇长视察之前刻意翻找了李承恩的相关资料,看到他这几个月的成果,禁不住一阵感慨。

"科技才是生产力,一个地方要富起来,还得是大学生带头啊!他们是这一代的支柱,如果有更多的大学生具备李承恩这样的思想觉悟,农村还愁发展吗?"

李承恩没有说话。

一些从农村走出去的大学生,祖辈在农村待了一辈子,别说大学生自己,就是他们的父母,又有几个希望他们回来发展的?

他们愿意回来,说明他们惦记家乡,想要让家乡富裕起来;他们不愿意回来,说明他们想去追求更广阔的天地,并不愿意将自己困在一个小地方。再说,不管是回农村带领大家致富,还是在大城市奋力追求自身价值,归根结底都是为这个社会服务。

　　李承恩没觉得自己有多伟大。他之所以铁了心返乡创业,一方面是因为家里实在是太穷了,必须尽快改变现状;另一方面是因为他的专业就是农学,是跟土地打交道的。如果他学的是金融或者计算机,回来又有什么意义呢?

　　"是啊,我们村如今有承恩,不用再当睁眼瞎了,等这一季的蔬菜收了,明年鼓励大家共同搞这个蔬菜大棚项目。有承恩在,我们争取在茨河铺搞出一个蔬菜大棚基地,到时候乡亲们富了,就能为茨河铺争口气。"李文龙对未来满是憧憬。

　　"这么多年大家都在地里刨食,挣的钱只能维持温饱。

　　"如今上面都在号召让大家共同奔赴小康,别的地方都已经露出小康的苗头了,顺昌却没有太大的起色。顺昌的大部分乡镇仍旧是穷,老百姓的口袋依旧空空如也。

　　"茨河铺的位置相对于顺昌其他乡镇,更为偏僻,还没什么产业,发展起来几乎就是天方夜谭。如今依靠咱们村自己走出来的大学生李承恩,可能就此蹚出一条致富的路,怎么能不让我李文龙欢呼雀跃、信心十足?"

　　"好!说得不错,就是要这么干,哪怕前方没有路,我们自己也要开出一条路来!"王镇长扔下一句掷地有声的话语。

　　几个人在大棚里转了会儿,就走了出来。

　　王镇长看着前方绿油油的麦苗,眼睛也是一亮,刚才他是一门心思都在蔬菜大棚上面,没注意到旁边的麦子。显然,这几块地的麦苗长势不错,比他们过来时看到的那些麦苗高出不少。

　　"文龙,最近这段时间干旱,对麦苗影响很大,但是我看你们这几块地好像完全没有受到影响啊。"王镇长蹲下身,然后摸了摸麦子,笑着开口说道。

　　"是啊,这都是承恩的功劳。"李文龙看了看一旁的李承恩,开始向王镇长汇报,"我们这边都快一个月没有下雨了,河沟都干涸了,最近的河也就是茨淮新河,但是那地方距离麦田有些远,管子架不过来,多少人都是一桶一桶挑水过来浇麦子。"

　　李文龙一想起这个就无奈。村里实在是太穷了,没办法多打几口井。如今的井都是村民自费打的,几乎每家的水井都是宝贝,尤其到了旱天更是恨不得把井盖给锁上,生怕有人过来偷水。

"承恩自己打了一口水井,而且还是无偿给大家使用,这周围近百亩的地,全都是用那口井的井水浇的,所以这里的麦苗长势都很不错。"李文龙想到李承恩的种种,看他的眼神,就跟看自己的亲儿子似的……不,比亲儿子还亲!

原来那天宋春花闹了一番后,李承恩发现自己的水井也有被人用过的迹象。

那些水洒得满地都是,差点儿毁了大棚里的菜。所以第二天李承恩就借用村里的大喇叭通知村民,附近的乡亲可以使用他的水井,但要注意保护大棚,以免破坏菜苗的生长。

他也不只是说说而已,还从自己家里架了管子,拿了电机,直接给村民使用。

李承恩这一举动,毫无疑问让大多数村民为之高兴,也只有宋春花在背后叨咕,闲来无事就说坏话,只不过无人理会,毕竟李承恩这么做受益的是乡亲们啊。

谁也不想跑那么远的路去茨淮新河那里挑水。

也就是因为这个事,李承恩在村里的口碑分外好。

以前还有人在背后嘀咕他什么,如今倒是快绝迹了。

"小伙子,你的觉悟是真高啊!"王镇长又拍了拍李承恩的肩膀,很是欣慰,"吃咱茨淮新河河水长大的人就得这样,不能只顾自己个人利益,不能为了蝇头小利失了大局。若非如此,就没有一条长几百里的茨淮新河;生活在顺昌这片土地上的人,也就没有好日子。脱贫不是一天两天的事儿,更不是一个人两个人的事儿,但是只要有领头人,只要大家团结一心,未来必然可期!"

第 38 章　她笑得如夏花绚烂

王文华一番掷地有声的话语,引得周围的人热烈鼓掌。

如果没有领路人,如果没有一众河工的团结一心、无私奉献,就没有茨淮新河这个奇迹,顺昌小雨小灾、大雨大灾的局面就不会改变。

而今茨淮新河解决了乡亲们的温饱问题,下面要解决的,就是顺昌的共同富裕问题。一个人的富不是富,只有一个村庄、一座城市全部富起来,那才叫真的富。

王镇长能够感觉到,李承恩虽然大学刚毕业,心境却比很多同龄人成熟很多,觉悟也比很多人高许多,他是真要带领大家共同奔赴小康,这样的年轻人要是能给他来一打,茨河铺何愁发展不起来?

王文华镇长来得快,走得也快。

自从他在李承恩的大棚走了一遭之后,村里人看李承恩的目光都变了。

"承恩啊,听说你这儿的蔬菜大棚要作为典型上报市里啊?了不得!你要成为咱们市的名人了。"

"你看你这菜长势多好,这菜到底是怎么种的?估计能收上万斤吧。"

"不愧是名牌大学教出来的高才生,咱们在地里忙乎了一辈子,就是种不出来这么好的东西。你看这大棚里面多暖和,菜苗长得多好!"

一声又一声的赞美传到李承恩的耳畔。

这几天陆陆续续来了不少的乡亲参观他的蔬菜大棚了。每一个人的眼里都带着好奇和渴望,想要看看李承恩究竟做了什么能够引来镇里的重视。

李承恩耐着性子一个一个地给他们做着讲解,他讲得很仔细、很认真,从育苗到种植,以及大棚蔬菜管理的相关注意事项。

村民们一个个听得格外认真。

他们种了一辈子地,以为自己是专家,听了李承恩的讲解方才知道,原来种地还有这么多的学问。尤其是蔬菜大棚,不仅要注意室内的温度,还要注意室内的湿度,白天要揭开蔬菜大棚上的保温被,晚上还要给它盖上去。除此之外,还要不定时地给蔬菜浇水,不能喷洒农药,只能施有机肥。

"这啥是个有机肥啊?"村民好奇地问。

"这都不知道?有机肥就是农家粪,我在电视上看过,说那些粪水上地最好。"有人开始普及常识。

"嗐,咱们以前不是一直都用的农家粪吗?也就这几年开始用化肥,现在这情况,是又要回去了?"

"哈哈哈,可不是嘛。还是以前种出来的菜好啊!"

李承恩化身为村民的讲解师。

这些村民大部分都是庄稼地里的老把式,不需要跟他们说太多,只需要告诉他们怎么去合理地利用土地,怎么更优化种苗,就足够了。

李承恩相信,来年冬天,一定会有更多的人选择搞蔬菜大棚项目。因为这个世界没有傻瓜,大家既然看到了蔬菜大棚能带来的收益,就没有不朝前冲的道理,毕竟,谁跟钱都没仇。

当然,这林子大了什么鸟都有。李家村除了这一群好学的乡亲,还有几个村民分外眼红李承恩目前取得的成绩,其中宋春花就是代表。

即便他们心里再不爽,也没敢当着李承恩的面说什么,但是背后说什么,那就没人知道了。李承恩对此也不在乎,嘴长在别人身上,怎么说,他也管不着。

程方梵到茨河铺的时候,李承恩正在蔬菜大棚里给菜苗浇水,听到电话那头的声音,一时没反应过来。愣了许久之后,恍如梦中的李承恩方才对着话筒试探着问道:"程老师,您真的来了?"

程方梵在电话那头笑了笑:"怎么?不是你邀请我过来玩的吗?现在不欢迎了?"

"没有没有,欢迎之至!"李承恩眼中都带了光。

"行啊,那你过来接我,我还想看看你的蔬菜大棚呢。"程方梵笑着道。

"好!我这就过去。不过,可能要程老师等会儿了,我那个……家里只有辆自行车,可能有点儿慢。"李承恩的脸又红了。

程方梵在电话那头轻笑:"不急,天黑之前能到就成,路上慢点儿。"

李承恩看了看此时高悬半空的太阳,嘴角不由得抽搐了几下,他就是骑蜗牛,天黑之前也肯定能到啊。

挂了电话,李承恩从蔬菜大棚冲回家,骑上他家那辆二八大杠,直接往镇上冲去。一路上,他双手冻得通红,脚下却犹如生风,飙出了这辆自行车此生最快的速度。

他到地方的时候,程方梵已在路口等着。今天她穿了一件浅灰色的大衣,一头长发用头绳随意地扎在脑后,整个人看起来得体大方。

"承恩。"程方梵朝李承恩挥手。

她本就长得好看,笑起来更是让人瞩目。

"程老师!"李承恩骑着二八大杠,穿着军大衣,朝程方梵挥手。

阳光灿烂,冬风温暖,那人笑得如夏花般绚烂。

程方梵揽住李承恩的腰坐在二八大杠后座,一动不敢动。

现在的自行车都是美观又小巧,骑起来也很方便。这样的二八大杠真是少见,但是偏偏李承恩就有,而且还骑得贼溜。

从茨河铺到李家村的这段是土路,所以这辆二八大杠骑起来晃晃悠悠的,感觉随时都有可能摔倒。

"承恩,慢点,别骑太快了。"程方梵坐在后面提醒李承恩,一副紧张的模样。

"程老师放心,我车技特别好,不会摔的。"

程方梵在后座吓得只能把他抱得紧紧的,一双眼睛紧紧地闭着,整个人贴着李承恩的后背:"不行,再慢点儿,再慢点儿,哎,要摔了,要摔了,啊!"

李承恩快被程方梵逗乐了。

一路到村里,自行车也没摔,就是程方梵的发型被风吹得乱了点儿,脸色也白了点儿,也不知是被冻的,还是被吓的。

下了车,程方梵气得上前就给了李承恩一拳。

"让你别骑太快,你倒好,越骑越快了,我觉得我都快飞起来了。"

李承恩挠了挠头,无奈地笑了。有的地方必须得快一些,不然,鬼知道什么时候能到家。当然这个节骨眼儿辩解纯粹自讨没趣,于是他赶紧赔着笑脸说好话:"我的错,都是我的错。今天我下厨,让程老师尝尝我的手艺。"

第 39 章 是他对象不？

程方梵砸给李承恩一个大白眼，以示不满。

李承恩还以为程方梵真生气了，推着二八大杠站在那里，脸上的笑容也不见了。

"行啊，那我可要点菜了，"程方梵生怕李承恩当真，手指点了点下巴，展颜一笑，开始摇头晃脑地念菜单，"干煸豆角，青椒肉丝，丝瓜炒蛋，油焖茄子，菠菜做子，嗯……再来个西红柿蛋汤。可以吗？"程方梵朝着李承恩俏皮地眨了眨眼。

"可以，当然可以，程老师开口哪有不可以的。"李承恩看着程方梵，眼珠子都快直了。

程方梵俏脸一红，咬着嘴唇提醒："你不走？"

李承恩这才反应过来，红着脸，推着二八大杠闷头朝村子里扎。

"哎，那是承恩吧？"

"看到了吗？他旁边那个姑娘，长得咋恁标致呢！"

"是他对象不？"

"不知道，看这样，像！"

刚进村，一群大妈蹲在村口墙边嗑瓜子，晒太阳，还不忘八卦一下。

那一双双满是八卦的眼睛直勾勾地盯着李承恩，嘴角还带着笑。

"承恩啊，哪去了？"

"承恩啊？这姑娘谁啊？是你对象不？"

一句又一句的问话，惹得程方梵清秀的面庞更红了。

"不，不是的，李大娘。"李承恩连忙摇头，推车的手都有点儿抖，"这是我老师，来我们这玩的。"

他真有点儿受不了这几个大娘，怎么那么八卦呢？

等李承恩和程方梵走远了，几个大妈还在往他的方向看，眼里满是好奇，又聚在一起议论着。

"程老师，您别介意，她们……也就是八卦了点儿，没什么坏心思。"李承恩怕程方梵误会，赶紧开口解释。

程方梵耳尖通红，刚才她真的是臊得不行。

"没事，无碍的，咱俩充其量就是普通朋友，别人爱怎么说怎么说去。"程方梵拢了拢头发，装作毫不在意，心里却有只不安分的小鹿上下跳个不停。

李承恩听完程老师的话，有一种莫名的失落感。他也不知道这种感觉从何而来，程老师不误会他不是该开心吗？为什么会感觉到失落呢？

算了，不想了。

李承恩到家的时候，一家人正在忙着腌腊肉，听见门口有动静，连忙抬头看去。

李承恩推着自行车走到门口，倒是没什么意外，然而再定睛一看，他们就不淡定了——一个漂亮的姑娘跟在李承恩身后，走了进来。

家人面面相觑，丈二和尚摸不着头脑。

村里的人不知道李承恩有对象，但是他们知道童盼盼的存在。这女孩也不是童所长的女儿啊！

"承恩啊，这是？"作为母亲，林文娟肯定要第一个开口询问。

"妈，这是我大学的剪纸老师——程老师。她也是顺昌人，这次是我邀请她来咱们这儿玩的。"李承恩一看自己家人的眼神，就知道他们在想什么了。

自己和童盼盼分手的事情，目前家里人还不知道。幸好家人没问，不然，他真不知怎么说才好。

要说全是童盼盼的错，也不对。每个人都有追求幸福的权利，自己给不了童盼盼好的生活，也不能阻拦她去追求心仪的生活。更何况他们家还欠着童所长的情，无论怎么样自己都不应该说童盼盼的不是。

不过从眼前来看，家人是误会了。这也难怪，程方梵与他年纪相仿，看起来还比他小几岁呢。

"哦，原来是老师啊！"林文娟顿时喜笑颜开。

她对读书人天生就有一种尊敬，更何况还是大学老师，而且这么年轻就当了大学老师，肯定极有本事。

"程老师好,程老师坐,我去给你倒杯茶。"林文娟连忙站起来,忙乎开了。

"程老师一路辛苦,今天中午在家吃饭,我这就去买菜去,回头让他妈做点拿手好菜给你尝尝。"李世杰也是分外开心,说着就朝外走。

"叔叔阿姨不用客气,我就是到这边来看一看,不用那么麻烦。"程方梵见李承恩的家人如此热情,有些不好意思了,赶紧制止。

"没事,不麻烦不麻烦。"林文娟连忙摆了摆手,激动的心情溢于言表,"你这到家里来了,怎么着我们也得吃顿饭,总不可能让你饿着肚子回去吧,那承恩可得怨我了。他爸,别愣着啊,赶紧上街买菜,等下市了,菜就不新鲜了。"

李承恩生怕李世杰真跑到集市,赶紧阻止:"妈,集镇上能买什么菜啊?集上的菜还没有咱们蔬菜大棚里面的齐全呢,一会儿我去地里薅一点回来。今天你们都歇着,我来下厨。"

一家人全都在笑,院子里洋溢着浓浓的喜悦。

蔬菜大棚里的菜,一小部分已经熟了,这菜正是嫩的时候,微微用手一掐,都能冒出水来。

"这黄瓜汁水可真多,还带着些许甜味,比夏天的还要好吃。"程方梵在一旁啃着一根黄瓜,称赞连连。

这是她刚才亲手摘下来的,只是用井水清洗了一下,就迫不及待地开始品尝。

"这些都是有机蔬菜,很健康,吃起来味道也不错,是我们学校研发团队集体智慧的结晶。"李承恩也摘下一根黄瓜,随便洗了下,跟着吃了起来。

津南大学农学院培育出来的蔬果品种,科技含量在全国都是一流的。胡以为寄给李承恩的这些种子又是最新研究出来的新品种,产量不可能不高,口感不可能不好。

幸亏李承恩是津南大学农学院出来的学生,还有胡以为这么一个室友,换成其他人,花钱都买不到这些最前沿的种子。

第 40 章 是西瓜啊

程方梵自然知道这些种子的来历,只是没想到这样培育出来的黄瓜,口感如此之好,心里不由得再次感慨津南大学农学院的实力之强。

大棚里各类蔬果在她眼里不是蔬果,而是呈现于李承恩面前的一条条通往成功的路。

正在程方梵有些出神的时候,不远处的李承恩朝她挥了挥手,满脸的神秘。

"程老师,你过来一下,有好东西给你看。"

程方梵走过去,定睛一看,兴奋得差点跳起来:"西瓜!"

她知道李承恩种了西瓜,之所以如此惊讶,是因为这么短的时间内,西瓜竟然长这么大了。要知道现在可是冬季,即便在大棚培育,西瓜从育种走向成熟,也需要很长一段时间。

"竟然长这么大了,大概能吃了吧?"程方梵蹲下身,抬起手拍了拍圆滚滚的西瓜。

清脆的响声传来,稍有些常识的人都知道,这是瓜熟的特征。

"真熟了?"程方梵抬眼望着李承恩,依然有些难以置信。

李承恩见程方梵捧着西瓜不松手,跟小孩子一样好奇,那可爱的模样又一次让他陷入了呆滞。

程方梵给他的第一印象是高雅的,就像雪山之巅那株雪莲,高贵不可触碰。她的行事作风成熟稳重、张弛有度,就像李承恩那几位恩师。直到最近两次接触,李承恩方才发现,程方梵是个女孩,是个有着同龄人一样习性的,可爱、善良、漂亮的女孩。

"你傻看什么呢?"程方梵双腮泛起两朵红晕,抬脚踢了下李承恩,又道,"你还没回答我的问题,快说啊,到底熟了吗?"

"熟了,可以吃的。"李承恩这才缓过来神,低头看着脚下,仿佛犯了错被老师戳穿的小学生。

氛围一时间有些尴尬。

程方梵不想让两人不自在，于是试探着问："我可以摘吗？"

李承恩赶紧回道："当然可以，原本打算这两天给你送过去的，没想到你今天过来了。那就摘了，当饭后水果，我跟爷爷他们也能尝尝鲜。"

"好啊，饭后水果可是我的最爱。"程方梵也不跟李承恩客气，把西瓜摘了之后，又查看其他瓜秧的长势。

"只有这一个成熟了吗？"程方梵扫了一圈，好奇地问李承恩。

"也不是，那边还有两个熟的。"李承恩抬手指了指。

"西瓜需要阳光，整个大棚最得阳光的地方我都种了，十来棵瓜苗结了二十多个西瓜呢。不过现在成熟的就这三个，剩下的估计还要几天。按理说我种的是早熟西瓜，周期比较短，甜度可能会差一点，不过这品种是学校科研团队最新研发的成果，具体是什么样子，还得尝过之后才知道。"说起到蔬菜大棚里的蔬果，李承恩就走出了方才的不适，话语比刚才流畅多了。

程方梵要求也不高，现在是冬季，有西瓜吃就不能挑肥拣瘦。

"再差也比我在超市买的好吧？前几天刚买一个，一点西瓜味都没有，跟冬瓜差不多，即便有点甜味，好像也是打了甜蜜素，都是人工合成的添加剂。大冬天想吃个正常的西瓜，难啊！"程方梵叹了一口气。

现如今很多商家为了牟取暴利，给各种蔬菜水果打药，样子倒是好看，内在就不好说了。这类蔬果口感暂且不提，危害身体健康是一定的，哪像李承恩蔬菜大棚的蔬果，天然无公害。

"承恩，你这蔬菜大棚虽然小，却让你打理得很好，这些蔬菜长得也不错，味道更是一等一的，你想好收获之后怎么销售了吗？"程方梵直指问题要害。再好的产品卖不出去那也是白搭。

李承恩蔬菜大棚这季蔬果真到了收获的时候，数量应该不少，单是一个茨河铺集镇估计吃不下。

不，把品质如此高的蔬果放到茨河铺销售，绝对是脑子抽筋。茨河铺不是顺昌城，价格定得太高，人们消费不起，价格定得太低，就是暴殄天物。

"这个事情我也想过，放在集镇销售肯定不合适，胡以为那边肯定会找我麻烦。我之前去农贸市场，就是想看看能不能搞个蔬菜批发，把这些菜一股脑地全部处理出去,省心省力。"

程方梵摇头苦笑。

"农贸市场的顾客的确多,但那都是批发走量的,收购的菜贩肯定会想方设法压价格,你觉得凭你那点儿道行,能把这批蔬果卖上什么价?"

程方梵不是十指不沾阳春水的大小姐,对市场行情多少有些了解。

李承恩有些头疼。程方梵说得没错,上次他去了农贸市场,很多拿货的人并非市民,而是菜贩子。他们就是靠这一行吃饭的,所以讨价还价的本领高超,对蔬果的行情也是门儿清。

李承恩在大棚蔬果种植方面不说是行家,起码受过专家的指点,这是他的领域,至于经商一环……

他父母也就在茨河铺集镇上卖个鸡蛋饼,与蔬果经营差了十万八千里,能有什么经验传授给他?所以说,李承恩贸然把大棚里的蔬果拿到农贸市场售卖,赔本倒是谈不上,吃亏那是一定的。

眼看李承恩愁眉不展,程方梵紧跟着又给李承恩打预防针。

"当胡以为把这些种子寄给你的时候,你就该思考这个问题。"程方梵把飘散在面庞的碎发捋到耳后,环顾四周,紧跟着又道,"这些蔬果不仅是你心血的结晶,更是津南大学农学院专家教授多年的研究成果。它们不是普通的蔬果,它们应该是一条致富的康庄大道,你千万别把它走成一条羊肠小道啊!"

第 41 章 茨林蔬果

程方梵的话就像一盆冷水,从李承恩的头顶直接浇了下去。

这些天来大棚蔬菜长势喜人,无论是李承恩还是家人,乃至于李文龙,都沉浸在成功的喜悦中,大家似乎已经走在致富的路上,再向前一步,就是康庄大道。

然而,成功哪有那么简单?

如果好的产品就能卖上好价格,就不会有酒香也怕巷子深的说法了。

程方梵见李承恩陷入沉默,深觉这一趟来对了。

"就像生产和销售是两码事一样,种菜和卖菜也是两回事,把品质好的蔬果种出来是你的能力,把品质高的蔬果卖上适合它的价格,或者说,能达到溢价更高的效果,才是你的本事。"

程方梵悄悄观察着李承恩的表情,深深觉得李承恩不像个生意人,因为他太实诚,而做生意的人往往都要圆滑世故。

李承恩也不是没有自知之明的人,他知道自己的短板,试探着问道:"那,我把销售这一块交给我爸试试?"

相对于李承恩,李世杰多少有点做生意的天赋。他们家的米、面、柴、油,向来都是李世杰张罗,原因无他,李世杰很会讲价。

程方梵听完李承恩的理由,彻底服了。

"你到现在还没搞清楚我说话的要点,这不是谁去搞销售的问题,而是市场定位问题。你现在打电话跟胡以为说这些蔬菜大棚的收获将要被弄到农贸市场,看他骂不骂你。"

李承恩没辙了,就像一个虚心求教的学生,诚恳地问程方梵:"程老师觉得送到哪里销售合适?"

他觉得程老师心里面应该已经有了更好的去处,只是还没点出来而已。

"当然是连锁超市啊!"程方梵情急之下,朝李承恩的脑袋上拍了一下,嗔道,"明明很聪明的人,怎么关键时刻犯糊涂?连锁超市很多蔬菜都是外地运来的新品种,定位高,价格高,就凭你大棚里蔬果的品质,放在连锁超市肯定受欢迎。"

李承恩听完程方梵的话,一脸愁苦。

"连锁超市我一开始就想过,但是连锁超市的门槛高啊,他们的市场部大都是和品牌方合作,上架销售的蔬菜都有相关证明。我从津南回到茨河铺半年时间都没有,一门心思都在蔬菜大棚的蔬果上,也没工夫去跑市场,相关证明更是无从谈起,您觉得那些超市会跟我合作吗?人不了他们的眼啊!"

他何尝不想让自己亲手种植的蔬果"登堂入室"?目前实在是没这个条件。

"你试过了?"程方梵问。

李承恩点了点头,满脸颓然。

他曾去找过连锁超市的人,最终给出的说法都一样——没法收,没人收。

程方梵愣了愣,顿了一会儿又道:"我自然知道这些规矩,即便这些蔬果是津南大学最新的研究成果,从程序上来说还是'三无'产品。不过咱们可以把它变成合格产品,到时候不就可以跟超市洽谈,直接上架销售了吗?"

李承恩看着程方梵,突然觉得她太理想化了。"三无"产品变成合格产品,这中间需要多少道手续?要是嘴上说说就能搞定,天下也就没有难事了。

"我……"李承恩唇角泛起一阵苦涩,下面的话不好意思说出口。

即便他再有雄心壮志,归根结底也是处在实习期的津南大学本科生,缺乏社会经验,更缺少相应的人脉。

程方梵扑哧一声,冲李承恩俏皮地眨眼:"瞧你那点儿出息,才多大的事儿,脸色比苦瓜还要苦。这样吧,你先去做个农产品检测报告,创立一个属于自己的蔬果品牌,等你把这两样东西都搞定,剩下的事情我来帮你安排。"

李承恩好像被雷劈了一样愣在那里。

"怎么?这两样东西对你来说很难办?"程方梵蹙起了黛眉。

什么叫难办?简直太容易了好不好。

凭借大棚里这些蔬果的品质,拿到合格证易如反掌,市场监管部门只要做个检测,就会知道它们的品质比超市那些品牌货强太多了,至于创立自己的品牌……

这个也不难,问题是他暂时还没想过,他认为现在只是小打小闹,以后再去创立品牌,也不算迟。现在听程方梵这么一说,李承恩觉得自己太幼稚了。

如果没有独立的品牌,带领乡亲们致富,简直就是天方夜谭。既然早晚都要创立,那不如立刻着手去做。如此一来,明年蔬菜大棚的蔬果就可以靠着这个品牌走向市场……不,如果一切顺利,今年就可以用这个品牌打开市场,明年就是提升品牌知名度的问题了。

"程老师您说得对,是我眼皮子浅了。"李承恩老老实实承认自己的不足。

程方梵笑得眼角都弯了,对李承恩的表现非常满意。

商场如战场,一个创业者如果不能听进去别人的意见,就会陷入故步自封的境地,迟早玩完;如果不能采纳别人的意见,公司更没发展前途。庆幸的是,目前的李承恩不会犯这种错误。

"你想好品牌的名称了吗?"程方梵问道。

"这一时半会儿也想不出来啊,想法是你提出来的,要不,你帮我想个名字?"李承恩看着程方梵,试探着说道。

程方梵连忙摆手:"不行不行,这是你的品牌,从商业角度来说,就是你的孩子,我只不过提些建议。再说我对这块儿也不了解,起的名字很难契合你的心意。"

"茨林,这个名字如何?"李承恩抬头问道,"'茨'代表了我们产品的产地是茨河铺,'林'代表了果林蔬菜产业。"

程方梵稍微想了一下,觉得这个名字很不错。

"可以,我觉得未来茨林一定会做大做强,到时候顺昌甚至整个茨淮地区的超市,都能见到茨林品牌的蔬果。李承恩,加油!"

第 42 章 鬼天气

李承恩听完程方梵的话,刚才的颓然消失殆尽,握紧拳头,冲程方梵灿烂地笑了起来。

"会的!我从津南回到家乡,要干的就是这个事儿!"

他的笑容很阳光,充满对前路的向往。

程方梵就这么看着他,唇角荡漾着说不清、道不明的笑容。

年轻人对前路总是充满无尽的期望,但是又有多少人能把期望变成现实呢?很多人刚走两步,遇到苦难,就选择退缩,唯有一路披荆斩棘,才能感受成功的喜悦。

程方梵对李承恩有种莫名的信任,纵然两人相识不久。

"既然都谈好了,下面就要去做!"程方梵宛若羊脂的小手轻轻拍了拍怀里的西瓜,一甩长发,冲李承恩笑道,"吃饭去,我要尝尝你种的瓜到底甜不甜。"

时间过得很快,转眼间就到了小年。

前两天,李承恩从程方梵处得到消息,自己的蔬果品牌茨林已经通过超市的筛选,随时都可以上架销售。

得到消息的那个瞬间,李承恩激动得话都说不好了。

一个从未在市场上出现过的品牌,能在连锁超市上市,是那么简单的事情?程方梵幕后给了多少助力,肯定是李承恩无法想象的。

"爸,我们今天必须把这些蔬菜采摘完,明天一早就得送到市里去,连锁超市那边说好了要两千斤。这是我们头一次在超市上架销售,不能有任何的闪失。"李承恩望着蔬菜大棚里娇嫩欲滴的蔬果,想到程方梵的付出,又一次给李世杰提醒。

"你放心,我今儿就是不回家,连夜也得帮你把这些菜摘完,不耽误明天送货。"李世杰比李承恩还要激动。

自己儿子种的蔬菜能上架超市,这事搁在茨河铺也是头一遭。前两天王文华镇长又过来一趟,那嘴都快笑裂了,鼓掌鼓得手心发红,一行人乐得不行,直夸他儿子有本事。

那一瞬间李世杰觉得自家的祖坟冒了青烟。

长脸啊,简直太长脸了!

他的儿子就是他的骄傲!

四个人忙忙碌碌到半夜,总算是把两千斤蔬菜采摘完毕,装进定制的纸箱。李承恩包了一辆车,准备明天一早就把蔬菜拉走,送到超市配送中心。

夜里小雨淅淅沥沥地下了起来。

冬季下的应该是雪,下雨倒是不多见。更诡异的是,夜里骤然又起狂风,雨势越来越大,天空还落下了冰雹,啪嗒啪嗒地打在房檐上。

李承恩猛然从梦中惊醒。

他拉开窗户,一股凉风猛然袭来,强劲的风把窗户吹得呼啦啦作响,像是不把它摧毁誓不罢休。

他连忙起身穿衣,刚关了灯打算往外走,就看见爷爷披着厚外套,也从东屋匆匆走了出来。

"爷,你出来干啥?"李承恩皱着眉头朝东屋奔去,把爷爷拉回房间。

"我听见外面下冰雹了,想着去地里看看,这个节骨眼儿,蔬菜可不能有事啊,明天一早就要交货了。"李万道看着外面的景象,气就不打一处来,"好端端的,竟然下雨、下冰雹,这都什么妖风啊!"

"不会有事的,爷爷您放心,蔬菜大棚咱们建得牢固得很,地里面我去看看就行,你在家待着,这天冷路滑的,路上不安全。"

李承恩安慰着爷爷,也像是在安慰自己。

他的蔬菜大棚是水泥结构,牢固倒是很牢固,但是蔬菜大棚外的那层塑料布就不敢说了。

虽然塑料布上面压了保温被,但是遇到如此强劲的风,弄不好会把保温被吹走。他们昨天晚上走的时候太累了,也不知道有没有把保温被捆扎实,要是没捆扎实,就坏事了。

"不行,我还是不安心,我跟你一起去看看,要是什么事都没有我再回来。"

李万道怎么可能安心在家待着？这个蔬菜大棚是他和孙子的全部心血，也寄托了他自己的期望，明天早上就要送货了，还是给连锁超市供货，怎么样都不能出意外啊，不然，他们前期付出的那么多努力就打水漂了。

这时，堂屋的灯也亮了。

李世杰也披着外套走出来，手里面还拿了个手电筒。

"爸，您就别去了，您身子骨不好，天寒路滑的，容易摔跤，大棚那里我跟承恩去看看。您放心，应该不会有什么事儿，咱们家蔬菜大棚是水泥结构，哪能让风轻易吹走。"李世杰也好声安慰着老父亲。

见二人都这么说，李万道紧绷的神经这才松了少许。

"那你们快去快回，看看蔬菜大棚里有没有事儿，没事的话就快点回来，外面也冷。"

这实在是鬼天气，大冬天的还能下冰雹。

李万道皱着眉头，听着外面啪嗒啪嗒的响声，心头说不上来的紧张。

这个鬼天气，地里的麦苗要遭殃了，估计得砸死不少。罢了，罢了，下就下吧，麦苗死就死吧，只要蔬菜大棚好好的就成。

李承恩父子二人打着伞，顶着严寒，奔向漆黑的夜里。

冰雹落在伞上面啪嗒啪嗒的，抬眼看去，一个个冰雹跟弹子一样大小，在地面上疯狂地跳跃着、滚动着。

"爸，今年冬天下冰雹，天气预报没报道吗？"他知道自从自己弄蔬菜大棚以来，他爸每天都会看天气预报。

"昨天不是忙着弄大棚里的菜嘛，忘记看天气预报了，冬天出现冰雹也不是什么怪事，你没看这两天的天气吗？形成冰雹也算正常，可这风吹得可真邪乎啊。承恩，你走的时候把蔬菜大棚那保温被给绑好了吗？"李世杰开口询问道。

"保温被不是你绑的吗？"李承恩愣了。

两人相对一眼，再也顾不得撑伞了，顶着冰雹朝着蔬菜大棚一路狂奔。

父子二人忐忑至极，生怕蔬菜大棚被风吹飞，那些凝聚着心血和希望的蔬果，被这该死的冰雹全部砸坏。

真遇到这事儿，那可就麻烦了。李承恩跟超市是签了合同的，要是这么多菜全坏了，不仅挣不到钱，还要给超市赔上一笔数额不菲的违约金。

第 43 章 一夜未眠

李承恩向着蔬菜大棚一路狂奔,刚跑到一半,也不知是紧张还是疲累,腿都有点软了。

"赶紧走,别在这儿耽搁时间,与其担惊受怕,不如到地里看看情况,没有事是咱们瞎担心一场,真出了事,咱们还能补救!"李世杰看出李承恩的不对劲,厉声喝道,"别忘了小时候我跟你说的那些话,平时不惹事,事情来了不怕事!"

李世杰太清楚儿子在蔬菜大棚上面耗了多少心血,如果这些蔬果被冰雹砸坏了,那他们的损失就太大了,不仅心血全毁,还要赔人家一大笔违约金。

准确来说,前阵子他们有多高兴,出事后就会有多伤心。

父子俩继续狂奔,冰雹啪啪砸在身上,火辣辣地疼,狂风吹得两人几次都要跌倒,但是,依然没有减缓他们狂奔的速度。

等到了蔬菜大棚,看到蔬菜大棚上保温被还在,父子俩好像被抽空了气力,一屁股坐在地上。

"还好,保温被没被吹飞就好,没被吹飞就好。"李承恩拍着自己的胸口,大口大口喘着粗气。

来的路上他是真的被吓坏了,真怕所有的付出毁于一旦。

要知道蔬菜大棚不仅蕴含着自己的心血,爷爷也没少付出,除了休息,他整日整夜都在大棚待着,就差在这里安家了,为的是什么?还不是等待收获?这要是出了岔子,就是要老爷子的命啊!

父子俩相视一笑,正准备拍拍屁股上的泥水回家,就听到大棚上方传来扑通一声,紧接着就是冰雹仿若黑夜的魔鬼,疯狂地砸向塑料布。

"完了,保温被被吹飞了!"李承恩吓了一跳,拔腿就往前跑。

到地方一看,果不其然,保温被掉在地上。

李承恩快速从蔬菜大棚内拿出梯子,李世杰把掉落在地上的保温被递给他。

李承恩冒着冰雹,用最快的速度把保温被盖在大棚上,最后捆得结结实实的,甚至还打了死结,悬着的心这才安稳下来。

一顿忙活,父子俩都汗透了。

"爸,你早点回去休息吧,我今晚在这里守着,不回去了。"李承恩看看天色,气喘吁吁地说道。

李世杰看了他一眼,非常坚定地摇了摇头:"你回去吧,我在这守着。"

"咱俩还争个什么。"李承恩看着狼狈的父亲,鼻子微微泛酸,"这间大棚是我近期全部的心血,也是希望,不在这里守着,我心里不安稳,回去也睡不好觉。"

李承恩从一旁抽出来一张小床,放到了大棚的空隙处。这是他之前就备好的,累了的时候就在这里休息休息,折叠的,比较方便。

"蔬菜大棚里暖和,我又冻不着,再说爷爷还在家里面等我们的消息呢,咱俩要是不回去一个,爷爷肯定不放心,指不定他一会儿还要过来,天这么冷,路又这么滑,万一出了什么事,咱们……"

下面的话李承恩没敢说,不吉利。

李世杰也没有了反驳的余地,只能听了儿子的话,依依不舍的身影在黑夜里渐渐消失。

李承恩一个人留在蔬菜大棚里。

他虽然把那张折叠床拿出来了,但是没有睡在上面,而是静静地坐着,看着地上被封好的纸箱,微微有些愣神。

他觉得今天那些保温被应该是爷爷绑的,可能是因为太累的缘故,略有一些疏忽,保温被没有绑紧。

也幸好今天他和父亲过来看了,不然明天可能这边就是一片狼藉。

谁都想不到,这大冬天的还会下冰雹,估计又有一些人要哭了,刚才来的路上他看见那些麦子,被砸得东倒西歪,更有些麦苗直接被砸断,怕是活不了了。

这么一来减产是肯定的。

唉,真难啊!

农民一年到头种个地,盼的不就是风调雨顺,来年能有一个好收成吗?

可偏偏不是刮大风就是下大雨,有时旱灾,有时涝灾,这个冬天更是下起了冰雹,让谁不头疼啊!

一年到头才能挣几个钱,这一下子,又得折进去好多。

也就是因为现在种地上面给补贴,农民的日子才好过点,但充其量也只能说是温饱,想要日子过得更好一点,得自己想办法。

这也是李承恩回家的初衷——带领大家脱贫致富,共同奔向小康。

这次冰雹灾害,给他提了个醒:即便他是农业专业毕业的,也不能心存侥幸,有些灾害不可避免,只能小心再小心,未雨绸缪,不能把这些蔬果给毁了,这是他的心血,也是他将收获的第一桶金,是他的起点。

如果还没开始就结束了,那对他造成的打击将会伴随终身。

李承恩现在的时间很宝贵。商标也注册了,超市也上架了,如果蔬菜大棚的蔬果还拿不出令人信服的成绩,明年扩大规模不过是痴人说梦。

李承恩盯着那些装好的纸箱子,静静等待着,等待天亮,等待着卡车将它们运走,给自己,也给茨河铺的父老乡亲带来一个美好的未来。

一夜未眠。

早上六点,李承恩揉了揉惺忪的眼睛。

他这一夜没怎么睡,脑子里乱七八糟想了很多,期待着第二天早点到来。然而现在都已经六点钟了,包的车迟迟没有到,李承恩有些着急。

茨河铺距离顺昌有些远,开车要一个多小时。他答应超市市场部负责人十点钟之前准时到货,可是现在都六点了,运货的车连个影子都没有。

李承恩实在是等不及了,拨通了司机的电话。

听筒传来的声音让他的脸色瞬间难看了起来。

"什么?车陷在泥里出不来?"李承恩霍然而起,焦急地在大棚里走来走去。

好不容易熬了一夜,蔬菜大棚这边安然无恙,谁承想包的车却出了问题,真是太让人心焦了!

第 44 章　众人帮忙

茨河铺通往村子的路是土路,老天稍微降点雨水,路就非常不好走,更何况昨夜雨几乎下了一夜。

"你现在在哪呢?"李承恩急得满头大汗。

"小伙子,你也别太着急,我再试试……"

李承恩立马打断司机,急声道:"我能不着急吗?答应了人家十点钟之前把货送到位,迟到了就算违约,合同上白纸黑字写得清清楚楚,不能有半点差错。你赶紧告诉我位置,我看看能不能想想办法。"

半路出了这个事,司机也很头疼。李承恩这个单子给的钱不少,所以他大清早就赶过来了。但谁承想过了茨河铺之后,这路是真难走,车子打滑,陷在泥里,他能有什么办法?

从司机那里得到具体位置之后,李承恩吐了口长气。出事的地点离村子不算多远,约莫三里地,于是他立马拨通李世杰的电话,还没开口,听筒就传来李世杰很是紧张的话语:"承恩,是不是蔬菜大棚出了问题?"

原来夜里回到家后,李世杰一夜都没怎么睡。蔬菜大棚是李承恩的心血,也是他李世杰的希望啊!

听到蔬菜大棚没事,李世杰就松了口气,至于车子陷进泥里,这样的事并不少见。原因无他,从茨河铺到村子里的路即便是晴天都不怎么好走,更何况昨夜那个鬼天气?

"这事儿我知道了,你别急,我这就去叫人。"李世杰挂掉电话,穿上衣服就匆匆出了门。

李承恩望着采摘好的蔬果,急得如同热锅上的蚂蚁。半小时后,蔬菜大棚外传来一阵脚步声。

李承恩掀开帘子跑了出去,定睛一看,李世杰扛着粗麻绳站在最前面,身后还跟着十来个村里的壮汉,就连村主任李文龙也来了。

李文龙看着心急如焚的李承恩,扛着铁锹问李承恩:"别愣着了,赶紧带我们去啊!"

看着气喘吁吁的众人,李承恩差点红了眼睛,也不多说,领着李文龙等人朝着事发地点跑去。

冬风很冷,人情却很暖,这不正是他回乡的原因之一吗?

天刚蒙蒙亮,孙大海抄着手蹲在路口,郁闷地抽着烟。

怎么就这么倒霉?人家那边急等着送货,他要是不能按时送到地方,今天不仅钱挣不到,还得再倒贴两百。

他再次起身,围着车子左转右转,然后找了个木棍垫在轮子底下,想增加摩擦力,看车子能不能爬出来。谁承想折腾了半天,轮胎依旧打滑,车子还是纹丝不动。

孙大海气愤地把烟丢到窗外,重重地捶了下方向盘。

咋办,现在可咋办?

他打开手机看了看时间,已经快七点了,要是再不发车,真来不及了。

突然,他的眼前冒出一抹一抹的光亮,仔细看去,是手电筒。

可能是去上早工的村民。

孙大海当即下车,从口袋掏出香烟,琢磨着请他们过来帮帮忙,抬脚刚迎上去,就听一个声音朝着他喊:"上去,上去!你上车打着火,我们在后面帮你推,看能不能把车子给推出来。"

孙大海立即高兴起来,这是救星来了啊!

"你们咋这么快就来了?"孙大海连烟都顾不上递,赶紧上车启动发动机,一脚油门就踩了下去。

嗡——

刺耳的轰鸣声响起,车后的人在使劲往前推,十几个汉子一起,吃奶的劲都使出来了。

"来,我们一起使劲,一——二——三——"

也不知是谁率先喊起了号子,紧接着一群人把号子喊得震天响,一股劲一股劲地往前推。

正所谓人多力量大,陷在泥里的车子很快就被推了出来。众人不敢懈怠,带着劲儿又往前推了一段。

货车终于从泥潭里摆脱出来了。

寒冬腊月的天,众人累得满头大汗。

李承恩擦了擦额头的汗,抬手从兜里掏出一包烟,一支一支往外散去。

"主任,五叔,李二叔,秦娃子……真谢谢你们了,谢谢了,要不是你们帮忙,我真不知道咋办。"

李承恩心里万分感激,真没想到会有这么多人来帮自己。

这么冷的天,还是早上,很多人估计还在被窝里舒坦呢,就被父亲给叫了过来。他们一听到自己有困难,没有丝毫犹豫,立刻赶了过来。

在这一刻,他们不在乎什么利益,只在乎能不能够帮上忙,只因自己是他们的父老乡亲,是一个村的人。

"你跟我客气什么,这点小忙算个啥。"李文龙摆了摆手,脸上乐开了花,不是因为李承恩的客套话,是他真帮上了忙。

"就是啊,承恩你跟我们客气什么,大家乡里乡亲的,以后有什么事情说一声,你叔我只要有空随叫随到,别磨不开面子。"另一个黑脸的汉子朝着李承恩朴实地笑了笑。

李世杰见状,也绽放了笑脸。

儿子常年在外地,没怎么和村里面的人交往,以至于很多人都说这孩子是不是上学上傻了,都不知道跟人亲。这次大家也算雪中送炭,让儿子深切感受到乡亲们的质朴和真诚。他们或许没多少钱,更谈不上有势,可能一辈子就窝在茨河铺的土地里刨食,用某些人的话说,没出息。但是他们勤劳,吃得了苦,耐得住性子,真诚友善,是一条条汉子,是一个个亲人。

"承恩啊,别愣着了,赶紧去给人家送货!"李世杰冲正在散烟的李承恩喊了一声。乡亲们的这份人情欠下了,要表示感激不是现在,现在最重要的是蔬菜大棚里的蔬果。

"好好,我这就去了,等送完货回来,晚上请大家喝酒,都得来啊。"李承恩打开了副驾驶的车门。

"行,我们一定到,今晚肯定不跟你客气。你也别跟咱们客套,都是一个村的,就是一家人,大家还指望你明年带着大家搞大棚蔬菜,带领我们一起挣钱呢!你啊,现在可是咱们村的财神爷。"李文龙在一旁拍了拍李承恩的肩膀,半开玩笑半认真地说道。

第 45 章　酒过三巡

李文龙的话让李承恩的脸唰地一下红了。

财神爷？他怎么当得起啊！

"龙叔……"

李承恩刚要谦虚两句，李文龙下面的话立马就到了："赶紧上车，别磨蹭了，你婶已经带人去了蔬菜大棚准备帮你装货，早把蔬果运到顺昌早安生。"

"什么？"

李承恩微微一愣，随后眼圈就红了。

大清早的乡亲们不仅从被窝里爬起来跑了三四里地来帮忙，还让家人赶往蔬菜大棚准备帮他装货，这……

李承恩没有再说什么，只是摇开车窗，回头看向后面快步前行的李文龙等人，心里暖暖的，鼻子酸酸的。

曾几何时，他也怀疑过自己回乡创业带领乡亲们致富是不是有些太过理想化，是不是自己的一厢情愿，现在，带领大家致富已经成了他的信仰。

还有，这样一群勤劳善良的人，他们怎么可能一直穷下去？老天怎么忍心看着他们一直穷下去！

"小伙子，你们村这些人厚道啊！"孙大海引燃香烟，扭头冲副驾驶的李承恩微微一笑，"真当事儿的，还得是乡里乡亲。"

晚上的李家很热闹。

林文娟做了两大桌子好菜款待村里的老少爷们儿。

李世杰去镇上买了几斤好酒，放在桌子中央，每个人面前的杯子都斟得满满的。

大家伙一起喝着酒吃着菜，满面笑容，这气氛简直跟过年没差了。

"老李啊，你可真是生了个好儿子，不仅是名牌大学高才生，还会挣钱，有出息啊！来,兄弟我敬你一杯。"五叔一边感慨,一边端起酒杯。

"就是,你看咱们整个茨河铺,就出来承恩一个名牌大学高才生,还落在你李家了,可不是有福气吗?"另一位乡亲也举起了酒杯,脸上全是羡慕。

"你们都没说到点子上,有本事的人多了,但是记挂着咱们父老乡亲的,多吗?"李文龙冷不丁地来了这么一句,让满桌的父老乡亲陷入了沉默。

是啊,不管是茨河铺还是其他乡镇,从农村里走出去的有本事的人不少,然而,他们又有几个还惦记着父老乡亲呢?别说父老乡亲,很多在城里飞黄腾达的后生,都嫌弃他们的父母是泥腿子,更何况其他人?

"主任说得对,承恩不仅自己做蔬菜大棚,还要带领大家一起干,这份心难得。李叔,我们大家敬你一杯。"一个四十来岁的男人早就喝红了脸,端着酒杯站了起来。

原本是感谢大家的,没承想乡亲们来了这么一出,李世杰哪能担待得起?他二话没说,把杯中的酒一饮而尽后,给自己斟了满满一杯,话也不多:"老少爷们儿,咱们什么都不说了,一切都在酒里!"

一人一杯轮下来,李世杰觉得自己腿肚子都喝软了,连坐稳都难。

他今天是真高兴啊!

"承恩啊,来敬你各位叔叔伯伯一杯,感谢他们对你的照顾,今天早上要不是他们,你那批菜可就在地里出不去了。"李世杰拉过一旁的李承恩,话都快说不清了。

李承恩自是知道感激。

他举起酒杯:"谢谢各位叔叔伯伯对我的照顾,今天早上多亏你们,以后的日子,还要大家多多帮助,承恩在这里谢过大家了。"

说完他猛然仰脖,一杯酒水倒进肚里。

白酒的辛香浓烈,激发了人与人之间的感情,更把气氛烘托了起来。

"谢什么,来年大家都要跟你学着搞蔬菜大棚,到时候大家互帮互助共同奔向富裕,承恩,到时候你可不要吝啬,要把自己会的都教给大家啊。"李文龙喝得已经有点上头了,只见他面红耳赤,一只手撑在桌子上,另一只手拿起酒杯对着李承恩,然后仰脖喝了下去。

不得不说茨淮的爷们儿真的是好酒量。

酒过三巡之后,一个叔叔辈的村民坐到李承恩身旁道:"你这两千斤蔬菜卖了多少钱?叔也不是想打听啥,就是想看看这个东西利润有多高,比不比打工挣钱,咱们一年到头在外面也能挣个几万块,要是比打工挣钱,明年不仅我干,而且让我儿子也回来跟着你干。你是不知道,在外面打工苦啊,成日里吃不好睡不好,我儿子现在黑瘦黑瘦的,我这当爹的看着心疼。但是咱没本事啊,帮不到他们,一家老小还等着吃饭呢。"

也不知是他酒喝多了,还是情绪烘托到位了,说着说着眼圈就红了。

一旁的几个人见状也开口:"是啊,我儿子也在外面打工,就等挣了钱年底回来娶媳妇儿。咱们这边穷,人家大姑娘一听嫁到这边,都不愿意。就算有愿意的,彩礼也贼高。咱们村二三十岁没娶媳妇的小伙子太多了,照这么下去,还不得有一群老光棍啊!"

"就是,现在很多姑娘还要小楼房,没有小楼房不结婚,你看我们家,连个小平房都盖不起啊!"

几个人你一言我一语的,把整个茨河铺农村的现状大致说了出来。

李文龙在一旁脸色也有些不好看。

茨河铺的穷是普遍现象,穷的又不只是他们村,其他村甚至还不如他们呢,不然镇长也不会一听到李承恩搞了蔬菜大棚就急忙赶了过来,不就是想找一条致富的路嘛!

"叔叔伯伯,既然话都说到这个份儿上了,我也给大家交个底——我这一茬蔬菜净收两千斤,卖了六千块钱。"李承恩抬头看了看大家。

周围人霎时愣了。

他们本来想着弄蔬菜大棚能够糊口就行了,比种地利润高就行,谁想到能挣这么多啊!

两千斤蔬菜足足卖了六千块钱,一斤蔬菜就要三块钱,这么高的价格他们是想都不敢想啊!

他们平日里卖个萝卜、白菜才多少钱一斤?几分钱!一大车萝卜、白菜也不过卖个一千来块,就这已经算高的了。

这三块钱一斤的蔬菜,是镶了金吗?

"我这三亩地的蔬菜大棚,预计能产出一万八千斤左右,算下来可以卖五万多,去掉相关成本,差不多能挣四万块,而且蔬菜大棚的成本也就第一年高,后面成本直线下降,剩下的就是纯利润了。"李承恩这般说着,眉眼里也带着难以遮掩的喜气。

第 46 章　新年

李承恩的话就像一声惊雷,让满桌的汉子惊呆了。

两千斤蔬菜卖了六千块已经让他们惊叹了,谁承想后面的雷更响亮。三亩地能挣四万块,这还是扣去成本的净利润,大棚蔬菜就这么挣钱?

李承恩能挣这么多钱,李文龙打心眼里为他开心,问题是大棚蔬菜的利润真有这么高?他可不是没什么见识的村民,镇里也组织他们去其他乡镇的致富农户家参观过,蔬菜大棚项目真有这么高利润的话,前期就是赔掉裤衩子,那些人也敢硬着头皮上马啊!

李承恩见现场一阵沉默,就连李文龙都有些怀疑,赶紧开口解释。

"这次之所以有这么高的利润,不仅仅是因为蔬菜的品质高,还有我老师程方梵的功劳,她说为了追求利润最大化,蔬菜必须有品牌,让我去注册了'茨林蔬果'的商标,而她通过关系开辟了连锁超市的市场,所以这批蔬菜的价格比农贸市场高了很多。对了,超市市场部的负责人说,如果这批蔬菜销量好,明年就能够深度合作。"

李承恩没有独揽这份功劳,而是把程方梵的重要作用也跟大家讲清楚了。

如果仅仅是去农贸市场销售,自然不可能卖高价,品牌蔬菜就不一样了。更何况他的种子都是津南大学农学院最新的研究成果,品质肯定比一般蔬菜高了太多。

众人听了他的话,不由得点了点头,精神也为之振奋。

李文龙在一旁带头鼓起了掌。

"大学生就是大学生,脑子跟我们的就是不一样,我们只知道卖菜,人家却已经在想怎么做品牌了,怪不得你能挣到钱。知识的力量就是大,知识就是最大的财富。"李文龙不由得感慨,三亩地就能够挣这么多,而且仅仅是一茬,这都已经抵得上别人一家的全年收入了。

以后,茨河铺的年轻人也不用出去打工了,在家就能挣得比外面多,还跑出去干什么呢?

谁家没有几亩地?只要把这些土地合理规划、利用起来,他们照样能够做起自己的产业。更何况,还有李承恩这么一个大学生在旁边帮忙指点。

李文龙仿佛看到了茨河铺的前景。

那时候,一定是家家户户都能盖得起小楼房,买得起小轿车,有儿子的都能娶上媳妇儿,年轻人也不用为了生计出去打工了,也不会再有那么多缺少父母疼爱和管教的留守儿童了。

先富带动后富,到时候不仅仅是他们村,整个茨河铺都可以发展这个产业,他们的前景一定是美好的。

除夕夜,李家处在前所未见的喜庆中。

今年蔬菜大棚收入不少,年货自然备得分外充足。

以前他们家过年,顶多也就吃个饺子、烧个红烧肉、炖个鱼什么的,今年除夕夜,菜肴格外丰富,不仅有红烧肉、麻辣鱼、清炖羊肉、红烧狮子头、排骨汤,就连海鲜都端上了桌。

一家四口人围着桌子,喝点儿小酒,唠着家常,感觉分外满足。

除了丰盛的年夜饭,李承恩还买了几箱烟花,贵是贵了点,但过年不就图个喜庆吗?除此之外,也希望来年会更好。

"承恩啊,今年家里靠你才挣这么多钱。这才几个月啊,就挣了四五万,放在以前,爷爷我是连想都不敢想啊!这要是再等两年,估计咱家也能盖得起小楼房了。"李万道一边喝着酒,一边对孙子说着话。

他心里那叫一个开心啊!

今年总算过了一个丰年,欠别人的钱总算是还清了,而且还有余钱,这全都是他孙子的功劳啊!

"爷爷,蔬菜大棚可不是我一个人的功劳,没有你和我爸帮忙,大棚里恐怕都结不了果,这是咱们共同努力的结果。你放心,咱家明年会更好,以后也会越来越好。不仅是咱家,等明年乡亲们一起搞蔬菜大棚,大家的日子就都好过了,到时候啊,咱们村家家都有小轿车,家家年夜饭都能办个满汉全席。"

李承恩也喝了不少酒,此刻酒精上头,对未来的期望自然也就高了。

李世杰在一旁喝酒,没说什么话,但目光中也难掩喜悦。

儿子有本事他高兴,但心里总是有些不是滋味。

因为一开始李承恩要搞蔬菜大棚,他是极力反对的,虽然后来想明白了,但他终究是做父亲的,儿子在最需要支持的时候他不仅不帮忙,还使绊子,心里要说没有歉疚,那是假话。所以他一直都想跟儿子道个歉,但碍于面子迟迟开不了口,那么今天就索性借着酒劲,直接把话给说开了吧。

"承恩,之前的事爸做得不对,觉得你在外面发展应该会更好,不该回到咱们这穷乡僻壤当个种地的泥腿子,因为你一直都是咱家的骄傲,我……"

李承恩看着父亲的眼眶有些泛红,连忙拉着父亲的手,示意他别再说了。

过去的事情都过去了,更何况这是自己的父亲,心里哪有什么过不去的坎儿?

李世杰拉开李承恩的手,很是倔强地道:"今天你别拦着我,有些话不说出来,我这心里堵得慌,平日里不好意思开口,今天就借着酒劲撕开个口子,权当醉话吧。我记得那时候我跟你妈说,现在的年轻人啊,都想当乘凉的人,那么,又有谁来种树呢?可说是这么说,要做起来是真的难啊!"

李世杰叹息一声,紧跟着又道:"咱们茨河铺穷不是一天两天了,现状不改变,会一直穷下去,因为咱们实在找不到富起来的路,所以我才不想让你留下,认为你在咱们这里没有发展的空间,却忘了如果所有人都如我这般想,都如我这般做,我们的家乡不就成了一潭死水了吗?如今上面喊着要脱贫致富,号召大学生回乡创业,但真正回来的又有几个?"

李世杰给自己斟了杯酒,摇头苦笑:"你可是津南大学的本科生,也获得了研究生的保送名额,放着大好的前途不要,执意回来,这需要多大的勇气啊!恐怕为此不知多少夜睡不着,不知斟酌了多久。可我作为父亲,不仅拦着,还使绊子,你这心里该多失望!"

说到这里,李世杰把杯中的白酒一饮而尽。

"老子不帮儿子,还能指望谁?"

第 47 章　收获

"承恩,你给茨河铺开了一个好头,年前镇长又过来了一次,他说要让你领头,争取在咱们茨河铺打造一个农业产业链,让咱们这里的老百姓都富起来。这话不仅是你要记在心里,我这做老子的也要记在心间。咱们吃上了肉,也得让别人跟着喝点儿汤,只有大家一起富裕,才是真正的富裕。"

儿子这些年上学,没少花钱。

他们家穷,学费都是乡亲们借给他们的,这些恩情他都记得。如今承恩毕业了,也有挣钱的本事了,是时候回报父老乡亲了。

"爸,你放心,等咱们真发达了,我不会忘了本,领着乡亲们共同致富的初心不会变。"李承恩斩钉截铁地说道。

他知道父亲担心什么。有些人在创业之初本心是好的,但是有了钱之后,走着走着路就歪了,那个时候别说领着乡亲们致富,不吸乡亲们的血就已经了不得了。

李世杰拍了拍李承恩的肩膀,不由得感叹儿子是真的长大了,想法也是真的成熟了,远比自己想象的要有担当。

"对了,承恩,你跟盼盼咋回事啊?爸之前就想问你了,回来这么久,怎么也没见她来家里坐坐?"李世杰摸了摸头,有点纳闷地说道。

一旁的林文娟却瞪了他一眼。

真是哪壶不开提哪壶!

林文娟早就看出来了,这两人之间指定出事了,估摸着是分了。

其实她并不怎么喜欢童盼盼那个孩子,娇气,还有点矫情,一副富家小姐的做派。虽然她跟承恩在谈对象,但心里肯定嫌弃他家穷,尤其是来家做客的时候,眼里的嫌弃都要溢出来了。

分了也好,那女孩跟自家儿子不合适。

一句话让周围都静了音，李承恩也叹了口气，终究还是说到这个事上了。

他能有什么办法？坦白直说呗。

"我跟她分了。"李承恩径直说道。

他没说童盼盼出轨的事，因为他知道，在这个纯朴的小乡村里，人们的眼里容不得沙子，更见不得女孩子移情别恋，用他们的话说，那是水性杨花、不守妇道。

童所长对他家有恩，这个事情他自己扛着就是，分手了就分手了，说不合适就行了，他也不想听到家人对童盼盼的谩骂。

"盼盼这个女孩除了有点娇气，其他的都还不错，而且她爸人也好，你咋就跟她分手了？"李世杰有点不理解。

在他眼里，童盼盼没啥太大问题，独生子女嘛，家里条件也不错，从小就娇生惯养，娇气一点很正常。等以后成了家，有了子女，就不会这样了。而且童所长对自己家那么好，这分手了，以后还怎么来往？他觉得自己有些对不住童所长，但同时也清楚儿子不是那种喜新厌旧、忘恩负义的人，这里面肯定有事。

"爸，您就别问了，我和她不合适，其他的也没什么。我现在这样不也挺好的吗？而且我现在也不想感情方面的事情，先发展事业，反正我年纪还小，不着急，你还愁你儿子以后找不着对象？"李承恩半开玩笑半认真地说道。

他跟童盼盼之间的事儿，家人再怎么问他就是不说，旁人也拿他没招。

横竖现在也不是该催婚的年纪，李世杰只是觉得可惜，倒也没继续追问。

林文娟自是高兴，谁让童盼盼和她气场不合？分了就分了，她儿子这么优秀，以后还愁找不着对象吗？

当然，作为母亲，碍于儿子的面子，有些话她不能说，也不能把内心的想法表现出来。现在年轻人的事儿复杂着呢，现在分了，鬼知道什么时候又好了。

"年轻人的事儿，我们就别管了，吃饭吃饭，吃完饭好去放烟花，多少年了都没这么热闹了，别在饭桌上提些不开心的。"李万道在一旁打圆场。

他知道童盼盼的家庭条件不错，依照老一代人的想法，婚姻这个事情，能过得去就行了，如果女方家庭条件好，有些缺点是可以接受的。现在两个人分了，确实有些可惜，不过话又说回来，男人只要有了事业，还愁找不到好女人吗？所以目前自家孙子最要紧的，就是自个儿的腰板要硬起来，等他事业成功了，指不定童盼盼那个丫头还要登门求复合呢。

晚饭后的时光最是开心。

烟花点燃后,冲上天空,变成一团团花束,照亮了夜空,就像李承恩的未来,美好而绚烂。

村里的小孩子围在一起,抬头看天,拍手打转,开心得不行。

光芒落在大人的脸上,每个人都是笑颜展露,笑容中带着对未来的憧憬、对美好生活的向往。

五月是茨河铺村民最忙碌的时节,因为地里的小麦要收了。

因为去年遭受了冰雹灾害,小麦大量减产,即使这样,人们脸上依然洋溢着喜悦,毕竟这是收获的季节。

地里面忙得热火朝天,收割机在前面滚动收割着小麦,后面跟着一众拾麦穗的人,连小孩子都加入了"战场"。

李承恩的蔬菜大棚过了年也进行了部分升级改造。

年后,他选择种瓜果,也不是什么稀罕品种,无非是早熟西瓜以及番茄。旁边的河沟在年后也被他承包下来,养了些鱼虾,种了些莲藕,等到秋天又是一笔收益。

这批早熟西瓜已经卖过一茬,如今地里面的是第二茬。

这两茬早熟西瓜的种子是胡以为寄给他的,种出的西瓜不仅脆甜,瓜皮还特别薄,更重要的是这西瓜还无籽,是农学院最新研究出来的品种。

第 48 章　纪录片

现在消费者的要求越来越高,津南大学农学院研制出的西瓜品种,非常完美地迎合了消费者的需求,所以李承恩蔬菜大棚种植的西瓜,在市场上特别受欢迎。

如今应季西瓜都快要上市了,所以第二茬西瓜的纯利润肯定没有第一茬高,但是相对于那些普通品种的早熟西瓜,第二茬依旧能卖到两块多一斤的高价,这已经很了不得了。

李世杰和林文娟最近没去茨河铺集镇上摆摊,都在忙活地里的麦子。

李承恩因为忙活蔬菜大棚,倒也没去操心地里。

其实也不需要他去操心。现在大部分都是用收割机收割,打出的麦子晾几天,镇上的面粉厂就会过来高价收购。

李承恩最近想跟村里谈笔合作,要承包一百亩地搞农副产业,打造真正的农业产业链。

地方他已经看好了,就是村子后面的那个小土坡。

那里地势不错,光照充足,适合在上面养点鸡鸭什么的,而且土坡下面还有水塘,适合养些鱼虾,果园也可以安排上,种些苹果、梨、桃、葡萄什么的。

村主任也已经同意了,甚至还把土地低价承包给他。主任说这是镇里的意思,算是对大学生返乡创业的间接扶持。

日子一天天朝好的方向发展,李承恩看着地里面的硕果,整个人也是分外高兴。

六月中旬,麦子收割完毕,李家村的村民们都心急火燎地投入大棚蔬菜项目的建设。

李文龙大手一挥,直接宣布成立大棚蔬菜种植基地,品牌就叫作茨林。

整个村子一大半人都跟村部签了合同、按了手印,连在外面打工的人都回来投身于这个产业中。

基地落成三个月后,整个村子洋溢着一派喜气。

村子里更是大摆流水宴,整个茨河铺的干部全都受邀,因为他们村的大棚蔬菜种植基地获得了第一次产出,挣到了第一笔钱。

村民们按照李承恩教授的方法,种出来的第一批茨林蔬果,品质特别好。不仅品质好,品种也繁多,连南方特有的茭白、冰草、娃娃菜、芥菜等蔬菜也挂上了茨林的品牌。

这些蔬果一上市,就引起了热烈的反响,在超市往往刚上架,就被消费者抢购一空。为此,连锁超市直接和李家村签订供货合同,高价收购茨林蔬果。

在这样的大环境下,参与大棚蔬菜种植的农户都挣到钱了。

人啊,只要尝到了甜头,腰包鼓了,自然就开心。

如今大家一提起李承恩,那是都要竖大拇指的。

如果说以前村民们对他带领大家脱贫致富还有怀疑,那么现在是坚信不疑了。更重要的是,在这个过程中,李承恩的威信也树立起来了,现在李承恩说话比村主任还好使,甚至李文龙在某些方面都要征求李承恩的意见。

原因无他,这个放弃大好前途返乡创业的年轻人,真是一门心思为了乡亲们好,就像当年扛着铁锹去挖河的河工,没有为了乡亲、为了后代付出的初心,就受不了那个苦,茨淮新河肯定也成不了。这样的人值得大家信赖,更值得大家尊重。

"承恩啊,跟你说个好事情,市里面要派人来宣传了。"

九月初,李文龙刚从镇上回来,就告诉李承恩一个好消息。

这次不仅报社来人,而且电视台也来人。

李承恩自然喜出望外。

虽然他知道这一天迟早会来,但是当这一天真正到来的时候,他还是难掩兴奋。

这倒不是说李承恩想出风头,而是一旦宣传到位,茨林品牌的知名度会上升一个层次。届时只要乡亲们种植的蔬果品质不出问题,销路肯定不用愁,那么,丰厚的利润就会一笔笔地塞进乡亲们的口袋,只不过……

"龙叔,电视台既然来了,肯定要拍摄咱们种植出来的蔬果,问题是,现在棚里没有蔬果啊。"李承恩皱起了眉头。

不仅他大棚里的第一批蔬果卖出去了,其他村民种植的蔬果也都卖出去了。这批新苗刚培育,还没种植,电视台要拍摄,从哪里找素材?

谁知这次李文龙却高兴得直拍大腿:"要的就是这个效果!"

"叔,您说这话是什么意思?我有点不太明白。"李承恩有些纳闷。

李文龙也不打算卖关子,直接道出了原因。

"原本市里面早就派人过来视察了,却迟迟拖着没行动,我还以为这事不成了呢,后来才明白市领导的意图!市领导说,要拍就拍个不一样的,给茨河铺的蔬菜大棚基地做最好的宣传,所以他们准备拍一组纪录片,从种子育苗开始,直到蔬果上市,不放过每一个过程。"

纪录片!

这可不是简单地上一次电视,而是跟电视连续剧一样分集的。这样一来,他们村的蔬果生产基地就会在电视观众面前不停地展播,给人留下的印象将更深,茨林蔬果也更有可能获得认可,这才是最好的宣传!

"龙叔,您说的是真的?"李承恩有些不可置信,市里宣传部门的动作和力度太大了。

"当然是真的。"李文龙笃定地说。

他可不会拿这种事情开玩笑。

据说为此市里的宣传部门都下文件了,还要求镇政府配合。今天李文龙刚到镇里,见那铁公鸡王镇长嘴巴都合不拢了。

"承恩啊,咱们茨河铺很久没有这么风光了,记得上次如此风光,还是挖茨淮新河。"

李文龙想到那段光辉岁月,眸子里尽是骄傲:"王镇长说,从电视台成立到现在,本地元素的纪录片电视台只拍过一次,那还是市里的产业,宣传程氏剪纸的。现在程氏剪纸都被列入国家级非遗了,这说明什么?说明咱们村的大棚蔬果,将会跟程氏剪纸一样,风靡茨淮,蔬菜大棚基地就是咱们这里的第二条茨淮新河啊!"

李承恩此刻也是热血沸腾。他料想会出现这一刻,却没想到这一刻来得这样快。由此可见,顺昌的官员对脱贫致富的工作有多重视,让老百姓过上好日子的愿望有多迫切。

政府重视,老百姓踏踏实实肯干,要是不富起来,无论如何也说不过去啊!

就在李承恩无比振奋的当口,李文龙冲他眨了眨眼:"对了,我听镇长说,这次上面之所以决定拍摄纪录片,还是程氏剪纸继承人提议的。你跟程氏剪纸继承人认识?"

第49章 自卑心理

顺昌有着悠久的历史,也有着悠久的文化。

遗憾的是,一辈子在土地里讨生活的农民,大多对文化不怎么热衷。倒不是说他们没有追求,而是生活所迫,就像一个拼命前行的挑山工,光是走路就已经耗尽了全部气力,又有几人会去欣赏沿途的美景?

即便是村主任李文龙,认知也非常有限,压根就不知道茨河铺所属的区,面人是省级非遗,但是程氏剪纸他知道,原因无他,程氏剪纸名号太响,几乎成了顺昌民间艺术的招牌。

十几年前,联合国教科文组织的负责人专门到顺昌拜访了程老爷子。那个时候,中国的经济、文化实力还不强,顺昌更是无人知晓的小城,然而一夜之间,全国人民都知道在这座小城里,藏着一位大师。从那以后,程老爷子就成了顺昌名人,在社会上的影响力不容小觑。

所以别说是李文龙震惊,连王文华镇长都有些摸不着头脑,程家的人为什么帮茨河铺说话?难道李家村有程家的熟人?

对!茨河铺肯定有程家的熟人!李文龙对此深信不疑。

那么问题来了,这个人会是谁?

依照李文龙对村里人的了解,谁家真有程家这层人脉,早就嚷嚷开了。不!准确来说,但凡程家人拉一把,那家人也不至于还在茨河铺窝着,早就加入程家的剪纸产业挣大钱去了。

李文龙不得不把这个人跟李承恩联系在一起。

李承恩听了李文龙的话微微一愣,整个人都不由得僵在了原地。

他没有直接回答李文龙的问题,只是嘴角掠过一丝笑意,眼前呈现出一个倩影。

"程方梵……不,程老师,还是您在帮我,对吗?"李承恩心道,瞬间就红了耳根。

他霍地站起，冲李文龙道："龙叔，我先不跟您说了，我现在要去市里面一趟，改天再聊。"

他要亲自去感谢程老师。

不知为何，现在他特别想见到那个人，特别想冲到她面前说一声谢谢。

"哎，承恩啊，你去市里干吗？市里宣传部门的人很快就要到了，你得待在村子里做做准备。对于你我是放心的，可村里其他人，咱们得好好交代交代，万一出了什么差池……"

李文龙的话还没有说完，李承恩已经以风一样的速度消失不见了，徒留他在原地愣神。

这小子心急火燎地进城要干吗？啥事能比接待市里来的人更重要？要知道，这可关系到大棚蔬菜种植基地的未来，这条道儿可是你李承恩领头走出来的，说句不好听的，它就是你的孩子！老子不管孩子，这都是什么事儿……

呃，不对！这小子还没回答自己刚才的问题，他到底认不认识程家的人啊？真要认识……

李文龙站在那里，眼珠子都在冒光。

真要认识程老爷子，凭他的影响力和人脉，蔬菜大棚想不火都难，茨林这个品牌，想低调都难。

冬天的茨淮新河堤坝上是很冷的。

河风打在脸上，就像刀割一样，然而李承恩心中一片暖意。

坐上了开往顺昌城的班车之后，他就心急火燎地盼着到终点。这种急切的心情，就像他从津南赶往沪南那天一样。

在农班车停下之后，他没有选择乘公交车，而是顺手拦了辆出租车。一路上，车窗外不是顺昌城的风景，而是跟程方梵相识的画面。

记得第一次遇到程方梵，他正处在失恋的痛苦中，正是程方梵的安慰，缓解了他失恋的痛苦，让他最终走出了失恋的阴影。

再次相遇，是在剪纸课上。他无论如何都想不到，那天遇到的小姑娘竟然是剪纸课老师。她那灵巧而白嫩的双手、鬼斧神工的技艺、令人惊艳的作品，给李承恩留下了太深的印象。

这样的人物在他心中，就是神一般的存在。只是他没想到，原来神也会落泪,也有无助的时候。接着,就是他的见义勇为,就是菜市场的偶遇,就是她那比花朵还要美丽的笑容……

可能此刻的李承恩还没意识到,在他心中,程方梵的身份已经悄悄发生了变化。程方梵不再是神圣不可接近的女神,也不是让他无比尊敬的老师,而是一个漂亮、善良的女孩,一个让男人怦然心动的佳人。

出租车终于停了下来,李承恩望着一幢幢自建别墅,正想朝里走,突然想到缺了点什么,于是连忙冲进旁边的超市,采购了礼品。

顺昌人有个传统,拜访不能空手,特别是第一次,多带点礼品才显得重视。

李承恩想见程方梵的迫切之心并没有随着距离的拉近而变淡,反而越来越强烈,与之相伴随的,是他心里越来越忐忑。

这次登门拜访算是什么呢?是感谢?感谢程方梵……不,感谢程老师对自己的照顾?连个招呼都不打就直接上门,这样会不会显得唐突?她又要怎样向家里人介绍自己?

这么想着,李承恩突然停下了脚步,手里的东西差点儿落在地上,一张脸红得好像能滴下血来。

他这时才意识到自己可能喜欢上了程老师……不,是喜欢上了程方梵。

这是男女之间的喜欢,不是朋友之间那种喜欢,也不是一天两天的事,似乎也不是慢慢相处中才萌生的情感,因为相遇的那一刻,这个女孩的影子就刻在自己的心里,只是……

李承恩低着头,叹了口气。

方泽作为程方梵的前男友,人品是不怎么样,但他家世好啊,两家又是世交,先前闹了矛盾,现在有没有复合,他一点儿都不清楚。

再看看自身条件,即便蔬菜大棚取得了一些收益,在程方梵面前,他依旧是穷小子一个,至于津南大学本科生的身份……

程方梵可是津南大学的讲师啊!更重要的是,在艺术方面很有造诣的女孩,呃,特别是有着傲人姿容的女孩,有几个会把一个名牌大学本科生放在眼里?

罢了,还是放弃吧。自古以来,朱门对朱门,竹门对竹门,即便有些绝对,但在大部分情况下,还是适用的。只是想到程方梵要跟别人好,他怎么如此不甘心?心里怎么这么疼?

李承恩深吸一口气,看看手里的礼物,再想想黯然无光的未来,转身就想一走了之。

他知道这样一个道理,要想不被别人拒绝,最好的办法就是先拒绝别人。他也知道这是一种自卑的表现,但世间又有多少人面对高山不望而生畏呢?

谁承想才刚转身,一个比黄鹂还要清脆悦耳的声音便飘到耳畔。

"承恩,是你吗?"

一个曼妙的身影从拐角处走了过来,就像从绝美的风景画中走出的一位仙子。来者正是程方梵。

确认没看错后,程方梵笑了起来,就像开放的杜鹃。

"我还以为看错了呢,原来真是你!怎么,日理万机的李经理今天总算有了空闲,想起我来了?"

第 50 章 这一天是迟早的

李承恩愣在那里,呆呆地望着程方梵,还以为是在做梦。

程方梵拎着菜,见李承恩傻站在那里直勾勾地望着自己,两抹嫣红浮上双腮,小声嗔道:"又傻看什么?"

李承恩一个激灵,拎在手里的礼品落在地上。

程方梵砸给李承恩一个大大的白眼,走到李承恩身前,朝地上的礼品努了努嘴,没好气地埋怨道:"这些东西不是钱买的啊?!"

李承恩赶紧摇头:"是钱买的,是钱买的。"

见李承恩手忙脚乱,程方梵也不再逗他,轻声问道:"你买这些东西,真是来我家?"

李承恩赶紧点头,把准备好的台词一股脑地念了一段。

"程老师,市里宣传部门要在我们村拍个纪录片,我知道这肯定又是您帮忙了,所以就想着过来感谢您,跟您当面说声谢谢。"

他不敢直视程方梵,生怕又像刚才那样失态。

"这有什么好谢的?举手之劳罢了。"程方梵失笑道。

其实,程方梵还真没把这当回事儿。

首先,她作为程氏剪纸传承人,跟市里宣传部门经常打交道,关系也好,既然上面领导都发话了,那么她提个建议本就是顺水推舟的事。

其次,作为顺昌人,她也觉得这么做是自己的本分。李承恩一个名牌大学本科生,能有回乡创业带领大家脱贫致富的想法,这本身就值得宣传。唯有如此,才能鼓励更多的人才回乡发展,顺昌才会越来越好。顺昌好了,作为顺昌人的她,肯定也跟着受益嘛,只是……

她真的没有私心?

程方梵偷偷看向眼前的大男孩,谁承想李承恩炙热的目光也迎了上来,程方梵的心立马咯噔一下。也不知她怎么想的，就开始说废话了。

"其实你不需要谢我，我并不是只为了你一个人。你的事业好了，发展成特色产业了，周边的产业也能带动，如此你好我好大家好，指不定，我们程家的产业也能更上一层楼呢。"

李承恩哦了一声，没有接话。

程方梵轻咳两声，紧跟着又道："你那蔬菜大棚基地的蔬菜在连锁超市反响极好，上次他们经理还跟我讲，想要把这些蔬菜投放到其他城市的连锁店，如此一来，市场可就打开了。"

"您说的是真的？程老师，我太感谢您了！今年乡亲们都在跟着我种菜，产量很大，我还在头疼这边的超市能不能够吃得下，结果您又给我带来了好消息，我真不知道该如何感谢您了，我这都不知道说什么好了。"

李承恩的激动难以掩饰。打开外地的市场，是他梦寐以求的，没承想这么容易就实现了。

程方梵被李承恩逗乐了："瞧你那不淡定的模样，用脚想想都知道这一天是迟早的。这家连锁超市可是全国百强之一，能进这家连锁超市上架销售，只要蔬果品质好，走向其他地市是迟早的，甚至走向全国都有可能。怎么，你对茨林蔬果没有信心？"

李承恩对茨林蔬果太有信心了。

这些种子都是津南大学农学院的最新研究成果，在种植过程中，李承恩又严格把控质量，再加上茨河铺土地肥沃，如果这样还生产不出优质蔬果，他可以挖个坑将自个儿埋了。

"真要感谢老胡，还有我的导师。"想到那些珍贵的种子，李承恩禁不住一阵感慨，"要是没有他们的努力，我种植的大棚蔬菜怎么会有这么大的收益？说白了，我是站在他们的肩膀上做事业，现在我挣钱了，还没去缴专利费，他们肯定要生气了。"

程方梵摇了摇头。

津南大学的那些专家，她是接触过的，她很佩服他们的精神。

果蔬之类只是他们研究的一项，除此之外，他们还研究水稻、小麦、玉米等农作物。这些专家都经历过饥荒，对于粮食分外看重，对于产量和品质也很执着。

特别是李承恩的导师,一直走在水稻、小麦研究的最前沿,单单杂交水稻和杂交小麦就研究出好几个品种,产量也极高,但是他仍旧不满意。

有这种精神的专家,追求的是科研上的突破,要的是老百姓走向富裕,生活品质得到大幅提高。至于经济收益,也不能说他们不在乎,只能说不是那么看重。

胡以为在津南大学的人脉很广,可是津南大学农学院也不是胡家开的,能给李承恩三亩地的种子已经非常了不得了,像现在这样大批量供应,肯定得到了那些专家教授的默许。

"科技就是力量,津南大学农学院的种子是好,凝聚了研发团队的心血,你记得有专利费这回事儿他们很欣慰。"程方梵想到任教过程中遇到的那些白发苍苍的学者,紧跟着提醒,"现在你不缴专利费可以理解,因为你还没做大做强,如果形成规模了还没表示,别说他们,就是胡以为那一关,你都过不去了。"

李承恩老脸当即一红,重重点了点头:"吃水不忘挖井人,我们茨河铺不出忘恩负义的人。"

其实李承恩真就这个事儿跟胡以为做了一番沟通。

由于他是津南大学农学院的本科生,胡以为提供的种子本来就有扶持的色彩,等到李承恩的蔬菜种植基地走向正轨,也该给予专家教授或者研发团队相应的回报。毕竟,研发种子是需要资金支持的,没有持续的资金投入,什么事都干不成。

程方梵见李承恩如此认真,轻轻嗯了一声:"其实,津南大学的那些专家教授也为你开心,他们说了,只要需要,他们会继续给予你强有力的支持。"

冷不丁的话,让李承恩微微一怔:"程老师,您联系了那些专家教授?"

程方梵俏脸当即一红,正色道:"当然要联系了,我可是很注重生活质量的,有些蔬果能不能吃、怎么搭配,铁定要征询他们的意见。"

她这般说着,晃了晃拎着的蔬菜,又道:"这不,选的都是最有营养的产品,茨林品牌,早知道你过来,我就不去超市买了。"

李承恩忙道:"以后您就别去超市买了,你们家的菜,我包了。"

"真的?"程方梵眼前一亮。

第 51 章 做客

　　程方梵比较宅,不喜欢抛头露面,可程家老爷子自从尝了茨林蔬果的鲜,就忘不掉了,每次都点名要吃茨林蔬果。他们家距离超市还有段距离,最关键的是,还会碰到一些特别能攀谈的老熟人,这让程方梵非常困扰。

　　现在他们家只要买菜,一准就是买茨林的。

　　李承恩差点被程方梵的小女孩姿态逗乐了。

　　刚才程方梵那番说教,让她在李承恩心中的形象又回到老师行列,现在则是一个可爱、漂亮的小女孩,于是李承恩下面的话也就随意多了:"当然是真的,以后你要想吃,我天天朝你家送。"

　　天天朝家里送?程方梵觉得耳根在发烧,这小子嘴上怎么没有把门儿的?知道这么做意味着什么吗?

　　李承恩见程方梵不吭声,轻咳两声,开始圆场:"程老师为我们的茨林品牌立下了汗马功劳,我们给予相应的回报理所当然。我这次来得匆忙,只带了点礼品,等下次再来就带刚摘的蔬菜水果。对了,我今年还养了鸡鸭鱼虾,回头都给你弄点过来。这些鸡鸭都是散养的,肉分外筋道,鱼虾也是按照野生模式养殖,吃起来分外鲜美。"

　　真不是李承恩自夸,现在的鸡鸭大部分都是规模化养殖,投喂的是饲料,如此一来,出栏率是提升了,但是口感下去了。

　　现在消费者要想品尝到原汁原味的土鸡土鸭,实话实说,有些难。李承恩现在这么干,就跟种大棚蔬菜一样,主打一个高品质,定位的也是中高端市场。

　　程方梵回头冲李承恩打趣:"看来你真是做大做强了,这才多长时间没见,你连鸡鸭鱼虾都搞起来了,再这么发展下去,是不是要整农家乐了?"

　　"农家乐?"李承恩微微一怔,兴奋地道,"你说得对,真可以搞农家乐!"

　　茨河铺的位置虽然偏远,但是风景极为不错,如果真搞起来,说不定是个好项目。

程方梵有些无语,赶紧让李承恩冷静下来。

"人流量大,农家乐才能做得起来。茨河铺虽说风景不错,但现在毕竟还没有发展起来,位置偏僻就不说了,关键是交通不便,谁也不想折腾老半天去那么偏远的地方吃顿饭。而且农家乐也不是一个单一项目,相应的硬件设施必须搞起来,否则顾客体验不好,谁还会再去呢?"

程方梵说的都是大实话。

她在津南大学任教的时候,方泽带她去过一些农家乐。这些农家乐要么离城区很近,交通方便,要么风景极好,非常有特色,如此组成一个商业产业链,才能源源不断地引流。

李承恩想到茨河铺那落后的交通状况,不好意思地笑笑:"你说得对,这些是我考虑不周。"

他太想发展家乡,却忽略了家乡的基础条件,有些急功近利。

茨河铺虽说风景不错,可非常有特色的东西暂时还没有,不然经济早就起来了,不至于穷到现在。

不知不觉就到了家门口,程方梵一脸得意,下意识拉住李承恩的手,神采飞扬,好像一个还没长大的小姑娘:"先不说这些,你第一次登门,今天我要下厨烧几个拿手菜,在你面前显摆显摆。"

李承恩突然之间就红了脸,整个人完全僵住。

他从茨河铺马不停蹄地赶到顺昌,是一时起意,到了地方考虑到双方条件差距太大,又打起退堂鼓,谁承想现在程方梵竟然直接牵住了他的手,这……

这一刻,李承恩甚至能够听到自己的心怦怦的跳动声,似乎下一刻就要冲出胸膛。

程方梵完全没有发现李承恩的异样,不解地道:"走啊,你怎么了?"

"程老师,我……"李承恩脸通红,不知该开口说些什么。

"你什么你?怎么跟个女孩似的,一点都不……?"

程方梵白了李承恩一眼,想要调侃他两句,可是看到自己拉着李承恩的手,到了嗓子眼的话就咽了回去。

自己这是怎么了?怎么主动牵了李承恩的手?别说李承恩还没表示喜欢自己,就是表示了,按照一般的剧情,起码也得拉扯几次吧?

程方梵面红耳赤,下意识就要把手抽回来,谁承想李承恩顺势握住了她的手。

此刻,程方梵也听到了自己的心跳声。

女孩子是要矜持的,女孩子的手,男孩子是不能随便牵的,一旦牵了,那就说明两人的关系有了实质性的发展。因此程方梵决定先拒绝李承恩,以后继续拉扯,等时候差不多了,才"勉为其难"地同意。

瞬间就打定主意的程方梵想要抽回小手,谁承想这刻的李承恩好像吃了熊心豹子胆,完全不复刚才扭捏的模样,死活都不放手。

"你松开啊,让人看见多不好。"面红耳赤的程方梵急得跺了下脚。

李承恩这人实诚,但是不傻啊,如果这一刻还不明白程方梵的心思,几年的恋爱真就白谈了。所以他不仅没有放手,还吐出一句理直气壮的话:"我是男人,该放手的时候放,不该放手的时候,绝对不放。"

这等于表白了。

程方梵咬着嘴唇,看向李承恩,道:"你确定就这样进家门?我可提前警告你,我爸的脾气可不好,我妈更是火暴性子,到时候你有个三长两短,本姑娘概不负责。"

李承恩听到程方梵把父母搬出来了,好不容易鼓足的勇气,瞬间就散了。

程方梵抽回小手,看他好像霜打的茄子,笑了起来:"怕了?"

李承恩点点头:"能不怕吗?"

"那现在还敢跟着我进家门吗?"程方梵歪着脑袋,笑着问李承恩。

李承恩支支吾吾的,又不知说什么好了。

程方梵算是服了这个大男孩,该勇敢的时候你要勇敢啊!这才两句话的工夫,就㞎成这样,也幸亏遇到了本姑娘,换成其他人,还真看不上你。

呃,这会儿想这些干吗?她轻咳两声,顺势朝李承恩的小腿踢了一脚,嗔道:"走啦,现在家里就我和爷爷,我爸妈他们都在外地。老爷子很好讲话的,再说之前我也跟他提过你,他对你印象很不错。"

第 52 章　程家

既然李承恩关键时刻不爷们,程方梵就得给他打强心针。

言外之意,不要有太重的心理负担,平常心对待就行了。

殊不知,李承恩听完这话,更紧张了。

瞅程方梵的表现,对自己也有意思,那么,今天脑子一热跑了过来,就成了头一次见家长。

他相信程老爷子会欣赏自己,问题是欣赏不代表别人会将宝贝孙女送到你李家去。

"瞧你那点儿出息!"程方梵见李承恩还站在原地不动,俏脸一板,没好气地道,"考虑清楚了,三秒之后再不走,以后这个门,你就不要进了。"

话都说到这个份儿上了,别说进门,就是刀山火海,李承恩也得闯。

程家的房子是老式自建两层小楼,有前后院。

前院里有个鱼池,鱼池旁边摆了几个花架,花架上面摆满各种盆栽,还有几株木兰花爬上围墙,正在绽放。

"爷爷,家里来客人了。"程方梵一进院,就喊了起来。

紧接着屋门被推开,一个身穿蓝布衫半头白发的阿姨走了出来。

"今天还来客人了啊?来,家里坐,我去给你倒水,桌子上有刚切好的西瓜,茨林牌的,可甜了。"那阿姨笑着接过了程方梵手里的菜。

"这是刘姨。我爸经常不在家,老爷子年龄大了,需要人照顾,刚好刘姨有空,就过来帮衬着。"程方梵简单地介绍了一下。

"这位是李承恩,您说的茨林西瓜,就是他种出来的。"程方梵又简单地介绍了一下李承恩,带着李承恩直奔客厅。

刘姨跟在后面,笑着说道:"原来你就是李承恩啊,方梵经常提起你,说你是名牌大学高才生,踏实勤劳,如今一见,还真是一表人才!你种的那西瓜是真甜,现在可抢手了。"

刘姨也是会说话,这一刻,李承恩没那么不安了,并且还有了这样一个印象——程家的人脾气好,没架子。

刘姨接过菜,转身就要进厨房,却被程方梵拦了下来:"今天我来。"

刘姨笑了:"买菜是你去,烧菜也要你来,我不就成摆设了?老爷子回头还不得说我啊?"

"哪个敢说你?"程方梵拿着一块西瓜,边吃边道,"您今天歇着,我跟承恩说了,要做几个拿手好菜显摆显摆。"

说罢她扭头冲李承恩微微一笑,摆出一副骄傲的模样。

刘姨似乎觉察到了什么,又把目光放在李承恩身上,细细审视。

这小伙子相貌堂堂,又是名牌大学高才生,关键是待人接物不卑不亢,不像之前那个方泽,知道她是程家的保姆,就鼻子不是鼻子眼不是眼的,指使她做这指使她做那,非常过分。

要知道她在程家干了几十年,也伺候老爷子半辈子了,甚至程家这些小辈都是她一手带大的,她和程家还是拐着弯的亲戚,由此,虽说她名义上是保姆,谁把她真当保姆来看?

"那敢情好,托承恩的福,那我今天就歇着了。"刘姨饶有意味地笑了起来。

"嗯,对,就歇着吧,不过丑话说前头,我烧的菜不接受差评。"程方梵在家里也放得开,俨然一个俏皮小姑娘。

"我孙女下厨,自然是好吃的,谁敢给差评?"一道苍老的声音从楼上传来。

李承恩抬头望去,只见一位穿着灰色马甲的老者拄着拐杖,站在楼梯拐角处。

他苍老的脸上饱经风霜,眼睛却炯炯有神。他正是程家老爷子,程氏剪纸传承人程陆鸣。

李承恩赶紧起身。

"这位便是承恩了吧?小伙子不用紧张,坐就是了。你是方梵的朋友,来这里就跟到自己家一样,不用客气。"老爷子和蔼地说道。

程方梵一看老爷子拄着拐杖往下走,想上去搀扶,被老爷子挥手制止了。

"你们忙自己的,"他拄着拐杖,一边不紧不慢地下楼,一边笑着说道,"年龄大了,腿脚有些不好,别的事可能不能干了,但是这点路,我还是能走的。"

他年轻的时候家庭并不富裕,甚至说很苦,这一路走来更是饱经磨难,所以这段经历也铸就了程陆鸣的性格——自己能干的事,坚持自己干,只要有闯的机会,就拼命朝前闯。

如果没有这股劲儿,程家不可能有这么多产业,如果没有这种精神,程陆鸣在艺术方面的造诣也不会如此深厚。

程方梵自然知道爷爷的脾气,没大没小地调侃:"爷爷,您这脾气不当兵可惜了。"

"凭爷爷的能力真要参军,不说能做将军,起码也得是师长。可惜啊,条件不允许,只能跟着人学手艺。"程陆鸣叹了口气,走到沙发前,坐了下来。

刘姨连忙给他递上一杯水。

老爷子润了润嗓子,接着抬头看向站在一旁的李承恩:"刚才不是说了不要客气嘛,坐啊,别站着。"

李承恩小心翼翼地坐下,可是屁股只敢跟沙发接触一半。

之所以这般,不是李承恩胆小没出息,实在是程陆鸣身份使然。

以前李承恩对程陆鸣不了解,胡以为普及过常识之后,他对面前的老者不可能不敬畏,更重要的是他是程方梵的亲爷爷,无论哪个身份,都让他无法淡定。

"爷爷,承恩第一次到家里来,难免拘谨,您也收敛点儿气场,气场太强,人家都不敢说话了,你不觉得闷啊?"程方梵再次调笑起来。

第 53 章 吃瓜啊吃瓜

李承恩扭头看着程方梵,唇角不由得一阵抽搐。

这还是他认识的那个程方梵吗?

先前程方梵给自己留下的印象是得体大方,待人接物彬彬有礼,完全是师道典范,即便表现出了小女孩性格,那也是漂亮、可爱、善良的乖乖女形象,谁承想在家里竟然是这种说话的语气、做事的方式……

李承恩实在找不到合适的形容词形容程方梵,真要找,那就是——没大没小,无法无天。

其实,这才是程方梵的本性。

她是程家的独女,从小就在老爷子身边长大,自然备受老爷子疼爱。

那么在程家谁最大?当然是程陆鸣!

有程陆鸣撑腰,就养成了程方梵说起话来不知深浅的毛病。为此,她爸没少嘀咕,可是老爷子就是喜欢,这有什么办法?

这倒也不是说程方梵说话做事肆无忌惮,在外面程方梵的表现还是相当得体的。由此证明程方梵在程家地位很高。

程陆鸣呢,之所以由着程方梵的性子来,是因为程方梵像极了他年轻的时候——做起事来不怕苦不怕累,遇事极有主见,只要她认准了,九头牛都拉不回来。因此她的父母也不怎么插手她的事情,顶多提提意见,至于这些意见听不听,那就是程方梵的事了。

程老爷子曾经无数次叹息,要是程方梵是个男孩子多好,可惜偏偏是个女儿身。

毫不客气地说,程家产业这几年突飞猛进,程方梵功不可没。在这个过程中她到底吃了多少苦,程陆鸣清楚得很。原本程陆鸣把方泽介绍给程方梵,就是看中了方泽的家世,希望方泽能帮她减轻一些负担,让方梵轻松一些,可结果……

罢了，不想了，好好的心情可不能被一个不相干的人给糟蹋了，不过……

程陆鸣细细打量着李承恩，对他的印象真的很不错。

小伙子长得不赖，关键是身材也好，不像方泽，一副病恹恹的模样。更重要的是这小子踏实、稳重、肯干，还是名牌大学毕业的，当程家女婿，一点问题都没有。至于李承恩家庭条件差了点……

老程家现在可不缺钱，再说了，三十年河东，三十年河西，就冲这小子这一年折腾出来的动静，以后在事业方面还能差得了？而且看这小子的眼神，对自己家孙女肯定有意思，你瞅瞅，那眼睛都快直了。

"方梵，这到饭点儿了，你不是要显摆显摆吗？"程陆鸣笑道。

程方梵把瓜皮丢进垃圾桶，擦了把手，得意扬扬地道："现在感情酝酿好了，你们就瞧好吧。"

她刚起身，李承恩也站了起来。

程方梵不解地望着李承恩："你做什么？"

"我给你打下手。"李承恩老老实实回答。

"我都说了要显摆显摆，你听不懂人话吗？打什么下手啊！"程方梵正准备拒绝，看到李承恩那局促不安的模样，无奈地道："那行吧。"

老爷子静静看着李承恩跟着程方梵进了厨房，暗地里吃着瓜，表面上却一声不吭地喝着茶。

"小刘，你觉得这个孩子怎么样？"老爷子抬手指了指厨房里的李承恩，悄声问刘姨。

"比之前那个强。这个懂事、有才，而且看着老实，也知道疼人。"

刘姨对李承恩评价不低。

这倒不是说李承恩多么优秀，实在是前一个人衬托得好。别的不谈，就去厨房打下手这一点，方泽就做不到。

"老爷子这么问，是不是对那个年轻人也有好感啊？"刘姨细细观察程陆鸣的神色，小声问。

"老了，管不了年轻人的事，方梵喜欢最重要，我没意见。"老爷子的笑容意味深长。

刘姨算是看出来了，老爷子也喜欢这个孩子。

果不其然,没过一会儿,程陆鸣的话匣子就打开了。

"这孩子让我想起第一次去淑芬家的场景,那时我也这般拘谨,也是这般不好意思。那时我还是个穷小子,除了一颗对她好的心,我什么都没有。后来,就什么都有了。"

老爷子回忆着自己第一次去妻子家时的场景,不由得笑了起来。

时间过得太快,几十年的时间,似乎眨眼间就没了。他的发妻淑芬已经故去几年,但他一直觉得妻子还活着,好像所有的事情就发生在昨天。

一旁的刘姨也跟着老爷子笑。

她在程家做了大半辈子保姆,自然知道老爷子夫妻情深,当年老夫人去世的时候,要不是有人看着,可能老爷子就跟着发妻一起走了。

后来还是方梵一直劝,才给劝了回来的。

"我孙女眼光不差啊!"老爷子端了杯水,轻轻地喝了一口,言语间多少有些惭愧,"倒是我活了那么多年,偏偏看上了方泽。难道人年纪大了,眼睛真花了?"

刘姨忙道:"哪有的事,知人知面不知心,所幸,方梵不是跟他断了吗?"

他们之间的谈话,李承恩自然听不到,他的眼神几乎都在程方梵身上。

程方梵被他看得有些不自在,偷偷朝客厅瞟了一眼,小声斥道:"你又傻看什么?"

李承恩反应也快,忙道:"我看你刀功很好,烧菜很熟练,我原来还以为你跟很多女孩子一样,什么家务活都不会做呢。"

"你以为我想干活啊!"程方梵噘着小嘴,嘀咕道,"我肠胃自小就不好,外面的菜口味重,吃了不舒服,只能自力更生了。不过我只会做一些简单的菜色,一些大菜硬菜,那就上不了桌了。"

说到这里,程方梵颠了下锅,冲李承恩俏皮地眨眼:"小李子,别愣着啊,老佛爷这要起锅了。"

第54章 动了心思

李承恩又被程方梵的可爱逗乐了。

他连忙取来餐盘,放在橱柜上,恭恭敬敬地回道:"喳!"

"乖!"程方梵很是欣慰地点点头,把老佛爷的派头演绎得十足。

李承恩又一次看痴了。

如果时间能够倒转,现在的他回到一个小时前,绝对不会打退堂鼓。

程方梵就是一座不折不扣的宝藏,遇见她就是极大的幸运,如果把握不住机会,将会是他一辈子的憾事。

程方梵没想到这个节骨眼儿李承恩又来这一套,于是狠狠剜他一眼,继续忙乎。看就看吧,反正身上也掉不下来一块肉,问题是,跟他的关系暂时还不能挑破,毕竟……

毕竟她告诉爷爷,两人是师生关系。

男女搭配,干活不累,不多时,一盘盘佳肴就摆上了桌。

老爷子坐在主位,取了一瓶陈年老酒,看样子心情不错,今天是打算喝点。

"承恩,来吧,整点儿。"老爷子话音刚落,一旁的刘姨抬手就给李承恩斟酒。

李承恩忙道:"不了,程爷爷,我吃完饭还得赶回去。"

程陆鸣看了看天色,觉得李承恩有点儿扯淡。

这天都黑了,现在饭还没吃,班车早没了,难道打算包车回去?与其如此,还不如在宾馆开间房呢。

程陆鸣大手一挥:"别回去了,我们家房间多,吃完饭让刘姨给你安排好,今天就直接住下吧,不用不好意思,忘了刚才我怎么说的?把这当成自个儿的家。"

刘姨是看明白了,老爷子这是真喜欢李承恩。记得先前方泽也曾遇到这种情况,老爷子的处理方式是——让刘姨在附近宾馆开间房,至于程方梵,别说去宾馆陪方泽叙会儿话,那是门都不能出。

李承恩被程陆鸣的话吓了一大跳。

今天贸然登门他已经很不好意思了,哪能还住在人家家里?他正要开口拒绝,程陆鸣的脸色就有些不好看了:"好歹也是一个大老爷们儿,怎么说话做事扭扭捏捏的?不就喝杯酒吗?多大点儿事?是不是嫌弃爷爷的酒不好?"

程方梵在桌子下赶紧踢了踢李承恩的小腿。

她了解爷爷的脾气,李承恩如果再拒绝,老爷子肯定不开心,他要是不开心了,李承恩以后再进这个家门,滋味可就不好受了。

李承恩也不呆,忙道:"那好,今天我喝。不过住在爷爷家里我觉得不方便,我在顺昌有同学,直接去他那好了,也很久没见了,刚好可以叙叙旧。"

他今天确实不打算回去了。顺昌发往茨河铺的最后一班农班车肯定已经走了,包车回去的钱比住宾馆还贵。与其如此,倒不如随便找家旅馆凑合一宿得了。至于去同学家借宿,不过是一个借口。与他交好的那些高中同学几乎都不在顺昌,在顺昌的,他也不熟。当然,即便熟识,都这个点儿了,依照李承恩的性格也不可能去叨扰人家。

程陆鸣眉头皱了起来。

这小子怎么不识抬举呢?要是换成方泽,估计脸上能乐开花。你倒好,死活不愿住,我这是给你和宝贝孙女提供相处空间,这都看不出来,是不是有些傻啊!

程方梵轻咳两声,开始帮李承恩说话:"爷爷,喝你的酒就成了,别瞎操心,我知道你担心他的安全,一会儿我送他去他同学家,这下你放心了吧。"

其实老爷子让李承恩留宿,程方梵心里也是松了口气。看来爷爷对李承恩的印象确实好,如果有一天自己挑明跟李承恩的关系,父母不同意,爷爷肯定会向着自己。

程陆鸣摇了摇头,宝贝孙女都帮傻小子说话了,他能有什么办法?于是他端起酒杯,道:"尽量就行,不要勉强,喝酒喝的是开心,不是本事。"

言下之意,点到即止。

李承恩当然不是贪杯的人,刚才还怕陪不好老爷子,现在听老爷子这么一说,如蒙大赦,当即端起酒杯,笑道:"我先敬爷爷,祝您万事如意,寿比南山。"

程陆鸣抿了口酒,也不知是有心还是无意,小声嘀咕一句:"幸亏不是过年,不然,腰包要空。"

酒桌上的氛围非常融洽,原因无他,几杯酒下肚,李承恩的拘谨也减了几分,跟程陆鸣越谈越欢,甚至某个时间段,程方梵都插不上话。

程方梵心中有几分不舒服,但看在两人竟谈得如此投机的分上,也就不计较了。

天下没有不散的筵席,即便老爷子再想留宿李承恩,也不好勉强,只得嘱咐宝贝孙女务必把人送到地方,早些回家。

秋风很是清爽,李承恩跟着程方梵走在街道上,原本酒精有些上头,此刻也清醒了许多。

此时月色正好,打在程方梵的身上,如同给她披了一层淡淡的光晕,柔和又唯美。

李承恩的心又跳了起来,想说些什么,到了嘴边却成了:"程老师,这么晚了,你送我过去再回来我不放心,就到这里吧。"

程方梵脸上的笑意顿时敛去。

手都牵了,还一口一个程老师?你让我们以后如何相处?

程方梵有些气恼,可是也不能明说,毕竟她是女孩,更重要的是,严格意义上来说,她的职业还真是教师。更过分的是,才走了一会儿,就让人家回去,这是有多不待见我啊!

"怎么,是不是继续走下去,怕我吃了你?"程方梵双手环抱胸前,歪着脑袋,斜瞅着李承恩,"先前我还觉得你很有男子汉气概,怎么现在越发觉得你像个女人呢?"

李承恩顿时涨红了脸。

程方梵见李承恩不吭声,似有所悟:"哦,我懂了,原来你熟识的高中同学是女同学啊!"

第 55 章　程氏剪纸

李承恩大张着嘴巴,完全被程方梵的脑回路惊呆了。

愣了片刻之后,他赶紧摆摆手,急忙辩解:"不是的,我没有熟识的女同学,刚才说去同学家就是个借口,我是想找个便宜点儿的旅馆凑合……"

没等他把话说完,耳畔就传来程方梵银铃般的笑声。

程方梵当然知道李承恩不会去同学家借宿,这倒不是说她对李承恩的社会关系了如指掌,而是现在都几点了,去同学家就是叨扰,李承恩是那种喜欢麻烦别人的人吗?

至于李承恩为什么现在让她离开,刚才她想不明白,现在懂了,不远处正好有家旅馆,二十块一晚的招牌亮堂着呢。

"好了好了,我也不逗你了,你那点儿小算盘我还不知道?"程方梵指着不远处的旅馆笑道,"我听同学说过,那家旅馆环境非常差,今天你的住宿我来安排。走,我先带你去个地方。"

李承恩被人戳破了心事,脸一红。

"怎么?真不愿意跟我走?"程方梵蹙起了黛眉。

哪能呢?李承恩连忙摇了摇头,鼓足勇气牵住程方梵柔腻的小手,道:"我做梦都想。"

程方梵下意识就要把手抽回来,谁承想李承恩冷不丁地道:"你刚才还说我不像男人,现在还不像?"

程方梵砸给李承恩一个白眼,没好气地嘟囔:"小样儿,都欺负到我头上了。"

她也不再挣脱,任由李承恩拉着朝前走。

两人并肩前行,穿过一条又一条街道。

皎洁的月光洒落在两人身上,伴着清爽的秋风,氛围浪漫而又美好。

最终,两人在老街中央停了下来。

刚才李承恩说晚,是建立在他说要去同学家借宿的前提之下,如果是打算住宾馆,就没么多限制了。

现在不过八点多钟,老街正是热闹的时候,夜市灯火辉煌,一眼望去,街道两边全是小吃摊点,什么烧烤、炸串、豌豆黄、江米糍粑、铁板鱿鱼等。

两人刚吃完饭,此刻自然不饿,不过在这里寻个地方坐坐逛逛,倒也不错。

李承恩扫了下四周,发现有卖桂花酸梅汤的,于是买了两杯,递给程方梵一杯:"尝下这个。"

程方梵对李承恩的表现很满意,赞道:"眼光好!"

这家的酸梅汤她喝过,梅子和桂花的香气很浓郁,就像秋天的味道。

"眼光如果不好,也不会跟你站在这里了。"李承恩喝了口酸梅汤,难得说了句情话。

程方梵很是受用,却没有像那些小女生一样扭扭捏捏,而是直接拉起李承恩的手,很是洒脱地道:"走,带你去看看我的工作室。"

穿过老街,两人在一扇朱红木漆门前停了下来,这里正是程方梵创作的地方。

门是敞开的,里面的灯还亮着,从外面可以看到古香古韵的木质窗户以及玻璃上红艳艳的剪纸作品,有花鸟鱼虫、飞禽走兽,还有人物剪纸,每一张都惟妙惟肖,出神入化。

这哪里是窗户啊,分明是美轮美奂的艺术品!

"你带我参观过你的蔬菜大棚,如今我也带你看看我剪出的世界。"程方梵牵着李承恩的手,迈进这扇朱红大门。

里面的灯光很暖,一股淡淡的清香飘到鼻畔,说不出的受用。

"方梵,你今天怎么有空来了?"一个三十多岁的中年女子看到两人进来,不由得为之一愣,她看到两人握在一起的手,于是又下意识问道,"方梵,这位是……?"

"李承恩,我朋友。"程方梵朝着那人笑了笑。

短短六个字的介绍,让李承恩握住程方梵的小手更紧了几分。

以往程方梵跟别人介绍自己,总说自己是她的学生,这次说是朋友,显然她已经正式承认了两人的关系。

第 55 章 程氏剪纸

"这位是我堂姐程梦洁,如今工作室这边都是她来照看的。"程方梵把堂姐介绍给了李承恩。

程老爷子只有一个儿子,自然也只有程方梵一个孙女,不过程家产业多,很多店面的经营并不能够亲力亲为,比如看守店铺这种事情,只能交给信得过的人。

程梦洁是程方梵的堂姐,两个人从小在一块玩,关系还算不错,更重要的是程梦洁也有些剪纸造诣,老街这个店交给她打理再好不过了。

"姐,我带承恩四处转转,时间不早了,你要有事就先回去吧,一会儿我来关门。"程方梵对程梦洁笑笑。

程梦洁看了两人一眼,笑得眉毛弯成了月牙:"好啊,小宝还在他姥姥家呢,我现在去接他,你陪你朋友好好看看,看完剪纸,可以再出去玩一玩儿,老街的夜景不错,小吃也很地道。"

说完这些,她又贴着程方梵的耳朵悄声道:"我看这个不错,比你之前那位好了不知多少。当时我就跟你说过,选男人不要选那种病恹恹的,不顶用不说,以后不知是你保护他,还是他保护你呢。"

程方梵的耳尖立马红了,推了下程梦洁:"怎么那么多废话?赶紧去接小宝,他该等着急了。"

程梦洁看出程方梵害羞了,倒也没有继续打趣,只朝两人轻轻笑笑,道了别就立马离去。

"来,朕带你看看朕打下来的万里江山!"程方梵背着双手,进了工作室。

李承恩立马就被一张张活灵活现的剪纸作品征服了。

艺术作品之所以被称为艺术,是因为经得起时间的考验,也经得起人们长时间的注目观赏。

即便是对剪纸艺术不怎么了解的李承恩,在一幅作品前细细观赏许久之后,也能渐渐品味其中的神韵,甚至在一瞬间,李承恩能从这些作品中读出创作者的喜怒哀乐。

"这里所有的作品都是你剪的?"李承恩炽热的眸子盯着程方梵,颤声问道。

"不是,这一排是我创作的,那一排是爷爷创作的。现在工作室主要销售我的作品,我爷爷的作品现在属于收藏级别,不销售了,他轻易不会动剪刀。"

第 56 章 传统文化的希望

李承恩点了点头。

艺术作品最耗心神，老爷子年纪大了，又取得了那么高的成就，也该休息休息了。更重要的是，程氏剪纸也不是没有传人。李承恩纵然是门外汉，却也能从剪纸作品中看出，程方梵的天赋不比程陆鸣差多少。老爷子半隐退，也算给程方梵腾出空间，让她向艺术的高峰攀登。

他取过一幅程方梵的作品，细细端详之后，皱起了眉头。程方梵问："怎么了？"

李承恩老老实实回道："我好像在网店见过类似作品。"

"你当然见过，这是获奖作品，报道刚出，就有厂家抄袭了！"程方梵轻轻抚摸着自己的心血，言语间有些无奈，"维权的成本太高了，只能作罢。我们这一行，深受盗版和工业剪纸之苦啊！"

李承恩也叹了口气。

盗版这玩意儿，别说剪纸，在很多领域都是个大难题。至于工业剪纸对手工剪纸的冲击，更是摆在明面上的事儿。

工业剪纸由于是机器批量生产，既便宜，款式又好看，很受大众欢迎。而传统手工剪纸不可能批量生产，每一幅作品都凝聚了创作者的心血，所以售价高，目前在市场上经常出现滞销的情况。

程方梵这次回来的目的之一，就是想带动传统手工剪纸向前走，带领程氏剪纸进入新的天地。

"但是即便再苦再难，程氏剪纸的原则也必须坚持。爷爷说，剪纸必须用刀去剪才有灵魂，程氏剪纸如果借助机器，放弃了手工制作，就是突破底线，也就没了灵魂，自然也没了坚持下去的必要。"程方梵拿着这幅作品坐了下来，问李承恩，"你觉得这些作品美吗？"

"很美。说实话,第一印象跟那些工业剪纸差不多,细细欣赏就会发现有着显著的不同,特别是一些细节的处理,比如这里……"李承恩指着《老鼠娶亲》的下角,正色道,"这只老鼠的嘴角是弯的,能感受到它的喜悦,可是又隐隐蕴含着什么。"

李承恩毕竟不是专家,自然说不出这幅作品妙在哪里,可是能看出这一点,已经相当不错了。

程方梵越发觉得自己选对了人。

她先前也给方泽看过她的作品,很多时候,方泽都是应付了事,但是李承恩真是用了心。可能是找到了知己,程方梵打开了话匣子。

"手工剪纸自然是很美的,无论是选纸、设计,还是动手裁剪,融入的都是匠人的心血。比如我身后这一批剪纸用纸,它的名字叫万年红,工业机器做不出来,只有专业的手工作坊才能制作,它可以保持几十年甚至上百年不褪色,所以用万年红剪出来的作品,才能被称为艺术品。老一辈留下的东西,有些还是极好的。"

有些传统文化确实是极好的,是值得发扬的,然而随着时代的发展、社会竞争的加剧,人们越来越浮躁,再加上西方文化浪潮的冲击,传统文化面临的压力之大,可想而知。

比如西方节日的盛行,什么情人节、圣诞节,甚至还有万圣节,年轻人过得一个比一个多,这些节日一个比一个火,商家为了追求利润,又开始推波助澜。

反而中国传统节日的氛围越来越淡薄,比如中秋节吃月饼的人越来越少了。春节纵然没受太大的冲击,年味却越来越淡了。

在这样的大环境下,要发展手工剪纸,难度可想而知。

李承恩放弃唾手可得的保研机会,选择回乡创业,在很多人看来是开倒车,是不识时务,遇到的困难用脚想想都知道。然而,难并不代表不能做,程方梵也是这样。她从小就接触剪纸,走路还不稳的时候,就拿起了剪刀。

老爷子是剪纸大家,在耳濡目染之下,她自然也爱上了这种技艺,迷上了这门艺术。所以她想剪出最美的作品,让人们感受手工艺术之美,让人们感受中国传统文化的魅力。

"在津南大学任教,其实校方开的薪水并不是很高,但是我得去,因为津南大学学生的素质高,以后可能是各行各业的翘楚。让年轻人了解剪纸,才能将剪纸发扬光大；让精英学会欣赏剪纸，剪纸艺术作品才有更广阔的生存空间。"程方梵胳膊撑在桌面上，双手托着腮帮，自顾自地说道，"所以我很认真，从备课到讲课再到课后辅导，生怕哪个环节出了问题，生怕学生不喜欢，虽然很累，但是我很快乐。"

李承恩静静地看着对自己敞开心扉的女子。

原本她就很美，这一瞬，她更美了。

正是有了这样一批人，传统文化才会历久弥新，才会一代代传承下来。

"会变的！"程方梵站了起来，紧紧握着小拳头，斩钉截铁地道，"这个社会很快就会变的，时代的一些乱象，在某个时间点必会终结。只要人们富起来了，文化就会强起来，我们只有更自信，传统文化才能迎来发展的高峰。"

李承恩呆呆地望着程方梵，这一瞬，他觉得自己跟不上程方梵的思路，有些自惭形秽。

"好了，别傻看了，我知道我漂亮！"程方梵甜甜一笑，指着自己的作品，很是大方，"喜欢哪一幅作品，我送你。"

李承恩忍不住心中一跳，不敢去看程方梵，生怕按捺不住内心的情愫，做出亵渎她的举动。

"不了，这些太贵重了。"

"你跟我客气什么？让你挑你就挑，难道我的作品不好看，放在李总手上落了李总的身价？"程方梵又开始打趣了。

李承恩连忙摆手："没有的事，我只是觉得不好意思。你想啊，你帮了我那么多，我不仅没什么表示，还拿走你的作品，哪里好意思呀？我脸皮没那么厚。"

"你要是脸皮厚点儿，那就好了！"程方梵心里隐隐有些不舒服。

两人虽然没有把关系挑明，但毕竟是牵手了，怎么着都要敞开心扉，结果一到关键时刻，李承恩就跟先前一样，似乎两人的关系没有实质性的变化，真让人气恼……

"利落点儿，到底要不要？"程方梵心里不爽，也没那么好的耐性了，没好气地冲道，"不要的话现在就走。"

第 57 章　新项目

李承恩着实没想到程方梵竟然生气了,忙道:"要,我要!"

程方梵砸给李承恩一个大大的白眼:"那还不去挑?"

到了这个节骨眼儿,李承恩哪敢怠慢?可是程方梵的作品每一幅都好,李承恩还真不好选择,直到看到一幅名为《青藤间》的剪纸作品。

这幅作品区别于传统的连年有余、喜鹊登枝,图样是程方梵亲自设计的,一扇半开的门后,透出一个青藤架,青藤架下的长廊前,一个女孩侧脸回笑。

李承恩总觉得女孩的侧脸像极了程方梵,所以毫不犹豫地选择了它。

李承恩没有看到,在他选中的那一瞬,程方梵的脸红了,眸中的幸福都要溢出眼眶。

夜色渐深,剪纸工作室的灯不知何时灭了。

两人并排前行,穿过了幽巷,月光照映在两人靠在一起的肩膀上,把影子拉得很长。

就如同情愫不知何时起,一往而情深。

李家村最近在茨河铺都大出风头。

先是建了个蔬菜种植基地,然后又是市领导莅临指导,相关纪录片也开始筹拍了。

别说李家村沸腾了,整个茨河铺都沸腾了。

除了茨淮新河开挖和竣工那段时间,茨河铺已经沉默了太久。

为了将李家村的先进经验迅速推广,让整个茨河铺都富起来,王文华大手一挥,要求茨河铺所属村委会委员必须前往李家村学习,学习先进经验,学习人家是怎么抓住钱袋子的。

李文龙作为村主任,可是风光了好一阵子,那张脸已然乐开了花。可是乐着乐着,李文龙就觉得有些不对劲,于是他就找到了李承恩。

"承恩啊,你最近忙得不轻,各村的村委都来找你取经,你给他们提了什么建议啊?总不至于让他们也来搞蔬菜大棚吧?"

大棚蔬菜基地确实给李家村的村民带来肉眼可见的收益,问题是市场有限。

李承恩前阵子也说了,目前茨林蔬果几乎占据了整个茨淮地区的市面,几近饱和。

如果其他村也跟风而上,极有可能出现供过于求的场面,那时候蔬果减价,对茨林品牌的发展不是什么好事。

李承恩又不是傻子,李文龙能想到的,他自然也想到了。

救别人的前提,是保证自己先活着;帮助别人的前提,是先发展好自己。没有余力还去帮助别人那叫瞎帮,最后大家一块儿完蛋。

李文龙长长地出了口气。

"有你这话,我就放心了,这个市场毕竟有限,开拓其他市场也需要时间,暂时也只能先委屈委屈其他村了。可是啊,看到他们一身干劲儿,我这心里怎么都不舒服。"

看到李文龙一脸的惭愧,李承恩笑了起来:"龙叔,要致富,也不止蔬菜大棚这一条路。蔬菜大棚生产基地咱们李家村做起来了,生禽这方面可是空白,还没人做呢,而且咱们这边还有一绝——五香酱牛肉,他们如果做这个生意,未来可是一个不小的市场啊!"

李文龙当即眼前一亮。

是啊,茨河铺一绝是什么?五香酱牛肉!

这边家家户户都会做,虽然每家人做的口味不一样,但肉质软弹有嚼劲,使人回味无穷。

"五香酱牛肉这个项目是不错,但是估计茨河铺的哪个村都吃不下这么大的项目,熟食生产管理比较严格,要做就得和镇长商量。正所谓众口难调,每一家用的调料也不同,无法统一是个大问题。还有,这么大的项目肯定要建厂,厂子建在什么地方,由哪个村牵头,这些都是问题。"

李文龙越想越头大,愁眉苦脸地看着李承恩:"还有一个最重要的问题——没钱啊!"

李承恩倒觉得这不是大问题。

市里对李家村的蔬菜大棚基地进行了全方位的宣传,而今茨河铺的形象也跟原来不一样了。有了知名度,就要深挖当地特色,五香酱牛肉恰恰是茨河铺的特色之一。

况且资本都是逐利的,只要资本觉得有利可图,肯定会一窝蜂地冲过来。五香酱牛肉的品质大家心里都有底儿,只不过缺少宣传,一旦宣传到位,还愁没钱?

想到这里,李承恩大大咧咧地道:"何必分给哪个村呢?直接给镇里!由镇里出面,向宣传部门逐级打报告。具体来说,就是请宣传部门配合,先把五香酱牛肉的势造出来,有了名气之后,镇里就可以上马了,如果镇上资金不够,就招商引资,这年头,哪个企业家跟钱都没仇。"

李文龙想了想,皱起了眉头,这次他并不赞同李承恩的提议。

"招商引资的确不错,但分到老百姓手里的利润其实没多少。五香酱牛肉是咱们茨河铺的一绝,如果要打这个牌,也是咱们茨河铺的人去打,不能交到外人手里。"

李承恩觉得李文龙在这方面有些保守了。

按理说五香酱牛肉这个项目由镇里主导最好,问题是镇里没那个资金,茨河铺镇几届领导又不傻,如果可以搞,早几年就上马了,怎么会到今天还按兵不动?

自己没有那个能力把五香酱牛肉做大做强,把它交给外人来做也不失为一个好选择,有钱掉进口袋,老百姓傻了才不要。

他正想反驳李文龙的观点,耳边传来一道声音:"文龙说得对啊。"

李承恩侧头看过去,正是镇长王文华。

李承恩连忙站了起来,冲乐呵呵上前的王文华道:"王镇长也这么觉得?"

王文华点点头。

"茨河铺的特色,自然要握在茨河铺人民手中,这个项目不能私有化,绝对要公有化。"

私有化代表了个人利益,公有化代表集体的利益。

现如今虽说私有企业蓬勃发展,就连茨林这个品牌都是李承恩的,但是想让一个地方真正富起来,公有制的力量做主导这一点必须坚持,集体企业的力量不容低估。

第 58 章　五香酱牛肉

李承恩站在那里直挠头。

王文华为何要把五香酱牛肉这个项目发展成集体企业,他心里一清二楚,问题是,真没钱啊!

熟食项目可不像蔬菜大棚,单单厂房这一块儿,没有几百万肯定拿不下来。除此之外,生产设备更需要钱,聘请相关的技术人员还需要钱,杂七杂八加起来,再保守也得千万,镇上有这么多钱?呃,别说镇上没这么多钱,上级政府也没这么多钱啊!

若非如此,茨河铺各个村委会不会破成那个样子,王文华也不会有铁公鸡的绰号!

更重要的是,项目上马一定会盈利吗?不怕一万,就怕万一,销路万一打不开,这些损失镇里或者各个村承担得起吗?

王文华见李承恩一副欲言又止的模样,笑道:"你觉得不行?"

李承恩没有回话,只是笑笑。

王文华叹了口气。

他与李承恩的父亲年龄相仿,这个年龄调任茨河铺镇,职业生涯其实也走向了尾声,可能茨河铺镇就是他主政一方的最后一站。

当官不为民做主,不如回家卖红薯。因此在到任那一刻,他满脑子想的都是如何发展当地经济,带领父老乡亲们发家致富,甚至想搞个产业园区,让茨河铺的老百姓不用出门打工,能在镇上上班。可是这个想法要实现何其艰难!

茨河铺能抓的点太少,基础太薄弱,要想翻身,别说老百姓要掉一层皮,镇领导班子也得顶着巨大的压力!

"承恩、文龙,咱们去坝子上走走吧。"王文华从口袋里掏出香烟,散给李承恩和李文龙,闷着脑袋朝前走去。

高高的堤坝左侧,就是那条又长又直的河。

王文华狠狠抽了两口香烟,直接下了堤坝,坐在茨淮新河河边。

"承恩,其实你的成功具有偶然性,是不可复制的,对吧?"王文华笑着问道。

李承恩点点头,也不想藏着掖着。

"茨林蔬果主打品质,没有超一流的品质,绝不可能发展得这么快;没有津南大学的默许,让我打着津南大学农学院的旗号,也不会走得这么稳。"

一切的一切得益于李承恩津南大学本科生的身份,换了另一所大学的本科生,要取得李承恩的成绩很难。不!即便是津南大学农学院的另一名学生,如果没有胡以为这层人脉,想走李承恩的路,也是困难重重的。

更重要的是,李承恩回乡创业的时间点选得非常好,正是国家鼓励号召大学生返乡创业的时候,而津南大学也需要树立一个典型。

正如有人说的那样,任何人的成功都不是单一因素决定的,而是各方共同推进的结果。

"作为创业者,你抓住蔬菜大棚这个点即可。但是作为镇长,我要考虑的不仅仅是李家村,还有茨河铺全部的老百姓。"

王文华冷不丁撂下这句话,指着茨淮新河,又冒出一句没头没脑的话。

"当年挖河的河工扛着铁锹去挖河的时候,想过有多累吗?知道他们面对的是什么吗?"

李承恩和李文龙对视一眼,齐齐摇了摇头。

是啊,他们没有考虑过前方的艰难,更没考虑过个人的安危,不知多少河工在这个工程上透支了身体,回来之后就变得孱弱不堪,这也导致了这样一个现象:谁干得多干得狠,谁的寿命就……

王文华帮李承恩引燃一支香烟,微微一笑:"你老太爷的事我知道,他很爷们儿,我爷爷跟他共事过。"

什么?李承恩当即瞪大了眼睛。

李文龙也一脸的不可思议,这些可没听王镇长说过啊!

王文华拍了拍李承恩的肩膀,又问道:"承恩啊,你老太爷离去的时候,可曾想过以后别人还记得不记得他挖过河,会不会对他感恩戴德?"

这个问题李承恩没有想过,顿了一会儿,方才摇摇头,无比笃定地道:"他没想过。"

王文华点点头，低头苦笑："我爷爷当年也没想过。那么，我为什么要想呢？"

李文龙完全被王文华绕晕了，满脸都是问号："王镇长，你在说什么，我怎么听不懂？"

"你不需要听懂，要看我怎么做！"王文华丢下这话，将烟蒂丢在地上，站起身来，狠狠踩灭。

五香酱牛肉是茨河铺一绝，前几任镇领导怎么可能不知道？他和书记又怎么会不明白？可是建厂打出品牌，风险实在太大，哪怕一个小小的环节出问题，不仅要背负处分，还会被村民指着脊梁骨骂！

原因无他，首先，以茨河铺镇政府目前的财政状况，要建厂必须向上级申请资金，暂且不提批下来多少，军令状必须立。其次，单靠上级划拨的资金肯定不够，镇财政也要勒紧裤腰带，把一些能立竿见影的项目资金全投进去。最后，还要靠各个村去筹，要老百姓出力。

这一环又一环，都是压力；这一步又一步，都是风险。

没有破釜沉舟一往无前的勇气，谁敢搞五香酱牛肉这个项目？

"我爷爷连小学都没上过，他都能做到，为什么大专毕业的我做不到呢？"王文华牙关一咬，脸色沉了下来，看着李承恩，一字一句道，"五香酱牛肉的项目必须上马，必须尽快上马，老子就是拼着这个镇长不干了，就是被人当面朝脸上吐唾沫，也要上马！"

李承恩在这一瞬动容了。

他盯着王文华看了许久，这一瞬竟然湿了眼眶，嘴角却带着笑容。

暂且不提王文华镇长的身份，他现在所展现的就是茨淮儿女骨子里那股精神。有这样的镇领导，茨河铺怎么可能发展不起来？

"王镇长，我觉得五香酱牛肉项目要上马，在宣传方面要注意几个问题……"

"王镇长，只要把利害关系说清楚，我觉得各个村筹措一些资金，问题不大……"

三个坐在茨淮新河畔的男人热烈地讨论着，他们忘记了时间。

夕阳的余晖落在平静的河面上，波光粼粼，似乎蕴含着无尽的希望……

第 59 章　禽流感暴发

今年的春节来得有点儿早,家家户户都在准备年货。

一月初,是李家村最忙的时候,他们种植的蔬菜只要一上市,就会被抢购一空,采摘、装运都需要人手,都需要忙乎。

今年李家村有两百多户人家建成了蔬菜大棚,整个茨淮地区商超的中高档蔬菜供应,几乎快被李家村给包圆了。

李文龙高兴得合不拢嘴。

他家今年承包了一百亩地,钱更是挣到六位数之多,他忙活了半辈子,也没见过这么多钱啊!

李家村的其余农户也是眉开眼笑,看见李承恩,恨不得把他供起来。

这个刚毕业的大学生真成了他们村的财神爷。

如果没有他,指不定现在孩子还在外打工,孙子还是没人管教。现在呢,一切都好了。

李承恩的收益自然也不少,可是他却没有工夫开心,一门心思都在那个小土坡上。

当初一无所有的小土坡,如今被规划得井然有序,一片片移来的果树已然长成,池塘里的鱼更是肥美。李承恩还在这里搭了个小房子,闲来无事便跷着二郎腿晒太阳,日子过得好不惬意。

等到明年,这边的农家乐估计就能成形了。

一切都在往好的方向发展,这心情怎么能不美呢?

可是很快,他脸上的笑容就不见了。

这天,他面色深沉地拎起僵硬的鸡,一颗心提到了嗓子眼。

"这是鸡瘟!"李万道摸摸鸡肚子,又看了死鸡的嘴和眼,拧着眉头道出了死因,"禽流感传染性太强,得赶紧想个办法,不然,这里所有的鸡鸭都会死掉。"

李承恩也知道现在正是禽流感高发期，他也做了预防，谁承想还是没防住。

他的养殖规模不大，只有一百多只，可是已经养了一年，这要全死了，着实让人心疼。

不行，不能眼睁睁看着成果毁于一旦，得赶紧想办法！念及此，李承恩抬脚就走："我去镇上找个兽医问问，拿点药，看能不能治疗好。"

"你去吧，我先把这些鸡鸭隔离开来，再用一些土法子试试。"

李万道是个老农民了，也饲养过鸡鸭，只不过养得比较少，如今这一百多只鸡鸭对他而言已经很多了，要是全死了，他不一定能承受得住。

刚走两步，李承恩突然想到了什么。

他这里已经有禽流感了，王大庄呢？他们庄今年开展规模化养殖，估计有上千只鸡鸭，要是禽流感蔓延开来，绝对是一笔很大的损失。

王大庄本来就不富裕，再蒙受这么大的损失，就是雪上加霜啊！

念及此，李承恩赶紧找到李世杰："爸，你要是得空，去趟王大庄，给他们的村主任报个信。"

李世杰忙不迭地点头。

不用李承恩提醒，他也会去的。若是原来，李世杰还真不会操这个闲心。最近一两年，因为产业的事，各个生产队交流比较多，交流多了，感情自然也深了。农民是很淳朴的，既然有感情，那就是自家人，都是自家人了，自然要相互照应。

中午的时候，李承恩从镇上赶回来了，手里还拎着兽医开的药。

刚进门，李世杰也气喘吁吁地进了屋。

他从李承恩手里接过一杯凉白开，正色道："王大庄那边的情况比咱们这边严重得多，鸡鸭已经死了十几只了，他们村主任也在头疼，正在想法子呢。这该死的禽流感，怎么来得这么突然呢？"

李世杰把空杯朝桌子上重重一放，咬牙切齿地骂道："老天爷就是见不得人好！"

李承恩赶紧宽慰李世杰。

"这世间没有简单的事儿，别说养殖鸡鸭有风险，咱们蔬菜大棚不也有风险吗？爸你忘了，那晚下冰雹，咱们的菜差点儿全毁了。"

李世杰活了这么多年，自然清楚这个道理，可这心里就是不舒坦。不过他也没埋怨多久,又喝了一碗水,就带着李承恩前往土坡。

老李家有这样一个光荣传统,平时不惹事,事情来了不怕事,遇到问题,硬着头皮朝前上就行了,不扯那些乌七八糟的。

正当李家三代人都在土坡上忙乎的时候,李承恩的手机响了,看了眼号码,他摁了接听键,里面传来程方梵清脆的声音:"现在情况怎么样?"

"我这边还好,规模也不大,王大庄那边麻烦就大了,已经死了十几只了。"李承恩吐了口热气,紧跟着又道,"你什么时候到顺昌?"

此刻,程方梵正开着车在高速上疾驰,她看了眼坐在副驾驶上的专家,对着话筒道:"还有一个小时,皖北农业大学的兽医专家孙教授在车上,我一会儿直接从顺昌东出口下,直接开往茨河铺。"

兽医专家孙教授?李承恩的眼珠子又亮了。

上午去镇上的时候,他就跟程方梵提了一嘴,没承想她竟然把皖北农业大学的专家请过来了。由专家亲自指点,这批家禽肯定能闯过这一关。

"太谢谢你了!"李承恩还没把话说完,程方梵就挂掉了电话。

过了一会儿,程方梵的电话又打了过来,大致意思是程家的产业出了点事,她要赶紧去处理,只能把孙教授送到茨河铺。

李承恩有些失落。

他在李家村忙,程方梵也不是大闲人,特别是近期国家对非遗越来越重视,程方梵作为程氏剪纸的传承人,参加的活动也越来越多,再加上还要兼顾自己的产业,忙得焦头烂额。李承恩细细算来,两个人已经很久没有见面了。

程方梵也好不到哪儿去,可是关键时期,还是以事业为重。她强忍着思念对李承恩道:"你到茨河铺接孙教授,丑话说前头,要是怠慢了孙教授,我跟你没完。"

"我哪敢!他现在可是我和王大庄的救星,我们当神仙供着还来不及呢,"李承恩望着土坡上的鸡鸭,试探着问程方梵,"时间就那么赶吗?在家里吃了饭再走不行吗?"

第 60 章 农家乐

程方梵咬着嘴唇,给了否定的答案。如果能留下来吃饭,她也不会把请来的孙教授丢在茨河铺,要知道不管是李承恩那一百多只鸡鸭,还是大王庄那近千只鸡鸭,在孙教授眼里算得了什么?人家肯跟着自己来顺昌,看的就是老爷子的面子,她倒好,把人丢在茨河铺,这是不折不扣的怠慢啊!

孙教授看到挂掉电话的程方梵一脸的失落,有些忍俊不禁:"小丫头,原本我去茨河铺还有些不情愿,见你这副模样,我真的要去瞧瞧那个李承恩了,看看是谁让程老爷子的宝贝疙瘩牵肠挂肚。"

程方梵顿时面红耳赤:"孙爷爷,我在开车,你少说两句!"

孙教授哈哈大笑。

事实再次证明,知识的力量是巨大的,教授的能力完全值得信赖。孙教授就在茨河铺待了一天,就制订出了治疗和防范措施,李承恩他们只需要照做就行了。

最近这段时间,李承恩日夜都关注鸡鸭的情况,亲自给鸡鸭打针用药,整个人累得瘦了一圈。王大庄的村主任日子也不好过,毕竟那可是近千只鸡鸭啊。

好在努力没有白费,禽流感得到了有效控制,李承恩的鸡鸭仅仅损失了五只,其他的都活蹦乱跳。

王大庄那边也传来了好消息,鸡鸭仅仅损失四十多只,完全在可接受的范围,然而这个可控损耗,依然让他们村的人心疼。

王大庄的村主任也不是薄情寡义的人,禽流感的事情刚处理好,就拎着酒水上了门,表示感谢。如果没有李承恩请来的专家,大王庄能不能挺过这一关,还真是不好说。

酒桌上,看着喝得满脸通红、不住感谢的村主任,李承恩下意识地掏出手机,点开程方梵的微信,发了一条信息——在顺昌吗?我想尝尝你的手艺,看你显摆显摆……

茨淮新河中,最近截取了其中一段河道做了鱼塘。

这个项目是李承恩提议,由王镇长打了报告,向上面申请的。

李承恩在这个鱼塘入了股,这是一次尝试,因为要开农家乐,鱼塘作为娱乐项目之一,必不可少。

茨淮新河水质好,只要是顺昌人都知道;茨淮新河的鱼肥美,也是有口皆碑的。问题是,相关部门禁止在茨淮新河水域垂钓。所以当李承恩把鱼塘开放的消息发出去之后,许多钓友好像疯了一样赶往茨河铺,有的人甚至开了整整两个小时的车。

李承恩看着小土坡上无比疯狂的钓友,着实被钓鱼佬的精神感动了,特别是那些"空军",明明次次一无所获还一身是劲。

此时正值春夏交替,果树的花开得格外绚丽,他挖的小鱼塘里的荷花也开始绽放。

李承恩干脆又弄了条小木船,放在池塘边,闲来无事去采采莲花,摘摘莲子,年纪轻轻就开始享受陶渊明老先生的乡野逸趣了。

很多到茨河铺垂钓的人,因为这边风景亮丽,总会忍不住过来看看,还有的直接在这里开工了。

"老板,你们这边能够加工鱼吗?"梁万里去年刚退休,跟那些"空军"不同,他每次来茨河铺,总有收获。

除此之外,梁万里还是个文艺爱好者,附庸风雅那是必须的。所以来茨河铺没多久,他就瞄上了李承恩这片地方。他觉得自己找到块宝地,在这里生活一天,寿命延长一年。

今天他和几位老友收获不少,但是没人打算离开,都想在梁万里瞄好的地方休息一会儿,找找陶渊明老先生悠然南山下的洒脱感,就有了刚才那一问。

当然,不管是他们还是陶渊明老爷子都是要吃饭的,能在这世外桃源吃上茨淮新河的鱼,无疑是一种享受。他也做好了李承恩会拒绝的准备,应对之策也想好了,不同意加工可以啊,给钱!还不同意那也行,加钱!

李承恩对此求之不得,满心欢喜地答应了,至于加工费用,开得也非常公道。

在茨河铺弄个地方搞垂钓,目的就是把人朝他这里引,从而发展农家乐。

农家乐建立初期,公开宣传必不可少,顾客的口碑也很重要。

于是李承恩把他的小房子升级改造了一番,拆成一个个单间,又新建了两座,还很贴心地搭了个木制长廊,一边通向钓鱼的小水塘,一边通向果林。

梁万里见每个小木屋都配备了锅碗瓢盆,甚至可以去蔬菜大棚搞采摘,无比振奋地说:"小老板,你说真的?"

他原本就是农村出身,上了年纪之后,越来越怀念乡下的生活了。梁万里那几个老伙计,也摆出了跃跃欲试的架势。

他们很久没有体会过田园生活了,如今有了机会,自然不会放过。

"我儿子说的当然是真的,我们大棚的蔬菜也是出了名的好,因为茨林蔬果的生产基地就在这里。"林文娟从一旁的房间里走了出来。

自从这边鱼塘落成,他们家的小吃摊就再也没出过了,因为这里需要一个掌勺的大厨。李承恩原本想亲自上场,后来发现太高估自己了,他做些小菜还行,烧的硬菜实在上不了桌。

林文娟就不一样了,她能烧一手地地道道的农家菜。能到农家乐消费的顾客,有几个消费能力弱的?正是由于饭店的饭菜吃腻歪了,才会朝农家乐跑。

梁万里听到林文娟这么说,又燃起了一个兴奋点。

"茨林蔬果?这个品牌我知道,蔬菜既新鲜又好吃。原来我们不知不觉跑到茨林的种植基地来了,那敢情好,今天不光有茨淮新河的鱼,还有茨林的菜,这一趟太值了!"

第 61 章　不速之客

"难怪我觉得这位小老板面熟,原来在电视上见过你。想起来了,咱们市电视台曾来这儿拍过纪录片,你就是那个已被保送去读研究生,却选择回来带领大家脱贫致富的李承恩啊!"

梁万里拍着李承恩的肩膀,兴奋之情溢于言表。

他特别喜欢这种年轻有为且不忘初心的小伙子。

在梁万里看来,李承恩明明能有更好的前途,却毅然决然地回到家乡发展,带领大家脱贫致富,这种高尚的品格值得称赞。

"顺昌考上大学的年轻人很少愿意回来,都一心想着在外地发展。你跟他们不一样,我这一趟真没白来。"

李承恩轻笑道:"梁叔说笑了,我读书那会,乡里乡亲没少帮我。现在我书念完了,也到了回报大家的时候。更何况,茨河铺能有这么多改变,全靠大家共同努力,我一个人的力量终究有限。"

李承恩并非谦虚,他真心实意地认为茨河铺能有今天,全靠大家的共同努力。

这里的每一个百姓都很勤劳,每一个干部都很负责。没有他们的支持,没有大家的共同努力,仅凭自己一个人的力量,又能帮助多少人呢?

正因为有领导们的帮助和支持,他的每个想法才能都得到重视,上千亩蔬菜大棚基地才能发展起来,整个茨河铺才能焕然一新。

仅仅一年多的时间,就已经有一部分百姓尝到了甜头,腰包鼓了起来,大家挣的钱也多了,就连村里的小学都翻修了,孩子们因为有了父母的陪伴,精神面貌也焕然一新。

梁万里对李承恩的印象越发好了。

"蝴蝶效应"很多人都听说过,却并非人人都相信,他们并不觉得小小的蝴蝶翅膀能带来如此大的影响力。

梁万里却深信不疑。

他经历过太多事情,也见证过奇迹——以人力撼江河,并非不可能实现。

"我年轻的时候来过这里,那时候茨淮新河还没挖掘,我是最早一批过来挖河的人。那真是个奇迹啊,没有人想到仅凭人力能够挖出一条河;更没人想到几十年后,这条我们挖出来的人工河又变成了另一番模样。回首过往,真是感慨万千!"

梁万里说完,一旁的几个老友也跟着点头。

"我们以前也来过这里,只不过那时这个地方和现在完全不一样。这次我就是抱着闲来无事的心态过来玩一下,却没想到这里变化这么大,才几年光景啊,这里就变得这么美,简直难以置信!"

刘广路是跟着梁万里一起过来的。他虽然没有来挖过河,但是几年前来过。

那时的茨河铺除了一条干河和两旁的田野,再无其他。这次老梁说要来钓鱼,他起先很不乐意,到了之后,却给了他一个惊喜——茨河铺如今发展得真好,尤其是李承恩打理的这片地方,有树有花,有池有塘,说是小江南也不为过。

"每个地方都在进步,茨河铺也不例外。如今这边刚刚起步,以后你们再过来,这里会变得更好。我可是想把咱们这里变成茨淮独有的江南景啊!"

李承恩已经规划好了未来,并且认为这个未来会很快到来。

一时间,几个人都跟着笑了起来。

他们倒不是觉得李承恩异想天开,而是觉得这小伙子有想法、有干劲。虽说他做出这么多已经不容易了,但年轻人有梦想有追求是好事,谁知道以后会怎样呢?

如今蔬菜大棚已经完全交给李世杰管理,李承恩专心打理着农家乐,有林文娟做副手;老爷子李万道则闲着没事就四处看看,或者哪里需要帮忙就去哪里。一家人各司其职,日子过得一天比一天好。

然而,不速之客总是来得突然。

七八月份,正是果子上市的时候,虽然价格有些低,却不愁卖。尤其是茨林品牌的蔬果已经在当地打响了名声,所以即便是在各种水果陆续上市的时节,李承恩的水果也是供不应求。

他刚忙完地里的事儿,耳畔传来一声呼喊:"承恩,家里来人了。"

李承恩一边洗着手,一边笑着问:"妈,谁来了?你看起来不怎么开心啊。"

"还笑?一会儿你就笑不出来了。"林文娟叹了一口气,走到李承恩身旁,悄声问道,"你跟那个童盼盼到底怎么回事?不是说分手了吗?怎么她又来家里了?"

李承恩愣住了。

虽说两人分手不过两年,对李承恩来说,却好像过了半个世纪,甚至这个名字听起来都很陌生。

反应过来之后,李承恩脸上尽是疑惑:"她来做什么?"

当初童盼盼绿他绿得彻底,现在又找上门来,到底几个意思?

李承恩心里五味杂陈,既惊讶又困惑,还有一丝不易察觉的痛楚。

他不明白为何童盼盼会在这个时候出现。是她想要挽回什么,还是单纯地想看看自己过得如何?

李承恩思绪纷飞,试图从母亲那里得到更多的信息,但林文娟只是摇了摇头,因为她比李承恩还要茫然。

第 62 章　前女友上门

"我哪知道她来干什么？要不是你说你们俩已经分手了，她那个架势，我还以为你们俩好着呢。一进门就叔叔阿姨喊得亲切，手里还拎着大包小包的礼物。我就纳了闷了，你们俩没分之前，也没见她这么有礼貌呀！"

林文娟的话语间透着几分奚落。

她实在不喜欢那个女孩子，分手了就该有新的开始，突然上门，还一副熟稔的样子，真是让人看不懂。

"我跟你说，咱好马不吃回头草，你可不能再跟她复合。妈也跟你说实话，妈不喜欢她那娇气的样子，每次来咱们家都是嫌这嫌那的，说到底还不是嫌咱们家穷？"林文娟一说起这个事就忍不住叹气。

"你爸倒是觉得她好，在家里招待她呢。他说她毕竟是童所长的女儿，家境好，长得也俊，你和她在一起还是咱们高攀了。我可不这么觉得，童所长的女儿咋了？童所长人好，不代表他女儿人就好。那个童盼盼，跟她爸一点都不像。"

林文娟竹筒倒豆子一般，把自己对童盼盼所有的不满都说了出来。她一见童盼盼过来，就立刻找个外出的借口来寻儿子，为的就是先给李承恩打个预防针，以免儿子再跟她好上了。

虽然说谈恋爱是年轻人的事，但是结婚毕竟是两个大家庭和一个小家庭的融合。很多时候，婆媳矛盾对夫妻感情影响很大。

林文娟也不想将来二人结婚后，整日跟儿媳怄气，搞得整个家庭都不和谐。她宁愿李承恩找个贤惠的，哪怕家境普通，长相一般。

李承恩满脸的疑惑，不解地道："妈，你不喜欢她？那她之前过来你还对她那么好，比亲闺女还亲。"

以往李承恩总觉得父母喜欢童盼盼，毕竟每一次童盼盼过来，家里面都会为她张罗一大桌好菜。那时候家里穷，逢年过节也不见得能吃那么一大桌好菜,但只要是童盼盼过来,家里面总会拿出来最好的招待她。所以李承恩刚回来的时候,没敢提分手的事,就是怕爸妈生气伤心。

"之前还不是因为你。"林文娟白了李承恩一眼,"因为你跟她谈恋爱,你喜欢她,妈才不得不对她好。毕竟谈恋爱是你的事情,妈管不了那么宽,却不代表妈就喜欢她。"

林文娟语重心长地说了很多,让李承恩看清了自己以前没看到过的地方。

不得不说,老一辈人的眼光就是毒辣。童盼盼跟他本来就不是一路人。可怜当年自己还为两人的未来想过太多,考虑太多。结果到了最后,她把一顶绿帽子直接扣在自己头上,李承恩才恍然大悟。

童盼盼跟李世杰在院子里说着话,一旁的李万道也时不时接上几句,看起来氛围似乎很融洽,其实很微妙,因为此刻的童盼盼,非常忐忑,也非常后悔。

当初怎么就被那花花世界迷了眼呢?竟然抛弃李承恩这个潜力股,选择那个渣男!

"盼盼,你喝点水,等一会儿承恩就回来了。有什么话咱都说清楚,叔叔知道你是好孩子,肯定是我们家承恩的错。如今能看着你们俩和好,叔叔再高兴不过了。"

李世杰那叫一个开心。

先前他还觉得是童盼盼的错,不然,怎么会分手呢?现在童盼盼找上门来,表现得又如此乖巧,他就开始怀疑自己的判断了。

童盼盼多好啊,不仅人漂亮,家世又好,儿子跟她在一起,完全是自家高攀了。即便因为她的原因两人分手,如今人家姑娘找上门了,还有什么事情磨不开呢?

"咳!咳咳!"林文娟刚进门就听见李世杰说出刚才那一番话,连忙咳嗽了两声,顺势砸过去一个大大的白眼。

"咋了,娟子,嗓子不舒服?"李世杰没看懂林文娟的眼色。

"咳,感冒了,最近风有点大,着凉了。"林文娟没好气地回道。

"这最近风也不大,天气还挺热的,咋就着凉了?"李世杰很是纳闷。

林文娟此刻恨不得给李世杰一脚,儿子的事情,你掺和什么啊?

第63章 好久不见

童盼盼多精明的人,立马就意识到在这个家里,最终能帮她说上话的就是李世杰,正琢磨着怎么进一步拉关系,院门咯吱一声被推开了。

童盼盼连忙站了起来,看着走进小院的男子。

当初那个少年已经褪去了青涩,似乎更高了,也更瘦了,由于长期在户外劳作皮肤也有些黑,但是那双眉眼锋利了很多,看人的时候也不再柔和,就像一柄利剑,能劈开人所有的伪装。

童盼盼内心咯噔一下。

此刻站在面前的李承恩,让她有些莫名地害怕。

李承恩望着童盼盼,淡淡笑道:"好久不见。"

"好……好久不见。"童盼盼不敢直视李承恩的眼睛,吞吞吐吐地回答,表现得极不自然。

这在她跟李承恩交往的历史上,是从未有过的。

李承恩看了林文娟一眼,无比平静地说道:"我妈身体有些不舒服,估计是病毒性感冒,咱们出去说话吧,免得传染给你。"

林文娟也不是傻子,很配合地捂着头说疼,让李世杰找感冒药。

李世杰瞟了眼林文娟,很是不满。

原本童盼盼跟儿子都分了,现在拉下脸上门,眼看就要破镜重圆,你这未来婆婆倒好,关键时刻掉链子啊!

李世杰考虑到童盼盼是女孩子家,脸皮薄,赶紧安抚了童盼盼几句,说什么你跟承恩好好说,有什么误会说开了就好,还叮嘱童盼盼中午别忘了回来吃饭,林文娟感冒不方便,今个儿他要亲自下厨做几个拿手好菜。

林文娟看着无比殷勤的李世杰,气不打一处来,抬手悄悄掐了他一把,小声斥责:"赶紧给我拿药去。"

李万道坐在一旁看出气氛不对,但也没说什么。

显然儿媳不喜欢童盼盼,不仅她不喜欢,似乎现在的李承恩对童盼盼也不怎么上心。老爷子活了这么多年,分分合合见得多了,他有种预感,童盼盼这个女娃子这次怕是不能如愿了。

仅仅一年多的时间,李家村已经换了新颜,风景很是不错。

果树已经落了花,满树的青果静静等待着时间的沉淀,届时便能成为香甜可口的果实。

李承恩走在茨淮新河堤坝上,寻了一片空地坐了下来。

他扭头看了眼默默跟在身后的童盼盼,低沉的声音打破了宁静:"你来做什么?"

童盼盼挨着李承恩坐了下来,很是乖巧地回道:"我来,就是想看看……"

李承恩嗤笑一声,打断了她:"想看看什么?看看我是不是一如既往地穷困潦倒?"

童盼盼咬着嘴唇,眼圈泛起一圈氤氲,楚楚可怜。

"你能不能说话别那么难听?我就是想看看你,看看叔叔阿姨,毕竟他们以前对我不错,我过来是应该的。"

李承恩差点被童盼盼的话逗乐了。

曾经父母待童盼盼如同女儿,可是她呢?都两年了啊,她来过一次吗?

童盼盼见李承恩沉默不语,也意识到自己的借口有点烂,紧跟着解释。

"我这两年都在外地,压根就没回来,这次回来了,就想过来看看叔叔阿姨。"

李承恩点了点头:"人也看过了,现在可以走了。"

"赶我走?"童盼盼呆呆地望着李承恩。

先前他们恋爱的时候,每次都是李承恩求着她来家里,她才肯过来。现在几句话没说就下逐客令,李承恩什么时候变得这么狠了?

"你难道就不想听听这两年我遭遇了什么吗?"童盼盼直勾勾望着李承恩,言语间有些哽咽。

李承恩真不想听,可是想到那个中午,想到跪下的奶奶和童所长,他叹了口气,无奈地道:"我真不想听,但是你要说,我也不拦着。"

童盼盼去年就毕业了,跟那个渣男王宇在外地待了一年。

她想着王宇是沪南人,家里又有钱,以后日子一定能够过得很好,结果呢?

这一年简直是噩梦。

王宇毕业后整日闲在家里什么都不干,只说没有适合他的工作。原本他家里还可以给他点钱,时间一长,家里也不愿意管了。而童盼盼那个时候也没工作,两个人就这么坐吃山空,日子越过越窘迫。

原本以为这样已经够惨了,谁承想王宇竟然还出轨了。

童盼盼抓到王宇出轨,她以为王宇会痛哭流涕道歉求原谅,结果这个人渣不仅不道歉,还打了她一顿,讽刺她就是个破落户、倒贴货,说他在外面怎么玩,童盼盼管不着。

童盼盼也是被捧在手心里长大的小公主,怎么受得了这种委屈?当即和王宇打了一架,最后果断分手。

其实,她那个时候就后悔了。

后悔自己当初为什么要抛弃李承恩,为什么要跟王宇在一起。

当初李承恩对她那么好,除了家里穷一点,哪儿都比王宇强。都怪自己被猪油蒙了心,目光太过于短浅,后来自食恶果。

只是这一切,童盼盼怎能说得出口?

她太了解李承恩了,由此泪水噙满了眼眶:"我分手了。"

李承恩点了点头,扭头问童盼盼:"是我的原因导致了分手?"

童盼盼愣在那里,不知道怎么接话了。

李承恩皱了皱眉头,又问了一遍:"是不是因为我?"

童盼盼摇了摇头,想了想,紧跟着又点了点头。

"我心里放不下你,他看出来了,感情越来越差,就……"

未等她把话说完,李承恩双手插在头发里狠狠搓了搓,咬着牙道:"你怎么还是那么喜欢说谎啊?"

"我没有说谎!"童盼盼连忙矢口否认。

李承恩霍地站起,直勾勾地望着童盼盼。

其实他一直了解面前这个女子,更知道她的性格,只是原来他不想说,有些事也不想点破。

老祖宗说得好,人这一辈子啊,难得糊涂。然而现在两人都分手两年了,李承恩也不想跟她装了。刚才之所以耐着性子听她说话,无非是看在童所长的面子上,也无非考虑到同学一场的情谊。

第 64 章　别太把自己当回事

童盼盼也站了起来,泪水从面颊滚落下来。

"我的心里真有你!不然,我也不会跑过来!"

若是原来童盼盼泪眼婆娑,李承恩会心疼。如果现在对童盼盼还有情,他会别过脸去。但现在李承恩只是静静地看着童盼盼的表演。

顿了一会儿,李承恩接着刚才的话题道:"若是因为我的原因你们分手,我很内疚,祝愿你早点从过去的情感中走出来;如果不是,希望你好自为之,同学一场,我希望你过得好。"

童盼盼身子微微一颤,走到李承恩身前,抬眼望着面色无比平静的男人,哽咽着问道:"你现在心里,难道一点都没有我吗?难道一点都没有跟我复合的念头?"

李承恩摇了摇头。

如果童盼盼真的喜欢他,肯定对他的性格了如指掌,更会站在他的角度考虑问题。自己这般言行,早就给出了答案。可是童盼盼还在坚持,只能说明自己没有看错——她心里,永远只有自己。

"承恩,一点机会都不给我吗?"童盼盼不死心,泪水好像断线的珠子落了下来。

李承恩闭上眼睛,压抑着自己的情绪,淡淡地道:"我怎能给你机会?那天的事如今回想起来,依然不可能心如止水,两年来我不去想,就是怕影响情绪,然而不去想不代表忘记,从天西学院离开的时候,有句话我记得清清楚楚,'再也不见'。"

言下之意,今天我愿意见你,愿意跟你说这么多话,已经是给机会了。

童盼盼用手背擦擦眼角的泪水,一张脸涨得通红。

原来不管自己犯了多大的错,李承恩都会原谅自己。她自以为能拿捏住李承恩,所以才玩了今天这一出,谁承想现在的李承恩压根不吃这一套……

对,不吃这一套了,不然,他现在的事业也不会这么成功。她看过市电视台拍的纪录片,李承恩的发展前途用不可限量来形容一点都不为过。放过这个潜力股是自己这一生犯的最大的错误。

为了美好生活,忍忍是应该的!李承恩再变,骨子里不会变,他还是那个善良的大男生,不然,也不会自己富裕的同时,还不忘乡亲们。

感情牌要打,怀旧牌更要打!

想到这儿,童盼盼捂着脸蹲了下来,泣不成声。

"那些美好的日子,你都忘了吗?我忘不了啊,所以我回来了,我想你,我想回到以前。"

李承恩低头看着哭得梨花带雨的童盼盼,彻底被她整无语了。

"美好时光?"李承恩有些忍俊不禁,"一点体面都不留吗?你口中的美好时光,是指给我戴绿帽子的美好时光?"

阳光逐渐西斜,将两人的影子拉得长长的,但似乎无法温暖这冷硬的气氛。

童盼盼捂着脸,哽咽着回道:"我知道我错了,我对不起你,我一时糊涂,可是在你离开之后,我就后悔了,我想到高中那些美好,想到叔叔阿姨对我的照顾……"

"够了!"

李承恩一声怒吼。

他不是因为过去的事而愤怒,而是愤怒于童盼盼这一刻的表现,或者说,是愤怒自己当初的懦弱和愚蠢。

自己都戳破她的谎言了,她还在演戏!

他知道有的人会为了自己的利益什么都不顾,良知和体面于他们而言更是一钱不值,随时都会丢进垃圾桶。

童盼盼的哽咽声不见了,她抬眼看着李承恩,那恐惧的模样就像受到惊吓的小鹿。李承恩俯视着泪痕满面的女孩,静静地道:"当初的事情我早就放下了,你爸爸终究对我家有恩,所以我没告诉家人分手是因为你出轨,这是我给你的最后体面了,希望你好自为之。"

童盼盼站了起来,也不想演了,一把攥住李承恩的手臂,气急败坏地道:"我就真的那么让你讨厌,让你不耐烦到这种地步了?"

李承恩把她的手一点一点地掰开:"我不恨你。过去的事情已经过去了,何必再提？你既然回来了,就好好做自己应该做的事,找一个属于自己的良人,而不是继续纠缠,好给我们俩的故事保留最后一丝体面。"

　　童盼盼还不死心,正要说什么,李承恩道:"正是你的出轨,使我在伤心欲绝之际遇到了我真正喜欢的人。"

　　"什么？"李承恩轻飘飘地开口,直接把童盼盼的心打进了冰窟。

　　"谁,你喜欢谁？我怎么不知道？叔叔阿姨也没有提起过,你在骗我！"

　　童盼盼的表情有些慌张,眸子里带着质疑。

　　李承恩笑了笑,他想起来心中的那一抹倩影,整个人的目光不由得柔软了下来。

　　"我喜欢谁不需要和你说,但是我没有必要去骗你,她很好,是我见过最好的姑娘,因为我一直觉得自己配不上她,所以才没有鼓起勇气表白,但是我们俩的心,应该是……在一起了。"

　　最后四个字,他说得很温柔,话语里面都带着情愫。

　　这让童盼盼不由得为之一颤。

　　"你在骗我对不对？你压根没有喜欢的人。你就是气我,所以才说谎对不对？"

　　童盼盼不想承认这个事实,她已经陷入了癫狂。

　　"骗你？没那个必要,你走吧,我不想再看见你。"

　　李承恩觉得童盼盼太把自己当回事儿了。

　　这几年,他做事越来越不喜欢拖泥带水。所以如今面对童盼盼,他也是如此果决。

　　"李承恩,你说话太过分了！我好歹是你前女友,我们在一起那么多年……"

　　"对,你也说了,是前女友。"李承恩觉得可笑,"你什么时候这么啰唆了？想让所有人都知道是因为你给我戴了绿帽子才分的手？彼此留点脸面,不好吗？"

第 65 章　你太过分了

李承恩话语里带着威胁，看童盼盼的眼神中，更是一点感情都没有。

童盼盼彻底哑火了。

她知道，这是李承恩给她留的最后的脸面，没有去拆穿她，已经是李承恩最大的仁慈。

在乡镇，如果一个人的作风有问题，绝对会被人指指点点，更何况她还是一个女生。若是这个事儿传出去，那些人的唾沫星子不仅能把她淹死，怕是她父母也要一辈子抬不起头。

所以对于李承恩一直没有说穿这件事情，童盼盼非常感激。正是因为这点，她才抱了一点希望，觉得两个人还有破镜重圆的可能。

但如今，李承恩彻底打破了她的幻想。

"我……我都已经说过对不起了，你还要怎么样？非得毁了我吗？"撕下了伪装的童盼盼，此刻的面目略显狰狞，不复先前的甜美。

李承恩转身就走，一点都不想跟她多说了。

从她的话里，李承恩听不出一丝悔意。

这个女人直到现在都不知道自己错了，从不为别人想哪怕一点点。

谁承想童盼盼径直追了上来，理直气壮地嘶吼："你太过分了，一丝机会都不给我，李承恩，当年如果没有我父亲，你们家会是什么样子？你们要罚款要拘留！"

然而话一说出来，她就后悔了。

因为这番话不仅把最后的颜面丢在地上，也让复合的希望消失殆尽。

"是，你爸爸当年确实帮了我们家，我直到现在都很感谢童叔叔，所以我原来宠着你、惯着你。"李承恩的语气冰冷至极，眸中尽是厌恶，"但是，这不是你践踏我尊严的理由。"

轻飘飘的一句话,让童盼盼再次红了眼。

"承恩,我没有,我不是那个意思,我真的知道错了,只要我们俩能在一起,以后事事顺着你。对,你可以出轨,哪怕抛弃我一百回,只要你回头,我还在原地等你,好不好?"

李承恩觉得自己就像吞了苍蝇,差点没吐出来。他摆了摆手:"你走吧,就当你从来没有来过。"

"我不,我不走,我要知道你喜欢的人到底是谁!"童盼盼倔强地说道。

"你知道又有什么用呢?"李承恩觉得这事儿有些可笑,"你又不认识她,更何况,我不想她牵扯进咱们这点破事。"

在李承恩心中,程方梵是一个干净清澈、善良纯真的女孩,他不想将程方梵扯入自己和童盼盼的纠葛之中。

如果童盼盼知道自己喜欢的人是程方梵,肯定要四处打听。一旦找到程方梵的踪迹,她极有可能上门去闹。

"你爸爸一直都很疼你,他一直望女成凤,想看着你有出息,希望你不要再做出什么让他丢脸的事情。"这是李承恩最后的忠告,说完,他转身离去。

至于童盼盼会不会听,就不关他的事了。

第 66 章 我真的错了

童盼盼跑了上去,正想伸手拉住李承恩,也正是这时,李承恩猛然回头。

他的眸中不是平静,也不是冷漠,而是愤怒与厌恶,就像她看那些街上的乞丐,就像她看那些弄脏了她漂亮裙子的乡下人。

童盼盼已经伸出的手,收了回来。

望着李承恩越走越远的身影,她好像抽空了气力瘫坐在地上。

泪水无声地落在地上,没有哭喊,也没有哽咽。她抱着膝盖,终于想到了高中时光,他们一起学习,一起吃饭,甚至相约高考之后,来到茨淮新河的堤坝上漫步、玩耍……

也不知过了多久,童盼盼缓缓站了起来。

她对着李家村的方向,颤抖的嘴唇张张合合,末了吐出一句话来:"或许,我真的错了……"

李世杰在家左等右等等不着人,刚打算出去看看,就见李承恩自己一个人回来了,于是有些纳闷:"承恩,盼盼呢?"

"她回家了。"李承恩开口道。

"什么?她回家了?这饭都还没吃,怎么就回家了?是不是你小子说了什么不该说的话,把她给气走的?"李世杰很生气。

"是,是我让她走的,她本就不应该来。"李承恩没有反驳父亲的话,他不想提当初两个人是怎么分手的,这不仅是给童盼盼留颜面,更是给童叔叔留颜面。

"你这小子,说的什么混账话!什么叫盼盼就不应该来?人家这么大老远过来看你,你倒好,一进家就对人家冷着一张脸,如今还把人给赶走了,你到底想做什么?当初你跟她在一起,不是也挺喜欢人家的吗?怎么现在就变了心?我跟你说,童所长那么好的人,你可不能欺负他女儿,不然我可跟你没完。"李世杰放出了话,很明显他坚决支持儿子和童盼盼在一起。

"你跟她在一起,本来就是我们家高攀了,人家家庭条件那么好,你还有什么不乐意的?"李世杰一点都不理解自己儿子到底是怎么想的。

童盼盼人长得那么好看,虽然说只是读了一个三本,但是那也算是大学生啊,这条件,别人家那是抢着要,偏偏自己儿子一点都不上心。

刚回来那阵子,他隐约也知道两人分手了,如今女方上门了,就说明人家低头了,那自己家肯定要把这一页给翻过去,不能让女方下不来台。

结果自己儿子呢?直接把人给赶走了,这能不让李世杰生气吗?

"是,我的确配不上她,她是大小姐,我不过就是一个地里刨食的,我有自知之明,我配不上人家,所以我和她分开有错吗?"李承恩嘲讽地笑了一下。

李世杰气得几乎要给李承恩一巴掌。

"你说的什么混账话?童盼盼对你哪里不好了?我不是说你配不上她,我只是在告诉你,不能辜负童所长,不能对不起他的女儿。你应该知道,童所长帮了我们家很多,他对我们家有大恩,人不能知恩不报,更不能恩将仇报。"

李世杰一双眼睛直视着自己的儿子,试图想要说服他。

李承恩冲着父亲摇了摇头。童盼盼的纠缠,已经让他筋疲力尽,父亲的不依不饶,实在让他难以招架。

第 67 章 你懂什么?

夕阳的余晖洒满了李家的小院,给这宁静的傍晚添上了一抹温馨的色彩。然而,院内的气氛却并不如这景色般和谐,反而弥漫着一种难以言喻的紧张与对立。

"爸,我跟她的事情你可以不要插手吗?"李承恩的声音低沉而坚定,眼神中透露出一丝不容置疑的冷漠。

他的话语如同一把锋利的刀,直接切入了问题的核心,让李世杰一时语塞。

李世杰闻言,脸色顿时变得铁青。他瞪大眼睛,难以置信地看着儿子。

"不要插手?我插什么手了?我做老子的过问两句都不行?"他的语气中带着几分愤怒与不甘,仿佛自己的一片苦心被儿子当成了驴肝肺。

正在此时,林文娟从里屋走了出来。看着争执的父子,她狠狠剜了眼李世杰,没好气地道:"是他谈恋爱还是你谈恋爱?他跟童盼盼分手肯定有他的理由,你过问那么多做什么?"

林文娟一把扯掉身上的围裙,显得既生气又无奈。

李世杰见状,火气腾地一下朝上涨了好几个档次:"我是他爸!"

他的声音提高了几个分贝,仿佛要用这种方式来证明自己的权威。

李承恩咬了咬嘴唇,目光坚定地直视着自己的父亲:"对,是我喜新厌旧。"

他的话语简短而有力,却如同一颗重磅炸弹,在院子里炸响。

李世杰愣住了,他万万没想到儿子会如此直白地承认"喜新厌旧"。他愤怒地举起手,想要给李承恩一个教训,却被林文娟一把拉住:"你做什么?!"

李世杰指着李承恩,两只眼睛瞪得就像铜铃,声音都在空气中打着转:"听听你的宝贝儿子说了什么?他喜新厌旧,要跟盼盼分开,童所长那么好的人,你让我以后怎么面对他?"

林文娟狠狠瞪着李世杰,气得声音都在哆嗦:"你觉得你儿子是这样的人吗?他说喜新厌旧你就信了?你儿子什么脾气你还不了解?"

林文娟的话如同一股清泉,缓缓浇灭了李世杰心中的怒火。

他愣住了,开始重新审视这个问题。

他知道李承恩不是那种喜新厌旧的人,更不会无缘无故地抛弃一段感情。那么,问题到底出在哪里呢?

见李世杰的火气降了少许,林文娟叹了一口气,继续说道:"实话告诉你,我也不喜欢那个童盼盼。"

她的话语中带着几分决绝与不满。

"这丫头不仅嫌贫爱富,还极为自私,她到咱们家的时候,我们那么累,她是一点活都不干,碗筷都没洗过啊。"

李世杰试图辩解:"你以前不是挺喜欢她的吗?"

林文娟冷笑一声:"我表现得挺喜欢她,是因为儿子!所以当承恩说他们俩分手了,我还觉得这事刚好呢。我们家是要娶儿媳妇,不是娶个祖宗回来供着。"

李世杰被林文娟的话噎得说不出话来。他沉默了一会儿,终于开口:"他们俩分了就分了,但是咱们也不能这样对待人家啊,咱们得感恩。"

林文娟闻言更加不满:"怎么感恩?难道就要牺牲我儿子的幸福来感恩吗?我告诉你李世杰,我儿子娶谁都行,哪怕娶一个大字不识的都可以,但就是不能娶她!"

说完这句话,林文娟直接扭头进了屋,把里屋门一关,独留下李世杰和李承恩父子俩面面相觑,一时之间竟无人说话。

李世杰心中五味杂陈。他既为妻子的决绝感到震惊,又为儿子的坚持感到无奈。他明白自己无法强迫儿子接受一个他不爱的人,也无法就这样放弃与童家的联姻机会。毕竟在他看来童所长的人脉和地位对儿子的未来有着不可估量的影响。

然而李承恩显得异常坚定。他看着父亲说道:"我的事我自有主张。这些礼物还是请你明天还给童所长吧。就跟我妈说的那样,我们家庙小,装不了那尊大佛,这些东西我们受之有愧。"

说完他笑了笑,转身朝鱼塘走去。

夕阳的余晖将他的背影拉得很长很长,仿佛预示着他未来的道路既漫长又充满挑战。但他知道,无论前方有多少困难和挑战,他都会坚定地走下去,因为他已经找到了自己真正想要守护的东西。

李世杰看着儿子离去的背影,心中涌起一股莫名的情绪。他不知道自己是不是做错了什么。

或许他真应该放手让儿子去追求自己的幸福。

想到这里李世杰也轻轻地叹了一口气,然后转身回屋。他知道今晚注定是一个不眠之夜。但他相信,只要一家人齐心协力,没有什么困难是克服不了的。

第 68 章　新的项目

李承恩出了家门,心情前所未有的轻松。

原本他还以为再见到昔日恋人,心中难免会有波澜,没想到自己竟如此坦然、如此平静,看来这段感情算是彻底画上句号了。

除此之外,还有母亲的助力。

李承恩不想把童盼盼那点破事抖搂出来,但若父亲真把他逼到一定程度,自然也就瞒不了了,到时大家都难堪。关键时刻,还是母亲站了出来。再回想先前童盼盼来家时母亲的种种表现,李承恩鼻子微微有些酸。

为了自己,为了这个家,母亲付出了很多,却从不求什么回报,就像不远处静静流淌的茨淮新河水。

这一瞬,他突然又想到了程方梵,掏出手机正要拨通她的号码,胡以为的电话打了过来。

电话中,胡以为乐呵呵地说道:"老李,你可以啊,才多长时间,就成名人了。"

李承恩嘴角一阵抽搐,说道:"拍了个纪录片就是名人了?那名人也太廉价了。我说你小子好不容易来个电话,就为了调侃我?有话快说,有屁快放!"

胡以为撇了撇嘴。这两年李承恩挣了钱,脾气也比先前大多了。

当他把来电目的道明后,李承恩激动极了:"你国庆假期真过来?"

胡以为觉得李承恩有些大惊小怪:"什么叫真过来?瞅你那语气,好像我没去过你们那里似的。好了好了,导师找我还有事,这事儿就这么定了。对了,那些放养的鸡啊鸭啊什么的都给兄弟留着,先前你穷,我不跟你计较,现在富了,我是绝对不会客气的!"

十月的天,已然渐凉。

胡以为望着满脸欣喜不停忙碌的农户,禁不住感慨连连。

先前他并不看好李承恩回乡创业,因为他觉得李承恩就是个书生,没有经商的头脑,现在来看,倒是自己错了。纵然室友的成功有津南大学农学院的辅助,但是这么短的时间取得如此丰硕的成果,却也不是人人都能做到的。

胡以为抄着手走在茨淮新河堤坝上,满脸笑意地看着李承恩。

"你们这里跟先前相比,不说是天翻地覆,也算是旧貌换了新颜。我就纳了闷了,你小子现在不少挣啊,怎么不盖个小洋楼?钱这玩意儿生不带来死不带去的,别不舍得花。"

李承恩双手一摊,略有些无奈:"我也想盖幢小洋楼,让父母过上好日子,问题是条件不允许啊!"

盖小洋楼这事儿,春节的时候不仅爷爷提了,父亲也提了。他们的意思是,大家操劳这么多年,真没过过什么好日子,现在家里不说发了大财,至少小康在望,别人家都盖了小洋房,咱们也得跟上乡亲们前进的脚步啊。

李承恩当即就叹了口气,把想法道出来之后,李世杰和李万道对视一眼,也就不言语了。

"盖洋楼可是大事,什么项目这么重要?你小子又有什么鬼主意了?"胡以为停下脚步,很是好奇地望着李承恩,茨河铺不是津南,盖个小洋楼真花不了多少钱。

李承恩想到美好的未来,一双眸子立马就亮了:"我们这里前阵子发现了几个温泉眼,我想投资建个温泉山庄。那地方离我的果园不算远,一旦项目搞成了,不仅乡亲们腰包鼓了,我的农家乐也就没有什么旺季淡季之分了,一年四季都会有进账。"

温泉?胡以为立马瞪大了眼睛,好像见了鬼似的。山区有温泉他知道,平原地区有温泉,这也太离谱了吧?

"老李,你确定没搞错?"胡以为有些难以置信。

"绝对没有,专家都来好几次了,整个茨河铺已经尽人皆知了,王镇长前几天也找我谈过话,让我看看能不能在这上面做做文章。"李承恩从口袋掏出香烟,递给胡以为一支。

胡以为引燃香烟,扫了眼四下,彻底无语了。

温泉都能在这里出现,谁说这是鸟不拉屎鸡不下蛋的鬼地方?这里分明是一块令人眼馋的洞天福地!

现在回头再看,李承恩放弃保研机会回乡创业,确实是个英明的选择,不仅改变了家庭经济状况,还带领乡亲们一起致富,只是……

换成自己,有这份魄力吗?

胡以为这次从津南来顺昌,深刻感受到了皖北这片土地正在发生变化,特别是李家村,很多农户都盖了新房,先前的村小也美美地翻修了一番。人的腰包鼓了,精神面貌也发生了变化,路上他遇到不少农户,一个个红光满面、意气风发,对未来充满了希望。

两人说着说着,便到了李承恩承包的农家乐。胡以为朝躺椅上一倒,望着一望无际的湛蓝天空,赞不绝口。

古往今来,很多人心中都有一个田园梦,然而,真正能做到隐居田园的又有几人呢?在繁华的城市待久了人会烦,在偏僻的田园住久了人会更烦。所以一些城市居民有了一定的经济基础,往往会选择去农家乐暂住两天,圆了自己的田园梦。

"随着顺昌经济的发展,来农家乐消费的人会越来越多,"胡以为望着土坡上挂满果实的果树,还有那个秋水荡漾的池塘,起身拍了拍李承恩的肩膀,"等你的腰包鼓了,农家乐必须升级。人们来农家乐是想尝尝田园生活的鲜儿,却不一定能接受正儿八经的乡野生活,有些地方搞不好,就没有回头客了,比如说卫生间的提升和改造,应该是农家乐的当务之急。"

李承恩脸上的笑容当即不见了。

胡以为说得太对了。

现在农家乐客流量还不大,一旦人多了,那简陋的卫生间不堪重负,届时……

消费者来农家乐是来放松的,不是来添堵的,不仅卫生间要改造升级,脚下这条路更要升级。卫生间的升级改造有困难,李承恩能克服,然而解决道路问题就不是他能力所及了。

胡以为见李承恩皱起了眉头,乐了。

"你也别忧心忡忡的,温泉山庄也不是一朝一夕能建成的,没建成之前,你的农家乐客流量不会有太大提升,初步升级改造一点问题都没有。对了,温泉山庄这个项目你准备怎么干?即便这里不是津南,要想搞成这个项目,启动资金也是不菲。"

第 69 章　水果番茄

胡以为的话正中要害。

稍有些头脑的人都知道天然温泉是个好东西,温泉山庄和农家乐结合起来,打造农家温泉特色山庄,更是个绝妙的主意。如此不仅能吸引顺昌城区的消费者前来,恐怕周边县市区的消费者都能吸引过来。

到了那时,带动茨河铺的经济发展基本铁板钉钉,除此之外,还能打出茨淮新河的文化牌,继而带动茨林蔬果的知名度更上一层楼,再乐观点儿,指不定能打开全国市场。

想到美好的未来,连胡以为的眼睛都亮了。

刚才胡以为已经认定李承恩放弃保研返乡创业是英明之举,自己没有这个魄力,现在才发现李承恩远比自己想象的还要厉害——人家的目标是星辰大海,只是……

以前怎么没看出李承恩还有这个潜力呢?

李承恩没有注意到胡以为的表情变化,只是望着又长又直的茨淮新河。

"镇政府为了建厂已经捉襟见肘了,现在的财政状况非常紧张,要解决资金问题,还得靠父老乡亲!"李承恩想了想,紧跟着补充道,"甚至可以把众筹的范围扩大到兄弟乡镇。"

胡以为微微一怔,立马指出问题所在。

众筹确实是聚拢资金最有效、最快捷的方式之一,然而与拉投资相比就显得烦琐了。做生意不比其他,人多了,矛盾就多,矛盾多了,问题就多,稍有不慎,可能会导致温泉项目直接搁浅。

更重要的是,温泉项目的回报周期很长,乡亲们等得及吗?

"应该等得及!我们村穷,茨河铺穷,兄弟乡镇也是半斤八两,在这条河东岸的人都穷几百年了,大棚蔬菜和特色农业让大家的腰包稍微鼓了一些,然而这与大家心中的梦想差距甚大,正在建设的厂子是大家的希望,温泉项目也是大家的希望。"

李承恩说到这里,指着潺潺流动的茨淮新河,铿锵有力地道:"为了它,乡亲们努力了十多年,也等待了十多年,所以不管是那个牛肉厂,还是即将建设的特色温泉山庄,我们都等得起,耗得起!"

正在这时,耳畔传来一道声音。

"说得没错,能挖出这条河的人们,身上就得有这股劲儿!"

胡以为和李承恩循声看去,只见一名身着米白色风衣的妙龄女子巧笑嫣然地走了过来,她的长发微微挽起,垂在脑后,几缕发丝轻轻从她耳边飘过,那妩媚而又动人的姿容,仿佛从天边飘下来的仙子一般。

愣了数秒之后,胡以为惊讶地喊道:"程老师,你怎么在这儿?"

程方梵没有去看李承恩,落落大方地回话:"李承恩说你要来,我自然是要来看看的,毕竟跟他相比,你可是我正儿八经教过的学生。"

胡以为也分外高兴。

原本他打算从茨河铺离开,专门去顺昌城看望程方梵,没想到能提前见面,真是一个大大的惊喜。

自从程方梵离开学校之后,他就再也没有去上过剪纸课了,因为没有程方梵的剪纸课,在他看来少了很多乐趣。

原因无他,胡以为可是出了名的"外貌协会"成员,新来的剪纸老师的颜值跟程方梵压根没得比。

"程老师,两年没见,你是越发漂亮了!"胡以为把面前的妙龄女郎上下打量一番,禁不住赞叹,"你在学校教剪纸的时候,我就说过,演艺圈才是程老师应该去的地方,你要真听了我的,说不定已经成为巨星了。"

程方梵白了眼胡以为,言语间略有些责备:"胡以为,你现在可是津南大学农学院的研究生了,还是这么油嘴滑舌,你的导师就不管管你?"

胡以为觍着脸给自己抹金:"哪有哪有,程老师,我现在可稳重多了,我跟着导师一起研究果蔬新品种,特别认真、特别勤奋,导师逢人就夸我呢。"

他这话倒不是谎话。

虽然胡以为平时油嘴滑舌了一些,在学习上可是一点都不马虎。再加上他家里人脉广,本人又聪明努力,自然得到了导师的重用,基本上导师负责的重要项目都会让他参与。

这个参与可不是教授指导学生那么简单,出了成果,胡以为可算是研发团队的一员,是要共享荣誉和参与利益分成的。

李承恩心里刚才有些不舒服。

细细算来,他跟程方梵已经很长时间没见了,这次本想借胡以为过来的机会,大家好好聚一聚,哪想看到胡以为之后,程方梵一双眼睛全在胡以为身上,俨然把自己当成了路人。

这种被无视的感觉让他很伤心,似乎那晚的场景,似乎那些亲近的话语从来没有发生过。按照常理两人应该越走越近,怎么现在看起来越来越远?问题到底出现在哪里?是因为两人事业心太强,还是程方梵已经变了,心里有了别人?

就在他胡思乱想的当口,胡以为道出的新品种果蔬,转移了李承恩的注意力。

津南大学农学院作为国内农学领域的强者,研究出的果蔬新品种特别受欢迎,如果这些新品种能弄到手,茨河铺的蔬菜大棚产业基地,又多了一个撒手锏。

胡以为见李承恩一脸期待,挑了挑眉毛,得意扬扬地报出了答案:"水果番茄是我们研究出来的口感型番茄品种,果实呈圆形,成熟果为粉红色,从播种到采收一百天左右,单果重一百克左右,每穗花序四朵,产量比平常的番茄高出很多。"

李承恩在学校那会儿,学习能力并不比胡以为差,于是毫不客气地道:"在我面前你还卖什么关子?你都说是水果番茄了,绝不仅仅是产量高,赶紧说重点!"

他没有看到,程方梵一个白眼砸到他急切的脸上。可是考虑到李承恩的现实处境,程方梵心里的不满和憋屈又降了少许,只能在心里长长叹了口气。

每年冬季,番茄的价格就居高不下,口感好的番茄更是备受青睐,上年李承恩蔬菜大棚销路最好的果蔬,其实也就是番茄。

然而花无百日红,随着市场上番茄供应量的加大,茨淮大棚基地的番茄销量也受到了影响,到了最后,甚至打起了价格战。

导致这种情况的原因非常简单——品质差距不大!

第 70 章　打土豪

茨林品牌的番茄口感好有目共睹，但是与其他品种的番茄并没有拉开明显的差距，导致这种情况的因素有二：一是番茄的特点决定；二是，虽然津南大学农学院的研究团队强，其他农业大学也没有止步不前。

那么，在品质相差不大的情况下，消费者为什么要选择价格更高的茨林品牌呢？

最近这段时间，程方梵纵然跟李承恩没见面，却能在聊天过程中感到李承恩承受的压力。她也想暗中再帮帮李承恩，却无能为力，现在她觉得说不定突破点在胡以为身上。

由此，程方梵推了下胡以为，催促道："赶紧说啊！"

虽说水果番茄的项目目前还处在研发阶段，应该保密，但是他跟李承恩之间向来没有什么秘密可言，程方梵也不是外人，于是便侃侃而谈。

"一般来说，普通番茄的含糖量为二到四度，但是津南大学农学院研究的番茄新品种含糖量高达八度，更不可思议的是，这种番茄还沙瓤多汁。"

李承恩又不是外行，当即兴奋起来。

含糖量是普通番茄的二至四倍意味着什么？意味着胡以为和导师研发的番茄新品种完全可以当作鲜食水果食用。

程方梵也是满面红光。

其他品牌的番茄之所以会对茨林番茄造成冲击，很大一部分原因是由番茄的特点决定的。这种果蔬哪怕日照再充足，含糖量也不是很高。由此消费者大多将其当成蔬菜进行烹饪，很少有人把它当成水果。

这并不代表番茄没有成为餐后水果的可能，不然，圣女果也不会有那么大的市场。

程方梵喜欢餐后吃些水果，圣女果就是其中之一。作为消费者，她清楚地知道圣女果比番茄甜,可是再甜,含糖量也没有高到那么离谱。此外,在口感方面,圣女果跟番茄中的贵族——普罗旺斯番茄相比,还是有不小的差距。

倘若津南大学农学院能研究出堪比或者超越普罗旺斯番茄的新品种……

程方梵越想越振奋,这才将目光放到李承恩身上。津南大学农学院这个项目一旦成功,李承恩又拿到了经营权,那么茨林蔬果冲击全国市场的脚步将大大加快。不!不仅仅是全国市场,而是国际市场。

普罗旺斯番茄被誉为番茄中的贵族,依靠独特的口感征服了世界,也为普罗旺斯创造了大量外汇。然而,普罗旺斯番茄有个致命的缺陷——产量有限。

但是茨河铺不一样,顺昌不一样,中国不一样啊!只要有机会,勤劳善良的中国人民会让世界明白什么叫作效率,什么叫作生产力。

"口感比起普罗旺斯番茄,有差距吗?"程方梵直指问题的核心。新的"贵族"要崛起,必然要在实力上领先,这是基础,也是王道。

胡以为越发得意起来,美滋滋地回道:"为此我专门买了普罗旺斯番茄,经过本人和同学的印证,只会领先,不会落后。"

李承恩一把拽住胡以为的胳膊,声音都在颤抖:"已经研发出来了吗?"

胡以为砸给李承恩一个大大的白眼。

津南大学农学院的番茄新品种对标的可是普罗旺斯番茄,要是轻易就可以研发出来,普罗旺斯"番茄王国"的美名早就是过眼云烟了。他刚才之所以如此得意,是因为技术上已经没有问题,现在所需的是验证和试验,简而言之,就是时间问题。

李承恩重重拍了下胡以为的肩膀:"我要第一时间得到种子!"

胡以为撇了撇嘴:"你小子哪次给我打电话不是要种子?"

他伸了个懒腰,顺手摘了一旁的马尾巴草,叼在嘴里,歪着脑袋望着李承恩。

"这次研究可以说是我们实验室的一大突破,也是我自己的一大突破,我都已经在实验室待了三个月了,就连暑假都没回家,给我累得啊,少活十年!若非如此,我怎么会十一长假朝你这里跑?"

李承恩立马明白了胡以为的意思,把胸脯拍得啪啪作响。

"为了犒劳你,你就在这里好好放松几天,虽然哥哥我还处在无比艰难的创业初期,但是让你吃好喝好,体验下自然风光、田园美景,还是一点问题没有的。"

胡以为对李承恩的表态非常满意。

津南大学农学院研发的水果番茄一旦彻底验证成功,种子肯定要优先供应李承恩。毕竟,津南大学也是护短的,家里有肉不紧着自己人,难道要便宜外人?当然李承恩也不能觍着脸光要好处,不回馈点儿好处,谁愿意干活啊?

程方梵也是看出来了,胡以为这次来不是扶贫,是来打土豪的,她意味深长地笑了起来:"承恩现在可是农家乐的老总,让你吃好、喝好、住好是没问题,再高的消费恐怕不行,你瞅瞅……"

她这般说着,朝李家村的方向努了努嘴,又道:"很多农户都住上小洋楼了,他们家还挣扎在温饱线上。"

言下之意,不是不让打土豪,但是要悠着点儿,杀鸡取卵的蠢事可不能干。

胡以为看看巧笑嫣然的程方梵,又看看李承恩,唇角旋即一抽。

"程老师,我可不是那种没有分寸的人。"

程方梵点了点头:"我知道你是有分寸的人,可是你的家庭条件太好,早就习惯了高消费,这里是顺昌,可不是津南。"

胡以为不由得想到先前跟程方梵相处的点点滴滴,老脸一红,无比惭愧。

原来他为了在程方梵面前显摆,做的荒唐事还真不少,俨然将自己包装成了贵公子。刚开始程方梵对他很反感,一直抱着避而远之的态度,直到接触多了,才知道胡以为并非自己想象中的那种纨绔子弟,两人的关系也有了明显改善。

若非如此,胡以为就是帮李承恩再多,李承恩就是把天说破,程方梵也不会在百忙之中抽出时间跟胡以为见面。

李承恩显然不清楚胡以为跟程方梵那些过往,赶紧帮胡以为打圆场。

"程老师,这中间可能有些误会,老胡平时还是很节俭的,再说,靠着他的帮助我这几年才……"

程方梵斜睨了李承恩一眼,冲胡以为甜甜一笑:"地主土豪都发话了,拿出你津南土著的做派,千万别让程老师失望。"

第 71 章　自信

李承恩当即面红耳赤。

自己这两年是挣了些钱,可这些积蓄,在程方梵面前算得了什么?程老爷子不仅艺术造诣高,经商能力更强,积累的财富之多在顺昌城不说首屈一指,那也是数得上号的,不然,穷乡僻壤的李文龙也不会听闻程家的大名。

胡以为愣了片刻,又将目光放在李承恩身上,一副难以置信的模样。

程方梵俏脸一红,清清嗓子,赶紧岔开话题:"你还有一年就毕业了吧?"

胡以为这才缓过神来,做出一副受宠若惊的模样:"没想到程老师还记得我什么时候毕业。"

程方梵颔首:"自然记得啊,在我教过的学生中,就数你给我留下的印象最为深刻。对了,我听承恩说,你导师想让你留校?"

胡以为微微一怔,意味深长地看了眼李承恩。

导师让他留校这个事,目前还处在操作阶段,毕竟津南大学是正儿八经的985院校,能留在这样的院校工作,未来自然不可限量。胡以为家境好,可能没把津南大学教师的职位看得太重,其他人就不一样了。

所以,把这个消息第一时间传给李承恩的时候,胡以为千叮咛万嘱咐要保密,没想到这小子当初答应得好好的,转眼就将自己卖了,不过想想两人方才的表现,胡以为心下长长叹了口气,就李承恩跟程方梵这种关系,把自个儿卖了也正常。

由此,胡以为干脆直接把话说白了。

"原本我还真看不上津南大学的教师职位,这个老李知道,我的梦想可是数钱数到手抽筋,睡觉睡到自然醒。可是上了研究生,加入导师的研发团队后,想法也就变了。"

说到这里,胡以为叹了口气。

大学毕业继承家业或者打出一片天地,想想就让胡以为热血沸腾,然而……

他扫了眼四下,扭头望着李承恩。

"我国地大物博,人口众多,农业必然大有可为,然而中国缺你这样投身农业的企业家吗?"

李承恩想了想,缓缓摇了摇头。

回乡创业,带着李家村的农户致富,在方圆百里之内,李承恩算得上是个人物,却并不代表他不可取代。确切地说,只要拥有李承恩具有的资源,哪怕专业能力稍微弱一些,也能做出李承恩一样的成就,甚至商业头脑再强一些的,可能比李承恩做得更好。

但是农业科研人才就弥足珍贵了。

中国加入世贸组织之后,经济以肉眼可见的速度攀升。经济发展了,人们的视野开阔了,对高质量生活的追求也越来越强烈,于是很多高校学生选择了IT、金融等行业,如此才能迅速致富,实现自己的人生价值。

"你知道咱们学院这届本科毕业生最终从事本专业的比例是多少吗?"胡以为引燃一支香烟,狠狠抽了一口,声音也变得低沉起来,"一个很低很低的数字,从事研发的研究生数量也肉眼可见地下降了。"

原来的胡以为不会去思考这些问题,上了研究生后,接触了一些国外留学生,他们的傲慢,让胡以为的心态也渐渐发生变化。

"我们这里的自然条件,哪里比地中海差?即便有所不及,又能差多少呢?然而普罗旺斯的番茄为什么会是番茄中的贵族?是因为研发!除此之外,还有日本的阳光玫瑰葡萄,程老师知道这种葡萄卖多少钱一斤吗?"

胡以为的问话,让程方梵愣住了。

她喜欢吃水果,可是这种品牌的葡萄,她还真没听说过。

胡以为接着道:"八百多一斤,几乎是按颗卖啊!我和导师整了一斤尝尝,味道确实好极了,很甜,无籽,远甚于新疆的葡萄,是日本农业食品产业技术综合研究机构用安芸津21号与白南为亲本杂交育成的,目前我们国家还没引育。"

"八百多一斤?"李承恩当即瞪大了眼睛。

程方梵的好奇心瞬间被提了起来,道:"我一定要尝尝鲜。"

胡以为把香烟丢在地上，抬脚踩灭。

"我相信程老师具备这种消费能力，可是在顺昌城，又有多少人具备程老师这样的能力呢？所以我们要学习，要去研发，只有打破技术壁垒，我国才能大规模种植，一旦大规模种植了，价格必然就下来了，如此，老百姓也能享受到价优质高的果蔬。但是外国人不信我们有这个能力，就像他们不信袁老爷子的杂交水稻，结果我们做到了！袁老爷子行，我们凭什么不行？中国的经济正在快速发展，老百姓腰包鼓了，自然会追求高品质生活，难道我们任由外国人把我们的经济发展成果一点一点地塞进口袋？绝对不行！所以我要跟着导师研发，要证明给世界看，中国是农业大国，中国的农业技术不管到了什么时候，都是世界第一。"

胡以为越说越激动，又引燃一支香烟，盯着潺潺流淌的茨淮新河。

"顺昌的人能凭空挖出一条河，津南大学的学子也能创造世界奇迹！"

胡以为这番话很长也很有力，李承恩和程方梵听得也很认真，尤其是程方梵。

以前她觉得胡以为人不错，就是有些不着调，现在才发现胡以为不着调的背后，竟然隐藏着一腔热血。

李承恩拍了拍胡以为的肩膀，笑了起来。

正所谓物以类聚，人以群分，刚上大学他就觉得胡以为骨子里有股劲儿，不然依他的性子，也不会跟胡以为这样的"纨绔"关系那么近。此刻的胡以为终于褪去"纨绔"的面具，露出了真容，也露出了向顶级农业技术开战的獠牙。

程方梵看着两人，甜甜地笑了起来。

李承恩和胡以为都有一颗赤子之心，她和爷爷又何尝没有呢？

原来人们都认为剪纸是个小玩意儿，上不了台面，爷爷硬是凭着一股劲儿，走出了一条路，最后让程氏剪纸成了官方认定的非物质文化遗产。

中国地大物博，历史悠久，上下五千年孕育了多少非物质文化遗产？一些别有用心的人想方设法贬低中国的文化，目的就是为了让中国人失去文化自信，一个国家，一个民族，如果对自己的文化都不自信了，就只能跪着！

作为一名文艺工作者，她要做的就是弘扬传统文化。

中国科技要自信自强，文化更要自信自强！

第 72 章　她对你有意思

时间过得很快，胡以为在李家村住了三天，国庆节的假期就迎来了尾声，他得回学校继续研究他的新品种。

程方梵今天邀请他们去城里做客，说是胡以为好不容易来一趟，她也要尽一番地主之谊，好好招待一下自己的学生。

去顺昌城看看本就在胡以为的行程计划之内，一来去看看程方梵，二来也看看顺昌城的变化，所以他欣然应允。

开往顺昌城的班车上，胡以为看着一闪而过的景致，对顺昌城充满了期待。先前他也到过顺昌城，给他的感觉是，那是一座在经济方面不如津南的县城，环境方面不如津南的街道。几年过去了，顺昌城应该会有不小的变化吧？

不过相对于环境的改变，最大的变化应该是人，比如说程方梵。

胡以为看了眼凝视窗外有些出神的李承恩，贴着他的耳朵问："哎，老李，你说程老师是不是对你有意思啊？"

李承恩微微一怔，反应过来之后，连忙矢口否认："你小子胡说什么呢？"

"胡说？你当我是瞎子？"胡以为斜瞅着李承恩，正色道，"老李，咱俩是什么关系？为了你的事业，兄弟我在后面使了多少劲儿？你和程老师都到这步了，我竟然没收到一点风声，你可真不够意思。"

李承恩违心地解释："我们从津南回来后，为了事业，接触的次数多了些，接触的次数多了，关系自然就近了。至于男女感情，应该是没有的，不信你想想，前几天她来李家村，对你可比对我热情多了。"

胡以为瞪大眼睛，把李承恩从上到下看了好几遍后，手指点着李承恩，乐了。

"你小子该不会怀疑我跟程老师有什么吧？"

李承恩心里一个咯噔，点点头，突然觉得不妥，又赶紧摇了摇头。

胡以为差点被李承恩的反应逗乐了。李承恩见状，当即面红耳赤。

胡以为见李承恩恨不得找条地缝钻进去，无奈地摇了摇头，把那些尘封的过往一一搬了出来。

扪心自问，跟程方梵见面的那一瞬间，"外貌协会"成员的胡以为确实有追求程方梵的想法。不然，他也不会着了魔似的要去报什么剪纸课。哪想自己的殷勤换来的是程方梵的疏远，于是胡以为开始重新审视这段关系。

倘若真是义无反顾地喜欢上了程方梵，依照胡以为的性子，肯定会发扬一不怕苦二不怕累的精神，誓要将其拿下。问题是反思许久之后，胡以为最终得出了这样的结论——他对程方梵只是欣赏，并非男女之间的爱，更重要的是，自己再这么做下去，可能会失去程方梵这样一位朋友。

于是胡以为开始换种方式跟程方梵相处，也收到了良好的效果。即便程方梵对胡以为还有警惕，两人的关系却有了缓和，以至于发展到现在，成了亦师亦友的关系。

待胡以为把话说开之后，李承恩的心结也解开了。

前几天，程方梵初见胡以为的表现，真让李承恩心里七上八下。倘若胡以为心里真有程方梵，那他和程方梵一旦成了，就有些尴尬了。不过自己跟程方梵真的能成吗？

胡以为见李承恩又陷入沉默，直截了当地问："老李，你说句实话，到底喜不喜欢程老师？"

耳根子好像着了火的李承恩，轻轻点了点头。

见他这副模样，胡以为都替他着急。

"喜欢就去追啊，这有什么不好意思的？而且我觉得程老师对你也有意思啊，你没看见她看你的那个眼神吗？眼睛里都带着光的，啧啧……我都觉得甜！"

"你哪只眼看到的？我怎么没觉得？"李承恩斜眼看了他一下，内心有些窃喜，更有些忐忑。

窃喜的是，连胡以为都能看出程方梵对他好；忐忑的是，这种好真的是男女之情吗？

那个夜晚是李承恩难以忘怀的夜晚。可是自那之后，两人见面的次数很少，更重要的是，彼此都没有表白。由此，李承恩开始怀疑这段感情，可能程方梵也在怀疑,因为他能明显感到,随着彼此事业的日益忙碌,两个人疏远了。

"老李啊,我说你是不是傻啊?你就没觉得程老师待你很好吗?"胡以为叹了一口气。

这傻小子,还真的是什么都没有看出来啊!

也是,这货就只谈过一个女朋友,结果还被绿了,能够有什么经验呢?

罢了罢了,谁让自己是他的兄弟呢!还得自己提点提点,以免让自己的兄弟错过属于他的幸福。

正在这时,耳畔传来李承恩略显赧然的话语:"程老师对谁都很好,换成是你回乡创业,她也会鼎力支持的。"

胡以为恨不得一巴掌扇在李承恩脸上。

程方梵对谁都很好?放屁!

倘若程方梵是那种对每个人都和颜悦色的女人,那段时间他也不会陷入深深的反思之中。事实上,程方梵在津南大学任教那些日子,可是出了名的冰山女神。在教学过程中她还没表现得那么明显,到了生活中,那是靠近一步就能感受到她自灵魂深处散发的冰冷。

诚如李承恩所说,换成自己回乡创业,程方梵在力所能及的范围内,确实也会给予应有的帮助,但这个帮助肯定非常有限,绝对没有对李承恩那么尽心,更重要的是⋯⋯

胡以为拍了拍李承恩的肩膀,语重心长地给他提醒。

"还记得那天她让我收收性子,在顺昌这段时间,尽量不要铺张浪费给你添麻烦吗?这是摆明把你当成自己人,把我当外人啊!"

李承恩挠挠头,似乎还真是那么回事。

胡以为斜看他一眼:"随后你这没心没肺的小子竟然打起了圆场,这不是明摆着把她的好心当成驴肝肺⋯⋯"

胡以为顿了下,很是怜悯地望着李承恩:"你们之间先前到底发生了什么我不知道,可是刚见面那会儿,程老师对我的热情很不对劲,与之相对应,对你的冷淡也不符合常理。"

李承恩精神立马就提了起来,忙道:"到底怎么回事,你好好跟我说说。"

胡以为唇角一阵急抽,看李承恩的目光就像看傻帽:"你真不懂?"

第 73 章　勇敢地追

胡以为彻底服了。

只要眼睛没瞎，就能看出那天程方梵在生李承恩的气。

女生心里如果没有这个男生，真生气了，即便不是与其断绝往来，也会在心里彻底划清界限，断然不会像程方梵那天那般表面上疏远李承恩，实际上处处为李承恩着想。

刚开始胡以为有些闹不明白，待李承恩为自己打圆场之后，胡以为彻底弄清楚了两人之间的关系。

"也就是程老师，换成其他女孩，早就敬而远之了！"胡以为用手指点点李承恩的胸口，一副恨铁不成钢的模样，"你之前到底干了什么事儿，让程老师心生这么大的怨气？"

李承恩挠挠头，左思右想也想不明白，他真不知道哪里开罪程方梵了。

此时，农班车已经进站。

胡以为从车上下来，回头望着满脸沉思的李承恩，问："还没想明白？"

李承恩摇了摇头。

胡以为也不藏着掖着，背着双手一边朝前走，一边道："还记得我最喜欢的电影吗？"

李承恩点了点头。

《东邪西毒》是胡以为最喜欢的一部电影，闲着没事就戴着耳机在笔记本电脑上欣赏。李承恩偶然间听到过这部电影的音乐，确实不错，但是故事情节，李承恩欣赏不来。

胡以为没有理会李承恩，一边朝前走一边引用了一段台词。

"以前我认为那句话很重要，因为我觉得有些话说出来就是一生一世，现在想一想，说不说也没有什么分别，有些事会变的……"

李承恩当即停下脚步,愣在那里。

胡以为转身来到李承恩身前,又拍了拍他的肩膀,道:"越是有想法的女人越在意细节,内心就越骄傲,可能你觉得告白没什么,但在她眼里,这很重要。我就纳闷了,你平常胆子不是挺大的吗?两个人你情我愿都那么久了,为什么你不去告白?难道还指望女人主动?程老师可不是童盼盼!"

这一瞬,李承恩似乎明白了什么。

他并不是一个胆小的人,不然,也不会有回乡创业的勇气。然而在男女感情这件事上,他的表现确实深沉……不,确切地说,应该是厌,就像当年他跟童盼盼那一场缘分,好像也是童盼盼主动告白的。

时至今日,童盼盼那句话开始在耳畔萦绕——你这人怎么如此木讷?也就是我傻,一门心思看上了你,换成其他女孩,绝对不会跟你在一起的。

是啊,喜欢一个女孩,连告白的勇气都没有,以后还能为她做什么?

胡以为见李承恩一副大彻大悟的模样,开始给李承恩进一步洗脑。

"我喜欢《东邪西毒》是喜欢它讲述的哲理,并非剧情,难道你想像张国荣饰演的那个角色,在沙漠中苦苦等待,走不出去?难道你想程方梵像张曼玉饰演的那个角色一样,直到死亡的那一刻,也没见到喜欢的人?"

世间万万千千的有缘人,往往因为一些细枝末节的问题,最终没在一起。回首往事,他们不可能不后悔,为了掩饰内心的不甘,很多人又以"缺憾也是一种美"去粉饰那些不该犯的过错,以此让自己心里好受一些。

李承恩是胡以为的兄弟,程方梵是胡以为的朋友,他在几天前就看出两人内心深处的真实想法,也看到了问题所在。他不想这对相互喜欢的人错过这段缘分。

他是男人,有些话自然不方便对程方梵说,但对李承恩,他什么不能说?

"老李!"胡以为引燃一支香烟,加重了语气,"别说程老师心里喜欢你,就是不喜欢,只要你喜欢,也要放心大胆地追。记住了,天上不会掉馅饼,幸福永远是自己去争取的,有些人,错过就是损失,就是遗憾一辈子!"

李承恩只觉得手心冒汗,整个人的情绪极度不稳定,胸腔之中仿佛有一种情感想要喷发而出。

他定了定自己的心神,压制了一下自己的情绪,然后看着胡以为,满脸感激地说道:"多谢了!"

顺昌程家。

程方梵化了一个淡淡的妆容,镜前的女孩乌发如瀑,皮肤若雪,眉眼如画,唇上一点嫣红,漂亮得有些让人移不开目光。

咯吱!推门声响起。

程老爷子身着一身唐装,拄着拐杖走了进来。

他看了眼坐在梳妆台前打扮的宝贝孙女,笑着问道:"我家梵梵今天这么漂亮是要去哪呀?"

程方梵被突然出现的爷爷吓了一大跳,赶紧收拾好化妆包,脸色有些不自然,随口敷衍道:"出去见个朋友。"

程老爷子在床边坐下,细细审视着程方梵,意味深长地笑了起来。

"哪个朋友啊?让爷爷猜猜,是不是那个姓李的小子啊?"

第74章 我喜欢他

程方梵精致的容颜微微有些变色,轻轻点了点头:"不仅有他,还有我原来一个学生,他叫胡以为,跟李承恩是室友。"

程老爷子哦了一声,又道:"这些事你没必要说得那么详细,我知道你是跟李承恩一起出去的就行了。"

程方梵旋即站了起来,噘着嘴道:"爷爷,你别乱猜,我和李承恩就是普通朋友。"

程老爷子拄着拐杖,不由得笑了起来:"爷爷也没说你和李承恩不是普通朋友啊?你紧张什么?"

程方梵当即面红耳赤,觉得耳根子好像着了火。她张张红唇想要说些什么,却发现这个节骨眼儿,似乎说什么都不合适。

程老爷子见状,起身来到程方梵身前,摸了摸宝贝孙女的脑袋。

"瞧我家梵梵这张脸红的,这是害羞了吗?老实告诉爷爷,你是不是喜欢那小子?"

程方梵抬起头看向自己的爷爷:"爷爷……我……"

程老爷子见宝贝孙女一副欲言又止的模样,干脆把话挑明了。

"傻孩子,你觉得爷爷看不出来吗?爷爷是过来人,自然看得出来。"

程方梵咬着嘴唇低着脑袋,害羞的同时,心里还有不甘和委屈:"我……我不知道,还有,我们俩的身份,我们俩的年龄……"

程老爷子摇了摇头。

"你呀你,做什么事情都不要爷爷操心,家里的事业也被你打理得很好,做事比你爸都强,偏偏在感情上,你有很大的缺陷。"

"感情的事要自己做主,哪怕是自己的父母都不能干涉,更何况别人,更何况世俗的偏见?"

"你和方泽分手的时候,爷爷就觉得你是长大了,有自己的主见了,不用再为所谓的责任嫁给自己不喜欢的人。"程老爷子长叹了一口气。

"你那个时候带李承恩回家,爷爷就觉得你待他是不同的,我一直在等着你们俩的好事,但是等来等去也没有消息,爷爷差点都以为你对他没意思。"老爷子笑了笑,眼睛之中带着一丝狡黠,"不过后来,看你对他的举动,爷爷又推翻了之前的想法,觉得你的确是喜欢他的,只是有所顾虑罢了。"

所以他看着这两个小年轻整天拉拉扯扯,急得不行。

两个人明明互相喜欢,却偏偏没有一个人主动开口。

他们不知道这意味着什么吗?有些话必须挑明,不挑明就会带来猜忌,猜忌多了就有误会误会多了就会疏远,从而渐渐地分开了。

梵梵是女孩子,好歹要有几分矜持,没有主动开口程老爷子可以接受,李承恩那小子又是怎么回事?看着一副挺聪明的样子,而且看向自己孙女的眼神,炽热得如同燃烧的火焰,可偏偏他还能忍住不告白,这样的情商,让老爷子叹为观止,真不知道自己孙女看上他是福还是祸啊!

"爷爷,我是喜欢他的,可是这小子迟迟不说,我觉得他嫌弃我年龄大,还有我的学历没他高。"程方梵抬起头,认真地开口道。

"我的孙女能够看上那小子,那是他的荣幸。我跟你说实话,按照世俗标准,那孩子压根就配不上你!"程老爷子一向觉得这个孙女就是他的骄傲。

程方梵自幼是在他的膝下长大的,这孩子从小就懂事,也特别聪明,虽然说她是个女孩子,但是老爷子一向是把她当成下一代的传承人来培养的。

如今他上了年纪,家里的事业大部分都交给了孙女打理。孙女做得特别好,秉承了他的意志,一直在想方设法把剪纸事业发扬光大,为此,她甚至到大学里面开设剪纸课,就是为了培养年轻人对剪纸的兴趣。

和儿子的发展理念不同,孙女是一心想要把这个传统手工业给做起来,所以在程老爷子看来,孙女才是他真正的接班人。

"爷爷,我哪有你说的那么好?"程方梵不禁笑了。

只是想到李承恩,她心里的怨气又生出了几分:"爷爷,你说李承恩这个人心里到底咋想的?"

程老爷子回想李承恩的表现,脸上的笑意就此敛去。

"那我就不知道了,这是你们俩的事,不过连面对自己喜欢的人都不敢开口,即便再有出息,也不会给你幸福。像当年我追你奶奶,就是凭借着一股劲儿,那时候我什么都没有,但是见到你奶奶的时候,就知道这辈子我一定要娶了她,所以我铆足了劲儿去追,一直到她答应嫁给我为止。爱情本身就是追来的,即便那个时候你奶奶心中有我,但是若我不主动去追,她就算不自己离去,也可能被别人抢走了。"

老爷子说着自己曾经的事情,眼睛里不禁带了一丝笑意。

程方梵知道,爷爷是想奶奶了。

爷爷奶奶年少的时候结为夫妻,一辈子没有吵过架红过脸,哪怕到老了,也是恩爱非常,外出的时候爷爷总会牵着奶奶的手,每天的饭食也一定是奶奶最喜欢的菜色。

到最后,奶奶病重的时候,爷爷更是天天守在她身边亲自照顾,从来都是衣不解带,奶奶进医院多久,爷爷就在她的病床前陪伴多久,一步都未曾离开。

只可惜,奶奶的身体不好,病得太严重,到最后药石无医。

爷爷那个时候哭得跟个小孩子似的,拉着奶奶的手说:"你走得慢一点,等等我,黄泉路上我们俩做个伴,下辈子,我还要找到你娶你为妻。"

老一辈人的感情太让人羡慕,那时候车马慢,一生只爱一个人。

在如今这个信息快速发展的时代,这种爱情,已然成为奢侈品。

很少再能有这种真挚的感情出现在人的面前。

"爷爷,我明白了。"程方梵笑了笑,然后微微眨了眨眼睛,"您放心,我对李承恩有信心,他虽然情商有点低,却是一个认准一件事永不放弃的人,我觉得他在感情上也是这样,只要他认准了一个人,不会轻易地放手,我等着他告白。"

程老爷子听到这个话,瞬间笑得如春花般灿烂,高兴地点头。

"爷爷能听到你这么说,就放心了。咱们家也好多年没有办过喜事了,爷爷现在年龄大了,身体也越来越不好,也不知哪天就会去找你奶奶,希望在爷爷走之前,能喝上你们俩的喜酒啊。"老爷子叹了口气。

如果不是对这个孙女不放心,估计他早就去地下陪伴他的发妻了。

第 75 章 携手一生的人

程方梵听到"喜酒"二字,心里突然泛起阵阵甜蜜,眼里满满都是对未来的美好憧憬,不过从口中吐出的话语,透着女孩的矜持和羞涩。

"爷爷,八字没有一撇呢,您这说得也太快了吧!"

程老爷子赶紧摆摆手,正色道:"不早不早,你年龄也不算小了,结婚这事还算早吗?爷爷身体是越来越不好了,说不好哪天就去了,希望你能够早点成家立业,找到一个真正能够托付终身的良人。"

程方梵被程老爷子的话吓了一大跳,看着眼前白发苍苍的老人,再回想他年轻时的种种风范,心下不由得一疼。

于是程方梵挽着程老爷子,言语间略带些许责怪:"爷爷胡说什么呢!你身体还好着呢,你要长命百岁,孙女还要孝顺你呢,等以后我结了婚有了孩子,还想让你抱一抱重孙呢。"

其实程方梵知道,自家老爷子的身体是一日不如一日。自从奶奶走了之后,老爷子的心情也是一天比一天差,很长时间他都是一个人在房间里对着奶奶的相片发呆,如果不是因为爷爷还记挂着自己,估计早就去找奶奶了。

就是因为他对自己不放心,所以才一直坚强地撑下去,所以她想给爷爷一点动力,想让爷爷有活下去的寄托。

"好好!爷爷就等着抱重孙!"老爷子一听这话乐开了怀,哈哈大笑。

梧桐路的落叶微微泛黄,整条大道铺满了一层金色的落叶,在正午的阳光之下,衬得整条道路格外美丽。

"顺昌的秋天,风景真的很美,一点都不比津南差,而且空气还要比那边好很多,等我以后有时间,还要多来找你们玩。"

大道之上,胡以为站在李承恩的身边开口道。

程方梵站在李承恩的另一边，微微笑着，正午的阳光衬得她的笑容格外耀眼："那你以后可要多来玩，不过……你若是留校，应该会挺忙的，毕竟你要做的事可是挑战农业科技最前沿。"

胡以为想到前方要走的路，揉着太阳穴，一阵头疼。

"程老师能不能别给我压力呀！你知道我这人玩心比较重，要是真累到不行，连自己最起码的时间都没有，我估计要打退堂鼓了。"

李承恩也在一旁笑："你不是说要让那些留学生对你刮目相看吗？不是说要进军国外的市场吗？怎么，还没有去做就厌了？"

"嗨！你又不是不知道我的脾气，也就随口一说。"胡以为赶紧改口道，"我胡以为做事，向来是不达目的不罢休，我非得让那些老外服我！"

李承恩重重地拍了拍胡以为的肩膀，对他充满信心。

津南大学农学院在全国都是排得上号的，一个教学岗位不知多少人盯着，可惜的是，很多前来竞聘的人往往铩羽而归。导师选择胡以为，正是看出胡以为身上的特性，还有他的才华。

胡以为甩开李承恩的手，脸上了没了刚才的嬉笑，沉声道："当初你要回乡创业，带领茨河铺的乡亲们脱贫致富，如今你这个目标基本实现了，我自然不能落后，也要实现我的梦想！咱俩好兄弟一场，我不能被你比了下去，更不能让你看扁了我！"

他的声音很爽朗，穿透了梧桐路，穿透了中午的阳光。

很多年之后，几个人依旧会回想起，在那个正午，阳光透过梧桐叶，照在三个人的身上，那时的意气风发仿佛定格一般刻在每一个人的记忆之中。

"冰棍，老冰棍，三毛钱一根，刚做好的老冰棍！"吆喝声在一旁响起，一个男人骑着二八大杠，后面带着一个铁皮桶，吆喝着叫卖。

胡以为一听这声乐了。

"嗨！这个时候你们这还有卖冰棍的，真是稀奇了！我得赶紧来上一根，要不然就吃不着了。"

李承恩和程方梵也好奇地看了过去。

现在的雪糕基本是用冰箱冷藏，是包装好的工业化产品，像这种沿街叫卖的老式冰棍，已经很多年没有见到了，更何况还是在这个季节。

"小的时候吃过这种，都多少年没有见到了，今天能够遇见，肯定要尝尝。"

程方梵也在一旁跃跃欲试。

"老板,来三根老冰棍!"胡以为开心地叫道,然后从兜里掏出一个一元硬币,放在老板的手心上。

"这天气都已经转冷了,你怎么还在卖冰棍啊?现在生意应该不好做吧?"胡以为开口问道。

他这人向来就是自来熟,无论跟谁都能够说上几句。

第 76 章　本地工资太低

小贩连忙乐呵呵地回应。

"我家就是做冰棍的,靠这门手艺生活都几十年了,以前这个季节是不做的,今天是个例外。"

"例外?"胡以为眨巴着眼,不解地问,"怎么个例外法?"

小贩麻溜地打开后面的铁皮桶,取出三根老冰棍,递给胡以为。

"是我闺女想要吃,我特意做给她吃的,做得有点多,就拿出来卖了。这都是自家用冰糖、蜂蜜做的,不像超市那些雪糕,口味越来越多,牛奶的、水果的,还有各种夹心的、果冻的,层出不穷。像我这种老式的冰棍越来越不好卖了,我打算明年就不做了,到时候去外地找个工作,出门打工也能多挣一点钱,供我闺女上学。我闺女学习成绩可好了,每次期末考试在班级都是第一,以后肯定能上好大学,到时候找份好工作,就不用像我这样起早贪黑做卖力气的苦工了。"

小贩提到自家的孩子,眉眼间带着兴奋,言语中透着骄傲,当然,还有一丝忧愁。

他以前基本是在家做生意,如今要去外地打工,还得把孩子放在老家,真有几分不舍,但是又能怎样呢?

胡以为皱了皱眉头。

他把小贩上下打量一番,对他的话语颇不认同。

看小贩的年纪,孩子应该没多大,这个时候成绩好,证明是个好苗子,有培养前途。是苗子就要精心呵护,不然,鬼知道最后会成为什么样。

于是胡以为好心告诫:"去外地不如在本地找份工作,这样既能陪伴孩子,还能监督孩子。留守儿童的教育问题现在是社会问题,你就不怕好好的苗子废了?"

小贩微微一怔,末了,无奈地叹了口气。

"不是我不想在本地待,是因为本地工资太低了,我要是在这里打工,别说我闺女上学的钱,估计就连我们家吃饭的钱都挣不够。"

一旁的李承恩没有开口说话。

这就是顺昌的现实,这里的人口确实不少,但大多去了外地。要改变这种现状,绝非一朝一夕。

"真希望顺昌能发展起来,也成为一个像北京、津南那样的大都市,到时我们就不用去外地打工,只要留在自己家里就能够挣钱,也能够看孩子上学,在家里陪伴老人,这样的日子多好啊!"

小贩转身蹬上二八大杠,然后跟三个人告了别,继续吆喝起来。

"冰棍,老冰棍!纯手工做的老冰棍!三毛钱一根嘞!"

李承恩看着他远去的背影,不由得陷入了沉思。

胡以为望着小贩的身影渐行渐远,又看了看手里的冰棍,心里一声长叹。

他这一天,估计也就挣个十几块钱,这还是全部卖完的情况,这个收入,能够让人吃饱饭吗?

胡以为已经多少年没有吃到过三毛钱一根的冰棍了,在津南,最便宜的冰棍也要卖五毛钱。他家庭富裕,平常吃顿饭,最少也要十几块,可是对别人来说十几块钱却是一天的收入。

"之前在学校的时候,我一直听你说茨淮是个穷地方,但是我不知道是怎样一个穷法;后来我们来了一次顺昌城,也没觉得穷到什么地方去;今天这件事,改变了我的认知。"

顺昌是一座非常漂亮的城市,然而却有很多人想要逃离这个地方。因为它穷,它落后,因为在这个城市挣的钱没有办法养家糊口。

"我总算明白你最初的那个想法了,你想要的是让茨河铺富起来,让顺昌城富起来,让每个饮着茨淮新河水的乡亲都有一份好的工作,不背井离乡也能让小日子过得滋润。"

胡以为说到这些,对李承恩再次肃然起敬。

这个人啊,是真要回报家乡,是真要带领乡亲们脱贫致富的。

承恩,承的是茨淮之恩,所以,他要回报茨淮。

如果津南的处境跟顺昌一样,自己能不能做到像他那样呢?

李承恩轻轻点了点头。

就像大多数社会问题归根结底都是经济问题一样,顺昌的种种现状,还是因为当地没有像样的产业,还是因为穷。

没有产业,财政就没钱,就不能在民生方面加大投入,老百姓享受不到经济发展的成果,只能自力更生。一旦老百姓选择外出务工,相关的社会问题就会渐渐地暴露出来。农村缺少青壮年,农业就很难有突破性的发展;当地企业缺少技能人才,就无从在经营方面更上一层楼。

更严重的是,大量的农村地区留下一群老人和孩子。老人没人照顾也就不说了,还要照顾孩子,能把他们健健康康养大已经了不得了,哪还有精力去管教他们?正在成长的孩子缺乏管教会带来什么后果?

少部分自制力强的孩子,可能在品德方面不会出问题,但是在学习的提升方面多少都会受到一些影响;自制力差的孩子不仅很难顺利完成学业,往往还会走弯路。这些弯路不仅让他们几乎失去了进步的空间和可能,更可怕的是,有的孩子还会误入歧途,毁了一辈子。

"这些会改变的,只要我们努力,贫穷的现状肯定会变。"李承恩从胡以为那里要了一支香烟,点燃后狠狠抽了一口,斩钉截铁地道,"一定会变!"

程方梵偷偷丢给李承恩一个大大的白眼。

这小子被胡以为带坏了,竟然开始抽烟了。

这一幕被胡以为看在眼里,他轻咳两声,问程方梵:"程老师,你还会去津南大学从教吗?你是不知道,现在津南大学的剪纸课老师不仅颜值方面跟你相差甚远,艺术造诣方面更是不在一个维度……"

程方梵皱起了眉头:"胡以为,这样评价老师可不礼貌啊!"

胡以为赶紧摆摆手:"我现在可没报剪纸班,再说这些都是学妹学弟的客观评价,他们看到你留下的那些剪纸作品,都在琢磨学校是不是疯了,怎么能让你这么出色的剪纸老师跑了呢?"

说到这里,胡以为赶紧撞了撞李承恩。

第 77 章　给你个惊喜

李承恩不明所以,不解地望着胡以为,你们俩说得好好的,撞我做什么?

胡以为朝李承恩的小腿踢了一脚,贴在他的耳边道:"这个节骨眼儿,你不知道附和两句,夸夸程老师吗?"

李承恩当即老脸一红。

胡以为说得对啊,这个节骨眼儿,如果自己顺着胡以为的话题夸赞两句,程方梵肯定开心,自己这木头脑袋,怎么就想不到呢?

胡以为见他这副模样,很是无语。

就这小子木讷的德行,程方梵怎么看上他了?想让他甜言蜜语哄女孩子开心,简直比登天还难,罢了罢了,还是拣紧要的提醒。

于是胡以为又贴着李承恩的耳朵提醒道:"啥时候跟我的女神告白?我可警告你,你们要是在一起了,可要对她好一点,要让我知道你有一点对不住她,兄弟就没的做了。"

李承恩狠狠瞪了眼胡以为:"说什么浑话!"

他怎么可能会做对不住程方梵的事情?又怎么可能会不对她好呢?

程方梵见两个人窃窃私语,黛眉微微蹙起。

大庭广众之下交头接耳说悄悄话的往往都是女孩子,你们两个大老爷们儿嘀咕些什么?更重要的是,胡以为边说边朝自己这边瞟,要说这些话没谈到自己,鬼都不信。于是程方梵的好奇心被勾了起来,禁不住问道:"你们俩神神秘秘的,有什么话是我不能听的吗?"

李承恩闻言,那张刚刚降火的老脸又一次燃烧起来。

胡以为是老江湖了,表现得尤为淡定,还卖起了关子:"这个嘛,可是不能说的秘密,以后你会知道的。"

他这般说着,又踢了踢李承恩。

程方梵不仅个人条件好,家庭条件更好,两个人要想最终走到一起,很难一帆风顺。前景都如此艰难了,李承恩连表白都没有,怎么可能抱得美人归?话说这小子上辈子是不是拯救了银河系,不然,这样的好事怎么能够轮到他?

程方梵双手环抱胸前,直勾勾地望着胡以为:"真不说?"

胡以为被程方梵看得头皮发麻,忙道:"程老师,现在真不能说,不过以后你肯定会知道,还有,这是好事,绝对不是坏事。"

这话不说还好,说了之后程方梵的好奇心更甚。可是胡以为都那般态度了,自己再穷追不舍,有失身份。

即便现在大家是朋友关系,先前程方梵还是老师,得有老师的范儿!于是程方梵深深看了眼胡以为,言语淡淡:"罢了,你们说你们的,我的好奇心没那么重。"

话落,程方梵偷偷剜了眼李承恩。

胡以为在我面前卖关子,你倒好,一句话都不会说,当真是把我当外人啊!

这一幕又被胡以为看了个正着,唇角又是一阵狂抽。

他连忙来到程方梵身前,赔着笑脸道:"哈哈,程老师您别生气呀,我说还不成吗?过段时间不就是您的生日了吗?我在跟承恩商量着给您一个惊喜呢。既然是惊喜,要是提前让您知道,那就没意思了。"

说着,胡以为冲李承恩眨了眨眼睛,道:"对吧,老李?"

李承恩一听这话,连连点头:"是的,再过段时间就是你的生日了,胡以为在跟我说,他要给你准备礼物呢。"

"我这不是快要走了嘛,估计不能过来给您过生日。届时,怕是还要麻烦承恩帮我把礼物转交给您。"说着,胡以为又眨了眨眼睛,扭头看向程方梵,"程老师,您喜欢什么呀?"

程方梵一愣:"你们怎么知道我生日的?"

她自己的生日很少告诉别人,印象中,不管是李承恩还是胡以为,都应该不知道才对,他们难道长了天眼?

"咳,这个……"胡以为咳嗽了一下,挠了挠头。

"这也是秘密?"程方梵侧着脸问道。

"啊,对对对。这也是个秘密,就不说出来了,说出来我怕您到时候打我。"他总不能说,前两天在李承恩家的桌子上,看到了程方梵半拉开的包。

记得当时,程方梵的身份证半露出来。胡以为也是手贱,当即就抽出来看看程方梵的身份证照片是不是如本人那么好看。

按理说,身份证照片相较本人,形象方面要减分不少,哪想到程方梵的身份证上的照片比本人还靓丽几分,乍看之下,那哪是女人,分明是从天下降下来的仙女。

除了照片,胡以为自然也看到了程方梵的身份证号码。他方才知道,程方梵不过比他和李承恩大两岁而已,怪不得当时学校艺术学院的教授质疑程方梵。

一个跟学生年纪差不多的女孩子,在艺术方面能有多大的造诣?有什么资格在津南大学代课?此外,即便艺术造诣很高,凭她的经验,能把学生管好吗?能把剪纸艺术发扬好吗?学校聘请程方梵,不如聘请一个教学经验丰富的剪纸技师。

后来的事实证明,津南大学艺术学院的教授错得离谱。

程方梵的艺术造诣早已超越了很多省级非遗传承人,她不仅完美继承了程老爷子的衣钵,还有超越之势。艺术造诣高也就罢了,她的教学能力也非常突出,往往很深奥的东西,她都能用最浅显的话语表达出来。

更难能可贵的是,程方梵虽然性子有些冷,但是对学生的心是真的。她不像很多老师一样能跟学生打成一片,学生却真心喜欢程方梵这个人,更喜欢她的课。

遗憾的是,就是这么一位优秀教师,却出于不明原因辞职了,从而便宜了李承恩这个傻小子。

胡以为当时心里就犯嘀咕,若是听过程方梵课的学生们知道心中的女神最终被李承恩这头猪拱了,心碎的同时,不知多少人要指着月老的鼻子骂。

此刻,胡以为见程方梵不吭声,有些着急:"程老师,你到底喜欢什么啊?"

程方梵笑着摇了摇头。你在我面前卖关子,我就不能卖关子了?

"我喜欢什么,自然也是不能说的秘密。你们不是要给我惊喜吗?那好,我也想看看到时候你们给我的是惊喜还是惊吓。"程方梵眼睛带着微微的光亮,看起来有几分期待的样子。

"一定是惊喜,很大的惊喜!"胡以为拿胳膊又捅了下李承恩,意味深长地笑了,"老李,你说是不是?"

第 78 章　兄弟

李承恩忙不迭地点头:"是,肯定是惊喜,大大的惊喜。"

先前胡以为跟李承恩说程方梵生日的时候,李承恩就记在心上了,一直在琢磨送什么能让程方梵开心。他觉得太普通的东西不足以表达自己的心意,也配不上程方梵,头疼了很久,现在他终于想明白了。

到了那一天,他一定会给程方梵一个惊喜。他要让程芳梵知道,自己可以做她的后盾,更能够成为她坚实的依靠和心灵的港湾。

程方梵对李承恩的怨气少了几分。这小子还能想到给自己送生日礼物,还算有些良心,不过……

"承恩要给我惊喜,你也不能糊弄。"程方梵看着胡以为,打趣道,"在津南大学教书那会儿,我没少照顾你。人,可得感恩哪。"

胡以为唇角一阵抽搐。

"程老师尽管放心,我不是忘恩负义的人。"胡以为抬腕看看时间,又给李承恩使了个眼色,"再晚就赶不上火车了,我下次来再好好逛逛顺昌城,希望到时候这座城市会有更大的改变。"

李承恩紧紧搂了下胡以为的肩膀,斩钉截铁地回道:"一定会的!"

中国经济正以前所未见的速度发展,顺昌城作为皖北地区的重要城市,自然是省委、省政府大力扶持的对象。那么未来几年,顺昌的城市建设日新月异几成定局。

与之相对应的,顺昌地区的乡镇也会在政策的春风下迎来新的发展机遇,李承恩要做好准备乘风而起,带着茨河铺的乡亲们快速走上发家致富的道路。

一辆出租车在路旁缓缓停下。

李承恩拉开车门,正要跟着胡以为一起上车,胡以为忙道:"别送了,时间这么赶也说不上几句话。我跟你说的那个事儿千万别忘了。记住,有些事绝对不能尿,有些事绝对不能拖。"

李承恩有些哭笑不得。

明明这是自己和程老师两个人的事情,胡以为夹在中间却比他们还急,就冲这份情谊,李承恩无论如何也不会打退堂鼓,于是便道:"我不是废物,若连这个机会都抓不住,就不是茨淮的爷们儿。"

胡以为紧绷的神经又放松少许,偷偷看了眼站在路边巧笑嫣然的程方梵,冲李承恩眨了眨眼,贴到他耳畔出馊主意:"最好把生米煮成熟饭,来个奉子成婚……"

"滚!"李承恩捶了胡以为一拳,后牙槽一阵发痒,这小子几句正经话没说又开始不着调了。

胡以为钻进出租车,车子发动的那一瞬,他又探出脑袋,一本正经地为自己的馊主意辩护:"老李啊,我的建议你必须好好考虑,他们家的情况你比我清楚,又只有这么一个宝贝疙瘩,不用点儿手腕哪能顺利把人娶上门?哎,你别瞪眼,老祖宗能留下这话,自有留下的道理。"

这小子,狗嘴里吐不出象牙!李承恩心里骂了一句,没好气地斥道:"快滚,火车不等人!"

"好嘞!"胡以为冲李承恩坏坏一笑,又与程方梵挥手作别,"程老师,你结婚的时候千万记得请我喝喜酒啊!"

程方梵的俏脸当即一红。

秋日里,身着风衣的她长发随风扬起,再加上那副娇俏的容颜,顿时成了街上最亮丽的一道风景。

李承恩看得有些痴了,胡以为的话也就此萦绕在耳畔。

从某个角度看,胡以为的话确实有道理。

当今时代,人们在公开场合很少提及门当户对的婚姻观念。这并不代表朱门对朱门、竹门对竹门的观念已经过时,所以灰姑娘的故事时至今日还在受人推崇,富家女爱上穷小子的桥段依然是很多男生心中的美梦。

程家在顺昌文艺领域是高峰般的存在,在商业领域也是不可忽视的一股强大力量。要与这样的家庭结亲,男方的家庭必须有一定分量。反观李承恩的家庭,除了蔬菜大棚和一个亟待升级的农家乐,还有什么?更何况程方梵可是顺昌程家的独苗儿,要想修成正果,两人情投意合只是第一步,最关键的是程家人那一关。

如此说来,胡以为的馊主意指不定是条锦囊妙计……

这个念头刚从李承恩脑海闪过,他就想给自己一个大耳刮子。

程方梵对自己掏心掏肺,自己竟然在她身上打起了鬼主意,不管有没有实施都是不敬,都是没良心啊。

程方梵缓缓来到李承恩身前,见他一脸的自责,禁不住问道:"怎么了?"

李承恩连忙摆摆手:"没什么。"

程方梵显然会错了意,柔声开导李承恩。

"别为没招待好胡以为有什么心理负担,你现在事业刚起步,尚不具备款待胡以为的条件,等有了成绩,再好好谢他。你们俩是兄弟,真兄弟是不会在意这些的。"

李承恩着实没想到程方梵想得这么歪,不过如此也好,否则程方梵穷追不舍地问,他没辙了,总不能把内心的想法和盘托出吧?

"是的,等我事业有成了,肯定不会亏待他,也不能亏了母校!"李承恩信誓旦旦地回道。

程方梵轻轻嗯了一声,看着李承恩,问:"你回去还有事吧?"

李承恩微微一怔,点点头,又赶紧摇了摇头:"最近蔬菜大棚不是特别忙。"他反问程方梵,"嗯,你马上是不是有事要办?"

程方梵颔首。

她怎么可能闲得住呢?只是两人好不容易趁着胡以为散心的机会见个面,很快就要分开,这让程方梵心里很不是滋味,所以鬼使神差地,她又补充道:"事情是做不完的,所幸今天的事不是特别急。"

程方梵点头的瞬间,李承恩都不知道怎么接话了。告白需要勇气,也需要机会和氛围,总不能在大街上不顾一切地冲吧?冲好了还好,冲不好了,那就是尴尬。再说程方梵心里到底怎么想,他还真不知道,先前的一切,不过是胡以为的推测。

因此,李承恩赶紧发出邀请:"咱们好久没见面了,既然你跟我都不忙,那咱们不如找个茶馆喝杯茶吧?"

第 79 章　必须有个结果

程方梵当即愣在那里。

以前她跟李承恩也在顺昌城见过面,还没说会儿话,不是一个有事先走,就是另一个有事要忙。好不容易寻到两人都有空的机会,李承恩这个傻小子却不知道挽留。程方梵骨子里的骄傲,那晚退让了一次,自然不会一直退让,次数多了,程方梵不仅怨气加重,也烦了。

若非出发之前爷爷跟她说了那么多话,她真有可能客套两句,转身就走,彻底断了这个念想。没想到这小子今天开窍了,竟然破天荒邀请自己喝茶。

李承恩见程方梵沉默不语,心里直打鼓,试探着问道:"你没时间?"

没时间的话我会跟你在这里耗吗?程方梵摇了摇头,笑着回道:"时间纵然不是很充裕,也还是有一些的。"

李承恩悬着的心终于落了地,看看程方梵的着装,想到她的家庭条件,李承恩老脸一红,紧跟着又道:"你若不想喝茶,喝咖啡也行。"

"我没喝咖啡的习惯。"程方梵理了理长发,侧着脸问李承恩,"去茶馆要花钱的,不如去我工作室?"

李承恩挠挠头,再次面红耳赤。去茶馆是他请程方梵,去工作室岂不成了程方梵请他?

程方梵脸上的笑意渐渐敛去,轻声说道:"怎么,对我工作室不满意?"

李承恩忙道:"去你工作室,还要喝你的好茶,今天该是我请你的。"

程方梵对李承恩没辙了。

那晚李承恩去家里做客,表现得虽然唯唯诺诺,但是最终两人还是牵了手,也花前月下了。原以为以后的发展会跟言情小说一样水到渠成,结果这小子越到后来越怂,直接让原本亲密的关系变得疏远,这都什么事儿啊?

她心下有些不爽,脸色陡然变冷:"你还等什么?走啊!"

话落,程方梵扭头就走,两人一路无话。

到了程氏剪纸工作室门口,程方梵径直推开了房门。

此时,程梦洁正在打扫卫生,看看程方梵的脸色,有些蒙。

记得上午程方梵从家里来到工作室交代一些事情,心情挺好的,不然也不会妆容那般精致。怎么跟朋友出去一趟之后,脸色变得这么差?难道在外面受委屈了?在顺昌城,能让妹妹受委屈的事儿不多啊。

程梦洁正要问问,却见刚刚还冷着脸的程方梵笑着说道:"姐,我带李承恩去里间喝茶,工作室的事,你多费点儿心。"

李承恩正要说"我和你只是说说话,工作室遇到情况,你还是要出去的,不能因为私事耽误了正事儿",哪想这话还没从嘴里蹦出来,程梦洁冰冷的眼神就砸了过来。

李承恩挠挠头,一脸茫然。

印象中,他跟程梦洁就见过一面,就是开罪她也没机会,现在她一副横眉冷对的模样,到底因为什么?

程梦洁冲程方梵点了点头,懒得理会李承恩,抬脚准备忙自己的事。

她是程方梵的堂姐,如何看不出程方梵的强颜欢笑?又怎会不明白程方梵烦什么?

这些年来,能让程方梵领着走进工作室品茶的男人不多,晚上过来的,几乎没有。所以那晚看到李承恩,她就知道妹妹看上这个小伙子了。而李承恩给程梦洁留下的印象也相当之好,就在她琢磨着妹妹和李承恩什么时候挑明关系,担忧两人能否过父母那一关的时候,却发现李承恩再也没来过工作室。

刚开始程梦洁还以为那晚自己判断错误,直到有一天晚上跟妹妹促膝长谈,她方才明白事情原委,顿时气就不打一处来。

堂妹是实打实的女神,追她的男生都能从顺昌城排到太平洋了,多少人想跟她套近乎还寻不到机会,你李承恩倒好,真够心高气傲的啊,给你机会,你压根就没有握住的心思。怎么着?你不表白,还指望堂妹倒追?你算老几?

如果不是心高气傲,是胆怯,那更麻烦了。婚姻不等同于爱情,一个大老爷们儿连表白的勇气都没有,如何面对叔叔婶婶的狂风暴雨?

要知道,你李承恩的条件跟程方梵真是没法比!

是的,你李承恩在事业上取得了一些成绩,相关媒体也进行了报道,可这些成绩在程家面前,算什么?

程方梵可是老程家正儿八经的宝贝疙瘩,一堆产业等着她去继承,选中的男人不说是人中龙凤,起码要有翻江倒海的魄力和勇气。一个男人连追求女人的勇气都没有,连表白的魄力都没有,在家庭的坚决反对下,除了认怂认命,还能干吗?

这样的男人,不要也罢!

这个念头刚刚闪过,程梦洁又折返回来,一把拽住程方梵,悄声道:"我有话跟你说。"

程方梵很是疑惑:"工作室出事了?"

程梦洁懒得跟程方梵解释,直接将其拉到一边,偷偷瞟了眼浑身不自在的李承恩,正色道:"老妹,我知道你心里有这小子,可是这小子不一定是你的良人,千万不要脑子一热犯糊涂……"

程方梵无奈地叹了口气:"姐,放心好了,出来的时候爷爷也跟我说过了,我也不是恋爱脑,怎么做,心里有一本清账。"

说到这里,程方梵又想到李承恩方才唯唯诺诺的表现,深吸一口气,吐出的话语透着坚定:"我已经给了他很多机会,如果这次他再不把握住,那么这份感情也没有继续下去的必要了。"

若她是寻常人家的女孩,在男方不主动的情况下,说不定忍不住就把关系挑明了,可惜她不是。程家的产业,在自己手里只能向上走,不能在社会向前发展的大背景下开倒车,程氏剪纸在自己手里,更要发扬光大。

所以,程方梵对相伴一生的人是有要求的。

首先,这个男人自己要中意。其次,这个男人要能成为自己的后盾,关键时刻还要成为自己的港湾。对方的个人条件刚开始可能不好,但是必须有勇气,是敢闯敢干的潜力股!

程梦洁瞟了眼不远处的李承恩,银牙暗咬:"妹子啊,这个人到底真傻还是假傻?明明唾手可得……"

程方梵立马打断她的话,正色道:"这个世界没有唾手可得的财富,更没有唾手可得的感情。今天,我们之间必须有个结果,我拖不起,也不想拖!"

第 80 章　可悲可笑的自尊

程梦洁身子微微一颤，静静地看着程方梵，沉默了许久，方才道："你真的很像爷爷，该决断的时候，一点都不磨叽。"

程方梵瞟了眼程梦洁，狠狠推了她一把："少扯这些没用的，赶紧去忙吧。"

程梦洁轻轻嗯了一声。

先前她还为妹妹担心，现在终于明白了，妹妹不仅艺术造诣比自己高，心智方面，自己跟她更不能比。细细想想也是，一个女孩子若是恋爱脑，她所照看的那些程家产业，怕是早已江河日下，而不是现在的欣欣向荣。除了感情方面有所缺失，她的一切应该都是完美的。

程梦洁又看了眼不远处的李承恩，给你机会你若还不中用，就怪不得旁人了。

茶房散发着淡淡的檀香。

程方梵聚精会神煮着茶，李承恩坐在对面，好几次想张口，又把话咽了回去。这次倒不是胆怯，而是程方梵的一举一动都透着优雅，每一个细微的表情就像一幅仙女下凡图，刻进了李承恩心间。

他不想打破如此美好的氛围。

终于，一盏香茗轻轻放到李承恩面前。

程方梵抿了口香茗，率先打破了沉默。

"你跟胡以为挺让人羡慕的，我自小到大与同学联系得就少，自然也没有这样贴心的同学。"

李承恩愣了愣神，不解地望着程方梵。

按理说，像程方梵这样优秀的女子，朋友应该不少才对，怎么……？

程方梵放下茶盏，幽幽言道："我上学早，年龄小，跟很多同学都不怎么合得来，更重要的是我喜欢剪纸，而在当时，这些小玩意儿是不受学生待见的。"

这只是她小时候的事,上了高中之后,程方梵身旁的朋友就更少了。这倒不是说程方梵性格不好,人品不行,而是她颜值太高,家庭条件太好。

人,都是有嫉妒心的,太美丽的东西,人们往往想将它毁掉,这就是人性。

"上了大学又不一样了。"程方梵双手托腮,唇角泛着些许苦涩,"那些背后诋毁我的女生,知道我的家庭条件后,千方百计跟我交好。或许我是爷爷带大的,见的人多,也早熟了一些,所以知道她们为什么接近我,又想从我身上得到什么。"

李承恩心里不由得一疼。

面前这个美得好像从画里走出的女子,纵然家境优渥,却不见得那么幸福,在灵魂深处,她可能是孤独的。

或许在很多人看来,程方梵有些矫情,但是,人在某个时段谁没矫情过呢?反正此刻的李承恩有一种想把程方梵揽在怀里的冲动。

他忍得很辛苦,幸好程方梵很快就转移了话题,笑着问李承恩:"你跟胡以为的性子差距很大,按理说性格迥异的两个人很难交心,你们怎么会好到这个地步?"

李承恩想了想,将那些过往一一道来。

其实刚认识的那段时间,李承恩并不喜欢胡以为,后来之所以关系变得那么好,是因为李承恩看到胡以为身上那股劲儿,还有,胡以为对他是真好。

那个时候,李承恩初到大城市,大城市那种紧迫感让他有些无所适从,即便他的心理素质很强,室友的优越生活也让他有些自惭形秽,再加上他在学习之余还要勤工俭学,所以跟同学接触得很少。

胡以为似乎看到了这一点,在生活方面给予他不少的帮助,甚至有时候为了照顾李承恩的自尊,做出一些让自个儿委屈的事。

人心都是肉长的。李承恩不知道胡以为这么做到底图什么,后来胡以为给出了答案——人这辈子,朋友很多,知己太少,好不容易碰到一个,自然要握住了。

程方梵完全认同胡以为的观点。

从表面上看,李承恩和胡以为确实不是一路人。但两个人骨子里并没有本质区别,他们都有一股狠劲儿,一股不服输的精神,一股正气。

"胡以为看人的眼光很毒,在那么多室友中,看出你是他一辈子的兄弟!"程方梵静静看着李承恩,轻声说道,"记得他跟我说过你跟童盼盼的事,想听听他是怎么评价你前女友的吗?"

李承恩身子微微一颤,抬眼看着程方梵,着实没想到她会旧事重提。

程方梵饶有意味地问:"是不是觉得我很不厚道,朝你的伤口肆无忌惮地撒盐?"

李承恩轻轻摇了摇头:"如果你想说,我就听着。"

童盼盼没去李家村求复合之前,那段不堪回首的经历是他的耻辱,也是心里还在流血的伤口;童盼盼来到李家村后,他突然发现这个伤口不仅不再流血,自己还能平静面对那些过往。

程方梵一点也不客气:"胡以为打从一开始就不看好你们俩,因为童盼盼在晚上给他发过信息,你知道这意味着什么吗?用胡以为的话说,大家都是千年的狐狸,谁也别玩聊斋,童盼盼……"

"盼盼不是水性杨花,只是为了追求更好的生活,在当时的情况下,她这么选择无可厚非。"李承恩冲程方梵微微一笑,紧跟着又道,"即便放到现在,胡以为的条件也比我好,盼盼做这种选择,我能理解。"

程方梵蹙着黛眉,略有些疑惑:"胡以为是你最好的朋友,前女友做这种事好朋友却没告诉你,你难道不愤怒吗?"

李承恩叹了口气。

如果换成一年前,从程方梵口中得知这个讯息,李承恩肯定会愤怒,现在不仅不愤怒,反而很感动。

童盼盼的颜值不可谓不高,也不是没魅力,当今时代,有些所谓的朋友,就喜欢干挖墙脚的事,胡以为能守住底线,对得起自己了,更何况,他还总在自己面前说童盼盼的坏话,哪怕自己已经怒了,他也没有丝毫改变。

"他做得很好,之所以瞒着不说,无非是给我们都留一些颜面,也是在照顾我的感受、我的自尊,"李承恩把空空的茶盏推到程方梵面前,顿了几秒,一字一句地道,"可悲可笑的自尊!"

第 81 章 梵梵

程方梵提着茶壶的手微微一颤,心里某个地方好像被针扎了一样。她想结束这个话题,但如果真这么做了,就不能全面了解李承恩的心境了。那样的话,即便是两人在一起了,后期也会有很多矛盾,那就长痛不如短痛吧。

"确实很可笑!"程方梵没给李承恩留丝毫情面。

李承恩没有生气,而是挠挠头,不好意思地笑了。

之前他恨童盼盼,李家村重逢之后,他鄙视童盼盼的自私,现在回想过往的种种,心中只剩下自责了。

扪心自问,高中时的童盼盼真的那么自私,对他真的没有动情吗?大学四年,难道童盼盼就抱着傍高枝的念头,一门心思要踹了自己?当真如此的话,童盼盼可能大一、大二就移情别恋了,不会等到大四。

上过大学的都知道,在荷尔蒙的作用下,大学前两年男生对女生的攻势最猛,也就是那时候,童盼盼对他的埋怨多了起来,可能与其他男生接触的时间也渐渐多了起来。

人性,是经不起考验的。

胡以为指出李承恩的问题之后,他就开始反思了。

高中的时候,他对童盼盼就没有好感吗?童盼盼有意无意地示好,他都感觉不到吗?可笑的是,最终还是童盼盼硬着头皮表白,甚至在高考结束之后,童盼盼还把他带进家门,跟家里摊牌了。

稍有些常识的人都知道,一个女孩这么做了,几乎就是把这个男人当成一生的依靠和港湾了。

李承恩当时表现得好吗?

回头再看,差到了极点。可能是因为家庭条件太差心生自卑,他总觉得自己在童盼盼父母面前直不起来腰,在可悲可笑的自尊的驱使下,他对童盼盼的好总是那么深沉且难以觉察。

这种爱,不是童盼盼想要的。

性子本就浮躁的她,没那个耐心细细品味李承恩的付出,她要的是甜言蜜语,喜欢的是卿卿我我,在自己幸福的时候,她恨不得全天下都看到她生活得到底有多甜,这一切的一切,李承恩都给不了。

至于童盼盼自私,试问天下有几人不自私?批判童盼盼拜金,优渥的生活摆在面前,又有几人甘心去过苦日子?站在客观的角度评判李承恩和童盼盼这段情感,童盼盼在道德方面毫无疑问有问题,而李承恩性格方面的问题更大。

"归根结底,是我们俩没有缘分!"李承恩双手捧着茶盏,一脸的自责,"我在内心深处可能并不是真的喜欢她,对她的那些好,也无非是报恩。其实这是对自己的不负责任,也是对她的不负责任。"

程方梵愣住了。

她知道李承恩对童盼盼早就没了感觉,刚才有此一问,不过是想确定一下,她可不想在两人情感的路上埋一颗地雷。万万没想到,说着说着,李承恩开始把分手的责任朝自个儿身上揽。

李承恩的话乍听起来有些难以理解,细细琢磨,还真是那么回事儿。只是经历过女人背叛的男人,有几个会像李承恩这样冷静下来,去反思自己的过错?

感情是两个人的事,一个巴掌也拍不响,倘若找不到问题所在,下一段感情怕是要重蹈覆辙。

"我果真没看错人,你是个可交之人,即便性格方面有缺陷,但你很善良,对人对事都很坦诚,这就把性格方面的缺陷弥补得差不多了。"程方梵用牙签叉了块西瓜,一边品味西瓜的香甜一边赞道,"实诚不代表傻,不然你也走不到今天。李承恩,对你的事业,我很看好哦。"

若是原来程方梵这般评价,李承恩多少会有些不好意思,现在他直视程方梵,斩钉截铁地回道:"我对我的前途也很有信心,但是感情方面呢?梵梵,你觉得我未来的感情之路会不会一片坦途?"

梵梵?程方梵捏着牙签愣在那里,呆呆地看着李承恩。相处那么久,这是李承恩第一次称呼她的乳名。

"你刚才叫我什么?"程方梵直勾勾地盯着李承恩的眼睛,佯作不爽。

"我叫你梵梵!"李承恩的眼神这一次没有躲闪。

这小子,总算有点男子汉的气概了!这声梵梵喊的我喜欢,不过你小子一点铺垫都没有,直接上来放大招,真当本姑娘是好欺负的?程方梵把牙签放在桌子上,顿时面沉如水,声音一如冰雪那般清冷。

"不管从哪个角度看,你这么称呼我都很不礼貌,也很不尊重,别忘了我是胡以为的老师,你是胡以为的兄弟,不说让你跟着他称呼我为程老师,起码也得称呼我为程姐。"

李承恩顿时面红耳赤。

程方梵又叉起一块西瓜,紧跟着补充道:"幸亏我现在没有男友,不然让他听到了,免不了误会,所以,以后说话前要过过脑子……"

没等程方梵把话说完,李承恩急声道:"我能做你男朋友吗?"

废话,如果不可以,本姑娘哪有那么多时间跟你在这里耗?也没那么多的工夫去引导,让你钻空子!

程方梵双手按着桌子站了起来,把李承恩上下打量一番,突然甜甜笑了起来,眨着眼反问:"你做我男友的底气是什么?是你的蔬菜大棚,还是你蒸蒸日上的事业?抑或……"

程方梵背着双手绕过桌子,来到李承恩身前,侧着脸问:"有旷古绝今之才?"

李承恩哑口无言。

厌!程方梵站直了腰杆,看着挂在墙上的剪纸作品,脸上的笑意渐渐敛去。氛围到了,机会也给了,下面还不知道怎么做,李承恩,你就太傻了。

正在这时,李承恩站了起来。

"我的蔬菜大棚在程家产业面前什么都不算,我的事业目前只是起步阶段,旷古绝今的才华我也没有,我是理科生,艺术细胞本就不多。"李承恩与程方梵相对而立,深吸一口气,"我唯一的底气是我喜欢你,想对你好,更想跟你白头到老!"

程方梵站在那里,愣了许久之后,方才问道:"就这?"

"就这!"李承恩硬着头皮道,"心长在肉里,不能扒开看看,倘若能扒开,我一定让你看看……"

啪!程方梵朝李承恩的脑袋狠狠来了一巴掌。

第 82 章 现在气消了吧？

这一巴掌就像一盆从头淋下的冰水，浇灭了李承恩的希望。

原来他以为胡以为的分析都是对的，现在来看，不过自欺欺人罢了。那段本该越来越好的感情已经随着疏远杳无踪迹了。

"对不起，程老师，刚才冒昧了，我是一时昏了头，所以……"

李承恩尚未解释完，程方梵朝着李承恩的脑袋又来了一巴掌。

李承恩完全被打蒙了，望着气得俏脸通红的程方梵："程老师，我错了，我希望您……"

"还程老师？"程方梵朝李承恩身上重重捶了一拳，眼眶已经泛起氤氲，气得声音都在哽咽，"多简单的一句话，你拖到现在才说！"

李承恩呆呆望着眼圈红红的程方梵，讷讷言道："程老师……不，梵梵，你的意思莫不是同意了？"

"不同意我犯得着跟你拉扯那么久吗？去问问我堂姐，自小到大，有几个男孩能进我的工作室？"程方梵越说越气，指着李承恩的鼻子，开始控诉压在心里的委屈和不满，"自那晚之后，我就等你一句话，结果你死活不说，那句话就那么难说出口吗？更可恨的是，半路童盼盼还杀了回来，鬼知道你们俩后来又是怎么回事。我说不想知道，你就不说了？还有，我让你来家吃顿饭，你一直说忙，就是总理也不会忙到来家吃顿饭的时间都没有吧？你把我当什么？呃，你干吗？啊——"

李承恩不容程方梵再说，紧紧将她抱在怀里，生怕一松手，这人便像断线的风筝飘向远处，再也不会回来。

如果不是程方梵湿着眼眶把心里的委屈一股脑倒出来，李承恩永远不会意识到相处的这段时间内，他犯了那么多错误。幸亏老天待自己不薄，不，是程方梵太好，一次又一次原谅了自己。幸亏胡以为指点迷津那么及时，不然由着自己的性子继续拖下去，可能一段美好的姻缘真的就无疾而终了。

李承恩越想越怕，越怕就抱得越紧。

"哎呀，你放开我，我快喘不过气了。"程方梵急得直跺脚。

在她预想中，表白之后李承恩最多是拉住她的手，哪想这小子一旦得了势就像疯了一样。不是不让你抱，问题是你那么用力干吗？这哪里是情人间的拥抱，这分明是跟本姑娘有仇啊！

正在这时，耳畔传来一声怒喝："敢欺负我妹妹？"

哐当！

程梦洁用力推开房门，闯了进来。

原本她并不想掺和程方梵和李承恩之间的事，毕竟妹妹心智那般高，肯定能把感情这点儿破事处理好，哪想两个人在茶房待了许久还不出来，更诡异的是后面越闹动静越大，后来程方梵还发出了呼喊。

这个节骨眼儿程梦洁若是还不出现，那就不是姐妹了。

看到眼前的场景之后，程梦洁有些蒙。

妹妹双腮泛着娇羞，唇角挂着甜蜜，跟当年陷入热恋中的自己一个模子刻出来的，问题是她眼圈泛红，看架势下一秒泪珠子就要落下，这是什么节奏？要不要狠踹李承恩两脚，将两人分开？

程方梵见堂姐闯了进来，后牙槽一阵发痒："还没抱够吗？"

李承恩脸皮本来就不厚，刚才那一抱纯属情不自禁，而今冷不丁闯进一个大活人哪有不松手的道理。于是他连忙松手，看着眼前一脸娇羞甜蜜的程方梵，又瞅瞅杏眼圆睁的程梦洁，大脑一片空白。

程梦洁此时也反应过来，正准备后撤，程方梵踢了下李承恩的小腿："不是说要请我看电影吗？这都到点儿了，还磨叽什么？"

看电影？没说看电影儿的事儿啊！李承恩还没反应过来，程方梵已经拽着李承恩的手臂逃离了工作室。

两人的心里都像钻进一只小鹿，来来回回跳个不停。

到了文峰公园，程方梵寻了张椅子，刚打开皮包取出纸巾，李承恩非常殷勤地抢了过来，把椅子来来回回擦了好几遍。

看着他小心翼翼的模样，程方梵扑哧一声笑出声来。

以前也没见这小子如此体贴，今个儿真是太阳打从西边出来了。

她正要打趣两句,却见李承恩屁颠屁颠朝远方跑去,不一会儿便不见了踪迹。程方梵丈二和尚摸不着头脑,掏出手机正要问问李承恩瞎跑什么,不一会儿,气喘吁吁的李承恩又跑了回来,递来一杯热奶茶。

程方梵看李承恩的目光很诡异。

他们俩相处不是一天两天,李承恩知道她喜欢喝奶茶要加冰,今天怎么……

"你身体不方便,再说这个天气,也不适宜喝凉的,我就没让店家加冰。"李承恩喘着粗气在旁边坐了下来,随口解释道。

程方梵粉嫩的面庞立马泛起几丝红晕。

不过这几丝娇羞仅仅持续数秒,便再也不见。程方梵不是那种矫揉造作的女孩子,再说现在两人的关系都挑明了,于是便道:"呦嗬,我身体不舒服你都知道,看来你不像表面上那么老实,神经也没有那么大条,观察得挺细致呢。"

李承恩顿时面红耳赤,支支吾吾地道:"我也是无意间知道的,就记下了,没其他想法……"

程方梵拉住李承恩的手,砸给他一个大大的白眼:"瞧你那点儿出息,我现在是你女朋友,一些私密你知道不是很正常嘛,你还以为我真怪你?"

李承恩扭头看着程方梵,一时没有回话。

幸福来得太突然了,他还没从惊喜中缓过来神,于是便问道:"梵梵,你真愿意跟我在一起?"

程方梵吸了口奶茶,没好气地回道:"不然呢?"

"那你掐我一下,我怎么总觉得是在做梦?"李承恩挠挠头,一副呆呆傻傻的模样。

程方梵也不跟李承恩客气,小手朝他腰间使劲一拧。

嘶——

李承恩倒吸口冷气。

"疼不?是做梦不?"程方梵问道。

"疼,不是做梦。"李承恩忍着腰间的痛楚,老老实实地回答。

"知道疼就好!"程方梵狠狠瞪了眼李承恩。

李承恩也不是傻子,凑到程方梵耳畔悄声道:"现在心里的气消了吧?"

第83章 软饭可以不吃

程方梵靠着椅子，一副生无可恋的模样："气不消还能怎样，自己看上的男人就这个性子，再苦也得朝肚子里咽啊！"

李承恩挠挠头，试探着问道："梵梵，那晚之前，你的心里就有我了吗？"

程方梵双手环抱胸前，旋即反问："那晚之前，你心里没我？"

李承恩赶紧摆摆手。

如果心里没有程方梵，他也不会脑子抽筋那么晚了还坐农班车冲向顺昌城，可是到了胡同口，在自卑心理左右下，他始终没有勇气走进去。

程方梵回顾那天的场景，幽幽叹了口气。

如此说来，两人还是有缘分，不然，自己也不会恰巧碰到李承恩。也正是那一瞬，她给了李承恩充足的暗示，晚上还把他带到了工作室。记得那晚她依偎着李承恩，心里好像吃了蜜糖一样，甜甜的，美美的。

本以为剧情会按照想象中的节奏直线前进，哪想中途乱七八糟出了那么多的幺蛾子。

程方梵就纳闷了，一个女孩子手都让人牵了，还依偎着你的肩膀花前月下老半天，就是一头猪，也该明白女孩子的心意了。

眼看程方梵又要发脾气，李承恩连忙认错："梵梵，对不起，我之所以那般，实在是咱们俩的差距太大了。"

每个人都想天上掉馅饼，却并不代表天上的馅饼人人都能消受得起，一个不小心，被馅饼砸死的也大有人在，就像每个女孩都想变成灰姑娘，但是真遇到了那种缘分，最终的结果可能不是喜结良缘，而是家破人亡。

程方梵没办法体会到李承恩的心情，因为两人的生活环境差距实在是太大了，她只知道李承恩心里有自己，并且真是一门心思对自己好。不然，就冲李承恩最近这段时间的骚操作，她怎么可能给他那么多机会？

"真要感谢我的好兄弟啊,要不是他,我真要抱憾终生了!"李承恩回想不久前胡以为一次又一次的提醒,禁不住感慨起来,"可悲可笑的自尊要不得。"

程方梵美滋滋地喝了口奶茶,完全赞同李承恩的观点。胡以为这小子表面看起来确实不靠谱,但是做起事来,是真的有板有眼,不过……

程方梵拽了拽李承恩的衣服,打趣道:"你别把感激之情表现得那么强烈,不然依照他的性子,让你跪下来磕一个都有可能。"

李承恩嘴角一阵狂抽:"你还别说,这事儿别人干不出来,胡以为还真能做得出来。"

程方梵见状,笑得前俯后仰。

李承恩又一次看痴了。

津南大学的程方梵是冰山女神,看一眼就让人为之着迷,要说李承恩心里对她没想法,那是违反人性的。李承恩之所以不去想,是因为他知道得不到,有句话说得好,要想不被人拒绝,最好的办法是先拒绝别人。

初回顺昌再遇程方梵,在李承恩眼里她是优雅大方的,就像皇宫中拖着华服傲气十足的公主,他不是不喜欢,是不敢喜欢,普通老百姓怎能得到公主的青睐?

只有现在的程方梵是自己的,她展露了活泼可爱的一面,将她最真实的一面毫无保留地展现在自己面前。

程方梵轻轻拍了下李承恩,问道:"看够了吗?"

李承恩摇摇头:"一辈子都看不够。"

程方梵心里美滋滋的,嘴上却道:"那可不一定,老辈人说了,男人的特点就是喜新厌旧,有了美娇娘,刚开始还当成宝,时间久了,美娇娘就成了路边的狗尾巴草,于是男人的眼睛,就盯着那些野花……"

李承恩旋即站了起来,正色道:"我不会,真有那一天,我遭天打雷劈!"

程方梵瞟了眼信誓旦旦的李承恩,起身把空空的奶茶塑料杯丢进垃圾桶,淡淡言道:"真有那一天,就不劳烦老天爷的大驾了,我爸我妈还有我爷爷自然不会放过你。"

李承恩脸上的笑顿时僵硬了。

这倒不是说有一天他真的移情别恋,怕程方梵的父母找自己的麻烦,而是他跟程方梵的事情,她的家人会答应吗?

程方梵见状,打趣道:"怎么着？怕了？现在后悔还来得及,过了明天,我就没那么好说话了。"

李承恩笑着摇摇头,岔开了话题:"你说话真有趣。"

程方梵拿出了在程家的做派,摆了摆小手:"好了好了,没营养的话咱们就别说了,谈点正事儿。我把你叫到茶室,其实最想谈的就是这个事儿。"

原来前两天省里宣传部门联系程方梵,说为了推广民间传统文化,要来顺昌进行一次采访。这样的事发生在程家人身上不是一次两次,不管程老爷子还是程方梵早已习惯了,按理说程方梵不该那么紧张。

她紧张的原因是推荐了李承恩。

如今茨河铺特色农业如火如荼,李承恩作为回乡创业的典型也值得报道,按照程方梵的想法,将程氏剪纸和脱贫攻坚结合起来,也算新闻报道的一个亮点,与此同时也能宣传宣传茨淮新河,不管从哪个角度说,这条河的开挖和通航,都集中体现了安徽人民艰苦奋斗、甘于奉献的精神。

李承恩激动得都不知说什么好了。

纵然程方梵刻意淡化了她的作用,但没有她的建议,省电视台怎么会把着眼点放在茨河铺？

论起安徽精神,茨淮新河不如阜南王家坝;论起特色农业种植,茨河铺大棚蔬菜基地的体量和效益放在全省压根就不够看。如果没有程方梵暗中相助……

想到这里,李承恩拉住程方梵滑腻的小手,满脸的惭愧:"其实你不用这么帮我,我怕我会产生依赖心理,以后如果你不在我身边,我又该怎么办？我是男人,我想靠自己的努力,在未来能够给我的女人最好的一切,可是现在我却……吃了你那么多的软饭,嗨！感觉自己挺丢人的。"

程方梵甩开李承恩的手,沉声道:"如果你觉得不妥,这软饭你可以不吃！"

李承恩看得出来,程方梵是真生气了。

他很是不解,自己也没说什么啊,程方梵怎会动了真火,不过转念一想他终于明白了——那可悲可笑的自尊又在作祟！

第 84 章 爷爷知道咱俩的事儿了？

程方梵见李承恩沉默不语,心里的火气也落了下来。

她依偎着李承恩,柔声说道:"你的路是自己一步一步走出来的,不是因为我的帮助,如果茨河铺展现的内容不够典型,如果你不够优秀,不仅茨河铺的特色种植吸引不了人们的目光,我也成了小丑一样丢人现眼。在你的事业中,我只是辅助,只是让你少走弯路,跟吃软饭不搭边的。"

说到这里,程方梵有了些许疲态。

她倒是真想投身特色农业种植,问题是她真没那么多精力啊!

剪纸要推广就要参加很多活动,除此之外,她还要潜心创作,毕竟对艺术家而言,没有作品就没有发言权。艺术创作已经耗费她太多的精力了,程家那些产业她还得过问。

爷爷总有离开的那一天,父母也会有放手的那一刻。她作为程家唯一的继承人,不能让祖辈打下的江山在自己手里没落下去。

如此说来,真正需要帮助的可能并不是李承恩,而是程方梵。

作为一个女孩子,她肩负的担子太重,甚至有时候她呼吸都觉得困难。只是这一切,谁知道呢?怕是她依偎着的男人也不太理解吧?

这才是程方梵发火的原因。

她喜欢李承恩,想跟他白头偕老,然而在婚姻关系中,两情相悦只是基础,作为男方,要能扛起两个家,一个是男方的,一个是女方的。程家在顺昌的分量举足轻重,对李承恩各方面的素质要求自然就高了。

时间不早了,秋风打在脸上,微微有些凉。

程方梵整了整风衣,站了起来:"我爷爷让我把你带回家,有没有胆子跟我走一遭?"

一句话彻底让李承恩愣了神:"什么?爷爷知道咱俩的事儿了?"

只要不是瞎子都知道了！程方梵斜睨着李承恩，问："怕了？"

李承恩摇了摇头。先前他瞻前顾后，一点儿都不爷们儿，现在还不改，自己都瞧不起自个儿。

程方梵松了口气。

实事求是地说，老爷子可比李承恩敞亮多了。当年爷爷和奶奶家庭条件差距那么大，老爷子也没像李承恩这般。也正是老爷子敢想敢干，程家才会发展至此。

有些事，程方梵并不打算告诉李承恩，可现在还不说，以后只会造成隔阂。

李承恩牵着程方梵的手慢慢走着，静静听着。

华灯初上，路灯的光芒打在她柔美的面庞上，别有一番韵味。

像这样的女人，应该是被人保护的，然而现实让她承受了那么多。如果自己再不争气，还是个男人吗？

想到这里，李承恩突然把程方梵紧紧抱在怀里。

顺昌城是个小城，老百姓的思想观点没有津南那么开放，李承恩冷不丁玩的这一出，吸引了吃瓜群众的目光。

程方梵狠狠捶了下李承恩，小声道："快放开，那么多人看着呢。"

李承恩反而搂得更紧了。

看见了便看见了，又掉不了一块肉。你在那么累的情况下为我想了那么多、做了那么多，我连告白都畏畏缩缩，就这样的性子，以后你真遇到什么，我能为你遮风挡雨吗？当你的父母反对的时候，指不定几句话一说，我就妥协了。

人的性格一时半会儿不会改变，却不代表不能改变。

"我想和你在一起，我不在乎别人的目光，说我攀高枝也好，吃软饭也罢，我就这么干了。我知道我们要最终走到一起很难，但是不管前方有多难，不管未来会有多少的阻碍，不管你未来是什么样子，我都要和你在一起。我想看着你一点点地变老，看着你的牙一颗一颗地掉光，看到……"

没等他把话说完，程方梵紧紧拥住了李承恩。

缘分就是那么奇怪。

那天偶遇李承恩，她的注意力就被李承恩吸引了，明明是一个跟自己无关的狗血故事，却让她的心一阵阵泛疼。或许当时是出于同情。但顺昌偶遇，李承恩的身影刻在她的心里再也抹不去了。

从性格方面说,她不喜欢李承恩,她心目中的男人应该顶天立地、无所畏惧,但是李承恩的真情和体贴还是让她沦陷了。

小时候,她的父母工作都忙,没时间陪她,爷爷一手把她拉扯大。由于追求不同,她在同龄人中朋友也不多,所以从本质上来说,她是缺爱的,但她又是极其聪明的。

她能清楚感知到方泽对她的好并非真好,这个人看中的无非是自己的家世、自己的容貌。李承恩跟他完全不一样,不然,李承恩也不会因为差距瞻前顾后那么久、那么不爷们儿。

现在一切都说开了,李承恩也开始慢慢转变了,自己就像无根的浮萍,终于找到了久违的安全感。

"如果有一天我父母强烈反对,你怎么办?"程方梵挽着李承恩,问道。

终于又到了这个胡同口,也终于提到了这个躲不开的话题。李承恩想了想,无比认真地回道:"如果我们结婚了有了女儿,长大后她跟你一样看上一个穷小子,我想我们的第一反应也是反对,这个我理解。"

程方梵狠狠瞪了眼李承恩:"就不能是儿子吗?"

"儿子当然要,女儿也不能少,儿女双全才是好。"李承恩紧紧拉着程方梵的小手,接着刚才的话题说道,"正所谓日久见人心,我会用行动告诉他们我对你真的好,也会用实际行动向他们证明,我有足够的实力让你幸福。"

程方梵轻轻嗯了一声。

事情不是嘴巴说出来的,是做出来的,她相信李承恩一旦打开心结,不管父母怎样反对他都会一往无前,就像那天他遇到歹徒,不顾一切挺身而出。

"我爸虽然固执,妈妈脾气也不好,但是他们都怕老爷子。"程方梵朝家的方向努努嘴,道,"只要老爷子支持,就是最大的助力,所以你也别有太大压力。"

李承恩重重点头:"即便没有他支持,我也没有那么大压力,娶老婆回家遇到一些挫折是应该的,谁家的闺女不是疼大的?不费一丝一毫就想弄回去做媳妇,天底下哪有那么容易的事儿?!"

正在这时,耳畔传来一阵爽朗的笑声:"说得好!"

第 85 章　家家户户的改变

李承恩和程方梵循声看去,正是程家老爷子程陆鸣。

程方梵俏脸一红,下意识就要松手。

可是想到临行前爷爷的那番话,她又灭了这个心思。

她和李承恩的事,父母肯定是反对的,爷爷早些知道也好,如此先争取爷爷的支持,后期不至于那么被动。

程方梵落落大方地挽着李承恩走了过去,嗔道:"爷爷,你身子骨不大好,怎么自个儿去买菜啊?让刘姨去,或者给我打个电话不就得了?"

李承恩也不傻,旋即从程陆鸣手里接过食材,正要搀扶,程陆鸣摆了摆手,半开玩笑半认真地说道:"我现在还能走,没到你尽孝的时候,丑话说前头,到时你小子若是装孬种,我拼尽最后一口气,也要一拐杖打死你。"

程方梵挥舞着小拳头,狠狠瞪了眼李承恩,做出一副凶狠的模样:"爷爷尽管放心,这小子真敢,本姑娘就让他见识见识程家人的厉害。"

程陆鸣拄着拐杖,哈哈大笑。

他跟程方梵一样,先前多少还是有怨气的,宝贝孙女要相貌有相貌、要家世有家世,却在一个穷小子那里受了那么多委屈,凭什么啊?

他溺爱孙女,所以才有了让孙女再做一次尝试的建议,内心深处,他早已经将那天不愿意陪他把酒言欢的小伙子排除在孙女婿之列了,只是现在……

看架势孙女这是死心塌地喜欢上了李承恩,女大不中留,他也没办法,此外李承恩那番话,也说到他心坎上了。

一个男人能站在女方家长的角度考虑问题,只能说明他爱上了这个女孩,喜欢到了骨子里,那么李承恩先前的种种就很好解释了。这个小伙子不是没魄力没勇气,不然也不会毅然回乡创业且成了致富典型,他在感情方面畏首畏尾,是自身家庭条件不好,为程方梵考虑得太多。

程家不缺钱,程家所有的一切到了最后都是程方梵的,所以程老爷子心里对未来孙女婿的标准是——穷一点可以,能力弱一些也成,但是人品必须好!

显然,李承恩符合程老爷子选孙女婿的标准,不,甚至超越了这个标准。因为能说出方才那番话的男人,不可能不上进,不可能一事无成。

程陆鸣看着欢欢喜喜朝前走的孙女,突然拽住李承恩,低声问道:"如果有一天到了世界末日,你们家身处险境,你只有一个选择,你的父母和梵梵,你会选择谁?"

李承恩当即停下脚步,看程陆鸣的眼神就像看一个怪物。这种问题从姑娘嘴里冒出来,他不奇怪,小仙女玩这套熟门熟路,问题是程老爷子都快入土的人了,你整这样的问题……令人匪夷所思。

"回答我的问题!"程陆鸣正色道。

"我会选择我的父母!"李承恩想了想,老老实实回道,"可能这样的回答您听了会生气,但我只能这么做,等把他们安排妥当了……"

说到这里,李承恩看着前方的倩影,一字一句地道:"我去寻她,她到哪里我都跟着。我相信换成她,应该也是一样的选择!"

程陆鸣拄着拐杖沉默了许久,方才拍了拍李承恩的肩膀,语重心长地道:"我只有一个宝贝疙瘩,现在把她交给你了。"

十二月,已是入冬时节。

风有些寒,农户们心里却是暖洋洋的,原因无他,又一个收成季开始了。

"承恩啊,你看看这一茬的蔬菜,长势多喜人,卖出去就能过个好年。年后我起个楼房,到时候给我家儿子娶媳妇就不愁了。要不是你给乡亲们指了条路,我们真不知道哪一辈子能挣这么多钱,说不定我儿子要打一辈子光棍!"

一个叔叔辈的农户拉着李承恩,不停絮叨着未来的美好。

一旁的农户也跟着附和。

"是啊是啊,不只蔬菜,还有那些西瓜呢,今年西瓜价钱好,好多超市都让咱们村给供货,家家户户都高兴着呢。大家都说'跟着承恩干,绝对不掉链',人家是名牌大学的毕业生,眼界比咱们这些庄稼汉开阔得多,懂的知识也要比咱们多得多,你看他回来这两年,咱们家乡的变化有多大。"

李承恩被大家夸得有些不好意思,随便寻了个理由,准备逃离,却被乡亲们一把拽住了。

两年来,他带着乡亲们搞特色农业,李家村,乃至于整个茨河铺镇,都发生了天翻地覆的改变。

现在村里谁兜里没有点钱?尤其是他们李家村,先前是鸟不拉屎鸡不下蛋的鬼地方,现在不知多少姑娘都想嫁到他们村。

镇里面的领导也是高兴着呢。镇上的茨淮五香牛肉厂已经开张了,谁也没想到一开张生意就那么红火,远超预期,据说镇领导已经跟几家大型连锁超市谈好了上架事宜,过了年就要正式上架销售了。

作为镇第一家集体企业,它的建成带来不少的就业岗位。乡亲们在家里工作就能挣到钱,谁还愿意背井离乡去打工?

"承恩啊,听说年后省里面要来咱们这边视察?"一个叔叔辈的村民眉飞色舞,死死拉着李承恩的手臂。

李承恩有些无语:"叔,您这是听谁说的?"

"还能有谁?村主任啊!"这个农户一拍大腿,恨不得扯着嗓子吼,"李主任早上去镇里开会,领导说的。承恩啊,这个消息可靠吗?省里都要宣传报道,咱们是不是就要火了?是不是还得像之前那样拍个纪录片?"

之前市里过来拍纪录片的时候,这个农户就高兴得不能自已,这是他们村的荣耀啊,每个人脸上都有光!

其他农户听到这个消息,全围了过来,七嘴八舌说个不停。

李承恩彻底被他们整不会了,望着一望无际的田野,正色道:"这消息目前我还没听说,不清楚真假,即便来了,也是为咱们产品的销路服务,我们要做的,就是配合宣传,把控好产品质量,让自己的生活富裕起来,不然,全都是扯淡。"

第 86 章 李文龙

农户们听到李承恩这般说,咧嘴一笑,也没说什么,就此散了。

李承恩理解他们的心情。

茨淮新河没开挖之前,方圆数百里,大雨大灾、小雨小灾,生活在这片土地上的乡亲们能吃顿饱饭心里就美滋滋的,哪敢有其他念想?后来他们穷则思变,在党的领导下积极投身于治淮工程,硬生生挖出了一条长几百里的茨淮新河,彻底解决了生存问题。

乡亲们原以为这条河通航后,生活会有极大的转变,然而事实是残酷的,在改革开放的浪潮下,茨淮两岸的乡亲们再一次落后了,甚至很多适龄青年拖到三十多还没娶上媳妇。

现在家乡从人人嫌弃的穷疙瘩变成人人追捧的金元宝,乡亲们不仅挺直了腰杆,还能借着省电视台宣传的机会在全省人民面前露脸,怎能不让他们欢呼雀跃?

"乡村振兴,企业大力发展,其中以顺昌市茨河铺镇李家村为首的蔬菜大棚产业基地起到了很好的领头作用。以前的李家村是出了名的穷村,很多农户都是靠政府的扶持救济勉强维系生活,百分之九十的青年选择外出打工,然而如今家家户户的事业干得红火,他们打造的蔬果品牌已经进入各大连锁超市。为什么一个贫困的小乡镇会有如此大的改变?这就要提起他们的带头人李承恩先生……"

晚上七点半,李家村所有人都坐在电视机前,津津有味地观看省电视台的新闻,每个人脸上都洋溢着幸福的笑容,李文龙更是乐得都找不到北了。

市电视台给李承恩拍了纪录片,已经让他激动万分,没承想,李承恩竟然引起省里宣传部门的注意,这回他算是出名了。不,不仅他出名了,李家村也跟着风光了,那些大棚里的蔬果还愁销路?

今年超市跟李家村签订了五十万斤蔬菜和三十万斤水果的供应协议,除此之外,其他市的连锁超市也来李家村寻求合作,而今订单都爆满了,这都是肉眼可见的人民币啊!

李文龙的妻子孙艳灯见他乐成那副模样,撇了撇嘴,调侃道:"瞧把你乐的,不知道的还以为电视上放的是你,出名的人是你呢。"

"咋了,我还不够出名?"李文龙大大咧咧地坐在椅子上,拧开一瓶白酒,一脸的骄傲和自豪,"现在我在镇领导面前,那可是货真价实的大红人。"

"出名,这回你是真出名了!"孙艳灯轻轻拍了下李文龙,眼里满满都是欢喜。

如今乡亲们的生活越过越红火,她丈夫这个村主任不仅做得稳稳的,还多次受到了政府的嘉奖,说他是一个伯乐,能够看出李承恩这匹千里马,说什么如果不是李文龙的支持,李承恩以及他的产业也不会发展到今天这个地步,整个李家村也不会跟着一起致富。话说当时领导把他们家男人夸得啊,跟天上下凡的神仙似的,好像离了他,地球就转不了。

李文龙知道领导的夸赞很夸张,可是依然受用无比。先前他受的委屈实在太多了,没少被镇领导批评。

实事求是地说,作为村主任,李文龙是尽责的。

他没什么私心,很多政府发放的福利他都尽着父老乡亲,无时无刻不想着领着乡亲们致富,可是李家村贫穷的现状持续那么多年,他的能力也有限,心有余而力不足啊!

孙艳灯将这一切看在眼里。当初她嫁给李文龙不是图李文龙多有本事,而是图他为人仗义,做事认真,能顾全大局,也很有远见。

记得当时李文龙家里穷,她结婚的时候,父亲百般不乐意,说她嫁给了一个穷小子,以后准得吃苦。

事实证明父亲错了。

她嫁给李文龙这么多年,即便在最穷的时候,她都没受委屈。这个男人总是把最好的一切留给自己,一把白面,半捧白米,一个鸡蛋……

后来家庭条件有了好转,拥有初中学历的李文龙当上了村主任,自己跟娘家人可是风光了一把。让孙艳灯无比欣慰的是,即便李文龙当了官,也不在自己面前摆架子,跟自己说话从来都是好声好气;即便自己犯了错,他也是耐心规劝,那种溺爱劲儿,跟疼闺女似的,更不会像一些粗鄙的男人,喝了二两猫尿就动手打老婆。

如今李文龙跟着李承恩承包了一百亩地,家里面的收入也是噌噌噌地上涨。她每天就负责在地里面干活,如果忙不过来就雇些人手,在乡下人眼里,这是正儿八经的好日子了。

当然,最近两年,李文龙跟李承恩一样,忙得不可开交。自家的事忙,别人家的事也忙,村里的事还要忙。李承恩在村子里威望高,她家男人在村子里的威望也不见得弱多少。

老百姓心里有杆秤。他们看得出来,自从李文龙做了主任,他真是一心为了乡亲们啊!

孙艳灯越看自己男人越喜欢,给李文龙斟了杯酒,心里跟吃了蜜糖似的。

"我感叹啊,那时候眼光是真好,跟了你。对了,记得你刚当上村主任,乡亲们都不看好,认为你性格固执,说话太直,容易得罪人,但我就觉得你行,那些能说会道的,鬼心眼比谁都多,他们心里有咱们老百姓?他们肯为老百姓办事?"

李文龙端着酒杯,望着陪伴多年的妻子,问道:"我干了这么多年的主任,没给咱家谋点私利,你就不怪我?"

孙艳灯无奈地叹了口气。

要说不怪,那是违心话,回娘家的时候,父母没少在她耳边唠叨,兄弟姐妹也觉得李文龙当主任了,吃穿用度方面肯定阔绰得多,由此免不了生一些枝节,让她很难做。她也曾在心里抱怨过,后来想想,李文龙这么做是对的。

当初她看上李文龙,不就是看上他正直认真吗?一些所谓的村干部,好处总想着自个儿,现在看是得了好处。长远看呢,老百姓不傻,你怎么做的,大家心里跟明镜似的,穷一点儿总比被别人指着脊梁骨骂一辈子强。

"怪你干啥?你能干一辈子主任?你能堵住乡亲们的嘴?咱行得正坐得端,到了什么时候跟人说话都有底气!"孙艳灯给自己也斟了一杯酒,道,"来,今个儿俺陪你喝一杯。"

第 87 章 珍惜当下

李文龙望着相伴多年的妻子,把杯中的酒一饮而尽。

在某些村民眼里,主任是个官,能挣不少钱。实际上呢?李文龙做这个村主任,补贴什么的加在一起,还没别人出门打工挣的一半多,妻子孙艳灯私下里没少唠叨,李文龙也时常自责不已。

从他当主任开始,十几年过去了。他也从满头黑发,变成如今两鬓斑白。为了这个家,他不可谓不勤劳,却依然没让孙艳灯过上好日子;为了李家村,他也没少费心思,结果却不尽如人意。

所以在深夜里,李文龙看着身旁满脸疲态酣然入睡的妻子,不止一次问自己:这么做值得吗?是不是应该放弃,把主任交给其他人干,自己去外面闯闯,一门心思搞点钱?

幸亏坚持下来了啊!李文龙端着酒杯,想到李家村的种种转变,欣慰地笑了。

年轻的时候,他跟先辈们一起挖过茨淮新河,他见证了老一辈人的贡献,也见证了老一辈人的精神,更见证了一个奇迹的诞生。那个时候的他坚信,这个世界没有不可能的事,只要肯干,只要敢干,茨河铺肯定能飞起来。

"长江后浪推前浪。我是老了,看来以后啊,这个主任得换个人干!"李文龙抿了口小酒,夹了口菜,"新人新气象,有李承恩打辅助,乡亲们的日子会越来越好。"

孙艳灯狠狠瞪了眼李文龙,斥道:"你喝醉了吧?瞎说什么!"

在她眼里,自家男人一点都不老,还能为这个家做很多事,还能为乡亲们做很多事。特别是现在这个节骨眼儿上,省里都开始报道李家村了,李家村以后的发展肯定会越来越好,关键时刻撂挑子,这不是开玩笑嘛。

李文龙放下酒杯,叹了口气:"我没瞎说,现在村里的小年轻都回来了,他们年轻,见过世面……"

孙艳灯一点都不客气,直接打断李文龙:"他们现在回来了,以前怎么没见他们回来?那年春节,那些小年轻怎么说李承恩的,你忘了吗?"

李文龙顿时打了个激灵。

孙艳灯见李文龙不吭声了,又道:"我承认这些小年轻中不乏能人,但是他们的能耐是给自己家用的,不是给咱们村的,如果能从其中找一个像李承恩那样本来有着大好前途,却偏偏朝咱们乡疙瘩钻的人,你现在推荐他做村主任,我孙艳灯要说个'不'字,我就不是个人!"

李文龙默默喝光了杯中的白酒。

老婆说得对啊,这些年轻人中,有谁像李承恩这样,想的不仅仅是自己家,还有吃着茨淮新河水长大的乡亲们?不提那些大专生,就是出门打工的小年轻,只要在外面站稳了脚跟,也没有回来的。

对于他们的选择,李文龙表示理解。一个从贫困家庭出来的孩子想要摆脱贫困的处境,是人之常情。李家村这两年确实发展了,但是跟大城市的乡镇相比,差距还很大,大城市给予他们的机会,也远非顺昌能比。

"文龙,我也不是说这些起初不回来的小年轻人品不行,我的意思是他们没有那个胸怀。胸怀不宽广的人能一门心思为乡亲们做事吗?"孙艳灯把酒斟满,递给李文龙,语重心长地劝道,"可能我的话有些绝对,但是不管怎样,你现在推荐新人做村主任不是时候,别忘了,现在李家村可是茨河铺实打实的富裕村,有些人早就盯上村主任这块肥肉了。"

李文龙当即打了个激灵。

自从李家村旧貌换了新颜之后,不是没人打过村主任的心思,王文华镇长也私下说过,位置一定要站稳,眼睛一定要擦亮,一座楼建起来不容易,要倒下却极其简单。

"我懂你的意思了!"李文龙给孙艳灯盛了碗稀饭,脸色沉了下来,"谁能让李家村越来越好,别说不让我做这个主任,就是让我继续去挖河,老子也愿意,但是想摘桃子,靠着主任发财,老子剥了他的皮。"

"这就对了!俺家男人就得有这个气势。瞧你刚才那老气横秋的架势,我看了心烦。"孙艳灯眼睛里冒着光,她家的男人文化水平是不高,有时候做人也有些木讷,但是关键时刻的那股气势就是爷们儿。

两口子又絮叨一会儿,李文龙起身道:"我得去承恩家看一看,他家估计现在正热闹着呢。"

孙艳灯点了点头。

李家村有今天,李承恩功不可没。据说由于省电视台的报道,相关部门还准备下拨一批专项资金,助力李家村的发展,打造特色农业致富典型。这些在以前,是村民们想都不敢想的。

不仅如此,王文华镇长也说了,今年回来的大学生有好几个,都选择在家乡带领大家脱贫致富。如今的茨河铺,要产业有产业,要劳力有劳力,要人才有人才,这日子是越过越有盼头了。

外面飘起了雪。

孙艳灯拿过一旁的衣服,给李文龙披在身上:"外面天寒地冻的,多穿一件,别冻到了。对了,出门的时候别忘了把咱家腌的腊肉给承恩家带上一些。"

李文龙乐得不行:"也就是我命好,娶了你这么一个贤惠的好媳妇,这么多年从来没跟别人计较过什么,也从来没嫌弃过我什么。我是真心觉得,上辈子我们家是烧了高香了,才把你娶进门。"

他拉过孙艳灯的手看了看,看着先前水嫩的手变得如此粗糙,心里一阵刺痛。

面前的这个女人,跟了自己一辈子,从如花似玉的少女变成而今的老妇,无论自己做什么事情,她即便嘴上唠叨几句,行动上也是极力支持的,家里面大大小小的事情也料理得妥妥当当。得妻如此,夫复何求啊!

"别贫了,你赶紧去吧,现在都这么晚了,再磨蹭,估计他们家就睡觉了。"妻子嗔怪地说道。

"哪能啊?他们家今天睡不了那么早,我过去说不定还能蹭上几杯好酒呢。"李文龙笑了笑,从厨屋寻了一提腊肉,冒着风雪出了门。

雪下得正欢,风也有些冷,李文龙却觉得浑身上下每个毛孔都透着舒坦、带着暖意。

第 88 章　功不可没

李文龙猜得没错,李家的堂屋里,此刻格外热闹。

一群人围坐在电视机前齐声欢呼,桌上摆着瓜子、糖果,那欢天喜地的劲儿,跟结婚有得一拼。

一个本家二大爷跷着二郎腿,嗑着瓜子,拍了拍李万道的肩膀,心里那叫一个舒坦。

"我说万道啊,咱们这一门什么时候这么风光过?大孙子有本事啊!这些年来别说咱们村,就是整个茨河铺,哪个人上过电视?承恩呢,市电视台三天两头来专访,现在省电视台都报道了,咱们这些爷爷辈的庄稼汉也跟着沾光。我是实在没想到啊,这辈子还能在省电视台上露脸,啧啧啧,风光啊,长脸啊!"

李万道想到宝贝孙子这几年的成绩,很骄傲,也很自豪,所以今天的他酒喝得有些高,话说得有些多,也有些大:"丰超老弟啊,其实说起来,承恩有今天的成绩,是咱们这一门的祖坟埋的位置好,老一代人多少年前都说了,百年之内,咱们这门必出大才!"

李丰超闻言,一拍大腿:"可不是嘛,咱这一门注定要出人!"

自新中国成立以来,从李家村走出的有学问的后生,最高学历就是中专,李万道这个宝贝孙子呢?不仅考上了大学本科,还是赫赫有名的津南大学,别说在李家村,就是在茨河铺都是大姑娘上花轿——头一遭。

原本大家琢磨着这小子学成之后肯定能留在大城市,然后平步青云,出人头地,以后乡亲们去津南多少个照应,哪想这小子竟然回了李家村。

记得那会大家都在猜测,李承恩是不是犯了错误被学校处分了。毕竟人往高处走,水往低处流,好不容易蹦出农门,到了展翅高飞的时候却回了乡疙瘩,确实不合常理。

谁承想人家不是犯了错,是有鸿鹄之志,短短几年,不仅让他们家变了样,还领着乡亲们发展特色农业,一跃成为市里的名人……不,是省里的名人。话说这会儿的李承恩比起当初考上名牌大学的李承恩,风光了不知多少倍啊!

李万道抿着小酒,晕晕乎乎的,好像腾云驾雾上了天。

李世杰也很高兴,也为儿子取得的成绩感到骄傲和自豪。只是这两年跟儿子相处久了,也知道儿子的喜好,更清楚李家村面临的问题,于是便道:"丰超叔,上电视是风光,可是当不了饭吃,用承恩的话说,咱们得把控好农产品的质量,时刻关注天气变化,还有市场需求,一句话,人民币老老实实放进口袋最实在。"

李万道狠狠瞪了眼李世杰:"这小子,大家正在兴头上呢,泼什么冷水啊?"

李丰超又抓了把瓜子,兴致越发高昂:"承恩都把路子带出来了,咱们李家村的人,还愁没钱?丰超叔告诉你,今年我家承包了一百多亩地,儿子也从外地回来跟着我一起干,光是今年,我就挣了这个数。"

说着,李丰超抬了抬手,比了个六,脸上乐成了一朵花。

以前他总羡慕那些跳出农门吃商品粮的人,现在呢?吃商品粮能有种地来钱吗?如今家里的小楼房已经盖起来了,孙子过了年就结婚,该办的大事儿都办完了,他还愁什么?就等着孙子争口气,给他们家添个带把儿的,以后儿孙满堂香火不断。

李丰超话音刚落,旁边几个叔字辈的,也开始附和连连,更有甚者,又开始给李承恩歌功颂德了。

"镇上面的五香酱牛肉厂子发展得红红火火,咱们镇那只铁公鸡每天乐得合不拢嘴,据说铁公鸡建设乡镇有功,上面的领导非常欣赏,明年准备把他调到市里面。"

"铁公鸡真去了市里,肯定不会忘了茨河铺,争取扶持的时候,其他乡镇有什么资格跟咱们比?依我说啊,铁公鸡能走到今天这步,全是承恩的功劳,不然,他那张脸啊,跟原来一样,耷拉得跟面条似的。"

"对对对,大哥说得没错,承恩大侄子就是铁公鸡的贵人,他真提拔了,怎么着都得请承恩喝顿酒,这酒啊,也不能差了,起码也得是剑南春。"

大家越说兴致越高,话也越说越离谱,李承恩很是无奈,赶紧站了起来:"乡亲们,别夸了,再夸下去,我都没法儿在李家村待了。"

李丰超等人一阵哈哈大笑。李承恩这个小家伙儿什么都好,就是脸皮薄。

李承恩见状,紧跟着又道:"咱们村有今天,咱们镇有今天,是大家共同的功劳,特别是王镇长,功不可没。"

李丰超等人面面相觑,着实不知道铁公鸡的功劳在哪儿。

李承恩只得将王文华的付出一一道来,嘈杂的堂屋顿时陷入一阵沉默。

原来,为了建厂,王文华镇长顶着那么大的风险,承受着那么大的压力;原来,为了给茨河铺争取扶持,王文华跑了那么多路,欠了那么多人情。

李万道重重拍了下桌子,赞道:"不愧是咱茨淮河的爷们儿!"

乡亲们齐齐点了点头。

王文华的年龄跟李世杰相仿,只要不折腾,就能安稳退休,舒舒坦坦过日子。而王文华为了一镇的百姓选择去拼,选择去搏。试想一下,如果没有他在前头冲锋陷阵,李家村的致富之路怎么会那么顺?

先前编派王文华的村民顿时面红耳赤,言语间尽是惭愧。

"幸亏刚才的话也就在这间屋里说,倘若传了出去,我这张脸朝哪儿放啊?!"

"是啊,当官不为民做主,不如回家卖红薯。这话说得容易,真能做到的又有几个?咱们茨河铺有只铁公鸡,是咱们镇的福气。"

"没错,等王镇长高升的时候,咱们一定要送送他。"

"对对对,咱们整个万民伞,让上面的领导瞧瞧,王镇长这样的好干部要重用!"

李承恩被乡亲们的话吓了一大跳,忙道:"二大爷,千万别送万民伞,现在不兴这个,不然,就是害了王镇长。"

李丰超一脸不解,送万民伞是大家伙儿的心意,怎么就害了王镇长呢?

第 89 章 缺个媳妇

李承恩真觉得有必要给乡亲们打打预防针,不然指不定他们会闹出什么乱子。

他起身把电视的音量关小一些,严肃地道:"王镇长做出了成绩,肯定有人眼红,咱们这时候送万民伞就是把王镇长放在火上烤。再说,现在的领导都喜欢踏实肯干的干部,而不是爱搞花架子的庸官,咱们不能帮倒忙啊。"

此言一出,乡亲们恍然大悟。幸亏李承恩提醒得及时,不然按照李丰超的主意来,那就出事了。可王镇长为了茨河铺付出这么多,乡亲们不能没有表示啊!

李承恩环顾四周,紧跟着又道:"大家的心情我能理解,就像当年我考上大学没钱缴学费是一样的,没有乡亲们的资助,这个书我读不了,所以我的心里很感激乡亲们,但是我把这份感激埋在心里。我知道唯有好好学习,找条门路带着大家致富,才算是回报了父老乡亲。"

乡亲们点了点头,确实是这个理儿。

李承恩给李丰超续了杯茶,接着说道:"现在我们感激王镇长,这很好,说明咱们茨河铺的爷们儿知恩图报,但是王镇长最想要的是什么?是茨河铺走向富裕,成为全市乃至全省,甚至是全国的典型。我们要做的,就是老老实实发展特色农业,不怕苦不怕累,把钱牢牢装进口袋。我们现在的条件距离王镇长期望的目标还很远,所以我们不能自满,不能飘,不然,对不起王镇长的付出和一片苦心。"

李丰超重重拍了下大腿:"不愧是大学生,这话说得好啊!"

李世杰看着堂屋内若有所思的乡亲们,欣慰地笑了。

近两年李家村的状况有所改变,大家心里高兴他理解,然而凡事都有个度,最近他就觉得村里的氛围不对,乡亲们太乐观了,似乎不费吹灰之力就能挖到金山一样,李承恩这番话,来得及时。

李万道剥了颗花生,丢进嘴里,很是艰难地咀嚼着,似乎也在咀嚼着李承恩刚才那番话。

一时间,堂屋似乎没了方才的浮躁和喧嚣,彻底安静下来,直到敲门声响起。

李承恩起身开门,见李文龙提着腊肉站在门外,赶紧让他进来:"龙叔,你来就来了,怎么还拎东西。"

"你婶让带的,她说要不是你,我们家今年哪能挣那么多钱,无论怎样,都得谢谢你。"李文龙拍了拍身上的雪,冲李承恩咧嘴一笑。

李承恩赶紧告饶:"龙叔啊,堂屋的长辈夸我夸得嗓子都冒烟了,您要再一掺和,这间屋里,我真待不下去了。"

"待不下去你能朝哪儿跑?这里可是你家。再说,你小子要没做出成绩,你想让乡亲们夸乡亲们还不乐意呢。"李文龙差点被李承恩的话逗乐了。

不过细细想想,自己若是李承恩,怕也扛不住乡亲们的"狂轰滥炸",于是他拍了拍李承恩的肩膀,打趣道:"这得看你小子的表现,表现好了,我憋着不夸,表现不好,明天龙叔我用大喇叭喊。去,赶紧进屋,给你龙叔倒杯茶暖暖身子。"

李承恩立马忙乎开来。

李文龙望着忙前忙后的李承恩,冲李世杰说道:"你们家现在富了,好像什么都不缺,但又好像缺了什么。"

李世杰有些不解,笑道:"主任,有话你直说。"

李文龙引燃一支香烟,用手点着桌子,朝李承恩努了努嘴:"缺个媳妇啊,就像今天这种场合,忙前忙后的应该是李承恩的女人。"

李丰超捧着茶杯正要喝水,听李文龙这般说,忙道:"对对对,承恩现在也算事业有成了,也到了娶媳妇的时候了。"

李承恩被"娶媳妇"三个字吓了一大跳,他没想到李文龙竟然扯到自己的婚姻上来了,于是笑着回道:"这个,不着急。"

他和程方梵的事情已经跟家里提过了,别说李世杰和林文娟,就是李万道都乐得不行,尤其是知道程方梵多次帮助过李承恩,他们早早认定程方梵就是老李家的媳妇了。

林文娟在这件事上表现得尤为明显,甚至还专门去城里买了副玉镯送给程方梵。

李承恩也想尽快把程方梵娶进门,问题是,这个事真的急不来。

程老爷子对李承恩很放心,程方梵的父母却坚决反对。

对此,李承恩完全理解。

他跟程方梵的父母没接触过,没有接触就没有沟通,没有沟通哪来的理解?就凭他在茨河铺做出的那点儿成绩,程方梵的父母若是欢天喜地,那真是活见鬼了。

为此,程老爷子做了很多工作,程方梵也表明了非李承恩不嫁的态度。

即便如此,程方梵的父母还是没有松口,程方梵的父亲甚至撂下了狠话,要想把程方梵娶进门,至少资产千万。

程方梵生怕李承恩打退堂鼓,赶紧给李承恩减压,说什么资产千万并非硬性标准,父亲的意思是要李承恩发愤图强,干出点儿事业,毕竟程家那么多产业,未来的女婿能力不能太弱,这些产业也不能走向没落,所以只要李承恩朝前进步一点,两人的事情基本就成了。

李承恩很感激程方梵的付出,却并不代表他要按照程方梵说的来。未来老丈人提出的标准看似很高,但相较于程家的家底儿,算是比较低的,是李承恩通过努力可以实现的。

所以最近这段时间,李承恩干劲儿十足,也更忙了。程方梵也没闲着,她在事业方面也迎来了发展,要代表省里去争夺最高奖项。由此两人最近见面的次数比先前还少,所幸两人说开了,关系并没疏远,反而越来越近。

此刻,李文龙哪里知道这事儿,对李承恩的话当即表示反对:"咋能不着急?你都多大了,村里像你这个年纪的,小孩都会跑了。承恩啊,你真要考虑下自己的婚姻大事了,一个家里不能没有女人。"

说到这里,他又转头看向李万道,笑道:"承恩要是没对象,改天我给承恩介绍介绍,镇政府新来了两个小姑娘,那模样,俊得很啊!"

第 90 章 做梦都没想到

李万道连忙摆手,态度鲜明地表达了立场:"不用不用,承恩谈好了。"

老爷子对李文龙是了解的,今天他敢把话接了,明天李文龙就能把镇政府的女干部领上门。

谈好了?李文龙有些惊讶。在李家村在茨河铺,他的消息都算比较灵通的,李承恩现在又是茨河铺的红人,他要有对象,自己不可能不知道啊,难道……

李文龙一把拽住李万道的手臂,无比激动地道:"承恩的对象该不会是他的高中同学童盼盼吧?"

茨河铺不大,童所长在茨河铺也有知名度,李文龙作为村主任,自然知道李承恩跟童盼盼是高中同学。先前童盼盼来李家村找李承恩,李文龙就怀疑李承恩和童盼盼在搞对象,所以他还专门问了李世杰,谁承想李世杰打死都不承认,只说童所长对李家有恩,两个孩子是同学,私交比较好。

李文龙自然有些怀疑,可是又不能去问童所长,直到最近两年童盼盼的影子都见不到,李文龙才确信李承恩和童盼盼之间没什么,毕竟李承恩都毕业几年了,倘若两人好上了,早就谈婚论嫁了。

李丰超听到李文龙这般说,兴致立马提了上来。

童盼盼这个女孩子,几年前她是见过的,长得那叫一个俊啊!记得当时他还专门找到李万道,问是谁家的闺女。得知童盼盼是童所长的千金,还是李承恩的高中同学,李丰超羡慕极了。李万道呢,也表达了对童盼盼的喜爱,可是下一辈的事,老一辈人管不了,两人最终走向何处,只能看他们自个儿。

"万道啊,倘若承恩的对象是那姑娘,咱们老李家的祖坟真是太旺了!"李丰超搬着椅子挪了过来,问李万道,"快说啊,是不是她?"

李万道很是尴尬地笑笑。为了两个孩子顺利发展,他和儿子儿媳都没对外宣扬两个孩子的关系,而今孙子跟童盼盼都分手了,这让他怎么回答?

林文娟听到童盼盼就来气,笑着回道:"主任,瞧您这话说的,童盼盼是童所长的千金,那女娃娇贵着呢,承恩可配不上,我们家也没那么大的福分。"

李文龙当即皱起了眉头。

童盼盼的家庭条件是不错,童所长也是好人,可要说李承恩配不上童盼盼,纯粹扯淡。

记得他隐约听人提到过,李承恩上高中那会儿,一直在帮童盼盼辅导功课,硬是把她的成绩从大专线提到了本科线。

即便童盼盼家庭条件好,选择去了沪南读书,那也是三本。李承恩呢?津南大学可是正儿八经的名牌大学!更重要的是,李承恩实习期间就回乡创业,这几年事业肉眼可见的突飞猛进,反观童盼盼,真有本事,就冲她母亲那个性子,还不世人皆知?

不过林文娟的态度多少让李文龙察觉到了什么——别说李承恩跟童盼盼没什么,即便有,也过不了林文娟这关。

其实细细想想换成自家老婆,会同意童盼盼这个儿媳妇进门吗?

原本李文龙真不敢想这个问题,毕竟童盼盼的个人条件好,自家儿子跟她压根不在一个档次,现在把童盼盼待人接物的表现和她母亲的种种做派联系在一起……

娶妻娶贤,不是娶个祖宗供起来,林文娟消受不了这个福分,他的老婆孙艳灯更难消受。与其结了婚之后鸡飞狗跳,这门亲事不要也罢。

李世杰悄悄拽了拽林文娟的衣服,示意她不要节外生枝。

林文娟砸给李世杰一个大大的白眼,不吭声了。

李文龙可没打算放过李承恩,追问道:"万道啊,既然承恩的对象不是童家那个千金,到底是谁家的姑娘,你倒是说说啊,大家等着呢。"

李承恩叹了口气:"龙叔,你怎么也学会八卦了?"

"什么叫八卦?我这是关心你!"李文龙抿了口茶水,冲堂屋里的乡亲们咧嘴一笑,"大家伙儿说,是不是啊?"

此言一出,堂屋再次嘈杂起来。

"就是,承恩现在是茨河铺的红人,我们要看看谁家的姑娘这么有福分,让承恩看上了。"

"没错,谈对象又不丢人,承恩,快说说是谁啊,有照片不?"

李承恩也想大大方方地公开跟程方梵的关系，问题是这是他跟程方梵的隐私，没得到程方梵父母的准许，他不好开口。

林文娟见儿子一阵犹豫，不乐意了。

以前不宣扬童盼盼是李承恩的对象，可能是因为在潜意识里，她不认同这个儿媳，而今好不容易碰到称心如意的儿媳妇，还不赶紧确定关系，满世界宣扬，这不瞎扯淡嘛。

于是林文娟立马掏出手机，从相册中调出照片，笑容满面地递给李文龙："这姑娘不仅长得漂亮，性子还特别好，我们全家都很满意，正琢磨啥时候去提亲，娶她过门儿呢。"

这张照片是李承恩和程方梵的合影。李承恩轻轻搂着程方梵的腰，程方梵的笑容就像满山的杜鹃花一样灿烂。

李文龙哑巴哑巴嘴，看向李世杰的眸子里全是羡慕嫉妒恨。

照片里的这个姑娘是真漂亮啊，撇了童盼盼至少两个档次，更重要的是这个姑娘特别有气质，颇有名门闺秀的范儿。

李丰超挠挠头："这姑娘，怎么看起来那么面熟……呃，我想起来了！"

李丰超重重拍了下李万道的肩膀，言语间尽是埋怨："先前你还跟我说这女娃儿是承恩的大学老师，现在倒好，成你孙媳妇了。万道啊，都是自家兄弟，连这个都瞒着我，不厚道！"

李万道苦苦一笑。

初见程方梵，他何尝不想程方梵就是李承恩的对象，就是他家未来的孙媳妇？问题是这不现实啊！

程方梵不管容貌还是气质，撇了童盼盼一条街就不说了，她那显赫的家世……

李万道不由得想到程陆鸣的种种传说，无奈地回道："我哪里是不厚道，是不敢想，程方梵真是承恩津南大学的大学老师，我也没想到两个人会走到一起，做梦都没想到。"

"做梦都没想到？叔啊，话可不能这么说，现在承恩跟原来不一样了，咱们镇领导对他器重着呢！"李文龙正准备好好夸夸李承恩，让李万道把胸脯挺起来，省得到时候受女方家人的气，突然觉得照片上的姑娘有些眼熟，于是便问，"叔，这姑娘叫啥来着？"

第 91 章　老李家的媳妇

林文娟脸上的笑意更浓,急忙插话:"程方梵!承恩上学那会儿,是津南大学的剪纸课讲师,后来她回顺昌发展,承恩也跟着回来了。"

剪纸?程方梵?李文龙连忙把这张合影放大,细细审视好几遍之后,这才抬头看向林文娟,试探着问:"程老爷子的传人?"

林文娟很是骄傲地点了点头。

除了非物质文化遗产程氏剪纸的掌门人,还有哪家剪纸艺人有资格走进津南大学任教?

李文龙咽了口唾沫。

他看看骄傲的林文娟,又望向李承恩,依然有些难以置信:"真的?"

李承恩不好意思地笑笑,算是给了肯定的答复。

啪嗒!

手机落在地上。

李文龙赶紧揉了揉太阳穴,方才接受这个现实。

李承恩在他心里无疑是优秀的。那么,李承恩未来的另一半自然也不能差了。所以镇里刚来两个年轻女干部,他就惦记上了,想促成一段良缘。万万没想到,李承恩已经谈好了对象,还是顺昌程家老爷子的宝贝孙女。

程老爷子的宝贝孙女啊,程家产业唯一的继承人,这个身份别说在李家村,即便放到顺昌市,都是响当当的。

李文龙回想先前发生的事,总算把脉络理清楚了。当初要宣传大棚蔬菜,王镇长向市里申请了许久,相关部门却迟迟没有动静,大家都以为这件事黄了,谁承想冷不丁的,市电视台就来人了。更夸张的是今天,省电视台都开始报道李承恩的先进事迹了。

"承恩,你跟龙叔说实话,这个,也是程方梵推动的吧?"李文龙指着电视机问李承恩。

李承恩点头的同时,也叹了口气:"梵梵把非遗和发展特色农业结合起来,才引起了省里宣传部门的注意。咱们都是自家人,说句心里话,李家村的产业规模到底多大,别人不清楚,咱们心里还没点儿斤两?"

李文龙立马不吭声了。

可能是幸福来得太突然,李文龙也有些得意忘形。现在冷静下来细细想想,李家村的实力还真达不到让省电视台宣传的档次,甚至报道的重点也并非李家村的特色农业,而是茨淮新河换新颜!

李丰超等人彻底被这个讯息惊呆了。

怪不得李万道藏着掖着,换成是自个儿,碰到这种事,也不敢大肆宣扬,毕竟你敢说,也得有人敢信啊。

李承恩在李家村做出的成绩,在程家产业面前还不够看,李承恩别说是津南大学的本科毕业生,就是博士,都不一定入得了程方梵的法眼,结果呢,程家的宝贝疙瘩就是瞧上了李承恩。

如此说来,李万道方才那话说得真对,老李家祖坟好,百年之内必出大才。

大孙子李承恩靠着自个儿的本事已经走到这步,再加上老程家力挺,那不是如虎添翼?李承恩为人又那么仁义,他发达了,不可能忘了乡亲们,只是……

李丰超悄悄拽了拽李万道的衣服,小心翼翼地说道:"程家同意不?"

李万道尚未回话,林文娟又接上了话茬。

"程家老爷子对承恩喜欢得很,他没意见,梵梵父母意见也不大。"

此言一出,李丰超激动地站了起来。

"好,好啊!承恩上学那会儿我就说这个大孙子绝非池中之物,果不其然!程老爷子那是什么人物?程方梵自然也不是凡胎,她看上承恩,那是慧眼识金,咱们这一门要旺。"

说到这里,李丰超又拍拍李承恩的肩膀,满脸都是期望:"承恩啊,你飞黄腾达的时候,千万别忘了兄弟姐妹们,大家伙儿以后就指望你了。"

李文龙也是兴奋非常,顺势接过话茬:"承恩啊,程家的宝贝疙瘩看上你,那是老李家祖上积德,你可不能亏待了人家,她若嫁过来受了委屈,龙叔我啊,第一个饶不了你。"

林文娟心里那个美啊!

未来程方梵真成了儿媳,要是李承恩敢欺负她,她才是第一个不愿意的人。程方梵来李家村的次数少,却给林文娟留下了极好的印象。

这个出身大家的姑娘,比童盼盼好太多了,在待人接物方面落落大方,完全没有嫌贫爱富的做派。更难能可贵的是,她不仅帮着林文娟烧菜做饭,还陪着她去地里干活,自家儿子能跟她在一起,老李家的祖坟不是冒烟了,是直接炸了啊!

鉴于李承恩和程方梵工作忙,见面少,林文娟没少唠叨李承恩,隔三岔五一定要给程方梵去电话,只要寻到空当,就催促李承恩去顺昌城找程方梵。用她的话说,再强的姑娘在男人面前也是个女孩儿,现在不宠着,什么时候宠?

堂屋里又是一阵欢声笑语,似乎明天程方梵就要走进老李家,成了李承恩的媳妇。李承恩揉了揉太阳穴,对此很是无语,冲林文娟道:"妈,你忘了我和伯父的约定了吗?"

林文娟微微一怔,看着满脸喜色的乡亲们,嘟囔道:"梵梵不是说了嘛,亲家也就那么一说,并不一定真作数。"

李承恩摇了摇头:"这个事要作数,如果我连那点儿本事都没有,伯父凭什么把梵梵交给我?换成我是女方,咱们家条件有那样好,你愿意把我嫁过去吗?"

林文娟差点被李承恩这话噎死。她想反驳,却找不到反驳的理由。

李世杰轻咳两声,笑道:"好!就冲你这句话,梵梵那丫头就没看错人。"

这般说着,李世杰冲林文娟道:"我今儿去镇上买的卤菜弄一些过来,再配几个凉菜,我陪主任和叔伯们喝两杯。"

林文娟看看天色,小声斥道:"这都几点了还喝?不要命了?"

李世杰哈哈大笑,深深看向李承恩,道:"本来不打算喝的,可是前段时间梵梵给我弄了几瓶好酒几条烟,择日不如撞日,今晚大家就一起乐和乐和。"

此言一出,李文龙忙道:"成!我尝尝程家的好酒。"

堂屋内又是一番喧嚣。

李世杰趁机来到李承恩身前,朝他小腿狠狠踹了一脚:"你小子,说话怎么不挑时候?你妈什么时候这么开心过,关键时刻你泼什么凉水?怪不得你妈老担心你那性子惹得梵梵不开心,就你这猪脑子,梵梵看上你,纯粹是瞎了眼。"

第 92 章 五月的雨

李承恩和程方梵挑明关系的时候,李世杰心里很不舒服,对程方梵也不热情。他觉得是儿子喜新厌旧,看上了程方梵才跟童盼盼分的手,相处一段时间之后,他彻底相中了这个未来儿媳妇。

童盼盼娇气傲慢,程方梵大方优雅,只要眼睛没瞎,就能看得清清楚楚,只要脑子没问题,都知道两个人应该怎么选。

李世杰现在已经不在乎儿子和童盼盼因为什么分手,即便李承恩亏欠童盼盼什么,他的想法是让李承恩找个机会补偿。毕竟娶妻娶贤,婚姻大事马虎不得,一时心狠,总比一辈子苦要强。

不多时,林文娟就张罗了几个菜,跟李世杰要好的几个人留了下来,其他人觉得天色太晚,非常识趣地离开了。

此时风雪正大。

李承恩走进厨房,望着还在忙乎的林文娟,歉疚地道:"妈,你别生气,刚才我就是觉得咱们不能把话说太满,万一……"

没等李承恩把话说完,林文娟把围裙朝灶台上一摔。

她看了眼堂屋,走到李承恩身前,压低声音道:"万一?没有万一!你给我听好了,不管发生什么,梵梵这个儿媳我要定了,我不管你用什么手段,都得把人娶进门,不然,你就是把公主弄进这个家,我都不认。"

李承恩赔着笑脸说好话:"妈,我不是那个意思,我只是心里不踏实。"

林文娟一头雾水,日子过得好好的,怎么就不踏实了?

"太顺了,自从我回到村里,一切都太顺了。"李承恩想到这几年发生的种种,恍如梦中,感慨道,"这样的日子是我以前想都不敢想的,如今却成了现实,生怕有一天会出什么变故。"

林文娟狠狠点了下李承恩的额头,小声斥道:"瞧你那点出息,出变故又怎么了?咱家以前过的那叫什么日子,还有什么坎儿迈不过去?记住,兵来将挡,水来土掩,咱们老李家的男人,什么都不怕!"

五月中旬,早茬的西瓜即将上市。
往年这个时候,茨河铺总是一派喜气,因为茨林蔬果大展宏图的时候到了。
只是今年,氛围有所不同。
老天爷的脑子也不知哪根筋抽了,自从开了春,雨就没怎么断过,到了五月,竟然下起了罕见的瓢泼大雨。
天已经黑了,李万道坐在门口,望着连绵不绝的大雨,眉头紧皱,脸色说不出的难看。
今年他们家承包的地不少,大部分种了西瓜,就等着第一批上市卖个好价钱,但从目前的情况来看,有些悬。若是这雨下个不停,西瓜难免泡在水里,这都是损失啊!
李世杰也愁容满面,问李承恩:"咱们村里承包的那十亩地都进了水,现在怎么办?"
李承恩没有回答,从爷爷那里要了一支烟,引燃后,狠狠抽了几口。现在回头想想,开春之后的雨水有些不同寻常,可惜当时的他没放在心上。
记得那时,他正处在对未来的美好憧憬中。只要今年有个好收成,来年就能继续扩大规模,距离程方梵父亲程兴红设定的标准,又前进了一小步,现在……
若雨水继续下去,就要尽快决断。靠土地生活的人,终究是要看天啊!
正在这时,急促的敲门声响起。
李承恩冒着雨赶紧过去开门。
李文龙撑着伞站在外面,半边身子都淋透了。五月的天,气温还不是太高,再加上又是夜晚,所以李文龙撑着伞的手微微有些颤抖。
"龙叔,你怎么这个点儿过来?赶紧进屋喝茶暖暖身子。"李承恩闪身让李文龙进门。
李文龙摆摆手,声线间透着颤抖:"我就不进去了,王镇长在村部,你赶紧跟我过去,有事儿商量。"
李世杰迎了过来,看看天色,问道:"都这个点儿了,还下这么大的雨,这是发生了什么大事,能让王镇长过来?"

"我也不知道!"李文龙没跟李世杰废话,冲李承恩道,"快点跟我走吧。"

雨没有停下的趋势,反而越下越大。

而今李家村通往镇上的水泥路已经修好,村子里依旧是土路,连绵几天的雨让路泥泞不堪。李承恩撑着伞,不停地提醒李文龙:"龙叔,慢点儿。"

"放心,这条路走了一辈子了,摔不了。"李文龙的速度不仅没有放缓,反而更快了。

此时,远处水泥路上出现一个光点。

"是文龙和承恩吗?"

哗哗的大雨声中,传来一声大喊。

李文龙赶紧用手电筒对着光点的方向晃了晃,大声回答:"是王镇长吗?"

"是,我在路口等你们,快过来!"王文华又是一声大喊。

李文龙不敢怠慢,又把赶路的速度提了几分。

到了水泥路上,李文龙的衣服已经全湿了,王文华镇长也好不到哪儿去,阴沉的脸上全是雨水。

"王镇长,这雨下得那么大,您不在村部待着,跑到这儿来干啥?"李文龙急得直跺脚。

王文华没有理会李文龙,大手一挥:"走,去看看河。"

"还是我去吧。"李文龙一把拽住了王文华。他知道王文华关心沙河和茨淮新河的水位,可这大晚上的,又下了那么大的雨,通往河边的路特别难走,万一出个差池,他承担不了这个责任。

王文华没有理会李文龙,埋头向前。李文龙知道王文华的脾气,见他执意如此也不好多说,于是便推了推李承恩,示意他去给王文华撑伞。哪想王文华一把推开李承恩,道:"这大晚上的,又下着雨,你给我撑伞,是成心让咱俩都摔跤吗?"

李承恩尴尬地笑笑,连忙岔开话题:"听龙叔说司机也来了,他怎么不跟你一起过来?"

"让他回去了!"王文华抱着雨伞,从裤兜里掏出香烟,先引燃一支衔在嘴里,又递给李承恩一支,帮其引燃,笑着回道,"他孩子快中考了,正是关键时刻,家里离不了人,今个儿我住村部,不走了。"

第 93 章 铁公鸡就是偏心

李承恩看了眼满脸雨水的王文华,连忙转过头,望向雨幕下的田野。

从打定主意筹建牛肉厂到现在,才多长时间?王文华的鬓角几乎全白了。李承恩知道王文华承受的压力大,却没想到大到这种程度。

现在王文华由于政绩突出,市里将他破格提拔到顺昌市农委任副主任,公示期还有两天就结束了,若换成某些干部,恐怕老早就去市农委报到了。可他呢,不仅依旧待在镇里,这个节骨眼儿还朝李家村跑。

这不是作秀,这是真把毕生心血献给了茨河铺。

雨还在下。上了堤坝之后,雨似乎小了少许。

借助茨河铺闸的路灯,隐约可以看到茨淮新河的水位。所幸水位不是太高,还在可控的范围之内。但是茨河铺闸另一边的沙河水位就另当别论了。

王文华用烟蒂又引燃一支香烟,方才把烟蒂丢进泥坑,冲李承恩道:"去沙河那边看看。"

李文龙望着雨帘下的堤坝,慌忙拦住了王文华:"沙河的堤坝跟咱茨河铺的堤坝不一样,全是土路,一旦下雨,非常难走。"

王文华懒得跟李文龙多说,撑着伞埋头向前。

他在茨河铺镇当镇长多少年了,怎么可能不知到了阴雨天,沙河堤坝别说车子过不去,行人都难。为此,他和镇党委书记不止一次打报告要修路,可是茨河铺财政不富足,省市财政也紧张,压根就没有修路的资金。

所以李家村穷,茨河铺镇所辖的沙河段村庄更穷。不然,李家村的蔬菜大棚基地也不会大部分坐落在沙河沿岸的一连片田地。

按理说,沿河的田地不宜搭建蔬菜大棚,因为一旦水位上涨淹了蔬菜大棚,就会赔得精光。

李文龙和李承恩选择把蔬菜大棚基地选在这里,原因有二。

一是因为大意。茨淮新河建成几十年来,方圆百里的沙河沿岸田地,除了九十年代那场洪涝灾害,不管河水再高,都没淹过农田,在庄稼人眼里,几十年一遇的洪灾完全可以无视。

二是照顾沙河沿岸的乡亲。沙河堤坝另一边的土地肥沃,水灾隐患小,但是承包价格却跟沿河田地一样,李家村比其他村先富起来,某些方面让利兄弟村庄实属正常。

李文龙赶紧跟了上去,哪想还没走多远,王文华就要下坝。

堤坝上都泥泞不堪,下坝的路可想而知。

然而王文华早已亮明态度,李文龙再阻拦纯粹是找骂,再说王文华本就是茨淮新河两岸的爷们儿,没某些干部矫情,便没阻止。

"哎!"

刚走没两步,王文华脚下打滑,在下坝的路上摔倒,接连打了两个滚儿。

李承恩和李文龙急忙上去搀扶,只是浸了水的斜坡白天都要小心翼翼,更何况是雨夜?所以两人也齐刷刷倒下,一起摔了个仰面朝天。

王文华爬起来,收了雨伞,抹了把脸上的泥水,道:"这条路不修好,猴年马月也富不起来!"

话落,他推开李文龙的手臂,笑道:"都这样了,没必要再扶了吧?"

李文龙看着眼前好像从泥浆里爬出的王镇长,苦笑两声:"早看完早回去,这大晚上的,又下着雨,着凉了就麻烦了。"

很快三人就到了沙河岸边。

湍急的河水咆哮声和雨声混在一起,让人莫名心慌。

李承恩用手电筒照了照蔬菜大棚,紧张的神经松弛了少许。刚才在家里还担心河水今晚会过警戒线,现在来看,还算安全,即便情况再坏,大棚里的西瓜还能拖上三五天。

他粗略估算了下,三五天之后,大棚里的西瓜已经熟了七八成,即便后面雨势止不住,河水淹了大棚,今年也不会白干,不过是挣多挣少的问题。

李文龙长出了一口气:"情况比想象中的要好。"

王文华手又插进口袋掏烟,却一支都没寻到。他有些恼火,把烟盒捏扁,问李承恩:"距离供货日期还有几天?"

李承恩伸出两根手指。

"不能全面供货的话,赔偿数额怎么商定的?"王文华又问。

李承恩想了想,老老实实回道:"拟定合同的时候,考虑到了不可抗因素,不能全面供货,不需要赔偿。不过从目前的情况看,拖上个三五天,纵然不能百分百供应,六七成还是能保证的。"

"就怕拖不了三五天啊!"王文华望着无尽的远方,忧心忡忡。

目前来看,沙河的水位确实很高了,岸边的芦苇丛已经淹了一半。但是雨水多的年份,这样的情况也不罕见。问题是,沙河上游雨水更大,据说邻省都快撑不住了。一旦上游泄洪,就冲目前的雨势,沙河肯定扛不住。

李承恩心头当即一紧:"邻省给预警了吗?"

王文华眉头紧锁,轻轻摇了摇头。要说没预警了吧,邻省确实跟省里发了函件,表示上游压力很大;要说预警了吧,他们也不确定这几天是不是要泄洪,说什么一定会坚持,不给邻家兄弟添麻烦。

李承恩和李文龙对视一眼,一阵无语。

两省同享一条河,多少年了,就数这边吃亏。

"去宋湾村部!"王文华掏出手机,在雨声中拨通了宋湾村主任丁大宝的手机,上来就道,"我是王文华,立即到村部,有事商量!"

丁大宝此时已经进了被窝,接通电话后,还以为自己听错了。直到听筒传来王文华的怒吼,他方才急急忙忙穿衣起床。

丁大宝的婆娘听到外面哗哗的雨声,一阵埋怨:"铁公鸡发什么神经,大晚上的,又下那么大的雨,有什么要紧的事不能明天说?"

"别唠叨,没有要紧的事,铁公鸡不会这个点儿跑过来。"丁大宝拿起手电筒,小声犯着嘀咕,"傍晚我去河边看过,水位还好啊,离那些大棚远着呢。"

宋湾不同于李家村,作为茨河铺最靠近沙河的村落之一,长年累月跟沙河打交道,几十年前茨淮新河没开挖,他们苦不堪言,茨淮新河挖好之后,宋湾除了那一年基本没遭过灾。

今年的雨水来得早来得大,然而较某些年份来说,还在可控范围之内,这些镇里应该都知道,铁公鸡这个节骨眼儿来宋湾,肯定是不放心茨林蔬菜基地……

"铁公鸡就是偏心!"丁大宝披上雨衣出了门,愤愤不平地开骂,"李家村是亲娘养的,俺们宋湾就是抱来的?"

第 94 章　动员

宋湾村部。

王文华等人进来的时候,丁大宝差点儿没认出来。三个人好像是从泥水里爬出来的,显然三人在查看蔬菜大棚的时候摔了跤。

宋湾村部条件有限,没有洗热水澡的地方,丁大宝只能让三人擦了把脸,将他们脱下的衣服放在取暖器上烘干。

"王镇长,我老婆正在熬姜茶,一会儿就送过来。"丁大宝一边给王文华递烟一边宽慰,"照目前这个雨势,河水进不了田,我傍晚也去大棚里转了转,一些地方是进了水,不过面积不是太大,明天想想办法,应该能撑到收成的那天。"

李文龙对蔬菜大棚也抱有乐观态度,附和道:"老天还算有眼。"

李承恩端详着王文华的神色,轻声问道:"王镇长,你怎么看?"

王文华狠狠抽了口烟,没有回答李承恩,而是拨通了一个号码。

"喂,我是老王,隔壁省的水位到什么点儿了?嗯,什么?都这么高了?你预计他们什么时候泄洪?什么?你也不知道?一点风声都没有?都是干什么吃的!"王文华挂断电话,在村部来来回回走了不知多少遍,才看向李承恩,道出了自己的看法,"我觉得等不了了,基地的果蔬,不管西瓜还是其他什么的,都要抢收,最好现在就开始。"

李文龙和丁大宝面面相觑。

西瓜还没熟透,其他果蔬也是几天后开始收获,如果提前抢收,农户们会愿意吗?若是未来几天雨势不减,沙河河水淹了大棚,老百姓不会说什么;若没有,造成的损失谁来赔?老百姓还不指着他们的脊梁骨骂?

王文华在基层工作这么多年,如何不知这个道理?可是根据他和大学同学的分析和判断,最晚两天内,邻省肯定扛不住,届时再下命令去抢收,就太晚了。

"承恩,你怎么看?"王文华又把问题抛给了李承恩。

李承恩牙关一咬,道:"我赞成王镇长的看法,不怕一万就怕万一,更何况情势已经很危急了,当断不断,反受其乱!"

通过这几年的接触,他对王文华是了解的,王文华不是那种脑袋一拍就做决定的干部,这个雨夜他风风火火跑过来,肯定是对未来几天的形势不看好。既然如此,就不要抱有侥幸心理,直接开干,如此才能把损失降到最低。

再退一步,即便最坏的结果没到来,也算长了个教训,茨林蔬果的种植基地要用最短的时间挪一挪地方。

"那好!"王镇长一拍桌子,冲李文龙道,"现在雨势开始放缓了,你和承恩赶紧回李家村,号召乡亲们连夜抢收,就说这是我和承恩的意思,明白吗?"

李文龙咬了咬牙,重重点了点头:"也算我一份儿,真出了什么问题,责任大家一起背。"

王镇长马上就要高升,为了李家村的事不惜冒着被处分的风险,只要是为了村民好,他这个村干部干不干,也就没那么重要了。

王镇长拍了拍李文龙的肩膀,沉声道:"这个事你别掺和,万一出了问题,得有个人在村里盯着,快去吧。"

李承恩和李文龙匆忙离去后,丁大宝看了下雨势,一副忧心忡忡的模样。

雨虽然弱了不少,却还在下,堤坝上路况不好,田地里更是深一脚浅一脚,这种情况下抢收只能靠人工,茨林蔬果基地大几百亩地呢,仅仅依靠李家村那点儿人手,要收到什么时候?

王文华早就料到了这点,不然,也不会让丁大宝这个点儿起床。

"丁主任,你现在号召村里的乡亲们起来搭棚子,帮助李家村抢收!"

丁大宝点了点头,正要忙乎,突然想到什么,道:"王镇长,那些西瓜和蔬菜抢收出来,在棚子里面可不能久放啊,得赶紧运出去,大半夜的能找到货车吗?"

王文华引燃一支香烟,道:"你忙你的,这些事不要你操心。"

话落,王文华就开始打电话。

他小舅子就是搞农产品运输的,干了这么多年,临时抽调几辆货车问题不大。李承恩那边也跟一些运输队有合作关系,平时关系维系得挺好,用到他们的时候他们推三阻四,以后还怎么一起合作挣钱?

丁大宝听王文华这么说,哪敢犹豫,赶紧联系村委班子开会。

会上,王文华特别强调,宋湾村村部广播号召之后,各个自然村的党员干部带头,一家一户地敲门号召,三个小时之内,人员必须能到尽到……

李家村,村部广播室。

李承恩拍了拍话筒,开始播报。

"乡亲们,我是李承恩,打扰大家休息非常抱歉,可是这雨不等人啊,咱们基地的西瓜和青菜再不抢收,就要泡在水里了。王镇长正在宋湾村部动员李家村的乡亲们帮咱们抢收,这个节骨眼儿,大家千万别抱侥幸心理,赶紧起床,一个小时后到宋湾村沙河堤坝集合……"

他刚广播完不久,李家村的党员干部会议也正式开始。

李文龙望着一脸雨水的村干部,也不废话:"自然村的村民,最迟一个半小时后到达指定地点,别跟乡亲们扯太多,就说这是王镇长的命令。"

一个自然村的组长试探着问道:"主任,这么大阵仗,有没有文件?"

"有文件要你们干吗?"李文龙眼睛瞪得像铜铃,毫不客气地开骂,"王镇长马上要高升的人了,却冒着风险在这个点儿跑过来,为了谁?还不是为了咱们的蔬菜大棚基地、为了乡亲们少点儿损失?"

"我再强调一遍,照王镇长和李承恩说的干,关键时刻,他们的命令就是镇政府的文件。再说谁心里也有杆秤,李承恩和铁公鸡……呃,王镇长和承恩干的哪件事不是为了乡亲们?人家都豁出去了,你们怕个毛线!"

此言一出,尚有疑虑的党员干部也不再说什么了。他们打着手电筒,冒着风雨,按照分配的任务投身到这场战斗中来。一场没有上级命令、没有硝烟的"抢收"战斗打响了……

第 95 章　雨夜中的灯

李承恩回到家的时候,李万道等人都起来了。

看着整装待发的爷爷,李承恩忙道:"爷爷,你就别去了,天黑路滑,再加上又下着雨,万一出点儿差池,那可如何是好?"

李万道听着外面嘈杂的声音,哪里闲得下来?他们家作为致富典型,承包的蔬菜大棚最多,任务也最重,原本人手就不够,他再缺席,西瓜怎么收得完?

"别看我老胳膊老腿,干起活来不比你小子差,"李万道抽着烟,指着一身泥水的李承恩,"走路你都能摔着,老爷子我啥时候碰到过这事儿?"

李世杰见父亲如此固执,忙道:"爸!不怕一万就怕万一,这个节骨眼儿你就别添乱了。"

李万道瞬间就火了。

年龄大的人最怕人说自己老了,不中用了,然而,这是无法回避的现实。

正在这时,李丰超打着手电筒快步走了进来。

"万道,世杰说得没错,咱们年纪大了,下地干活就是给他们添麻烦!"李丰超来到老伙计跟前,乐呵呵地道。

李万道性子倔,正要反驳,李丰超拍了拍他的肩膀,又道:"咱们不能下地干活,不意味着咱们要闲着啊,给大家伙儿端茶倒水总行吧?再说,劳力们不轮休地干,总要吃饭啊。"

李万道立马就明白了。

上不了战场拼杀,可以搞后勤,这一番抢收,不比往年抢收小麦,是冒着风雨全人工劳作,后勤保障不到位,效率势必降低,万一河水上了岸,就是损失,就是眼睁睁地看着大把的票子没了踪迹。

李世杰和林文娟对看一眼,有些无可奈何。

抢收就是战斗,老爷子又是要强的性子,让他待在家里就是要他的老命,所以二叔的提议也不错。

饶是如此,林文娟还是不放心,路上反复叮嘱李万道:"爹,雨还没停,下地送茶送饭的时候一定要小心。"

李万道点了点头。他也不是三岁小孩,知道自己若不小心,一旦摔倒,就是忙中添乱。

茨淮新河堤坝上,乡亲们拿着手电筒风风火火朝宋湾村赶,村里除了留守的老妇人和孩子,几乎全部出动了。李拐子和老婆宋春花也在此列。

大部分村民都响应抢收的号召,但林子大了什么鸟都有,若说没有反对的声音,也不可能。

"我小舅子在镇党政办上班,傍晚那会儿我牵挂着大棚,还专门问了地里的事儿,他说雨还要继续下,河水还得涨,但会不会淹了沿河田地还是两说,办公室也没接到上级的抢收文件,大晚上的李承恩突然宣布抢收,这个事儿透着悬乎啊。"

"嗯,我也觉得有些诡异,我去大棚里看的时候天还没黑,大棚里没进水,西瓜的长势好着呢,沙河水位是高,却也还行,宋湾那个地方,到了雨季河水哪有不涨的?安全着呢。"

"是啊,记得五年前下大雨,镇上说沙河沿岸的田地可能要被淹,下文件让村子里抢收,结果呢,屁事没有。"

"老兄啊,咱们这回抢收的不是小麦,是西瓜和青菜啊,送到超市换来的都是大把大把的钞票,要是全熟了连夜抢收倒也没什么,问题是我大棚里的西瓜才熟一半,这……这不是坑人嘛。"

李拐子听着乡亲们的小声议论,撞了撞宋春花,小声道:"媳妇,咱们大棚我也看了,没进水,瓜还没长熟呢,现在就摘,万一河水没来,咱们不是亏大了?"

宋春花想到要损失一半西瓜,也心疼。但是丈夫和那几个农户在背后说三道四她不能忍。

"咱们棚里的西瓜才熟一半,李承恩家的西瓜就全熟了?咱家有损失,他家的损失更大!"宋春花斜瞅着李拐子,没好气地道,"你要有意见,老娘和你现在就回家,这瓜不收了。没意见就跟着走,别跟那些没种的东西一样,在背后嚼舌根。"

李拐子本就是个怕媳妇的主儿,再说宋春花的话也在理,当即不吭声了。

那几个背后嚼舌根的村民碍于宋春花的泼辣,也是大气都不敢出。

宋春花撇了撇嘴,眸中尽是不屑。

李拐子偷偷看了眼媳妇,一肚子不理解。在他印象中,媳妇可是个记仇的人,于是忍不住问道:"媳妇,你不是跟林文娟干过架吗?怎么这会儿帮她说话了?"

宋春花听到这话,气就不打一处来。

她确实是个记仇的人,性子也泼辣,但不是没良心。那次她跟林文娟干了一架之后,李承恩的事业就以肉眼可见的速度起飞了。起初宋春花很眼红,在背后也说了李家不少坏话。她也明白,这些话也原封不动地传到了李家人的耳中。

然而,这个世界上,谁跟钱有仇啊?

宋春花眼看邻居跟着李承恩干,口袋都鼓鼓囊囊的,她能不着急吗?于是某一天她厚着脸皮找到李承恩,表达了想要一起干的想法。

原本宋春花估计要有一番波折,结果李承恩答应得非常爽快,不仅提供了津南大学农学院的种子,只要有空,还去她家的大棚当面指导。

这种以德报怨的行为,让宋春花非常感动,所以她嘴上可能不说李家什么好,这份情心里是记下了。

这一刻,宋春花听到丈夫还翻旧账,羞愧难当之下,也不顾外人在场,揪住李拐子的耳朵狠狠一拧,骂了一句:"你的良心让狗吃了!"

李拐子哎哟一声,耷拉着脑袋,大气都不敢出。

随后,宋春花又道:"这次蔬菜大棚不管淹还是没淹,王镇长和李承恩的情咱们都欠下了,记住了,这年头,像这样心里常常装着别人的好人,不多了。"

此言一出,刚才那些背后嚼舌根的人当即面红耳赤。

风雨中,再也没了不同声音,李家村的人风风火火前往宋湾。手电筒发出的光芒在雨夜之中就像火苗,燃烧的是人们的热情和对美好生活的向往。

此情此景,让人群中那些经历过光辉岁月的老人心潮澎湃。他们想到了当年开挖茨淮新河的场景。茨淮新河都能挖出来,面前这个难关算得了什么呢?

第 96 章　能带的全部带走

李承恩带着李家村村民到达宋湾的时候,大雨已经变成小雨。

这是个好兆头。

丁大宝领着宋湾村的村民已经在堤坝上等着了,沙河堤坝右侧的水泥路边,也搭建了数个棚子,用来存放西瓜。不远处,运输队的第一辆卡车已经到位。

李承恩望着一个个干劲十足的宋湾村村民,非常感动。

王文华慌忙迎了过来,递给李承恩一个喇叭,沉声道:"抢收怎么安排,你跟大家说明一下,再给他们打打预防针,防止忙中出错。"

李承恩也不矫情,直接宣告抢收方案。

李家村的村民是 A 队,负责抢收已成熟且未被水泡过的西瓜,统计完毕后,迅速装车,运往超市物流集散中心。宋湾村的村民是 B 队,负责抢收被水泡过或尚未成熟的西瓜,统计完毕后,放进棚子等候处理。

待西瓜抢收完毕,A 队和 B 队合在一起,抢收其他蔬果,原则就是经济价值高的优先,受雨水影响较大的次之。

李承恩生怕有些村民贪小便宜以次充好,特意强调道:"这次抢收,归根结底是为了规避风险,把损失降到最低。我知道大家心疼,我也心疼,但是再心疼也要严把质量关!咱们的蔬果之所以能卖高价,是因为咱们的品质高;咱们的蔬果之所以销量好,是因为茨林这块牌子响!一个品牌建立起来很难,要毁掉它却非常容易,只要咱们一个泡水瓜流进超市货架,就完了!谁砸了茨林蔬果的牌子,就是砸自己的饭碗,就要被乡亲们指着脊梁骨骂!"

李家村的乡亲们完全赞同李承恩的说法。

"承恩说得对,茨林蔬果是咱们的品牌,也是咱们的命根子,这茬西瓜宁愿烂在地里,都不能抹黑茨林的牌子。"

"损失这茬蔬果算什么？钱没了可以再挣,牌子没了,什么都没了!"

"说得没错,这茬蔬果就是血本无归,来年咱们还能再挣,老子就不信了,今年老天邪乎,明年它还接着邪!"

"好了,都别吵吵了,大家伙儿听承恩的号令,开干!"

茨河铺的爷们儿不喜欢磨叽,李文龙和丁大宝分配好任务之后,乡亲们就冒着雨忙乎开来。

他们采摘着,不辞辛苦地搬运着。累极了就寻个稍微干净点儿的地方坐下喝口水,困了就轮流寻个地方休息一会儿,稍稍清醒一些,又投入抢收的战斗中,就像几十年前那些先辈,为了少受水患之苦,他们夜以继日不知疲倦地挖河。

雨夜立刻喧嚣起来。

王文华也没闲着,在卡车前严把质量关。他知道茨河铺的老少爷们儿实诚,李承恩又三番五次地强调,以次充好的现象会大大降低,但林子大了什么鸟都有,谁也不能保证没有个别村民抱着侥幸心理趁机占便宜。

你还别说,还真被王文华抓住了。

王文华一点都没注意工作方法,冲着这个村民就是劈头盖脸一通训斥:"因为两个小钱要砸茨林的招牌,明年你挣什么钱?你脑子让驴踢了,还是压根没长脑子?"

这个村民羞红着脸,灰溜溜地回去了。

时间过得似乎特别快,西瓜还没收三分之一,天已经亮了。

雨停了一个小时不到,又迫不及待地落了下来,雨势也从原本的小雨向中雨迅速转变,沙河的水位也上涨不少。

王文华望着那些尚未成熟的西瓜,心里跟农户一样疼。

它们原本可以成为超市货架上的高品质水果,给农户带来可观的收益,现在就是把它们卖给酱豆作坊,人家都不一定要。至于那些泡水瓜,农户们只能拉到集镇低价售卖。

如果河水没有淹了蔬菜大棚,这些损失谁来赔?即便乡亲们宅心仁厚不跟自己计较,自己心里也迈不过那道坎儿。

李承恩擦擦脸上的雨水走了过来,气喘吁吁地道:"王镇长,从昨晚到现在你还没合眼,快去村部休息一会儿吧,这里有我和李主任、丁主任,出不了差池。"

王文华摇了摇头,又引燃一支香烟,望着沙河堤坝左侧忙着抢收的父老乡亲,回道:"他们忙了一宿都不下战场,我怎么好意思离开?决定是我下的啊!"

李承恩知道王文华心里在想啥,连忙宽慰:"王镇长,你也别有那么大的思想压力,真遇到那种情况,损失我来扛。"

你扛得了吗?王文华帮李承恩引燃香烟,道:"我要看着乡亲们抢收成功,至于后续的事情,到时候再说吧。"

正在这时,王文华的手机响了起来。

他看了下号码,立马按了接听键:"喂,周书记,您有什么指示?"

茨河铺镇党委书记周云山的声音很急:"王镇长,不,王主任,我哪敢指示您啊,刚才接到政办紧急通知,邻省泄洪了,市防洪办预计沙河水位要迅速上涨,已经通知茨河铺闸准备开闸放水,即便如此,茨林蔬果种植基地也有百分之九十的可能性被淹,上级指示,要做好群众的思想工作,迅速抢收,尽可能挽回损失……"

周云山的话还没说完,王文华就一屁股坐在地上。

他望向干得热火朝天的乡亲们,眼眶立马就湿了:"周书记,我就在宋湾村,乡亲们已经抢收一夜了,大家都很疲劳,请书记立即召集其他村的主任,让他们组织劳力支援宋湾村。蔬果不能泡在水里,那些大棚也不能泡在水里,能挽回多少损失就挽回多少损失。"

"好!王主任尽管放心,保证完成任务!"

挂掉电话,王文华用手背擦擦眼角,扭头冲李承恩道:"让乡亲们再加把劲,再坚持一下,周书记很快就组织乡亲们赶来了。"

李承恩重重点了点头,飞一般地冲向沙河堤坝,拿起喇叭大喊:"乡亲们!再坚持坚持,镇里周书记已经带着其他村的父老乡亲赶过来了。抢收完蔬果,大家别忙着走,指导其他村的乡亲们拆除大棚,趁河水没进田之前,能带走的全部带走!"

这一刻,中雨变成了瓢泼大雨,哗哗的雨声让人心焦,李家村的乡亲们却非常踏实。

天灾不可避免,损失已成定局,然而,整个茨河铺的父老乡亲们已经凝聚成了一个整体,今年或许遇到了一些挫折,明年一定是个丰收年!

第 97 章　都是顺昌人

仅仅过了一个小时，周云山就领着第一批支援队伍到了宋湾村。

他站在堤坝上，望着干劲十足的村民，道："王主任，你忙乎了一宿，赶紧回去休息，这里交给我。"

王文华疲态尽显，点了点头："好，辛苦了，周书记……"

哪想他刚转身，便扑通一声摔倒在地。

"王镇长！"李承恩望着倒在地上的王文华，发出一声惊呼。

"来人，送医院！"周云山抱着陷入昏迷的王文华，冲着发呆的众人大吼。

李承恩正要背起王文华，周云山一把将其推开，厉声喝道："你是领头羊，我是总指挥，咱们不能去！"

话音刚落，王文华的司机带着两个人跑了过来，背起昏迷的王文华就走。

望着轿车远去，周云山把手里的伞重重摔在地上。

"老子在茨河铺要不干出个样来，白活这么多年！"周云山脱掉皮鞋，冲着身后的工作人员嘶吼，"愣着干吗？上！帮着抢收啊！"

镇里的工作人员哪还含糊，跟着周云山一起冲向田地。

李文龙的眼眶红了，他举着喇叭，站在田地间冲着乡亲们大喊："王镇长为了咱们晕了过去，乡亲们，再加把劲儿，再坚持坚持，能抢多少抢多少，不然，对不起王镇长！"

其他村的主任也领着所辖的村民拥向蔬菜大棚。

"李家村的乡亲们，你们干了一宿，该我们上了！"

"对！身子骨是自个儿的，你们休息好了，才能接着来！"

"宋湾的兄弟姐妹，采摘差不多开始拆棚，一块塑料布都不能被水淹了！"

"谁都别闲着，抓紧时间干，河水又涨了！"

雨势越来越大，人们的干劲儿越来越高，第二天早上，蔬果全部采摘完毕，众人齐心协力开始拆除蔬菜大棚。

彼时,河水已经漫过芦苇丛,很快就要淹向田地。

整个茨河铺的村民全集结在沙河堤坝两岸,热火朝天地战斗着。

望着抢收接近尾声,周云山也松了口气,与此同时,镇卫生院也传来消息,王文华晕倒的主因是发烧,休息几天就没大碍了。

回想跟王文华搭班子的种种,周云山有些惭愧。

建厂时,作为镇里的一把手,他患得患失,非常犹豫,王文华却坚定不移。在王文华不懈的坚持下,最终获得了自己的支持,也从财政方面争取到了资金。事实证明,王文华的决定非常正确,五香酱牛肉厂的经济效益和社会效益正在飞速提升。

可是回头想想,如果失败了,王文华要承担多大的责任,当时的他到底承受了多大压力?

前天王文华又自作主张跑到宋湾村,直接下达抢收的命令,压根没跟自己打招呼。这是不把自己放在眼里吗?不!是保护自己,万一出了问题,王文华要把责任一股脑地揽在他一个人身上。

作为茨河铺镇的一把手,周云山感到惭愧。

王文华不愧是茨淮的汉子,有气魄有担当,正像周云山昨天吼的那样,他若不在茨河铺干个样儿出来,就不是个男人!

想到这儿,周云山拍了拍李承恩的肩膀,道:"你赶紧去顺昌城,跟超市的相关人员接触一下,抢收的西瓜务必卖个好价,剩下的一切全交给我,放心好了,就是半生不熟的西瓜,我也想方设法找到销路,尽可能减少损失。"

李承恩重重点头:"好的,我先谢谢周书记。"

周云山朝李承恩后背捶了一拳,道:"别废话了,赶紧去!"

顺昌,超市物流转运中心。

市场部经理杜爱华望着一车又一车的茨林西瓜,有些难以置信。

茨林蔬果种植基地大部分属于沿河田地,一旦下雨,那个鬼地方就泥泞不堪,走路都略显困难。谁承想下着这么大的雨,他们竟把西瓜全部采摘完毕,这效率简直神了。

杜爱华刚开始还怀疑茨林蔬果种植基地会把一些泡水瓜混进来,抽查之后,竟然发现茨林这一茬的早熟西瓜品质格外好。

显然，茨林蔬果种植基地不仅在极短的时间内抢收了西瓜，对品质的要求也到了几近严苛的地步，这与外地某些早熟西瓜种植户的做法形成了鲜明的对比。

"茨淮两岸的人，骨子里那股劲儿了不得啊！这样的地方还富不起来，简直天理难容！"杜爱华打开电脑，扫了眼天气状况，更是赞叹连连，"这个时候才发布泄洪信息，茨河铺人提前两天抢收，关键时刻如此果决，更了不得！"

话音刚落，电话响了起来，秘书甜美的声音从听筒传来："杜总，茨林蔬果种植基地的李承恩有事儿找您。"

"他不找我，我还要找他呢，请他进来。"杜爱华挂断电话，连忙泡了杯上好的龙井，坐在沙发上恭候。

很快，李承恩进了办公室，弯腰的瞬间，杜爱华分明看到李承恩左后颈有些泥水，他示意李承恩擦擦，笑着问道："刚从地里过来？"

李承恩不好意思地笑了："来得匆忙，没洗干净，杜总别见怪。"

杜爱华摇了摇头："如果我没估计错误，几乎整个茨河铺的乡亲们都在茨林蔬果基地奋战吧？凭借你们村那点人手想要采摘这些蔬果，难度非常大。"

李承恩冲杜爱华跷起了大拇指："杜总分析得对，不仅乡亲们都上阵了，镇政府的党员干部也来了，周书记在沙河堤坝上指挥，已经一天一夜没合眼了，王镇长疲劳过度，现在还躺在医院里，从你这回去，我就准备去镇卫生院看看他。"

杜爱华把龙井茶推到李承恩面前，直截了当地道："我跟老总请示过了，这茬茨林西瓜，超市在分成方面让给你们五个百分点，售价方面，超市的建议是提价，具体提价多少，我们会根据市场需求，给一个合理的标价。"

李承恩找杜爱华就是谈这个事儿，没想到自己还没开口，对方就做出这么大的让步，实在令人难以置信。

杜爱华拍拍李承恩的肩膀，也不藏着掖着："今年是灾年，早茬西瓜供应困难是铁一般的事实，你们不仅供了，品质还这般好，如此诚信的合作方非常难得，也间接地提升了我们公司的信誉。再说大家都是顺昌人，你们受了灾，我们公司不能捐款，但让一些利润出去问题不大。"

李承恩很是激动，赶紧端起茶杯："杜总，我以茶代酒，代表茨河铺的乡亲们谢谢您了。"

第 98 章　实在太优秀了

在办公室以茶代酒？杜爱华微微一怔，很快就回过味来。

超市让利茨林蔬果，李承恩无论如何也得好好谢谢杜爱华。商场上所谓的"谢谢"，要么是回扣，要么是酒局。回扣这种事，李承恩不会干；请吃饭呢，茨河铺正忙得热火朝天，李承恩就是想设宴款待杜爱华，也得有那个时间啊。

杜爱华端起茶杯，跟李承恩碰了下，笑道："以后有时间我请你，今天就不留你喝酒了。"

李承恩连连摆手："不不不，应该是我请杜总，必须请，只不过这两天确实忙，谢谢杜总理解。"

杜爱华也不客套，起身取出一提茶叶，递给李承恩："去镇卫生院探望王镇长的时候，带上这个，算我个人的一点心意，千万别推辞，也别想多，我只是单纯佩服这样的干部，仅此而已。"

话都说到这份儿上了，李承恩只能接下。

茨河铺镇卫生院。

王文华欣慰地笑了。

刚才周云山打来电话告诉他，茨林蔬果基地的农产品已经应收尽收，就连蔬菜大棚也已经拆除完毕，在河水漫过农田之前，肯定可以安全转移。

倘若前天晚上自己没去茨河铺，倘若自己有丝毫迟疑，造成的后果，王文华压根就不敢想。

这两年，茨河铺镇不仅建了五香酱牛肉厂，还要搞特色温泉山庄，财政压力很大，为了顺利建成，只能发动老百姓众筹。由于珠玉在前，茨河铺的老百姓对特色温泉山庄寄予了厚望，众筹力度大了很多，家底儿也所剩不多了，所以他们都巴望着茨林蔬果种植基地的丰收回回血。

哪想天公不作美，今年的雨来得这么早，来得这样大。

幸亏这次抢收战斗打赢了,老百姓即便有损失,也不是特别大,再加上后续的财政补贴,运气好的,说不定还能赚点儿。雨季过后,蔬菜大棚重新搭建生产,到了年底,老百姓肯定能过个好年。

所以总体来说,茨河铺的发展是向好的,老百姓富裕起来指日可待。

正在这时,一个身着风衣的女子走了进来。

她一袭长发,素面朝天,精神状况有些不佳。

"盼盼,不是说了不要送饭吗?"王文华坐了起来,望着面容略有些憔悴的童盼盼,又道,"距离公务员考试还有一个半月,你得好好备考。"

童盼盼把饭盒放在桌上,笑道:"表叔,我又不是机器,再说就是机器也不能不停运转啊,不休息那是要出问题的。烧几个小菜给你送过来,一是改善改善咱们的生活,二是我也顺便休息休息、放松放松。"

王文华笑着摇了摇头。

自己这个侄女打小就聪明伶俐,可惜就是不用在正道儿上,为此王文华没少提醒表兄,结果表嫂一个劲儿护着,不然,以童盼盼的脑子,中考不会失利,高考也不会只上了三本。

童盼盼知道表叔担心她重蹈覆辙,一边忙乎,一边笑道:"叔,我又不傻,不会在一个地方摔三次。这次公务员考试我是铁了心要拿下,不然,也不会住进镇上的老房子刻苦攻读了。"

王文华用勺子舀了勺鱼汤,美美喝上一口。

侄女的转变,他是看在眼里的。表嫂的宠溺,让童盼盼的自理能力奇差,大学毕业之后连个面条都不会下,为此,表兄没少在自己面前唠叨。现在呢,童盼盼不仅烧得一手好菜,待人接物方面也改变很多。可惜她跟李承恩之间的缘分已经走到了尽头,不然,他真愿意撮合两人破镜重圆。

"我觉得你还是回城住吧,"王文华从童盼盼手里接过纸巾擦了把嘴,"你爸已经调到市区,你妈妈也升职了,你们家就你一个,条件也不差,他们不指望你飞黄腾达,平平安安就好。"

言下之意是,别折腾了,让父母省点儿心。

倘若原来王文华这般说,童盼盼心里肯定不爽,即便不顶上两句,脸色也会不大好看,现在的她只是冲王文华笑笑,默默地收拾碗筷。

看她这副模样,王文华又道:"茨林蔬果种植基地抢收及时,农户的损失都不算大,后续补贴跟上的话,过年的时候,大家还是能小挣一笔的。"

童盼盼轻轻嗯了一声,给王文华倒了杯水,也没说什么。

王文华望着无精打采的侄女,实在忍不住了,径直说道:"盼盼,有些事作为长辈我不该过问,但是看你这样,我不说几句,心里堵得慌,有些人错过了肯定不会再回来了,你没必要在这里跟他耗着。"

童盼盼寻了张椅子坐下,摇了摇头:"我没跟他耗,自从那天去了李家村,我再也没有找过他,搬到老房子住,不是因为他,是为了调整心境备考。"

"你的嘴怎么还是那么硬?"王文华从抽屉取出一盒香烟,还没拆开塑封,就被童盼盼夺去了。

"高中的时候,他带着我一起进步,现在他回乡创业,成就越高,我的上进心有就越强!"童盼盼把香烟装进提包,看向紧皱眉头的王文华,"我知道表叔你是担心我,可是有些事,明知有害也得尝试一下,就像抽烟有害健康,大家心里都跟明镜似的,不是一样戒不掉吗?"

王文华闻言,一声长叹。

童盼盼跟李承恩那段往事他纵然不是特别清楚,却也有所耳闻。依照他对童盼盼的了解,也笃定两人的分手,童盼盼应负主要责任。

不过人都是有私心的,起初王文华还想寻个适当的机会跟李承恩好好谈谈,看看两个小年轻有没有重归于好的可能,哪承想,程方梵直接冒了出来。

从颜值上看,侄女跟人家不能比;从才华上比较,两人更不在一个层次;至于家境,差距就更大了。表兄虽然有些积蓄,却是不折不扣的上班族;程家呢,在顺昌商界都举足轻重。

"没有迈不过去的坎儿,自然也没有戒不掉的烟,只要你好好的,老叔从今往后不抽烟了!"王文华看着童盼盼,斩钉截铁地道,"如果没有程方梵,你叔鼓励你为了幸福争取,问题是,程方梵实在太优秀了!"

童盼盼站了起来,冲王文华甜甜一笑:"正是因为她太优秀了,我才有机会。"

第 99 章 女人心计

王文华自然明白童盼盼的意思。

这个世界恋爱是自由的，婚姻却讲究门当户对。从家境上看，李承恩跟程方梵一点可比性都没有，可是程方梵喜欢李承恩，偶然中又透着必然。

首先，在王文华眼里，李承恩是优秀的，心里装着星辰大海。短短几年，李承恩能从一无所有走到今天，能力方面毋庸置疑。

其次，程方梵是独生女，这就意味着程家对未来女婿的考察标准并不仅限于家境，能力和人品程家人更看重。能力强，才能辅助程方梵管理好程家那些产业；人品好，才能一心一意对程方梵好。身为人父，谁不希望自家女儿过得幸福？

"盼盼啊，有些情况你可能不知道，程家老爷子对他很满意，程兴红在程方梵的坚持下也松了口，"王文华说到这里，扭头看向窗外，轻声感慨，"程陆鸣在程家的地位可能你不清楚，那是一言九鼎，所以他和程方梵的事儿，基本算成了。"

童盼盼并不赞同王文华的判断，一字一句地道："感情是两个人的事。"

王文华觉得童盼盼魔怔了。感情不是两个人的事还能是三个人的事儿吗？如果程方梵和李承恩感情基础不好，程方梵也不会跟家里坦白。他们都走到这一步了，没有特殊情况，是不可能黄的。现在不仅王文华看好李承恩和程方梵的结合，整个茨河铺的乡亲们都觉得两人是天生一对。

童盼盼不想跟王文华解释太多。她之所以还抱有希望，是因为太了解李承恩了。

一个人的性格不会轻易改变。自从李家村那次离别后，童盼盼不止一次地回味相见的种种，最终确定李承恩一点儿没变，不过是事业进步，人变得自信一些罢了。

李承恩还是那个性子有些自卑的李承恩，他的自强，不过是自卑在某种情境下的一种转变，就像在大学，他觉得配不上自己，才发奋图强，成绩优异，成了导师的心头肉。那么现在，为了能跟程方梵在一起，他也一定会努力努力再努力，从而得到程兴红夫妇的认可，最终抱得美人归。

一般情况下，有这股劲儿的男人值得女人去爱去珍惜，也值得钦佩。问题是，程方梵的家庭条件太优越了，优越到李承恩刻苦奋斗一辈子，都不一定赶得上。

于是，问题就来了。

李承恩要想事业方面取得突破性发展，就要投入更多的精力，那么在程方梵身上花费的心思就越少。程方梵事业心再强，归根结底也是女人，女人都是要人爱的、要人宠的，或许刚开始她能理解李承恩，这种状况一直持续下去，难免出问题。

童盼盼从目前掌握的情况判断，程兴红夫妇对李承恩并不十分满意，所以才设定了一个小目标。李承恩事业发展得一帆风顺还好，问题是今年李承恩并不能获得计划中的收益，小目标的实现时间势必要向后推。

时间拖得越久，李承恩的心态就越不稳，只要李承恩和程方梵不结婚，童盼盼就有机会。

童盼盼这般算计并非要不顾脸面地争取这段逝去的缘分。经历过这么多事，她也看明白了，自己越是朝前凑，李承恩就越厌恶，两个人的关系就越远。默默等待李承恩和程方梵的感情出问题，趁机取而代之，才是王道。

此外，童盼盼还有一个撒手锏——王文华。表叔为了茨河铺的发展呕心沥血，李承恩都看在眼里，哪天李承恩和程方梵的关系出现问题，自己再拿出一颗真心让李承恩看，同时挑破跟王文华的关系，有些事指不定就能成了。

王文华可不知道童盼盼心里有那么多弯弯绕儿。

他见侄女冥顽不灵，有些着急，也有些心疼，正要再劝几句，就看见李承恩拎着茶叶站在门口，他的身后正是身着连衣裙的程方梵。

李承恩做梦都没想到会在这里碰到童盼盼，看架势，她跟王文华关系匪浅。

王文华也没料到李承恩不打招呼就来探望，很是尴尬地笑笑："是承恩啊，快点进来。"

童盼盼也站了起来，看到程方梵的瞬间，微微怔了下。

从很多人口中她得知程方梵漂亮，却没想到会漂亮到这个地步，眉眼好像画出来的一样，还有她周身上下散发出来的气质，让童盼盼瞬间有了自惭形秽之感。不过看到李承恩的瞬间，这种自惭形秽之感陡然消失，取而代之的是"明知山有虎，偏向虎山行"的斗志。

可是这个节骨眼儿，她知道表现越强势对自己越不利，于是微微红了眼眶的她冲李承恩微微一笑，落落大方地道："不好意思，王文华是我表叔，上学那会儿我不懂事，不大喜欢他，就没在你面前提过他。"

李承恩生怕童盼盼看到程方梵的那股刁蛮劲儿，让大家脸上都不好看，哪想童盼盼表现得如此平静，不，平静中似乎还有那么一丝凄然。

难道她想通了？李承恩有些不知所措，随口应了一句："没事儿。"

话落，他又赶紧看看王文华的脸色。

从王文华的表现看，他肯定早就知道自己跟童盼盼的关系了，只是一直没点破罢了。按理说，童盼盼一定会在王文华面前说自己的坏话，然而回想下王文华对自己的态度，似乎没有那回事儿，难道，童盼盼真的变了？

王文华示意李承恩和程方梵坐下，冲童盼盼道："你啊，原来确实不懂事，总觉得我是针对你，其实我都是为你好啊！好了好了，以前的事儿就不说了，快给你的老同学和程总倒水。"

眼看童盼盼就要忙乎，程方梵赶紧把手提袋放下，落落大方地冲童盼盼伸出小手："谢谢盼盼妹妹，不用了，我们自己来。我叫程方梵，久仰大名，幸会！"

童盼盼咬着嘴唇，没敢看程方梵，怯声回道："程总抬举了，我就是一个毕业没几年的学生，入不了你的法眼，遇到你，是我幸会才对。"

说着，她冲王文华尴尬地笑笑："表叔，你们肯定有正事要谈，我先回去了。"

王文华也觉得童盼盼继续待在这里有些尴尬，便点了点头，嘱咐童盼盼回去之后一定不能贪玩，好好备考。

童盼盼一边手忙脚乱地收拾餐具，一边随口应着，哪想她到了门口，耳畔传来程方梵的话语："承恩啊，好不容易见到老同学，外面又下着大雨，去送送人家啊！"

第100章 洗几个番茄

李承恩怀疑自己听错了,呆呆望着巧笑嫣然的程方梵。

程方梵曾在他面前说过,没把童盼盼当回事儿,问题是说归说,程方梵心里若是真没疙瘩,那天在工作室也不会旧事重提。现在更好,童盼盼都主动撤离了,程方梵却要自己去送,摆明要搞事情啊。

"怎么了?送送老同学不是很正常的事情吗?"程方梵笑容不减,瞟了眼有些茫然无措的童盼盼,紧跟着又道,"这里距离盼盼家不远,很快就回来了。"

李承恩真要应下,就是脑子抽筋了。他张嘴正要拒绝,童盼盼连连摆手,那面红耳赤的模样,好像要寻条地缝钻进去:"程总,不用了,我带着伞呢。"

话音刚落,她就拿起角落里的雨伞,逃也似的离开了病房。

王文华看着侄女狼狈的模样,心里不由得一抽,然而,后辈的事情轮不到自己插手,除了一声长叹,他还能做什么呢?

程方梵伸出葱玉般的手指朝李承恩额头轻轻一点,嗔道:"木讷,没礼貌。"

李承恩轻咳两声,赶紧转移话题:"王镇长,这是超市杜总让我给您带的茶叶,他让我代他向您问声好。"

王文华忍不住嘀咕道:"第一次见探望病人送茶叶的,与其带这个,不如给我带包烟。"

李承恩忙道:"那可不行,刚才周书记专门给我打电话交代,让医生和护士监督你,出院之前,一根烟都不能碰。"

王文华就知道周云山要玩这套,又嘀咕了两句,便开始询问李承恩超市那边的态度,得知超市不仅要提高售价还在分成方面让利五个点之后,王文华兴奋极了。抢收及时再加上政府补贴,农户的损失已经降到最低,现在超市又主动让利,农户们指不定能在这个灾年小赚。

"关键时刻,还是本土企业靠得住啊!"王文华看了看一旁的茶叶,脸上乐开了花,"赶明儿我拿两瓶珍藏的老酒,你带给杜总,还他的礼。"

"还是我来还吧,从接触到现在欠他不少情,于情于理都要设宴好好款待,"李承恩冲程方梵不好意思地笑笑,"不能总让程总冲锋陷阵,不然我心里过意不去。"

程方梵砸给李承恩一个大大的白眼,懒得接腔。

本来陪着李承恩来探望王文华,心情好好的,哪想碰到了童盼盼。更让她郁闷的是,王文华竟是童盼盼的表叔,这意味着什么?意味着只要李承恩继续从事特色种植,免不了要跟童盼盼打交道,毕竟现在的王文华可不是茨河铺镇镇长,而是顺昌市农委副主任。

王文华自然看出了程方梵不爽,他也有些不舒坦,不过纸里包不住火,他跟童盼盼的关系总有水落石出的那一天,再说自己也不会暗中做一些乌七八糟的事,于是便道:"程总,盼盼这孩子被我表嫂宠坏了,如果以前有冒犯的地方,还请看在我的面子上,不要见怪。"

程方梵笑着摇头:"王镇长说笑了,我跟盼盼以前从未接触过,今天是第一次见面,再说她又是承恩的同学,怎么会冒犯呢?"

希望如此吧。王文华见程方梵又砸给李承恩一个白眼,非常识趣地不吭声了。

李承恩低垂着脑袋,一时不知如何是好。

先前程方梵还说不在意,如此看来,女人嘴里的话就是不能全信,嘴上越说不在意,其实心里越在意。

到了这时,程方梵心里的气也消了,毕竟从实力角度出发,她并不认为童盼盼能对自己构成威胁,刚才之所以如此表现,是女人的本能反应——我哪点儿不比她好,你当初怎么就看上她了?

至于这个念头是否符合逻辑,是否合理,在某些情况下,女性是不考虑的。

"承恩,把这几个番茄洗洗,让王镇长尝尝。"程方梵打开手提袋,从品种繁多的水果中挑出几个番茄,递给李承恩。

王文华唇角旋即一抽。

探望病人送茶叶已经很离谱了,没承想程方梵更离谱,在诸多水果中夹了几个番茄带过来,难道现在探望病人流行不按常理出牌?

李承恩也有些莫名其妙,不过把番茄的外观细细审视一番之后,李承恩心里咯噔一下:"梵梵,这些番茄从哪儿来的?"

程方梵调皮地眨眨眼:"你猜。"

"不会是胡以为那小子寄过来的吧?"李承恩试探着问,声音略带些许颤抖。

程方梵双手抱胸,微微颔首:"若非如此,我也不会带过来让王镇长尝尝啊。"

李承恩激动得身子都在哆嗦。

他知道胡以为只要把心思用在研究上,肯定不会掉链子,却没想到这小子这么快就研究出来了。

"这么大的好事瞒我瞒得死死的,下次见到,铁定饶不了他!"李承恩口不择言地笑骂一声,"见色忘友的东西!"

程方梵立马给了李承恩一个响栗子。

其实研发成功之后,胡以为第一时间联系了李承恩,问题是李承恩正在忙着抢收,没接电话,万般无奈之下,胡以为才联系了程方梵,并快递了两斤试验田番茄。

王文华很是不解:"这番茄有什么玄机吗?"

"王镇长一会儿就知道了。"程方梵捧着杯子喝了口水,卖起了关子。

不一会儿,李承恩带着几枚洗好的番茄进了病房。

王文华不是三岁小孩,自然知道这些番茄肯定出自津南大学农学院,想到茨林蔬果又有了新成员,他乐得两鬓的白发都跟着颤动,只是尝了一口之后,他脸上的笑容不见了。

他看看李承恩和程方梵,又瞅瞅手里的番茄,愣了一会儿之后,赶紧又吃了几口,最后一股脑全吞了。

番茄这玩意儿并不稀罕,王文华最喜欢的菜就是西红柿炒鸡蛋,夏天偶尔还会来一盘凉拌西红柿。然而,那些番茄的口感跟手里的相比,有着云泥之别。

这哪里是蔬菜?分明是水果!

"好,好啊!"王文华一拍大腿,差点把吊针挣掉,"先前茨林西瓜是主打,现在茨林蔬果又多了个王牌,这些番茄只要开始种植,一旦进入超市的生鲜区,必将供不应求。"

程方梵笑着摇了摇头,字正腔圆地说道:"瓦大一号一旦量产,暂不投放三级市场。"

第 101 章　急性阑尾炎

王文华和李承恩面面相觑,什么是三级市场?

程方梵打开手机,调出相关网页,递给王文华。

普罗旺斯番茄是货真价实的番茄贵族,津南大学农学院研发的瓦大一号,对标的正是它,更让程方梵惊喜的是,瓦大一号的综合品质在其之上。

茨林蔬果只要拿到瓦大一号的授权,就相当于抓了一副王炸,如果还在顺昌这样的小城市折腾,简直暴殄天物。

所以茨林蔬果下面的路,就是在一线市场和二线市场跟普罗旺斯番茄展开全面竞争,全力争夺高端市场,胜券在握之后,再考虑下沉市场,进军三线。

王文华咽了口唾沫,眼睛都在冒星星。

先前,茨林蔬果在顺昌及相邻城市享有知名度,已经让王文华喜出望外,哪想更刺激的还在后面,一旦高端市场被茨林蔬果打入,那惊人的利润……

未来太美好,以至于王文华都不敢去想了。

李承恩咕咚咕咚喝了一大口水。

程方梵的提议非常诱人,然而,以茨河铺目前的条件,要实现这个目标很难。

想争夺高端农产品市场,农产品的品质只是基础,在酒香也怕巷子深的时代,包装和推广更为重要,而这些烧钱的程度,足以让很多人望而却步。

除此之外,高端农产品的品控也非常严格。茨林蔬果除了李承恩,目前还没有相应的专业人员可以胜任,而聘请相关技术人员是要花钱的,当然,后续还有仓储的建设、运输等,全都是钱。

程方梵擦擦额头的汗水,赶紧喝了口水,缓缓坐下,脸上的笑容不见了,问李承恩:"你不同意我的提议?"

李承恩老老实实回道:"目前进军高端市场的条件还不成熟,茨林蔬果要想在高端市场分一杯羹,资金是绕不过的坎儿。"

程方梵又喝了口水,沉声道:"商场如战场,瞬息万变,你有没有想过等茨林蔬果具备条件了,市场也被其他企业占领了?"

"这个……"李承恩陷入一阵沉默,心里很憋屈。

王文华脸色更难看。他不是不切实际的人,李承恩能想到的事,他细细一琢磨也就明白了。这种感觉就像是明知道前面是金矿,却没钱乘坐汽车过去开挖,更没有钱把金子运到家里。

程方梵狠狠剜了眼李承恩,想要给他提个醒,只是小腹传来的痛楚让她再难忍受。

李承恩连忙来到程方梵跟前,急声问道:"你怎么了?"

"肚子,肚子疼。"程方梵颤声回答。

王文华冲着外面一声大吼:"来人,有状况!"

医护人员尚未到达,童盼盼却慌慌张张跑了进来。她先是看了看程方梵的脸色,然后按住程方梵的小腹右侧,柔声问:"是这里疼吗?"

程方梵额头一阵细汗,哪还有气力答话,轻轻点了点头。

"有可能是急性阑尾炎!"童盼盼看向李承恩,急声道,"别愣着啊,快去喊医生,外科医生!"后来证明,童盼盼的判断是正确的,程方梵确实患了急性阑尾炎。

外科医生给程方梵开了止痛药后,试探着问:"我们卫生院具备急性阑尾炎的手术条件,您看是在这里动手术还是转院?"

李承恩见程方梵衣服都快汗透了,正要应下,童盼盼忙道:"转院,我已经联系了救护车,五分钟就到卫生院!"

茨河铺镇卫生院的医疗水平跟顺昌第一人民医院相比,差距非常大。

手术总是有风险的,卫生院并不具备应对突发状况的能力,还有手术难免有伤痕,大医院的专家技术精湛,刀口往往较小,女孩子总是爱美的。

程方梵完全赞同童盼盼的提议,冲她点点头:"谢谢。"

童盼盼连忙摇头,眸中满满都是关切:"程总别客气,我是承恩的老同学,都是应该的。"

王文华看着童盼盼懂事的模样,欣慰地笑了。

侄女从李家村回来后,就长大了,也懂事了,看来,人这一生,必须经受一些挫折。

很快,救护车就进了卫生院,而雨,越下越大。

童盼盼撑着伞,帮着医护将程方梵推上车,眼看她要跟车一起走,李承恩想了想,忙道:"谢谢你了,我去就行了,你还有事要忙。"

王文华也觉得这个时刻童盼盼凑上去不妥,正要劝说,程方梵笑着说道:"盼盼如果没有要紧的事,就随我一起去吧,这个事儿暂时不能告诉刘姨,堂姐还有一摊子事,多个帮手总没错。"

李承恩有些犹豫。

程方梵是程老爷子的心肝宝贝,若知道程方梵动手术,不知要急成什么模样,所以不管是刘姨还是程梦洁,暂时都得先瞒着。

李承恩跟程方梵确实是男女朋友关系,却尚未走到最后一步,手术后的护理多少有些不便,如此倒是真有带上童盼盼的必要。

问题是程方梵和童盼盼今日第一次见面,这么劳烦人家,有些不妥吧?正在李承恩左右为难的当口,童盼盼已经上了救护车,坐在程方梵身侧。

事已至此,李承恩只得冲童盼盼感激地笑笑。

很快程方梵就用事实告诉别人,程家在顺昌的影响力很大。

救护车还没到顺昌第一人民医院,医护人员已经早早候着,原本烦琐的住院手续,在医护的热情引导下显得那么便捷。

程方梵静静躺在单人病房,平静得就像一池湖水。不出意外,六个小时后她就要走进手术室,手术由顺昌第一人民医院外科主任亲自主刀。

李承恩松了口气,心下也有诸多感慨。

他还没来得及细想,手机铃声又一次响起。

从进病房到现在,他接了不知多少电话。

等候手术的程方梵暂时不能进食,也不能喝水,心境其实也不像表面那么平静。她冲李承恩嫣然一笑:"茨河铺那边正忙,要不,你先回去吧?阑尾切除是小手术,主刀的又是顺昌顶级外科专家,不碍事的。"

李承恩沉默片刻,摇了摇头。别说程方梵要动手术,就是发烧打点滴,他都不会离开,不然,脑子就真是进了水。

程方梵见状,指了指李承恩的手机,脸色就没刚才那么好看了:"既然不打算走,就把来电铃音调小一些,我听着心烦。"

第 102 章　你没有机会的

李承恩耳根子好像着了火一样,刚打开铃声设置,李文龙的电话又打了过来。

"捣什么乱啊,刚才不是都说清楚了吗?"李承恩埋怨一句,正要挂电话,程方梵朝门口努努嘴,淡淡言道:"去外面接。"

李承恩哦了一声,逃一般出了病房。

童盼盼看着李承恩的背影,不由得想到当初相处的种种,微微有些出神。

原来她觉得李承恩这样的性子有些窝囊,现在方才明白那是浓浓的爱,只是,他什么时候还会这样对待自己?

"盼盼,把门关上,我有话跟你说。"程方梵冲童盼盼甜甜一笑。

童盼盼下意识觉得有些不对头,把房门关上后,小心翼翼走到程方梵身前,好像谨小慎微的小媳妇。

程方梵一声长叹。

"今天你帮我很多,按理说我该心存感激,好好谢你,"程方梵取过一个苹果,递给童盼盼,话锋随之一转,"可我觉得真那么做了,对不起自个儿。"

童盼盼身子微微一颤,抬眼看向程方梵:"我听不懂程总的话。"

听不懂?程方梵坐在病床上,望着窗外哗啦啦的雨帘,一字一句地道:"你没有机会的。"

童盼盼咬了口苹果,没有甜甜的滋味,味同嚼蜡。

程方梵瞟了她一眼,唇角掠过几丝不屑。

倘若程方梵腹痛难忍时,童盼盼没有冲进来,她真以为童盼盼已经放弃了李承恩,这两个人的爱情故事也成了云烟,不见踪迹。

倘若童盼盼表现得不是那么殷勤,她也不会思考童盼盼所作所为的含义,是真有一副热心肠,还是要改变自己在李承恩心中的形象。

显然,今天的童盼盼表现还算不错,可惜用力太猛。

男女之间最怕亏欠,特别是像李承恩这样的人,一旦心里有了亏欠,接下来就是剪不断理还乱的拉扯了。

"我知道你在等什么,等承恩犯错,或者我犯错,你就能乘虚而入了,"程方梵静静望着童盼盼,吐出的话语很轻,就像春日拂在面庞的风,但落在童盼盼心头就是一座大山,"承恩的性子有缺陷,我也不完美,再加上婚姻不是两个人的事儿,变数就多了。"

说到这里,程方梵不由得想到胡以为来之前那段日子,唇角泛起几丝苦涩。

原本两人手也牵了,人也抱了,走到一起是水到渠成的事,结果阴差阳错之下这段感情差点翻船,一切的一切不过是缺乏必要的沟通,从而导致相互猜忌、相互赌气。

胡以为离开后,程方梵把那部电影看了好几遍,乍看之下几个主人公的经历是那么匪夷所思,性格是那样古怪,细细想想,却是世间男女最真实的写照。

所以那段旧路,她不会再走,不然,她也不会鼓励李承恩解放思想,提升茨林蔬果的档次,以瓦大一号为突破口,进军高端市场。

茨河铺的乡亲们筹款困难,不代表顺昌城筹款困难;李承恩资金短缺,不代表程家腾不出闲钱。程家的宝贝疙瘩都给了,冒着风险在茨林蔬果注资算得了什么?

"承恩说,你们分手,你有责任,他更有责任!"程方梵苦笑着摇头,口中吐出的话语有些飘忽,"他只知道进取,忽略了陪伴,他按照自己的方式对你好,却不考虑这样的好是不是你要的,即便最后你犯了错,那也是大四的时候,他却错了三年。"

啪嗒!

苹果落在地上,滚到了墙边。

童盼盼眼眶已经泛红,直勾勾地看着程方梵。

女人的直觉告诉她,自己那点小心思,人家早已看破,所以才同意让自己一同前往医院。

她用实力告诉自己,自己的家境在程家面前不值一提,同样,她用实力告诉自己,那些女孩子的小心思、小手腕,最好别在她面前施展。

细细想想也是,人家只比自己大了几岁,却在艺术造诣方面走到了很多长辈的前面,不仅如此,她还打理着程家的产业,跟这样的女人为敌,赢得了吗?可是,童盼盼心里就是憋屈,就是不服。

李承恩用在程方梵身上的心思,本该属于她的。

程方梵耸了耸肩,冲童盼盼浅浅一笑:"可能我在以小人之心度君子之腹,没办法啊,大家都是女人,好不容易碰到喜欢的,难免要守着护着。如果你心里真没了承恩,是好事,人总要向前看的。他只是我喜欢的,却不一定是最好的,我相信凭借你的实力,未来的生活肯定幸福美满。"

童盼盼紧紧握着拳头,不争气的泪水终于顺着眼眶流了下来。

"程总,你确实想多了!"童盼盼哽咽着说道,"我只是一个刚毕业没几年的学生,没你想的那么有心计。"

程方梵嗯了一声,不好意思地笑笑:"我觉得也是,正所谓无商不奸,打理家里的生意打理久了,我的职业病犯了,抱歉!今天的情我记下了,以后用得着的地方打我电话,还有,不管到了什么时候,你都是承恩的老同学、好朋友。"

这是要下逐客令了吗?泪流满面的童盼盼缓缓站了起来,盯着程方梵,咬着牙说道:"我没有输给你,只是输给了自己的虚荣和无知。"

程方梵抽出几张纸巾,递了过去。

扪心自问,如果不是那个落雪的清晨碰到李承恩,命运的齿轮不会转动,她可能下不了跟方泽分手的决心,也不会不知不觉中跟李承恩走到一起。所以从某个角度说,童盼盼也是自己的贵人,她用自己的虚荣和无知,成全了自己这段姻缘。

当然,童盼盼也用自己的行动验证了这样一个道理:人在某些时候是不能犯错的,一旦错了,就再无纠错的可能。

苦海无边,回头是岸,遗憾的是,很多人回头的时候,连岸的影子都看不到了。

童盼盼用纸巾擦擦眼泪,默了半晌,方道:"术后有些疼,别用镇痛棒,尽量忍一下,麻药用多了对身体不好,我妈妈是麻醉师。"

"谢谢!"程方梵轻轻拉住童盼盼的手,又道,"我最后那句话不是客套,是真的,做不了夫妻,可以做朋友,成不了朋友,也不能成为仇人。"

童盼盼没有回话,径直出了病房。

第 103 章　瞧你那点儿出息

童盼盼离开十分钟后,李承恩才返回病房。

程方梵示意李承恩坐在床边,柔声说道:"是不是茨河铺那边出了什么事?倘若真的离不了人,你就回去看看吧。"

李承恩摇了摇头。

已经拆除的蔬菜大棚早就转移到了安全地带,剩下的不过是一些细枝末节的小问题。李文龙频繁打来电话,不过是询问河水退后种什么,如何才能获取最大收益,让乡亲们过个富裕年。

其实现在讨论这些问题意义不大,李文龙之所以这么干,无非是遭遇挫折后心里不踏实,寻求一些心理安慰。李世杰和李万道,乃至李家村其他的乡亲,跟他是一样的心理,都把李承恩当成了主心骨。

程方梵也松了口长气,细细审视眼前的男人,突然有种恍如隔世之感。

那个落雪的清晨,她如何都不会想到,那个雪中买醉的大男孩会成为茨河铺的顶梁柱。顺昌城初遇,她更不会想到,那个奋不顾身勇斗歹徒的男人,会成为自己另一半。

李承恩被程方梵看得有些头皮发麻。

童盼盼今天的表现完全出乎他的预料,程方梵这么望着自己,是不是心里有什么怨怼?先前他吃过一次亏,差点让一段缘分夭折,现在怎么都不能在一个地方栽两次。

"梵梵,我之前没跟她联系过,也不知道她今天是怎么了,你千万别多想。"李承恩挠挠头,想了老半天,方才憋出了一句话。

程方梵望着李承恩,意味深长地笑道:"我多想什么?"

李承恩支支吾吾半天,硬是凑不出一句完整的话来。

程方梵点了下李承恩的额头,道:"她家里有点事,先走了。"

李承恩哦了一声。

程方梵打趣道："怎么？舍不得？要不，我把她再请回来？"

李承恩头摇得像拨浪鼓。

童盼盼不仅是程方梵心里的疙瘩，也是他心里的结，从卫生院到顺昌第一人民医院的单人病房，他心里就没舒坦过，现在人好不容易先走了还把她叫回来，这不是给自个儿添堵吗？

程方梵又点了下李承恩的额头，嗔道："我想喝酸梅汤。"

"不行！"刚才还略显唯唯诺诺的李承恩立马换了张面孔，态度非常坚决，"手术之前不能进食，也不能饮水，不然影响麻醉效果。"

程方梵晃着李承恩的胳膊，摆出一副可怜兮兮的模样："就一点点，你去给我买嘛。"

李承恩站了起来，正色道："其他事可以依着你，这个事绝对不行。"

程方梵眼珠子一转，指着李承恩笑道："这可是你说的哦。"

李承恩唇角一阵狂抽，程方梵又给他挖了个坑。

程方梵懒得理会李承恩，抱着他的手臂，自顾自地说道："术后我要喝粥，甜甜糯糯的那种，不管你用什么办法，我都要吃到，这是我第一次手术，得宠着我……呃，你脸红什么？"

李承恩低头看着被抱住的手臂，感受着那难以言明的触感，呼吸略显不畅。

程方梵抬手拍了下李承恩，双腮也泛起两朵红晕，嗔道："瞧你那点儿出息！"

李承恩不好意思地笑了。

程方梵拽了拽李承恩的衣服，轻声说道："我没请护工，不能自理的时候你都要上前，知道这意味着什么吗？"

"知道！"李承恩点了点头。

他们俩还没走到恋爱关系的最后一步，护理的时候难免有尴尬的地方，程方梵这么做是豁出去了，也锁定了两人的关系。以后的人生路，不管多么艰难，她都是他的老婆，他永远都是她的丈夫……

中秋节的上午，秋日暖洋洋的。

林文娟的脸色却有些不太好看。

程兴红夫妇昨天回了顺昌，林文娟得到消息后，就忙乎起来了。她专门去了顺昌城,精心准备了几份礼物,让李承恩今天送去,如果可能的话,尽量争取在程方梵家里吃顿饭,拉近和程兴红的关系。

哪想今天一大早,李承恩就接到程方梵的电话,说什么不用过来了,他们家今天准备自由活动,开开心心过个团圆节。

别说林文娟心情不好,李承恩心里也在打鼓。

在传统习俗中,中秋节是非常重要的节日,尚未结婚但已有意向的男女,男方都会在这一天去女方家拜访,如果女方拒绝,婚事有可能要黄。

李世杰又引燃一支香烟,不厌其烦地问:"承恩,你没开罪梵梵吧?"

李承恩都懒得回话了。

自从程方梵阑尾炎手术之后,两人的关系更近了一步,不管工作多忙,他们都要抽个时间见面,完全陷入了热恋中。

此外,李承恩在程方梵生病时的精心护理,程老爷子看在眼里,喜在心上,对两人结合的支持力度再次加大,由此导致程兴红的态度也渐渐发生了变化。一切的一切都朝好的方向发展,林文娟甚至乐观估计,年前能把婚事定下,哪想就在大家热情高涨的当口,一盆凉水当头而下。

李世杰不停地挠头,问林文娟:"问题出在哪了呢?"

林文娟砸给李世杰一个大大的白眼:"儿子都不清楚,我怎会知道?"

李万道也是丈二和尚摸不着头脑,顿了半晌之后,冲李承恩道:"你就不会给梵梵发个信息?即便不能见面,这礼物得送上门啊。"

李承恩叹了口气:"爷爷,该说的我都说了,该做的也都做了,她坚持那个态度,不让上门,不让送礼,你说我有什么办法?"

现在的李承恩已经不是以前唯唯诺诺的李承恩了,用程方梵的话说,自从她动了手术之后,李承恩的脸皮以肉眼可见的速度变厚。

李万道想了想,道:"既然这样,那就顺其自然吧,只要承恩和梵梵的感情没出问题,咱们就别想那么多,不然,就是给自个儿添堵。程家家大业大,朋友多,应酬多,不像咱家的人脉简单,有些时候一个不慎,得罪了人,那都是损失。"

李世杰一拍大腿:"爸说得对,商场如战场,产业越多顾虑就越多,你看看咱们顺昌城那些大领导,每逢中秋、过年,都忙成啥了?别说回家吃个团圆饭,就是回家喝口水都难。"

林文娟赶紧点头,连声附和。

唯有李承恩眉头紧锁,总觉得今天这个事儿里透着古怪。

第 104 章　中秋节

李万道抬头看看天色,按着双腿站了起来,道:"我去地里摘点儿菜,今天过节,咱们爷仨儿喝点儿。"

都快中午了,林文娟也站了起来,吩咐李世杰:"你去买点儿卤肉啥的,下午就不用再跑一趟了。"

李世杰嗯了一声,准备出门。

正在这时,门口隐隐传来汽车发动机的声音,与此同时,程方梵也发来了微信——小李子,开门迎驾!李承恩顿时喜上眉梢,冲出了小院。

门口的路旁,一辆黑色奔驰轿车已经熄火。程方梵身着一袭卡其色风衣,从驾驶位下来,冲一脸惊喜的李承恩眨眨眼,佯怒道:"怎么没点儿眼力见啊,快点扶爷爷下来。"

李承恩快步来到车旁,正要开门,一个与李世杰年龄相仿的男子下了车,正是程方梵的父亲程兴红。

李承恩先前见过这位不苟言笑的长辈,对他的人品和能力都很钦佩,可不知怎么回事,就是亲近不起来。

"不用了,我来扶,你去后备厢把你阿姨准备的食材拿出来,"程兴红看了眼李承恩,又想到什么,补充道,"还有两瓶茅台,也提上。"

不仅带了食材,还带了茅台?都拿上,这不太好吧?李承恩略有些迟疑。

程兴红的脸色当即耷拉下来:"没听到我的话吗?"

此言一出,程老爷子轻咳两声,小声斥道:"这里是李家村,在这里要什么威风?"

程兴红差点儿被老爷子的话噎死。养了多少年的大白菜被猪拱了,他没有骂也没有打,提提反对意见还被您老打了回去,现在摆摆架子都不行吗?

程方梵见程兴红满脸尴尬,连忙打圆场:"爷爷,我爸做得对,现在才哪儿到哪儿,说什么都不听,以后还了得?"

这般说着,她又用胳膊肘撞了撞母亲范淑华。

范淑华心里叹了口气。女大不中留,既然宝贝疙瘩认定了李承恩,她也没有太好的办法。就像当年程兴红的事业刚刚起步,自己不顾父母反对看上了他,父母也只能听之任之。

"这都快中午了,梵梵都饿了,你再磨蹭,她就要发脾气了,"范淑华冲李承恩微微一笑,"这两瓶茅台酒老爷子放二十多年了,说今天高兴,就喝这个。"

言下之意是,一些繁文缛节就别管了,麻溜点儿,让你干啥就干啥。

李承恩这个节骨眼儿还不知道怎么做的话,不如挖个坑将自己埋了。

后备厢里带的食材很多,甚至有一些稍稍加热就能上桌,显然刘姨和范淑华一早就在家张罗了。他抬眼看着范淑华,满脸感激。人家对自己都这样了,未来结了婚要是对梵梵不好,那良心真是让狗吃了。

程老爷子望着李承恩拎着酒和食材快步进了小院,拄着拐杖不住点头:"这样就对了,新时代新气象,有些乱七八糟的规矩,不要也罢。"

此时,李万道和李世杰、林文娟夫妇已经到了门外。

他们原以为程家是为了维持生意上的关系,要趁着中秋节走动,方才不让李承恩登门,哪想到,人家是准备亲自上门造访。显然这是不按套路出牌,也不合礼数,不过这心里啊,是真高兴。

李万道激动得身子直哆嗦。

程陆鸣跟他同辈,两个人这辈子取得的成就却是云泥之别。毫不客气地说,同样出身农村的程陆鸣是李万道的偶像,现在,这个让自己敬畏的同辈就在不远处。

说些什么好呢?李万道除了笑,连句客套话都不会说了。

程方梵连忙走到程陆鸣跟前,扶着他边走边介绍:"这就是承恩的爷爷,茨河铺十里八村的名人。"

李万道老脸当即一红,赶紧摆手:"梵梵,可别乱说,我就是一个普普通通的老农民,不是什么名人,反倒是程老爷子,他可是我们这一辈的楷模啊!"

程陆鸣哈哈大笑,拍拍李万道的胳膊,大咧咧地说道:"你是一个普普通通的老农民,我就是一个普普通通的老百姓,再过几年,咱们都是一抔普普通通的黄土,所以客套话和奉承话都别说了,喝完了酒,老弟带着老哥我沿着堤坝走一走,唠一唠。"

李万道着实没想到程家老爷子这么平易近人,连忙把他引进了小院。

按照规矩,李世杰是要招呼程兴红的。只是程家玩的是突然袭击,他的应对能力又有限,这个时候真说不出什么客套话,只得笑着迎了上去,掏出香烟,抽出一支,递给程兴红:"一路辛苦了,快进屋喝杯茶。"

"不辛苦,早就想过来看看老弟,可惜没时间。正好今个儿是中秋节,梵梵说承恩肯定要来家里吃饭,我和淑华就琢磨着你们家也就一棵独苗,不如两家在一起聚聚,好好团圆团圆!"程兴红一边说着客套话,一边不停观察范淑华的脸色,就是不接烟。

范淑华斜睨了眼程兴红,终于松了口:"别超过五支。"

话音没落,程兴红就把香烟接了过去,一脸欢喜。

李世杰又不是瞎子,立马明白怎么回事。程总事业有成,只是在顺昌有老爷子压着,在外面有老婆管着,这日子可能过得有些不大舒心。或许在这方面找到了成就感,李世杰表现得越发自然,帮程兴红引燃香烟后,领着程兴红进了院。

"原本今年准备起座洋楼,承恩那小子非要投资,等开了年坚决不听他的,小洋楼一定要盖起来,不然,住起来确实不大方便。"李世杰吐了口烟雾,也算间接表明了态度,只要程方梵进了门,一定不让她受委屈。

程兴红微微一怔,笑着说道:"可以的,不过也不用大费周章,咱们村里的环境是好,但教育和医疗跟城市还是有差距的。"

言下之意是,两个孩子的事我们基本同意,但是结婚之后,为了下一代,最好还是在城区居住。

林文娟悄悄踢了踢李世杰的小腿,立马接上了话茬:"程总说得对,我们村好多年轻人挣了钱,都去顺昌买了新房,所以啊,家里的小洋楼没必要盖得太好,抓紧时间挣钱去顺昌买个商品房才是正道。"

李世杰闻言,连忙点头称是。

程兴红和范淑华对视一眼,对李世杰夫妇很是满意。

未来的亲家条件确实不咋样,但是态度不错,既然宝贝女儿认定了人家儿子,由她去吧,只要她开心就好,日子过得舒坦顺心就成。

第 105 章　尘埃落定

程兴红夫妇对李世杰夫妇很满意,李世杰夫妇对他们更满意。

在茨河铺农村,女方家长来男方家里,总要摆摆架子的,如此自家女儿才能被男方家长看重,结了婚后,才不会受气。哪想人家压根不管这茬,甚至范淑华还捋起袖子要下厨帮忙,这可把林文娟急坏了。

未来亲家母的身份,林文娟是了解的。程兴红尚未发迹之前,范淑华所在的范家就是隔壁市赫赫有名的望族。现在养尊处优的贵夫人要下厨帮忙,林文娟无论如何也不会同意的。

范淑华见林文娟死活不同意,直接祭出撒手锏——妹子是把我当外人啊。

林文娟的口才本就不如范淑华,话又说到这个份儿上,林文娟只能妥协。

范淑华切菜的当口,冷不丁地说道:"文娟,两个孩子的事情真成了,你们就不要琢磨在顺昌买房了,你也知道咱家不缺房子,以后他们跟老爷子住老房子,我们常年在外地,家里也有个人照应。"

林文娟微微一怔。

范淑华还以为林文娟有意见,笑着解释道:"我们不是让承恩做上门女婿,梵梵是老爷子看着长大的,爷俩儿的关系好着呢,这要不经常回去,老爷子肯定想得慌。我们的要求不高,他们多回城,多陪陪老爷子。"

林文娟刚才不应声,是范淑华的话太让人惊讶了。娶媳妇都是要置办房产的,结果呢,人家还倒贴,这都什么事啊?不过很快,林文娟就反应过来了。程家在物质方面真的啥都不缺,缺的就是一个能帮程方梵的人,知道疼程方梵的人。

对方既然这个态度,林文娟也不含糊,直接表态。

"范总,别说只是多陪陪老爷子,就是让承恩给你们家倒插门我都没意见,梵梵这孩子,实在太好了,你们更好。要不这样吧,承恩和梵梵成婚后,第一个孩子姓李,第二个姓程。"

范淑华切菜的手微微一顿,扭头看着林文娟:"真的?"

"那还有假?这都什么时代了,儿子是后人,女儿也是!"林文娟冲范淑华微微一笑。

范淑华把卤菜盛到盘子里,欣慰地笑了:"文娟妹子,有你这话,梵梵交给你们我就更放心了,老爷子听到,不知高兴成什么样子。"

别说程老爷子知道这个讯息很开心,就是程兴红知道后,也乐得合不拢嘴。不管时代怎么变迁,有些传统观念还是改变不了的。

席间,程陆鸣把两瓶茅台朝程方梵面前一放,道:"这酒你来开吧。"

程方梵看看父母,问道:"都开?"

程陆鸣尚未回话,程兴红斩钉截铁地道:"本来就是为你存的酒,当然都开!"

原来,程方梵刚出生那天,心情大好的老爷子就存了一件茅台。说什么梵梵订婚的时候喝两瓶,回门的时候喝两瓶,生孩子的时候再喝两瓶。现在两瓶全开,也就是说这已经不是简单的聚餐,是订婚宴。

李承恩看着面前满满一杯白酒,狠狠掐了下大腿。

不久前他还怀疑程家是不是出了什么变故,哪想现在就喝上了订婚酒。

程方梵在桌下紧紧拉住李承恩的手。

老爷子和父亲突然提出要去李家坐坐,她虽然高兴,却隐隐觉得有些不妥,哪里想到爷爷和父亲打的竟是订婚的主意。

原本以为自己和李承恩结合还要有一番波折,没想到这么快就尘埃落定了。

程陆鸣看看程方梵,又瞅瞅李承恩,最后把目光放在李世杰夫妇身上。

"今天开这两瓶酒是我定的,还有两瓶酒什么时候开,就看你们了,最后还有两瓶,咱们都做不了主,得看梵梵和承恩。"程陆鸣端起酒杯,一饮而尽,咂巴咂巴嘴,"好酒,终于尝到了!"

范淑华也破例抿了一小口,瞟了眼一脸幸福的程方梵,拧了下程兴红腰间的赘肉,悄声埋怨:"你女儿有时候那不着调的性子,有根啊。"

程兴红轻咳两声,小声回道:"那不叫不着调,叫洒脱,没这个性子,在艺术方面走不远。"

范淑华砸给程兴红一个大大的白眼,再也不言语了。

李万道分外高兴,酒足饭饱之后,乐呵呵领着程陆鸣上了堤坝。一路上他的腰杆挺得笔直,遇到问询的乡亲,自然免不了一番介绍,当然也会收获一束束羡慕的目光。

李万道心里美的啊,比吃了蜜糖还要甜,整个人都仿佛年轻了十几岁。

范淑华和林文娟忙着收拾碗筷,李世杰本想跟程兴红好好叙叙,可两个人的差距实在太大,着实找不到共同点。

"承恩,陪我去蔬菜大棚走走!"程兴红熄灭香烟,瞟了眼跟女儿谈笑甚欢的李承恩,站了起来。

程方梵赶紧推了下李承恩,小声嘱咐:"待会儿我爸说什么你听什么,脑子千万别犯轴,老爷子的性子你也看出来了,大大咧咧的,不按常理出牌,他也好不到哪儿去。"

李承恩点了点头。

虽然订婚酒喝过了,以后就是自家人了,可是走在程兴红身旁,他依然有些不自在。多年之后李承恩方才回过味来,那是程兴红强大的气场使然。

沙河堤坝上,程兴红望着连成一片的蔬菜大棚,又看了看脚下的土路,问李承恩:"除了这些田,另一侧的地,宋湾村的村民们不给租吗?"

当初宋湾村的村民确实不愿把另一侧的土地承包出去,可是前段时间那场洪灾过后,宋湾的乡亲们就松了口。

茨林蔬果承包土地搞特色种植,确实给他们带来了实惠,万一李家村的乡亲鉴于风险问题,不搞蔬菜大棚了,他们的利益就会受损,反正传统农业也挣不了几个钱,与其在那耗着,不如一股脑全转给李家村。

大棚蔬菜一旦上了规模,仅靠李家村的人手是采摘不过来的,到时候不管浇水施肥还是包装什么的,宋湾村的村民都能多得一笔收益。

"既然他们愿意承包,你有没有想法,将另一侧的地也弄个百八十亩?"程兴红问话的时候掏了掏西装内兜,发现除了钱包空空如也。

李承恩赶紧从裤兜掏出一包中华和一个火机,递了过去。

程兴红微微一怔,也不客气,拆开包装之后,抽出一支递给李承恩。

李承恩没有烟瘾,平时不怎么抽,刚要拒绝,想到程方梵的话,连忙接下,回道:"我想包,但目前还没那个条件。"

第 105 章　尘埃落定

第 106 章　风光正好（大结局）

程兴红引燃香烟，骄傲地笑了："你没那个条件，我有啊！"

李承恩夹着香烟的手微微一顿。

程兴红懒得跟李承恩废话，直接道出了自己的想法。

津南大学农学院研发的瓦大一号，他尝了，确实比普罗旺斯番茄品质要高，自然也看到了其中蕴含的巨大商机。程家能把钱砸到其他方面，为什么不能把钱投进李承恩的项目？除此之外，茨河铺的特色温泉，程兴红也打算投资。

对于程兴红的决定，李承恩自然打心眼里支持，但是预防针不能不打。

"程总，投资有风险，赚了大家皆大欢喜，倘若赔了，"李承恩顿了下，扭头看向程兴红，挠了挠头，不好意思地笑笑，"我怕您吃亏。"

啪！程兴红朝李承恩脑袋上来了一巴掌。

"老子把梵梵交给你就是吃了大亏，那么大的亏都吃了，还怕这点儿损失？"程兴红狠狠抽了口烟，沉声道，"扩大生产的资金我出，你小子搞好管理就行了。记住了，把瓦大一号做大做强，把茨林蔬果品牌做成全国知名品牌，千万别告诉我你没信心。"

"我有！"李承恩立马挺直了胸膛。

十年之后。

胡以为刚下高铁，就看到李承恩和程方梵并肩站在出口处。

"这儿呢，老胡。"李承恩身着休闲装，揽着程方梵挥手，脸上洋溢的全是幸福。

如今的他已近中年，岁月在他的脸上也留下了痕迹，然而，这么多年历练出来的沉稳让他更添了几分男人魅力。至于程方梵，容颜跟当年基本没什么变化，依旧是那个让人心生爱慕的女神。

"橙橙呢？怎么不见他来？"胡以为看了一圈没看到李橙,有些不开心了。

程方梵笑着回道:"在他奶奶家呢,他知道你过来了,说是要给你抓鱼吃,这会儿也不知道有没有抓到,也不知道你中午能不能吃成。"

她和李承恩结婚半年后,就怀了李橙,孩子的姓名取自两人的姓氏,暗含白头偕老、永不分开的寓意。

这孩子打从会说话,就深得胡以为欢心,原因无他,李橙十分调皮,而胡以为自小就不是什么听话的好孩子。都臭味相投了,那关系自然好得不得了。

"咱们别磨叽,赶紧回李家村,"胡以为想起来了鬼精灵的小家伙,晃了晃自己的包,"他一直说的那个变形金刚,我总算给他带来了,不然这小子不知要怎么编派我呢。"

李承恩无奈地摇了摇头。

"你说你都这把岁数了,也不找个人结婚,整天把我儿子当你儿子养,有意思吗?"

大学那会儿的胡以为相貌英俊,能说会道,再加上家境又好,按理说这样的男生肯定跟单身狗绝缘,结果胡以为直到现在还孑然一身。

这倒不是说胡以为没有魅力,而是他的心思压根不在这上面。

"忙啊,吃饭都要掐着点儿,谁有空搞那玩意儿?"胡以为引燃一支香烟,摆了摆手,"特别是我最近带的这批孩子,一天天的老是各种问题问不完,烦死了。"

程方梵双手抱胸,瞟了眼一脸苦闷的胡以为,打趣道:"你研究室那个小助理对你不是挺好嘛,事事都听你的,就不考虑考虑她?"

胡以为一听这话,连忙撇过头去,耳根开始着火,嘟囔道:"人家小姑娘今年才二十四,我大了她十几岁呢……"

李承恩立马打断胡以为:"二十四怎么了?忘了当年你是怎么跟我说的吗?一个男人如果连表白……"

胡以为赶紧做个打住的手势。李承恩的话他都懂,只是有些坎儿,怎么都迈不过去。

程方梵自然明白症结在哪,踢了下胡以为的小腿,一连串反问就此倒了出来。

"怎么比当年的承恩还没出息啊,你不就是年龄比她大一些吗?她不就是

第106章 风光正好(大结局)

你的助理吗？别人的看法就那么重要？你是为自己活还是为别人？"

程方梵就闹不明白了，胡以为原来很勇啊，还开导李承恩呢，结果越活越回去了。倘若当年的李承恩跟胡以为一样的心态，她跟李承恩肯定走不到一起。倘若十年前的沙河堤坝上李承恩没有跟父亲谈妥，就没有现在的茨林集团，茨林番茄也不会超越普罗旺斯番茄，成为国际市场的宠儿。当然，茨河铺也不会变成今天这个模样。

胡以为身子微微一颤，似乎明白了什么，冲程方梵咧嘴一笑："懂了。"

如今的茨河铺，村村都通了柏油路，自然包括沙河堤坝。一辆崭新的红色卡宴，在沙河堤坝上不急不缓地行驶着。

胡以为透过车窗，望着外面的风景。这里不再是鸟不拉屎鸡不下蛋的鬼地方，而是成了名副其实的皖北江南。

每逢节假日，周边县市的人，都想来这里泡泡温泉，走走看看，放松下自己的心情，开阔下视野，体验下久违的田园之乐，放空下在城市拼杀的疲惫心灵。

胡以为不由得又想到那个送别的冬日：如果当初李承恩没有选择回来，那么他的人生会是什么走向？茨河铺呢，又会是今天这样的景象吗？

胡以为扭头看了眼李承恩，昔日的室友，鬓角已经有了些许斑白，在这个年龄段是不该出现的，显然十年来，他承受了不知多少压力，遭受过不知多少困难。

突然，胡以为眼前一亮，急声喊道："嫂子，停一下！"

胡以为推开车门下来，指着远处的茨河铺闸，看着仿若仙子般的程方梵，无比兴奋地道："这个角度，跟嫂子那幅获奖剪纸作品一模一样。"

程方梵轻轻嗯了一声，紧紧拉住李承恩的手："背景是从这里选的。"

五年前，她就是靠这副剪纸作品拿了山花奖——中国民间艺术最高奖。

只是这幅作品的精髓不是背景，而是一对手牵手一起朝前飞的男女。他们的身下是肆虐的洪水，前方是一层又一层荆棘，但他们没有退缩畏惧，因为荆棘的前方就是太阳。

就像当年那些挖出茨淮新河的前辈，为了生活的希望，为了子孙后代，义无反顾地投身到那场现在几乎被人遗忘的巨大工程之中。

今日，先辈的精神早已融入后辈的骨血中，领着他们在又直又长的茨淮新河上方飞翔。

秋阳又一次打在李承恩和程方梵的脸上，风光正好，微风不燥。